3
著 うめー
イラスト かわく
Fugu oji ha tensai renkinjutsushi
不遇皇子は天才錬金術師
～皇帝なんて柄じゃないので弟妹を可愛がりたい～
TOブックス

Fugu oji ha tensai renkinjutsushi

Contents

イラスト／かわく　デザイン／アオキテツヤ（musicagographics）

Characters キャラクター紹介

アーシャ

本作の主人公。
前世の記憶に目覚め、
継嗣でない不遇も
子供らしからぬ冷静さで
受け入れる第一皇子。
錬金術を趣味として、
前世にはいなかった
弟と仲良くしたいと思っている。

テリー

アーシャの弟。
第二皇子にして皇帝の嫡男。
次の皇帝となるべく
英才教育がされている。
アーシャは敵だと教え込まれ、
悪い噂しか耳にしなかったことで
誤解していた。

ワーネル

アーシャの弟。
フェルの双子の兄で第三皇子。
庭園で迷子になる。
アーシャがアレルギー対策を
教えたことで
フェルの状態改善に役立った。

フェル

アーシャの弟。
ワーネルの双子の弟で第四皇子。
アーシャのお蔭で
アレルギーが回復したため、
錬金術に興味を抱く。

ヘルコフ

熊の獣人。
武芸の家庭教師で
元軍人。

イクト

海人。
宮仕えの宮廷警護だが、
皇帝の指名でアーシャを守る。

ウェアレル

獣人とエルフのハーフ。
魔法の家庭教師。

ディオラ

ルキウサリア王国の姫で、
幼くして才媛として頭角を現していた。
アーシャと出会いその知性と
優しさに惹かれ、結婚を望む。

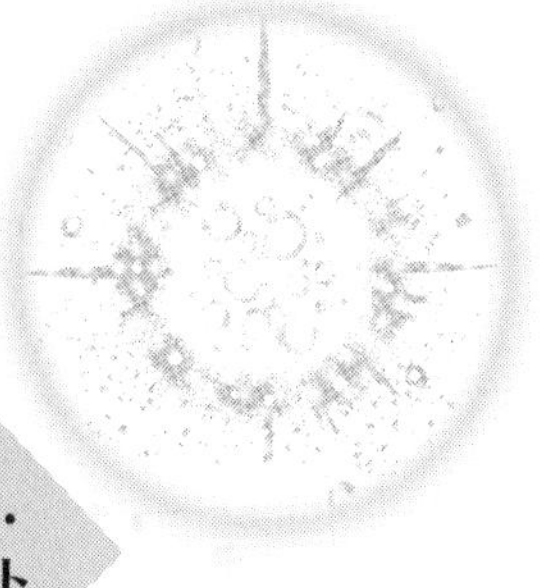

セフィラ・セフィロト

無色透明で、肉体があるかも
わからない知性体。
アーシャが生み出したが
謎が多く、成長途中。

序章　短い秋のとある一日

僕がアーシャとして転生したイスカリオン帝国は、大陸一つを治めるほど広大で、季節と言っても結構地域差がある。何より前世の日本ほど山の色が変わるなんてこともないから、短い季節は駆け抜けるようだ。

十歳の秋は、夏の盛りが終わった途端にやって来た。春に家族と交流できて、夏には事件もあったけど、弟たちと遊んで過ごしてる。だからこの十年で秋はすぐにやって来るって知っていても、今年はとても早く感じた。

「あ、いけるかも。ウェアレル、カーテン閉めて」

「すぐに、少々お待ちを」

僕はエメラルドの間で、緑の獣耳を持つウェアレルと一緒に慌ただしく声をかけ合う。ウェアレルがカーテンを閉めて戻ってくると、二人でじっと手元を見据えた。

僕の手には木製の板の上に特殊なインクで描かれた魔法陣、そして金属板で形作られた基盤がある。それらは据《す》えてあるガラスの玉と配線されていて、僕が千切れていた配線を慎重に繋ぎ合わせると、ウェアレルが魔法陣に魔力を流した。

瞬間、ガラス玉の中に入れられていたフィラメントが点滅し、発光する。その灯りは薄暗い室内を暖色で照らし出した。

「で――」

「で――」

「「できたー！」」

僕は確かに光る小雷ランプを前に、ウェアレルと一緒に両手を掲げて喜びの声を上げる。顔を見合わせてハイタッチをする時には、長身のウェアレルが屈んでくれた。

「どうした、どうした？　ずいぶんはしゃいだ声出して」

僕たちの声でエメラルドの間にやって来たヘルコフは、赤い被毛《ひもう》に覆われた丸い熊の耳をそびやかしている。遅出で午後からやって来たばかりのヘルコフには、今日の予定も伝えてなかったから、本当に訳がわからないんだろう。

そんなヘルコフの後ろからエメラルドの間に入って来たのは、青白い肌を持つ海人のイクトだった。ヘルコフが来たから扉を開けに行ってくれてたんだ。

「おや、光っていますね。本当に修繕できたのですか」

「おぉ、小雷ランプか。夏は忙しくて、ハーティから送られてきても放置してましたね」

ヘルコフも気づいて、作業台で光る錬金術の道具に目を向けた。

「二つ送られた内の一つは、この中のフィラメントが切れてたのを、通電のいい銅線を張って代用してるんだ。だから一時しのぎなんだけどね」

「不思議なものです。燃えてもいないのに光を放つ。錬金術にこんな用法があるとは。ただ魔法を使っても、ガラス玉の中の空気をなくすのは大変でしたね」

手伝ってくれたウェアレルは、改めて基盤に描かれた魔法陣と、電球にしか見えないガラス玉の中の明かりを見比べる。

「これ魔法部分と錬金術でわかる部分に別れてたから、ウェアレルに手伝ってもらえて上手くいったんだよ」

「まさか小雷ランプが錬金術と魔法の複合技術だったとは驚きました」

母方の叔母で、僕の乳母をしてくれいたハーティが探し出して送ってくれた小雷ランプは、今では失伝してしまった錬金術の産物だ。秋になって時間ができたから調べたところ、ウェアレルが言うようにまさかの技術で作られた代物だった。

達成感に浸りながら話す僕とウェアレル。ただこちらを見ていたイクトとヘルコフは、困った様子で顔を見合わせた。

「アーシャ殿下、それはルキウサリアの学園に送って直させるはずでは？」

「もう殿下が発表なさっちゃどうです？　学園の錬金術師が修理できるんですか？」

「あ、忘れてた」

つい楽しくて、調べた勢いで修理してしまっている。僕はもう一つある、壊れた小雷ランプを持ち上げた。

「えーと、だったらウェアレルが魔法部分解説した手紙送って、ここから先がわからないーみたいに言ってみたらどうかな？　僕が発表したって普及邪魔される未来しか見えないし。きっと錬金術科で発表したほうがいいと思う」

「そ、そうですね。ですが、アーシャさまのことも少々書きますよ？　さすがにこれ、私だけで錬金術との繋がり気づけませんから、向こうも訝《いぶか》しむでしょう。それと、こちらは壊れ方が違うようですから、何処が問題か…………」

僕とウェアレルは、慌てて壊れたままの小雷ランプを確かめる。こっちはフィラメントが無事で、基盤のほうが劣化して壊れてるようだ。

「錬金術部分と言うか、配線は新しく作って入れ替えて、基盤は錆を落とすことからかな？　後は魔法陣も劣化して形崩れてるくらい？」

僕が確かめている間に、光る小雷ランプに近づいて、ヘルコフとイクトが感想を漏らす。

「こりゃ確かに酒場なんかで見る小雷ランプだな。いったいどうやって光ってんだ？」

「光と言えば火属性だが、燃えていないというなら別の属性なのだろう」

「それがまさかの風と水属性なんです」

魔法陣を確かめたウェアレルは、小雷ランプに関わっている属性だけならわかる。けど、そこから電子の移動を起こさせているということは、説明してもあまり理解していなかった。

電気エネルギー自体を認識していない世界だからしょうがないのかもしれない。

「ヘルコフ、今度テレンティに、また銅で糸を作ってもらえるか聞いてくれない？」

「これに使った銅線ってやつですか。この少量作るのに失敗しまくったって言ってましたよ。均一に糸状にするのはだいぶ難しいらしいです」

ヘルコフの甥である鍛冶職人のテレンティ。あまり腕は良くないらしいけど、できれば銅線でコイル作りたいから、結構な量が欲しいところ。

そう話そうとした僕は、ヘルコフのポケットにぐしゃっと詰め込まれた紙に気づいた。

「ヘルコフ、それ何？」

「うん？　あぁ、忘れてた。実は故郷から手紙が来まして。読み忘れることも多いせいで、今回は出かけに甥どもが押しつけてきたんですよ」

「へぇ、なんて書いてある？　やっぱりお元気ですか、から始まる？」

「そんな丁寧なのハーティくらいですよ、殿下？」

興味津々な僕に答えつつ、ヘルコフはその場で豪快に封を破く。そして紙一枚の手紙を広げて赤い熊の耳を揺らすという反応を示した。

「あまり面白い内容じゃありませんね。どうも帝国との国境付近がきな臭いって警告でしたわ」

「え、ヘルコフの家族が巻き込まれそうなの？」

僕が心配すると、ヘルコフは牙を見せつけるように笑った。

「いやいや、俺が軍人してた時からこういう動きあったら報せてくれるよう頼んでたんで、その名残ですよ。兵にできる若い奴集める動きがあるってだけです」

「ロムルーシとの国境と言えばファナーン山脈ですね。あの辺りはロムルーシも帝国側も住民は獣人だと聞いたことがあります」

宮中警護として働く前は、魔物専門の狩人として転々としていたというイクト。ただイクトも海辺に住む海人という種族なので、実際に行ったことはないらしい。

そこに獣人の血を引くウェアレルが、ヘルコフの手紙を横目に基本情報を教えてくれる。

「北の山脈は、帝国の領土内部でも住むのは獣人が主だと聞いたことがあります。――それにしても、最後にいつでも帰ってきていいって、定型句ですよね」

「わぁ、本当にそういうこと書かれるんだね」

前世でもひと昔前のドラマでしか見ないような〆の言葉。

僕が喜ぶとなんだ温かい目を向けられる。ちょっと子供っぽかったかな？

そう思っていると、青の間のほうでノックの音がする。僕の居住区にやって来る者は限られているから、消去法で先触れもない無礼者のレーヴァンじゃなければ、新しい本を購入して持って来る予定のある財務官のウォルドだ。

ウェアレルはエメラルドの間の片づけに残り、ヘルコフが扉を開けに行く。イクトは僕の警護のために一緒に図書室に移動した。

ここは青の間で、元から作りつけの本棚が壁沿いに並ぶ部屋だ。数年前はほぼからだったけど、ディオラのお蔭でいくらか本が並んでいた。

それが今では、歳費を使って定期的に本を手に入れることができるようになって、本来の用途で使えるようになっている。

「……………あの、エメラルドの間から見える不思議な光はいったい？」

本を抱えてやって来たウォルドは、閉め忘れたエメラルドの間から漏れる小雷ランプの明かりに気づいてしまう。見ないふりもたまにはしたほうがいいと思うよ。

「気にしないで。それで、どの本が手に入ったの？」

僕が言う間に、イクトがさっさとエメラルドの間の扉を閉めに行く。気になるらしく目が泳ぐウォルドは、さらに侍女のノマリオラがやって来て聞くことを断念した。

「失礼いたします。ご主人さま、休憩なされるようでしたら、お茶をご用意いたしましょうか？」

「ありがとう、ノマリオラ。集中の助けになるものがあればよろしく」

感情表現が極端なノマリオラは、無表情を保って退室する。けど、こうして僕の様子を窺いに来る時点で、以前とは対応が違っていた。

気づいているらしいウォルドは、ノマリオラの背中を目で追う。ただ僕が見ていることに気づくと、抱えていた本を差し出した。

「ご所望の書籍はこちらでお間違いないでしょうか？　自然哲学における数字的理解」

「そう、これこれ。参考文献で載ってたけど、帝室図書館にはなかったんだ」

僕は子供には大きすぎる本を受け取り机に置く。

これは自然現象を数字で表そうという試みの本で、つまりは科学に近い考え方になる。そして哲学を謳《うた》うだけあって、自然状態の人間の本質とはという精神論も載っていた。

もともと錬金術自体が、世界とは何であるかなんていう思想哲学から始まってるから、精神論とは切っても切れない。目に見えない世界を構成する何かを求め、実証しようとする錬金術は、そもそも空想的な仮説を立てられなければ始まらないんだ。

僕は前書きや目次を見てすでに楽しくなってる。ただ歳費で手に入れたウォルド本人は、困惑した様子で僕を見ていた。

「第一皇子殿下は、本当にこのような難解な書籍から錬金術を学んでいるのですか？」

「読んだんですか？　内容の理解は？」

ノマリオラと入れ替わりに戻ったイクトが聞くと、ウォルドは首を横に振る。

「ご所望の書籍であるかを確認するために少々。ただ数字とは言っていますが、ほとんどが感覚的で理念を語るもののように思えました。形而上《けいじじょう》のことで、実際に技術として落とし込むことは不可能に思えます」

「これは錬金術の考えを補足するための参考文献だしね。――そうだ、ウォルド。鉱物毒について書かれた書籍があったら手に入れて」

「そ、れをどうするおつもりですか?」

警戒するような反応に、僕は性急すぎた自分を内心で笑う。

「失礼いたします、ご主人さま。お飲み物をお持ちいたしました」

そこにハーブティーらしき透き通ったお茶を持ってノマリオラが戻った。これだけ早いってことは、エメラルドの間から出て休憩の気配があったら即応できるよう用意してくれてたんだろう。

「ありがとう、ノマリオラ」

僕は礼を告げて、ウォルドの疑問に答える。

「エリクサーとかエリキシルって呼ばれる薬が錬金術にはあるんだけど、材料が鉱物毒なんだよね。だから扱うにしてもまずどういう危険があるか調べたいと思って」

毒性のないものを代用した不完全エリクサーは、持続的な服用で喘息《ぜんそく》らしき症状を改善する。今もノマリオラに妹の経過報告をしてもらっているけど、無理をしなければ平気で、発作が起きても、服用すればすぐに鎮静化するとも聞いた。

「薬草を主に使って作った不完全エリクサーは、体に害がある反応を抑えはする。でも完治はしてないんだよね。そこが不完全なところかな。伝説的な超回復にはほど遠いんだ」

弟たちが僕のために用意してくれたお茶会では、飾りつけられた四阿《あずまや》に甘い匂いに包まれるほどお菓子がいっぱい並んでいた。けれどかつてフェルが勧めてくれたお菓子はなかったんだ。

あの時のお茶会はとても楽しかったし、その前にディオラとやったお茶会も楽しかった。お茶会の楽しさがわかったからこそ、好きなものを食べてほしいとも思う。

そしてそれが可能になるだろう薬は、今のところエリクサーくらいのものだ。

「ただ鉱物系を使った薬は、もっと換気だとか防護をしっかりして作りたいんだよね」

前世でも鉛中毒や水銀中毒なんてあったんだ。もちろんこの世界でも起きている。

錬金術の書物の中にはないけど、魔法関連の書物には貶める目的で錬金術の失敗例が書き残されてた。その中に、やっぱり鉱物を扱って死んだ人の話があったんだ。

そんな危険物を扱うにあたって、鉱物毒のなんたるかを知らないなんて危険すぎる。エリクサーを本当に作ろうと思うなら、独学でやるにはリスクが高い。

「その、錬金術に造詣《ぞうけい》が深いわけでもないのですが、そうした専門的なことは、やはり学府を訪ねるべきでは？」

「つまり、ルキウサリアの学園の、錬金術科？　…………無理かなぁ。ここから出ただけでずいぶんな騒ぎになったし」

夏に、僕は正面から左翼棟を出た。ごく短い時間だったけど、それだけで一時期左翼棟周辺を見回る人員を増やされるくらい警戒されてる。皇子扱い必至の学園入学なんて、現状邪魔される未来しか見えない。

そんな僕にウォルドは言葉を選んで黙る。ノマリオラは無表情を保っているけど、一瞬動いた目に不満がよぎったように見えた。

ノマリオラは今も、僕を皇子扱いしたくないルカイオス公爵の下で二重スパイを続けてくれている。

それなのに、今では報酬を受け取らなくなった。妹の病状改善に恩もあるし、それでずいぶん明るくなったと嬉しそうに言ってたから、恩返し的な感じなんだろう。

それにハッカ油の作り方と一緒に錬金術の器具も渡したことが、ノマリオラからすれば貰いすぎだと思う要因になっているっぽい。働きには報いたいんだけど、これは別の方向で報酬考えるべきかな。ノマリオラの妹がハッカ油の匂いから、香水に興味持ってるって言ってたし、ウォルドに頼んでそっちの書籍も探してもらおう。

「財務を通して入手された書籍は記録に残されます。現状、人目につく形で毒の効能を知れる書籍をお求めになられるのは、おやめになったほうが良いかと」

言葉を選んだ末に、ウォルドは書籍購入を辞めるよう忠告する。言いたいことはわかるよ。僕も弟に毒を盛ったなんて言いがかかりつけられたことあるからね。

「まずは図鑑をお求めになってはいかがでしょう？　鉱物に限らず、動植物も交えたものを」

「あぁ、そうだね。それくらいが当たり障りないかも」

帝室図書館に図鑑の類はある。ただ古かったり、返却が必要だったりで使い勝手は悪い。ウォルドの提案は鉱物毒を調べるのとは別にいい機会だと思えた。

「そうだ、何度か錬金術の様子見せたけど、学術研究として活動を報告できるものはあった？」

「それは、いえ…………」

言葉を濁《にご》すのはあれかな？　ディンク酒が気になってるなら諦めてほしいんだけど。

「少しウォルドも興味を持ったものに理解を深めてもらおうかな」

そう前置きをして、僕は一度エメラルドの間へ。四色のエッセンスを小瓶に移し替えて戻り、ウォルドに差し出した。

「これも帝室図書にあった記述から再現したものだよ。作るだけなら魔法使わないし、効果を出すためにも魔法はいらない。誰でも使えるのが錬金術だ。財務官として報告あげるんだし、一度自分で試してみて」

「それは、いえ、ですが………」

断るように言うけど、目はエッセンスに釘づけだ。今日まで何度か錬金術の様子を見ていたウォルドだけど、エッセンスを使う実験だと食い入るように見てたんだよね。それにディンク酒のことを暴露した時も、結局エッセンスの入った棚を気にしてたし。

もうひと押しかと思ったらノマリオラがつかつか寄って行って、あっという間にウォルドの頬を触る。

「熱を持っています。赤面する程度には喜んでいるようですので、ご主人さまがお気になさる必要はないかと」

「あ、そうか。血色透けないけど触ったらわかるよね」

色黒でわかりにくいけど、赤面するくらい喜んでくれたようだ。なのでもうウォルドの返答を待たず、小瓶を手に握らせる。

「いえ、あの………」

「ご主人さま、お耳に入れたいことが」

慌てるウォルドを遮《さえぎ》るように、ノマリオラは背を向けて僕に伺いを立てる。その後ろで、ウォルドは眉を下げ、触られた頬に自分の手を当てて困ってしまっていた。

あ、赤面してるんだし乙女の恥じらい？　いや、余計なことは考えないでおこう。

「えーと、何かな？　ノマリオラ」

ここは見ないふりをしてあげたほうがいいだろう。二人とも初見とはずいぶん印象が変わったけれど、どちらも仕事には真摯《しんし》でいてくれるしね。

「ルカイオス公爵がユーラシオン公爵と密談を行っているかもしれないとのこと。お気をつけを」

ビッグネーム二人の不穏な動向に、ウォルドはぎょっとして恥じらいを忘れたようだ。僕としても、その二人が並ぶといいことなかった記憶しかないせいで、眉間に皺《しわ》が寄ってしまった。

一章　思惑に乗る

ひと月あるかどうかの秋が終わると、吹く風は途端に冷たさを孕《はら》む。残暑がないのはありがたいけど、日本の色濃い四季を知っているとちょっと物足りなさを感じる。

そんな冬の訪れを彩るのは、元気な笑い声だった。

「何これ、何これー！」

「パチパチするよ、すごいね！」

左翼棟までやって来た双子のワーネルとフェルは、同じように頬を紅潮させて手元の実験器具を使って遊ぶ。

ワーネルとフェルが笑って回すのは、コイルで電流を作るためのハンドル。前世なら豆電球でも繋げるんだけど、この世界そんなものはない。秋に似たようなものを修復したけど、あれはまだ世に出せないからね。

だからコイルを回して電流を発生させ、尖らせた金属棒を二つ向かい合わせにした。金属棒二つの間を、電流が通る様子が見えるようにしてあるんだ。

「……雷が…………室内で？」

魔法で雷を再現することが難しいことを知っているからこそ、テリーははしゃげない。様子を見ることが当たり前になったウォルドも、口を開けて見入っていた。

魔法でも雷と言うか、電気は作れる。けれどそもそも雷が電気だという認識がない。つまり、電気という概念自体がまだないんだよね。静電気は知っててもそれが空を駆ける雷だとは思ってないんだ。また風魔法を極めたひと握りの魔法使いしか使えない高等技術という扱い。それを極小とはいえ室内で子供が扱っているんだから、この世界の常識に馴染んでいると、目の前の現象に驚くしかない。

ただ問題があるとすれば、手動だからひたすら疲れることだろう。

「ほら、二人とも。そろそろ休もう」

「うぅ、手ぇ、つかれたー」

「掌、赤くなっちゃったー」

僕が声をかけてようやく疲れを実感したらしい双子は、途端に弱音を漏らした。

「ノマリオラ」

声をかけるとすぐさま一礼して、侍女が赤の間のほうへと消えていく。その間に、僕は金の間へと誘導し、遊び疲れた双子をソファに座らせた。テリーも双子の誘導を手伝ってくれる。

こういう時本当お兄ちゃんなんだよね、テリー。

「お待たせいたしました」

ほとんど待つことなく、ノマリオラはホットショコラを持って来てくれる。前世のココアに似てるけど、それよりも甘くてスパイスを入れた味のする飲みものだ。

熱くてすぐには飲めないフェルは、テリーに目を向けた。

「兄さま、今日はいつまでいていいの？」

「そうだな…………父上が会議で、母上もロムルーシ大使夫人と面会するって言ってたから、日暮れ前までは誰も呼びに来ないと思う」

テリーは確認も兼ねて、専属の宮中警護ユグザールに目を向ける。春からテリーたちについてる宮中警護の顔ぶれは変わらない。どうやら未だに、僕に近づく役回りは外れ扱いのようだ。

まぁ、僕がテリーに魔法を教えることに文句を言ってきた家庭教師も失職したらしいし。僕に関わると職を失くすなんてのが既成事実化してそうな感じだ。

けど今いる宮中警護は、イクトと目が合うと余計なことはしないと言わんばかりに手を後ろに組む。たぶん彼らが問題を起こして辞職させられることはないだろう。

「あのね、兄上。外から誰か来てからみんな慌ててたの」

ワーネルがカップに息を吹きかける合間に、そんなことを言う。

宮殿は皇帝が住まいとして利用することを主目的にした施設なんだけど、やっぱり政治的な場だから貴族が出入りしてて忙しい時は忙しい。

緊急の会議が開かれているという話が僕にまで伝わってる。テリーの言葉からも、今日は本館よりもこの左翼棟で遊ばせておいてほしい大人の意図が感じられた。

「じゃあ、今日はこの後エッセンスを使った魔法の再現をしようか。ちょっと扱いに注意が必要だからテリー、やってくれる？」

「えー！　僕できるよ！」

「僕もやりたい！」

「錬金術は兄上の指示に従うことが条件だっただろう」

さっきまで疲れたと言っていた双子のやる気に、テリーが冷静に諭《さと》す。弟扱いに慣れないことでぎくしゃくしていたんだけど、今ではすっかり慣れてくれたみたいだ。こうして指名すると、双子の手前なんでもないふりをするけど、僕に期待の目を向けるくらいになってくれている。

「それで何をするの、兄上？」

「エッセンスでも小さいながら雷を発生させる薬が作れるんだ。それを作ろうか」

僕はホットショコラを飲みながら、この後やる実験について注意事項を交えて話す。エッセンスを加えて作った粉末を、加圧すると静電気が起きるというものだ。

正直何に使えるかいまいち謎な現象だけど、静電気で火花が起きるなら、工夫次第で発火装置くらいにはなりそうな気がする。ただそんなもの使う予定が今のところない。いや、夏頃にウェアレルにそういうことしてもらったけど、あんな事態そうそうないと思いたいな。

そうして弟たちがエッセンスで作った粉末で遊ぶ間に、僕は心の内で呼びかける。

（そろそろ戻った？　セフィラ・セフィロト）

（皇帝臨席の緊急会議は終了しました）

（おかえり。会議は国境での兵乱って話だったけど、やっぱりヘルコフが言ってたロムルーシの？）

（ロムルーシと境《さかい》を接するベイファー地方、ファナーン山脈近辺において、イスカリオン系獣人とロムルーシ系獣人による小競り合いが悪化。それぞれの国の領主が出て来たことでさらに激化し、近隣領主が村民の要請を受け、兵を出しての睨み合いに発展したとのこと）

（あー、ロムルーシ側も帝国側に向かって兵並べちゃったのかぁ）

そうしてしまうと国としては宣戦布告、もしくはそれに類する侮辱行為と見るしかない。ただここ最近国同士で大きな係争がなかったことから、ロムルーシ側からしても地方領主の独断専行。そんなつもりもないのに戦争秒読みになったロムルーシの首脳も慌てたことだろう。

（その報告を持ち込んだのはロムルーシの大使？）

（はい、国境からの早馬での報せは、帝国側とロムルーシ側でほぼ同時に届いたそうです）

報せが届いてすぐさま宮殿に上げたことで、ロムルーシとしては戦争回避の意志がある。ただイスカリオン帝国としても、傘下の国に剣を向けられて黙っていては体裁が悪い。

（だからと言って、そんな地元民の喧嘩《けんか》に本気で介入したら安くみられるだろうし）

（では望むべき解決策はなんでしょう？）

（陛下側からの理想的な解決方法は、ロムルーシが自国民を鎮めて公に謝罪すること、かな）

（会議に臨んだロムルーシ大使にその意思はないようです）

（まぁ、ロムルーシが舐められるだけに終わるからね）

国を代表してやって来てる大使がそんな決定できるわけもない。

（そうなると陛下もすぐには動く気がない感じかな？）

（両国の民が傷つくことは望まないとのことで、ロムルーシ大使とは意見が一致していました）

となると、やっぱりどっちが泥《どろ》を被るかという政治的な話し合いだ。一番は兵を出した領主が話し合いで済ませることだけど、それは期待できないだろう。領主が兵を出すという決定を下したのは間違いなく、そうしないともっとまずい状況があったはずだ。

兵を出すなんて人とお金と労力がとてもかかる手段だ。それでもやったなら、放っておくと民衆反乱になりかねない摩擦《まさつ》が生じていた可能性がある。

元軍人の家庭教師ヘルコフからその辺りも教えられた。現場を知っている側から語られる話は、けっこう泥臭くて、どうしようもない意地の張り合いが悪化したなんてケースもある。

「――わ、わ！」

「あぁ、慌てないでテリー。そのままゆっくり押していけば大丈夫だから」

僕はテリーの声に、遅れて目の前の状況を確認する。

エメラルドの間に戻ってエッセンスを調合した末に、できた粉末を試験管の中で加圧していた。お手本を見せた後はテリーに任せていたんだけど、静電気ではなく火花が散ってしまっている。

エッセンスから作った粉末の混ぜ方が悪かったようだ。驚いて加圧を急激に行うと危険だから、僕はテリーに手を添えて指導する。

落ち着いて加圧を続けると、無事に紫電《しでん》が音を立てて試験管の中で弾けた。その様子にほっとしたテリーは、けれど次の瞬間には気落ちした様子で呟いた。

「兄上のように、上手くできなかった…………。兄上には敵わないな、魔法も、錬金術も…………」

「そんなことないよ。僕がテリーより年上だから経験が多いだけだし。テリーも僕の歳になればできることは今よりずっと増えるはずだ」

どうやらテリーは僕を目標にしてくれているようだ。それ自体は兄冥利《みょうり》に尽きるんだけど、本当に僕は錬金術以外まともにやってないからね。すでに追い抜かれるのは既定路線だ。

それでも、僕が第一皇子で三年早く成人することもまた、変えられないこと。長子相続が原則の現状だと、この年齢差による能力差を誇大に言い立てる人が出てくる可能性もある。

それまでに父が、皇帝として発言権を強めてくれていればいいけど。僕が現状で兄としてテリーにできることは、やる気を刺激しつつ、折れないようにフォローするくらいかな？

前世でも塾講師は生徒のモチベーション上手く維持してたし、そういう塾講師は人気で好かれていた。僕も弟たちには好かれたいし、皇帝になる気はないからその路線で頑張ろう。

「見て、兄上！　火！」

「僕、水！　見てみて！」

まだ魔法が使えないため、焚きつけにしかならないと言われるエッセンスでも、ワーネルとフェルも楽しそうだ。

宮中警護は、相変わらず入り口待機。ただ魔法よりも軽微な現象しか起こせないエッセンスのことは理解してる。だから見守る姿勢には、以前のような焦りはない。

「ご歓談中失礼、殿下」

「ヘルコフ？」

普段僕と弟たちの交流を邪魔するなんてことのないヘルコフが、あえてエメラルドの間まで来て声をかけた。

今回の緊急会議のことが聞こえてから、ヘルコフには左翼棟から出て情報収集をするように言ってある。故郷からの忠告もあって、軍関係を当たっていたはずだ。つまり夕暮れ近い今、情報を得た上で僕に聞かせるべき話があるということだろう。

僕はエメラルドの間のことをウェアレルとイクトに任せて、金の間に移動する。けど僕を呼んでおいて、ヘルコフは言葉を選ぶように言い淀んだ。

「先ほど会議が終わりまして、そこから出て来た軍の知り合いを当たったんですが……その……権威づけとして、皇子を派遣するという話が出ています」

「それ十歳未満の弟たちってことは、ありえないよね？」

重々しく頷くヘルコフ。つまりは僕を狙い撃ちにした提案だ。聞くと、ルカイオス公爵が言い出して、ユーラシオン公爵が後押しする形だとか。

ノマリオラが教えてくれた、両公爵の密談ってこれ？　早くに北の国境の動きを掴んだ上で何を画策しているんだか。

「国際問題としては軽い部類で、後見のない僕に経験と実績を積ませるにはいい機会。けど唯一の後見である陛下から遠く離されてどうなるか。わざわざ送り込むなら、敵を倒せば終わりなんてわかりやすい問題じゃないだろうし、解決の見込みも未知数。だから陛下も決断できないってところかな」

「…………ご明察」

ヘルコフは溜め息を吐いて肯定した。

「前に言ってた、北の国境？」

「はい、所属の違う村がほぼ同じ場所に顔つき合わせてるような所でして。派兵《はへい》のお題目は兵乱治めることですけど、解決すべき問題は両村の諍《いさか》いを治めることです」

つまり戦争で武功を立てて華々しく凱旋、なんて結果は絶対手に入らない派兵だ。そのくせ、問題解決の目途もないままだと帝都にも戻れない。職場放棄は、絶対的な瑕疵《かし》でしかない。

ルカイオス公爵からすれば、妃殿下に近づいて弟とも関係良好になり、影響を与える僕は目障りってことなんだろう。

後継者問題で決定に大きく影響するのは、やっぱり皇帝と妃殿下だ。今までの会うことさえない状況とは違い、僕の危険人物度は増してることだろう。そこは僕に冤罪かけようとして妃殿下を近づけた、

ルカイオス公爵の不手際だけどね。

「あ、そうか。狙いは今までと一緒なんだ」

「はい？」

「僕を宮殿に閉じ込めてても、結局継承権に大きな動きはないし。閉じ込めるための人員が、逆に僕の潔白を証明もしてる。僕の悪評も流しすぎて、敵対関係明白にしちゃったから陛下と妃殿下に警戒されてる。それでもまだ、僕を排除する狙いは変わらない」

僕を貶し続けるだけじゃ現状維持でしかないどころか、皇帝からの信頼も下がり始めた。まだまだ権力的には余裕だろうけど、それに胡坐《あぐら》をかかない厄介な相手だ。

だからこそもっと裏があるかもしれないと思えてしまう。僕が帝位を狙うなんて疑心暗鬼に踊らされている人たちだけど、疑ってしまう僕も疑心暗鬼に陥りそうだ。

ただ確かに言えるのは、今までどおり押し込めるんじゃなくて、これを機に僕を排除することを本格化させる可能性があること。そこはルカイオス公爵だけじゃなくユーラシオン公爵も同じ意見のはず。

「すでに後手に回っている気がするけど、どう対処すべきか………あ」

僕、エメラルドの間の扉閉めてない！

慌てて振り返ると、そこには目隠しよろしく立ちふさがるイクトの背中があった。いつの間にかエメラルドの間の中にはテリーたちの警護もおり、弟たちを遠ざけている。

「お話は終わりましたか？　僭越《せんえつ》ながら中に警護を入れさせてもらいました。剣をぶつける恐れがあるので、外させています。ご安心を」

警護たちはイクトに言われて外したようだ。大聖堂での暗殺未遂以来、剣の着脱に拘《こだわ》らなくなってない？　いや、今はそうじゃなくて。

「えっと、つまり、今の聞いてた？」

イクトの所まで行くと、さらにエメラルドの間でテリーたちが近づかないよう立っていた警護がこっちを振り向く。すごい困った顔してるから多分聞いてたね。

うん、もう今さら馬鹿のふりはしてないけどさ。宮中警護とか、帝室に近い人ってルカイオス公爵派閥の家の人だから、変な勘繰りされても……それも、今さらか。

僕はなんでもないふりして笑いかけ、エメラルドの間へと戻る。

「テリー、ワーネル、フェル。陛下は会議が終わったそうだよ。そろそろ戻ろうか」

一度顔を見合わせたワーネルとフェルは、声を揃えた。

「「えー！　まだやる」」

双子はエッセンスを使った遊びに夢中みたいだ。けどテリーは不安そうに僕を見る。

「ユグザールたちをエメラルドの間に入れるまでに聞こえていたようで」

イクトが耳打ちした。不穏な会話を聞いてしまったテリーに、僕は努めて笑顔を取り繕った。

「大丈夫だよ。大丈夫なように陛下にもご相談するから」

「うん、そうだよね。うん………ワーネル、フェル。今日は帰るんだ」

「「えー！」」

可愛い弟の我儘に、ついもう少しと言いそうになる。しかも頬っぺたぷくって、幼い今だからできることだよね。可愛い！

前世ではありえなかったこの家族的なやり取りだけでも、ここにいたいって思える。けど僕ももうすぐ十一歳だ。確実に政治に利用される時期は近づいてる。

追い出されるか、留まるか、それとももっと別の選択肢があるのか。僕は弟たちと片づけをしながら、頭の隅で今回の派兵について吟味していた。

＊＊＊

帝国の北の国境で兵乱が起きた。僻地《へきち》だから兵乱と言っても規模は極小らしいけど。ただし、帝国とロムルーシ、国同士の対立という構図が成り立ってしまっているせいで、影響は大きいそうだ。

事実、最初の緊急会議からほぼ毎日、ロムルーシ大使を呼んでの会議が行われていた。

「帝都でわかる現地の情報がないのが問題だね」

会議の推移は今のところ平行線。ロムルーシはある程度譲歩姿勢だけど、やっぱり一方的に退くのは体裁が悪い。その観点で言えば、ルカイオス公爵の皇子派兵には賛成で、帝国側の本気度を理由に国許《くにもと》を説得できるという考えらしい。

さらにユーラシオン公爵も僕を追い出す案には積極的で、数回の会議を経て、状況は渋る皇帝を頷かせる方向に流れ出したという。

情報源は主に会議を覗き見するセフィラ。そして軍に伝手のあるヘルコフだ。

「領地として村を移動させるなんてことは無理だろうし。そもそも、どうして同じ場所に所属国の違う村が二つあるんだろう？」

僕の疑問に答えたのは、ヘルコフだった。

「天災でどちらの村も潰れて、今の場所に移動したらしいです。ファナーン山脈の高いところにある村なんで、きっと他に村再建できる場所なかったんでしょうね」

「今も大陸中央部からの山脈越えのルートは、片手で足りる程度ですからね。国境の山脈では移動するにも限度があったのでしょう。会議でも兵乱とまではいかない小競り合いは、毎年のように行われていたと報告されているようですし」

ウェアレルは、セフィラが盗み聞きした会議の概要を紙に書いてまとめてくれる。その会議の推移から、話が兵乱をどう治めるかじゃなく、どう皇帝を頷かせるかになっているのがよくわかった。

「会議の様子を見る限り、両村が手を取り合うようなことを期待してはいませんね。逆に解決の目途が立たないからこそ、アーシャ殿下を土地に縛りつけるために送り込みたいと」

僕の様子を窺いつつ、イクトは陛下を説得する側の思惑をあえて口にした。

「うん、これ以上の情報は現状得られない。だったら陛下に相談しようか」

僕がそういうと、側近たちは明らかに安堵の息を吐きだす。

「え、何?」

「いえ、夏のことがありましたので」

「まぁた相談なしだとですね……………」

「アーシャ殿下が指示したのではないかと、二人は詰問されたそうで」

ウェアレルとヘルコフが言葉を濁すと、イクトが他人ごとで暴露する。けどイクトもストラテーグ侯爵辺りから、エデンバル家当主を捕まえた経緯については聞かれてるはずだ。

思えば、父に面会を申し込む手段もない時期があった。僕を取り巻く状況は良くも悪くも変わってる。

膠着《こうちゃく》状態で落ち着きそうなところを相手から動かしに来ているなら、これも一つのチャンスと開き直るべきかもしれない。

僕はイクトと一緒に本館の父を訪ねた。場所は一度入ったことのある執務室。

「お時間いただきありがとうございます」

「……………聞いたのか、アーシャ？」

「ヘルコフが。僕を派兵させる動きがあるようですね」

「アーシャだと決まった訳ではないんだがな」

父は簡単に文官たちへ指示を出しつつ、イクトに目を向ける。もちろんそんなこと言っていないと イクトは首を横に振った。

「イクト、ヘルコフを呼んで来てくれ。アーシャ、書斎に移動しよう」

ここなら周辺に父の警護がいるし、イクトが離れても安全は図れる。ただ出しなにイクトが見知ったおかっぱに何か耳打ちをしていた。途端におかっぱが嫌そうな顔をする。

「腕が確かな分、最終的に力尽くでどうにかすればいいと思ってる節があるからな」

「基本的に有言実行だから、何か脅《おど》されたなら変に抵抗しないほうがいいよ」

「あなた方のその信頼とは違う確信はなんですか？」

そんな話をしながら、執務室に近い書斎へと移動する。僕も初めて入る部屋だ。皇帝専用の部屋らしく内装は豪華だけど、実務に必要な物以外は置かれていない。そしてその移動で室内に入ったのは、父と僕と、おかっぱと呼ぶ父の側近だけだった。

何か脅すようなことを言われたらしいおかっぱは、さっさと書斎の棚に置かれていた紙類を取る。

その間に、父とはテーブルを挟んでソファで対面する形で向かい合った。おかっぱは紙類を僕にも見えるようテーブルに置き、父が口を開く。

「ロムルーシ側は地方の独断で押すつもりらしいが、兵乱を治めるための派兵に関しては、こちらに負担してほしい旨が婉曲に書かれている大使の書簡だ」

「軍を動かすと、関わる人数分の費用が必要だそうですね。ロムルーシは自国の主権を保持するよりも出費を気にするのですか？」

「軍事についてヘルコフから教わっているか？」

「えぇ、計算が得意だというので何故かと聞いたら、兵は数と金だと言われたので。それから軍という機構の維持管理について教わりました」

言い方が悪かったのか、陛下とおかっぱが揃って天井を見る。僕も見るけど何もない、いや、宮殿は天井にもフレスコ画とかあるから絵はあった。

「陛下、もう一度家庭教師たちが何を教えたか聞き取りをし直すべきかと」

「これは俺の聞き方が悪かったのか？　ヘルコフは剣も振れない室内で教えることなんてほとんどなかったと言っていたのに」

「基本的にはみんなの体験談を聞いてました。軍事関係については、歴史上の戦いを自分だったらどう勝利に導いたかという話などを聞いているのがほとんどですよ」

別にヘルコフが嘘の報告をしているわけじゃないだろう。年齢の割に知った風に言ってしまったのは、前世の社会人経験だ。人を集めて仕事をさせるには、相応の経費がかかるのは知っている。

それとたぶんヘルコフたちも、嘘は言ってないけど伝えていないことはあると思う。

今はウォルドから算数とこの国のお金にまつわる制度の概要、ノマリオラからは宮殿の使用人をしてる間に知った貴族の名前と来歴、血縁関係や利害関係を習っている。あとノマリオラは伯爵令嬢としての教養面があるお蔭で、ハーティがいなくなって以来ほぼ触らなかったピアノレッスンが復活した。

けどこれは僕の独断だから父は知らない。ようやくエデンバル家のことが片づいて、犯罪者ギルドの掃除と帝都の捕り方の人事に口を出せるようになってる。些事を耳に入れる必要もないだろう。

「先に言っておきますが、僕はロムルーシとの国境に赴いてもいいと思っています」

途端に父の顔が引き攣る。

「わざわざ来たから、もしかしてとは思っていたが――」

「第一皇子殿下、陛下の相手をしていると進まないので、そう判断した理由をどうぞ」

おかっぱが案外雑に皇帝を無視するように言う。ただ言いながら、たぶん会議の資料だろう部外秘な書類をテーブルに出した。

出された北の国境周辺の地図は詳細に町や道の位置が描かれており、問題となったファナーン山脈の村の場所もあった。ロムルーシ側の村の名前はワービリ、帝国側の村がカルウというらしい。どちらも行くには、面倒な山間の高地を登っていくしか道がない。

僕を見据えるおかっぱは、これでもまだ気軽に派兵に参加する気かと言外に伝えてきてる。

「なるほど。領地として主張しても旨味は少なく、また国が兵を出すほどの要地でもない。ましてや兵を出しての出費が痛いのは目に見えていると」

僕はあえて自分にかかる負担を無視して言葉にした。

実際、山越えをするための水の確保も難しいとなれば、兵だけじゃなく物資も余計に必要だ。馬や荷運びが増え、さらに必要物資も増えるとなると、軍事費は跳ねあがる。

「どう考えても負担ばかりが倍々に増えて行きますね」

「さらに六十年前にも兵を出す騒ぎを起こしており、その時の報告書があります」

おかっぱが出すのは新しい紙だから、六十年前の報告書の写しだろう。

「今回ロムルーシ側が帝国に派兵を要請しているのは、この六十年前のことも加味してですか」

言いながら、僕は資料を捲《めく》る。そこには、ロムルーシにも帝国にも権威として重きを置かない意固地な地域性が書かれていた。そもそも名目上所属しているだけで、税収さえほぼない両村は、地域の領主でさえ放置ぎみで、行政として関わる頻度も少ないようだ。

六十年前に派遣された将軍は、その時にも起きた兵乱に横やりを入れて力尽くで止めている。その後に両者の代表を集めての講和を取りつけてるけど、実に七年の期間を要していた。

「これはさすがに長すぎじゃないですか？　争い自体は到着してすぐに止めたのに七年？」

資料は七年後に戻った際の報告書。文字列の中から、僕がどう解決したのか探していると、おかっぱが答えを教える。

「問題の根が深く、どちらも退かないままで、最終的にカルウ側の陣頭指揮を執っていた人物が病に倒れたために、係争地をワービリが取り治まりました」

「それ、治まってないよね？　おじいちゃんくらいの代のしこりを孫世代が今むし返してるよね？

——これ、解決策用意して行かないと帰れないのか……」

僕は考えながら、おかっぱの言う係争地について探す。見つけてその辺りを読めば、どうやら係争地である場所は貴重な水源。しかも両村に住む獣人たちは、その泉を神聖視していることから、諦めろという説得は生活の上で無理だと報告されていた。

しかも六十年前よりも以前から、何度も同じような争いをしているという現地民の話もある。同じ場所にある村の一方が水源を独占し、得られなかった村の側は願って借りるという形を取っているため、反感が争いに駆り立ててるんだとか。

「これは、どちらが水源を取っても問題ですね。だからといって国が管理するには遠すぎるし便も悪い。両国の地元領主がわざわざ兵を出した理由も、この状況だとよくわからないような………」

いや、いっそ両村で勝手に殺し合い始めるよりはっていう抑止力的な派兵もあり得るのか。そうなると、ロムルーシ側のやる気のなさもわかる。六十年以上前から争って問題を起こしている地域だ。世話するだけ定期的に戦費が飛ぶならつき合ってられないだろう。

僕が資料と睨めっこを始めると、イクトがヘルコフを連れて戻った。二人は入ってドアを閉め、父とおかっぱの顔を見た後に、揃って僕を見る。

「殿下、何しました？」

「何も？　まだ資料を見ていただけだよ」

「つまり情報を見ただけで問題点を挙げていたんですね」

イクトが言うと、父がソファに倒れ込むように身を預けるという、いつにないラフさを見せた。

「………これは普通か？」

「まだ何も行動に出てないんで、普通よりも大人しいでしょうな」

ヘルコフの答えに父は身を起こす。ただその様子にヘルコフは先手を打った。

「言っておきますが、俺は自分の経験以上のことを教えられるほど達者じゃない。非凡なのは殿下の理解力と応用力ですよ」

「僕、まだ一般的なことしか言ってないよ？」

異議を唱えたけれど、イクトが首を横に振った。

「アーシャ殿下、今動くほうが有利を取れると睨んで即決する時点で一般的ではありません。また宮殿を出たことのない方が、問題点に気づけるだけ非凡です」

「僕もまだイクトたちには動くともなんとも言ってないはずだけど？」

「あれだけ会議の様子を気にかけて、現地の情報を求めるようおっしゃるなら予想はつきます」

どうやらイクトたちには、派兵に乗ってもいいと思っていたことは読まれていたらしい。

「…………つまり、僕は喋らないほうがいいんだね。だったらここで方針を固めて陛下に人事を握ってもらわないと。それにどういう解決を目指すかをきちんと考えなきゃ」

父はまた天井を仰いで息を吐きだすと、切り替えるように僕に向き直る。

「よし、俺の息子が天才なのはわかった。わかってたつもりだが、だいぶ想定より上なのもわかった。まずアーシャの意見を聞こう。どうして派兵を受けるべきだと思った？」

父は真剣な顔を作るけど、何やら不安そうに手を握り合わせていた。そんなに力まなくても、父の邪魔になることはしないつもりだ。

「皇子派兵を言い出したのはルカイオス公爵、そしてユーラシオン公爵もその意見に賛同しており、現状、陛下はその意見を退けようと守勢に回っていらっしゃいますね？」

「あぁ、たぶん派兵はブラフも含んでいるだろう。あまりにも非現実的すぎる上に、アーシャを排除しようとする動きが見え透いている」

「えぇ、僕を放り出すよりも、エデンバル家や犯罪者ギルドを抑えた今の陛下の勢いを削ぐためのブラフでしょう」

皇帝の手綱を握っていたいルカイオス公爵と、自らが帝位に就くために父が勢いづくのは止めたいユーラシオン公爵。僕を排除する以外でも、両公爵は足並みが揃ってしまっている。

そして不本意ながら、そんな父を動かすための駒に据えられたのが僕だ。

「現状、派兵に抵抗する上では、陛下の力を弱める方向に両公爵は動くでしょう。そうなれば、いらない譲歩を引き出されるかもしれません。それをされないためには、弱みを見せないことが必要ではないでしょうか」

何か言いかけた父は、けれど何も言わず続きを促す。うん、弱み僕です。

「その上で今できることは、相手の勢いを利用することです。向こうが懐柔姿勢の間に有利な条件を引き出してください。その上で一度軍を率いる実績を僕も作るんです」

錬金術ができないのは悲しいけど、今後を考えるといつまでも引き籠ってるわけにはいかない。だからって宮殿でこれ以上何かしても睨まれるだけだ。ならばいっそ、公爵側から公に外に出そうと動いてくれたのは渡りに船と言える。

「ただこうして資料を見る限り、場合によっては僕を二度と帝都に戻らせる気がないとも思えます」

「それは………では、出兵はやめるか？」

「いいえ、今やるべきです。僕を外に出して公爵家でも作られるほうが、たぶんルカイオス公爵たちは嫌がるでしょう。けどここに居続けると、どうしてもテリーが将来成長して帝位間近になった時間

題が出ます」

嫌がらせ的に僕を担ぎ上げようとする人が現われることは、僕にとっても本意じゃない。だいたいそれを阻止するために、左翼棟に閉じ込める形にされているんだ。

だからこそ、皇子のまま活動できる大義名分を公爵たちが用意してくれた今は好機と言える。

「今解決しなければ、テリーの代になって悩むことになります。それにロムルーシ側はこの書簡のとおりであれば、丸投げを表明している。ここで確約を取って動きやすくしましょう。後顧《こうこ》の憂いを断つためにも、ワービリ村も帝国領に編纂《へんさん》し直す手続きをするよう交渉すべきかもしれません」

平和はそれだけ変化もなく、歴史に残せる功績というものを得にくい。ここで極小とは言え領地が増えるのは、父の皇帝としての名目上の功績とできる。

「外に出て地位を得ればいいではありませんか。第一皇子の才覚があれば可能でしょう」

突然おかっぱが試すようなことを言ってくる。いや、いつも試すようなことされてるな。

「それはそれで、皇帝の血筋欲しさに別のところで争いの火種になりそうじゃないか」

またストラテーグ侯爵みたいな人に怒鳴り込まれるのも困るし。その点では、こうして目立たず宮殿にいるほうがましと言える。僕の立場からすれば、表に出て地位を得るなんて別の面倒ごとを呼び込むだけだ。

「皇子として務めた成果があれば、今以上に状況を改善できる可能性もあるかと思います」

僕が言葉を濁すと、父は眉を下げる。別に責めているつもりはない。父も妃殿下も、使える伝手が邪魔するルカイオス公爵の周辺だからしょうがないし、僕はもっと伝手なんてない。

けど派兵から戻れば、今まで邪魔されてきた人を使うための教育を受けられる可能性ができる。学習もしてないと、僕は不適格として領地も与えられないから余計に宮殿を出られないんだ。

ところが今回、皇子として出兵して戻ったなら、実績が一つできる。そうなれば、教育がされてないなんて言い訳は本末転倒になる。

これを機に、家庭教師の増員をルカイオス公爵に頷かせられないかな。派兵の言い出しっぺのくせにって押せばどうにかなるんじゃないかと思ってる。

「これは、大人びていると、思うべき、か？」

「その域を越えているかと」

父の困惑に、おかっぱは渋い顔をしている。

これは喋りすぎたかな？　いや、ここは派兵に消極的な父を説得するためにも、もうひと押ししなくちゃいけないかもしれない。

六十年前の報告で、問題点は見えた。地図での情報もありがたい。その上で問題の解決策を考えられそうだ。

僕は笑って見せて、指を三つ立てる。

「問題点は三つ。ワービリとカルウの争いの解決方法。次にロムルーシからの村統合の承諾。そして公爵たちからいかに良い条件を引き出し、こちらの条件を呑ませるか。二つめと三つめは陛下に動いていただく他ありません。ですから、最初の問題である解決方法は僕のほうで考えさせていただきます」

指を一本立て直して提案すると、父とおかっぱは揃ってヘルコフとイクトを見た。けれど二人は同時に首を横に振る。

「…………これが普通かぁ」

これでもいつもより一生懸命考えて提案しているんだけど、なんだか父に誤解されたようだった。

＊＊＊

表向きは父に会議を動かしてもらい、派兵に有利な条件を引き出してもらうことになった。ただ諸々と公爵たちも乗ってくれるわけもないため、色々理由をつけて兵数を減らそうとしたり、僕に随行する人員に縛りを設けようとしたりするのを止めてくれている。

それとは別に、ロムルーシ側とワービリ村の領有について話し合うため、使者を立てて、条件を詰めてと忙しい。

僕も言ったからには、両村の問題を解決するための方策を立てている。追い出したい公爵たちがいっそ好きにさせてくれるお蔭で、普段使えない帝室お抱え商人に仕事をお願いできるっていいね。

ただそうして帝室の威光を使っても、準備にかかる時間がシビアだ。だからテリーたちを招くこともできず、妃殿下の招きに応えることもできず、ちょっと寂しい思いをしていた。

そこに、突然弟たちから来訪の報せが来たのは冬も深まった頃。

「突然のことで申し訳ありません、兄上」

「あのね、父上からのお知らせ持ってきたよ」

「お邪魔しないようにすぐ帰るけど、お会いしたかったの」

正直すごく嬉しい。けど、弟たちの目は窺うように僕の手に向かう。

なんだろうと思ったら、手がインクで汚れていた。必要な物を発注するために、さっきまでペンを使っていたからだろう。服を着替えて手も洗ったんだけど、落としきれていなかったようだ。

「わざわざ来てくれてありがとう。僕も休憩するから大丈夫だよ」

金の間の控えのほうに通すと、何を思ったのかワーネルとフェルが奥の勉強部屋の扉を開ける。さっきまでいたその部屋は、思ったよりも乾ききらないインクの臭いがしていた。

「わぁ、本がいっぱい！」

「紙もいっぱい！」

「色々考えながら書いてたら散らかしてしまってね。だから今日はこっちの部屋」

「兄上、本当に北に？」

テリーが不安そうに聞いてくる。何処まで現状を理解しているかわからないけれど、大人に囲まれて育ったのはみんな同じ。この子たちも皇子で立場というものを教え込まれるんだから、不穏な空気が流れている宮殿の気配に敏感でもおかしくない。

そうして僕を心配して足を運んでくれただけでも十分だ。僕は疲れた様子を見せないよう、努めて笑顔を向けた。

「激しい争いが起きているわけではないから、そんなに心配しなくても大丈夫だよ。――それで、陛下からのお知らせというのは？」

促すと、テリーが宮中警護のユグザールに合図をする。ユグザールはリボンで固定された紙をイクト経由で渡してきた。

「そう、軍を率いる将軍が内定したのか。ヘルコフ、ロコピオス・ワゲリスという人物に聞き覚えは……………あるみたいだね」

名前を言った途端、ヘルコフの熊顔が渋くなる。予想はしていたけど、こんなやりがいのない仕事を押しつけられる軍人だから、劇的に状況を改善できる手腕なんてない人選なんだろう。

巻紙の中に小さなメモも一緒に巻き込まれており、そこには父の覚書《おぼえがき》のような文字が。確かめてヘルコフに回すと、メモの内容に一つ頷いて見せる。

この派兵を押しつけられたワゲリス将軍は、目立った功績もない人物で、この数年で軍を率いた作戦においては失敗をしているそうだ。父のメモには将軍職を務められる能力はあるものの、計略は不得手で交渉能力もあまり芳しくないとある。

ワゲリス将軍を知っているらしいヘルコフからしても、頷ける人物評のようだ。

「悪いお知らせだった?」

「持って来ないほうが良かった?」

「そんなことはないよ、ワーネル、フェル。必要な情報だ。ありがとう」

不安そうな弟たちをソファに座らせると、様子を窺っていたノマリオラが給仕を始める。室内には皇子一人につき一人ついてる宮中警護が四人、給仕をしているノマリオラと後はヘルコフ。ウェアレルとウォルドには青の間の図書室のほうで別の作業をしてもらっていた。

「兄上、近衛《このえ》も従軍することは知ってる?」

意を決した様子でテリーが告げる内容に、僕は心当たりなんてないけど想像はつく。

「まだ正式に報せは来ていないね。けど、今回僕が出るのは皇子としての権威づけだ。それに近衛が同道しないのは不自然だとは思うよ」

つまり同行させる予定はあるだろう。ただ、今回の軍を指揮する将軍が決まったのにまだ近衛の隊長が決まったとは聞かない。

「兄上、どうして近衛なの？」

「宮中警護とは違うの？」

ワーネルとフェルはそういう役職があるとは知っていても、所属や組織の別はわからないようだ。

「宮中警護は宮殿の守備を司る者たちで、基本的に守ることが仕事だ。けど近衛は軍に所属していて、軍は外敵と戦うことが仕事なんだ。そんな軍の中で、皇帝やその血筋に連なる者を守ることを専門にしているのが近衛だよ」

居住区を守る専門なのが宮中警護で、戦場には出ない。近衛は戦場に出ることは前提だけど、主目的は皇帝の守護。軍の中でも敵とは戦わないという特殊な兵だった。

だからこそ、一種安全な近衛には貴族子弟が集まる。皇帝と顔を合わせられるという特権的な仕事でもあり、他の軍人とは違う扱いを受けていた。近衛だけは命令系統が皇帝に直結してるとかね。

つまりは、軍部なのに軍部の命令を受けつけない特殊な部隊。他の軍部を下に見る血筋の良い人の集まり。そして、軍人をしていた血筋の低い皇帝をいただくことを嫌う勢力でもある。

「近衛がどうかした？　って聞くのは狡いか。同行を嫌がって陛下を困らせているってところかな」

僕が予想を告げると、弟たちは揃って頷く。今までは近衛という地位を保持したいために表立って父に盾つくことはなかったのに。子供にまで見られてるってことは、本気で抵抗しているということなんだろう。

近衛は皇帝に近い分ルカイオス公爵派閥が多かったはず。権威づけに皇子の派兵を言い出したからには、ルカイオス公爵にはしっかりしてほしい。

「………兄上、兄上を守ってくれる人は、どれだけいる？」

テリーが双子を気にしながらそう聞いてきた。表面的に答えるなら、兵士に囲まれて軍と行動するんだからいっぱいいるよと言えばいい。けど、難しい顔をした様子から、テリーが最悪を考えついてしまっただろうことは想像がついた。

継承争いを理由に僕をここから引き離すとして、将来の禍根《かこん》を絶つのに一番有効な手は暗殺だ。テリーもそう考えついてしまったかもしれない。

テリーが誤魔化されてはくれないのは、夏頃の交流の中でわかってる。安心させるどころか、余計に不安がらせてしまうことになるだろう。

「帰ってきてほしくないから追い出すんだ。だったら、目的地に着くまでは守ってくれるはずだよ」

六十年前、問題解決を期して向かった将軍は七年の時を費やした。軍事の経験もない、政治的な権力もない僕じゃ、解決なんてできないっていうのが大方の予想だ。つまり、派兵を理由に追い出せば、二度と戻ってこられないと思われている。

それにつき合わされると思えば、軍も近衛も同行なんてしたくはないだろう。権力から遠ざけられて、僻地に向かわされるなんてね。

「えー、兄上帰ってこないの!?」

「やだー！　兄上帰ってきて！」

誤魔化さずに答えたら、双子まで理解して声を上げる。

「もちろん。そのために色々考えてはいるよ」

僕は言ってインクに汚れた指先をこすり合わせた。実際、不明点は多いけどどうにもならない気はしない。水源の争いは、村に流れ込む部分を争っているのであって、本当に水自体が湧いているところは手つかずな様子が窺えたんだ。

（六十年経った今も同じ理由で争いを起こしたなら、今もきっと手つかずだ。問題は、どれだけ器具を作って持っていけるかだけど…………）

（荷運びの部隊を編成することを勧めます）

（そこもまた陛下に相談しないとね）

僕はセフィラに答えつつ、目の前の弟たちに笑いかけた。

「帰ってこないなんてことはないから。そうだ、手紙を書くよ。行ったことのない場所だし、きっと面白いものが見られる」

楽しみがあるって弟たちに話しかけている姿を、ユグザールたち宮中警護は不思議そうに見ている。

本当に帰る目算立ててはいるんだけどな。

「まず目途としては一年かな。往復に四カ月もかかるらしいからね」

「一年……それは、短いほう？」

「そんなに兄上いないの？」

「ねぇ、僕も行っちゃ駄目？」

理解力はあるけど、まだ時間と距離に対しては経験が不足しているテリーは、驚きを露わにするユグザールを確認している。宮中警護のほうは、前任者が七年を費やしたと知ってるようだ。

そして今さら僕の不在にショックを受けるワーネルと、いっそ一緒に行くと言い出すフェル。そうして惜しんでもらえるなら、僕も頑張って戻ろうと思える。

まだまだやることはあるけど、もう少し無理をしてみようか。

＊＊＊

派兵が本格的に決まる流れになってきた中、権威づけのために行くはずの僕は蚊帳の外に置かれている。左翼棟での暮らしも基本そんなものだし、軍事なんて経験もなければ実績もないから、会議に呼ばれることもない。

完全にお飾り。そこはいいんだけど、これを機に皇子から降ろしたいルカイオス公爵に、思いどおりにさせたくない反対勢力の邪魔もあるそうだ。エデンバル家の一件から、これ以上勢いづかせるかってことらしい。

僕を押し込めるルカイオス公爵を応援する気はないけど、反対勢力も僕を利用してテリーを困らせようとする勢力だから正直今やるなって気分だ。

ただ蚊帳の外なのは全然問題ない。いっそ、こっちの準備や試行に専念できる。とはいえ、全部が全部上手くいくわけでもない。

「うーん、どうしてだろう？　何が違うのかな？」

僕はエメラルドの間で、三つのフラスコを前に考え込む。そこにウェアレルがやって来た。

「アーシャさま、今お時間ありますか？　おや、そのフラスコは………？」

僕の前には三つのフラスコが器具で固定してあり、僕の見守りをしていたヘルコフは肩を竦めてみせる。扉を開けて戻ったイクトは、その様子にフラスコの中に目を向けた。

「セフィラ・セフィロトを再現するという試みは失敗ということですか？」

「うん、セフィラの時と違って全く反応がない。三つ作った内の一つなんて完全に靄《もや》が消えたし。テリーたちを守るために再現したかったんだけど、無理そうだね」

妃殿下とほぼ一緒でまだ赤ん坊である妹はいいとして、弟たちと暗殺未遂をされたのは夏のこと。あの時は事前に襲撃を察知できたからこそ無傷で逃げられた。

貢献してくれたセフィラは僕と一緒に宮殿から離れてしまうし、弟たち専用の知性体を作れたらいいと思ったんだけど。結果、逆さに固定してもフラスコの丸い部分に漂うという、重力を無視しているる疑惑が浮上しただけだ。

「さすがにそれは、再現が成功したとしても、公にするには問題があるように思いますが？」

「ですから、アーシャ殿下は秘密裏に弟殿下方の守護を配置されるつもりでしたよ」

心配するウェアレルに、イクトが無許可でやるつもりだったことを暴露する。うん、改めて人の口から聞くと、テリーたちにさえ了承を取らないのはただのストーキングだ。

「できたら許可取るくらいしたほうがいいとは思ったんだけど」

「いえ、殿下。あちらさんはがっちり守りが敷かれてるんです。そこを蔑ろにして守りの手勢増やすってことは、お前ら信用ならねぇんだよと言ってるようなもんですよ」

ちゃんと言ってもやっぱり問題があるらしいことをヘルコフが教えてくれた。

大聖堂のことは、固めた守りの内側に味方のふりして敵が入り込んでいたせいだ。だからこそ気を尖らせている中、無視してセフィラと同種を配置するのは喧嘩を売るようなものだとか。

「結局失敗だから、許可を取る必要もなくなったけどね。――セフィラを作った時と同じ工程、同じ条件を揃えたつもりだけど駄目だったなぁ」

「経過を観察するにあたり二つも不要と判断。一つを私が調べるために提供を求む」

セフィラは光球として現れると、逆さにしていないフラスコの上でそんな要求をしてきた。セフィラもフラスコ越しに走査《そうさ》をして興味津々だったし、確かに失敗作を取っておいても意味はない。

「いいよ。じゃあ、そのフラスコ開けようか」

僕はセフィラが乗っていたフラスコの口を開ける。すると、靄は風でも受けたように上昇した。出て来るのを待つかと思えば、セフィラは開いたフラスコの口にまた乗り、そして見る間に靄がセフィラに吸い込まれて消える。

「…………え⁉　セフィラ、食べた？」

僕が声を上げ、側近たちも目を瞠《みは》る中、当のセフィラは弱く明滅して反応なし。心配で見つめていると、光が衰えるように弱くなったので、慌てて声をかけた。

「どうしたの、セフィラ？」

「自己の確立の気配なし。思考せず、動静なく、ただあるもの。主人と対話する以上の経験値はないと断言」

「経験値って言い方どうなの？　と言うか、このままだとあの時のように話しかけてもこないのか。逆に、自己を確立できればセフィラのようになりそう？」

「現状未知数であることに変化なし。また私のように学ぶことへの欲求を強くするかも不明。主人に従う意思が芽生えるかも不明」

「靄から知性体になっても、従順とは限らないわけか。セフィラの例を見れば育てるのにも時間がかかる。やっぱり今回は諦めたほうがいいみたいだね」

少なくとも、エデンバル家が犯罪者ギルドもろとも倒れた今、強行手段に出て同じ轍《てつ》を踏む貴族もいない。テリーたち周辺の守りも、一度出し抜かれたことからすぐさま緩むこともないだろう。

「うん、やっぱり動くなら今だよね。――それで、ウェアレルはどうしたの？」

実はウェアレル、部屋に入って来た時から両腕が塞がる大きさの木箱を抱えていた。

「このような時ですが、個人的な研究成果ができまして。着想は小雷ランプを修理したことなので、アーシャさまにも見ていただこうと」

言いながら、ウェアレルが腕に抱えた箱を降ろした。蓋を開けた木箱には、バレーボールくらいの水晶玉が二つ、傷つかないよう綿で梱包されている。

どういう技術か、水晶の中に魔法陣が刻まれ、四角い箱型を描いていた。そしてその水晶の台座には、ごちゃごちゃと魔法陣を描いた板が幾つも繋がれていて、基盤と配線に見えなくもない。

「仮称、魔術伝声装置。この中に仕込んだ魔法の術式を通すことで、水晶に魔力を流す間、もう片方の水晶を持つ者の声を伝えるという装置になります」

え、それってもしかして電話？　しかも水晶二つって無線？　そんな技術革新、魔法だから？

驚きに思考が埋まる僕の横で、ヘルコフが感嘆の声を上げた。

「すげぇじゃねぇか。何処までの距離通じるんだ？」

「すごいと言えばすごいですし、ルキウサリアまでは通じました。ただこれはアーシャさまが小雷ランプの解明と、以前音について教えてくださった知識あってこそのものです。もちろん他にも問題はあります」

ウェアレルはかくれんぼの時、僕が音の性質をセフィラと話し合っていたのを聞いたから形にできたという。その上で存在する問題は、魔力の消費が激しく、同じひと塊から彫りだした水晶を持つ者同士が、同質の魔力でなければいけない、風属性の魔法を使えなければいけない、音質が悪い、事前に時を約束しなければ通じないなど色々挙げられた。

「私ではこれ以上の改善はできませんでした。アーシャさまなら解決の糸口をお持ちではないかと」

「すごいよ、ウェアレル。問題があっても通じるってわかっただけでもすごい」

正直もっと時間かけなきゃ電話なんて無理だと思ってたのに、魔法を使えばすぐこんな形にできるなんて。グラハム・ベルもびっくりだ。そして前世での前例を知っているからこそ、僕には改良案が思い浮かぶ。

「声よりもまず音を送って安定図ったほうがいいと思う。あ、でも風属性に固執しなければ文字を書き送るようなこともできるかも？」

「仔細《しさい》求む」

なんだかセフィラも興味を持ったらしい。けどモールス信号とかメールとかは通じないだろうから、僕は例示できる似たようなものを考える。

「あ、金の間のピアノ。ピアノの鍵盤みたいに、ここを押せば同じ音、もしくは文字？　そんな風に先に機能を限定して安定化したらどうかな。いっそ、この水晶に手動で打つようにしたいけど。そうすれば属性や魔力の質はまず除外。水晶同士が送受信するための術式に専念することで確実性を増せないかな」

僕が考えを説明すると、もう音声を発することをしなくなったセフィラが、僕の案を可能にする術式を提案し始める。僕はそれを聞きながら、セフィラの提案を紙に書きだした。

ついでに僕が考えつく錬金術的な道具も提案する。

「確か魔力を同調させることに役立つ音叉《おんさ》みたいなものを作った記録があったな。あれは錬金術で作った魔力の増幅装置を安定化させるために、同調させて倍化っていう手法のために使われてたけど。たぶんこれにも使えるはず。それにエッセンスでの属性付与。これができれば最初から風の属性を魔術伝声装置に付与した状態で使えると思う」

考えると楽しくなってきた。

「ただこれ、全部組み込むのは難しいだろうから、バランス見て水晶に術式組めば音声は難しくても、最初から決めた音は確実に伝達できる？」

まだまだ前世ほどの利便性には遠いし、メールとも言えなければ手紙にも劣る。それでも可能性があると思えばわくわくした。

「あ、けど僕友達少ないから、これ作ってもあんまり使いどころないなぁ」

「いやいやいや、なんで手紙代わりにしようとするんです。こんな大発明を？」

「そこがきっとアーシャさまの純粋さでしょうが、私もそう思ってお持ちしました」

「これはどう考えても軍需品としての需要が大きいですよ、アーシャ殿下？」

イクトが不穏だけど、どうやら他も同じ意見らしい。ウェアレルが作った物より実用的で、三人は開発を後押ししてくる。

どうやら僕は情報戦を制する兵器の案を出してしまったようだ。

「そうか、考えてみれば――って、誰か来たね。頼んでた資料かな？」

青の間のほうからノックの音がした。今度はちゃんとエメラルドの間の扉を閉めて青の間に移動する。

やって来たのは、六十年前の派兵に関する新資料を持ってきた父の側近のおかっぱだった。

「こちらがお求めの資料になります。六十年前ことに当たった将軍が保存していた地形図、および日誌の写しとなります」

おかっぱに持ってきてもらったのは、六十年前の将軍の遺族が保管していたという当時の資料。軍のほうには公式の簡素な記録しかなかったけど、こっちはもっと雑多な感じだ。

「それで、私を左翼棟まで呼んだご用件は？」

「棘《とげ》のある言い方だけど、ずいぶん話が早いね」

「私を指名しての資料請求となれば疑わないわけもありません。自重してください」

おかっぱが責めるように言った途端、ウェアレルとヘルコフの耳がエメラルドの間のほうに向く。イクトも反応しそうになるのを堪えて下を向くから、いっそ三人ともが挙動不審だ。お蔭でおかっぱの眉間に皺が寄る。

「気にしすぎじゃないかな？　最近僕の評価低すぎて、側近が優秀だからって言ったら大抵どうにでもなることに気づいたんだよね」

「確かに軍への資料請求では、その言い訳が使えましたが。見る者が見れば——失言でした」

ヘルコフを一瞥したおかっぱは、続く言葉を撤回する。

この一年定期的に顔を合わせる機会が増えて思ったけど、この人は僕が思っていたより寡黙ではない。父の機微を計って、僕の前では自重していたんだろう。

おかっぱが僕の不遇を知って見る目が変わったように、僕もこの人物を見る目は変わった。今も僕との面会で唯一同行させることから、父に重用され続けている人物だと認めている。

そんな父の信頼を勝ち得たおかっぱには、一つ聞きたいことができたから、今日は呼び出した。

「——誰に仕えてるの？」

「この帝国を宰領される皇帝陛下です」

「そう、じゃあいいや」

僕は答えを聞いて資料に手を伸ばすけれど、おかっぱのほうが話を切り上げることを拒否する。

「どういうことですか？　それだけのために呼んだとでも？」

「え、うん。誰もいない所で答え聞きたかっただけだよ」

「皇子であるあなたに聞かれたことには答えますので、人目など——」

「僕のこと皇子扱いしないのに？　別に僕に気を遣うことなんて今さらしないでしょ」

言い返せないのに、おかっぱは納得いかない顔で僕を見据えた。

ここで言いつくろって嘘吐かないだけ、僕の目的は達成してる。周りの目を気にして言葉を選ばない状況を作りたかっただけなんだから。

ただ僕と父の面会に同行できない側近三人も、このやりとりの意味を測りかねておかっぱを注視してる。親しくもない間柄は知っていても、皇子扱いしてないってはっきり言っちゃったせいかな。

「本当に今の質問以外に用はないんだけど……………あ、個人的な興味だけどさ、どうして僕のやること黙認しようなんて心変わりしたのかは答えてくれる？」

聞いた途端、嫌そうな顔をするおかっぱ。もっと何かあるだろうって言われてる気がしたから質問を捻《ひね》り出したのに。

おかっぱは不満を隠さない顔で、けれど何か思い出した様子で僕から目を逸らした。

「…………子供が、生まれたのです。五年前に」

僕が五、六歳の頃か。心変わりするようなことあったかな？　そうだ、シャツ一枚で父に会いに行ったのがその頃だった。確かにあの後からおかっぱの対応が変わったと思ってたけど、気のせいではなかったようだ。

「我が身に置き換えて初めて、私のような者を使わなければいけない陛下は、父親としてなんと不甲斐ないことだろうと思い至ったのです」

皇帝相手にとんでもないこと言ってるけど、ヘルコフが頷いちゃったよ。

「同時に年々育つ息子を見ていると、どうしてもあなたと比べてしまいました。小細工を弄する自分が、とても愚かに見えていることだろうと」

「あぁ、嫌がらせが地味だよね。公爵たちに比べると」

僕の肯定に、おかっぱは唇を引き結ぶ。一つ息を吸うと、逸らしていた目で僕を睨むように見た。

「私も一つお聞かせ願いたい。最も幼い頃の記憶で、あなたに自分はどう見えていましたか？」

それは三つか四つの頃かな？　どう見えていたかって、印象とか思ったことでいいのかな？

「無駄なことをする人だなって」

「…………ぐ」

何かを耐えるように呻いたおかっぱは、胸を押さえて前屈みになる。すぐには復活しないと見て、ヘルコフが質問してきた。

「殿下、ちなみに何をもってそんな感想を？」

「子供の僕睨んでも陛下を止められるわけじゃないのにとか、地味な嫌がらせだなとか」

「大人げないですね。他にも？」

イクトが毒を吐きつつさらに聞く。

「面会の時に、時計を進めておいて早めに引き離しとか。結局陛下がいそいそ来るだけなのになぁって」

「あぁ、時間が取ってやれないとずいぶん気に病んでおられましたからね」

ウェアレルは皇帝である父に雇用されている状態だ。その上で給料を直接父が受け渡すという形式を取り、会うこともままならない僕のことを報告していた。

まぁ、実際は僕が口止めしていたため、父が愚痴を吐く時間になっていたそうだけど。

「あなたなら、僻地であってもやって行けるでしょう。もうこれを機に、独り立ちしてはどうです？」

まだ胸元押さえてるけど、身を起こしたおかっぱがそんなことを言ってきた。

「それって軍率いて行った先で、統治が必要とかを理由に軍を囲って、地元民から税取り立てて、実質小国作れってこと？」

「そ…………こまでは言ってません」

「あ、そう？　まぁ、やる気はないよ。ちゃんと帰ってくるから。テリーたちに一年で戻るって見栄張ったしね」

「ぎゃ、逆に宮殿から出すほうが不安になることを言わないでください」

そう思われるのは後々面倒だし、僕は真面目腐って頷いておく。すごく胡散臭いと言わんばかりの顔をされたけど、おかっぱは父に傾倒してるとわかったからもういいや。

ルカイオス公爵より父を優先してくれそうなので、僕が不在の間に何かあっても父の意志を曲げるようなことはしないだろう。

「あ、悪いと思ってるなら一つお願い」

「な、なんでしょう？」

「そんなに身構えなくても。陛下たちが心配してくださってるのはわかってるから、元気ですって手紙出そうかと思って。もし届かないことがあったら、誰とまでは特定しなくていいから、どの派閥が邪魔してるか確かめて、陛下に耳打ちしておいて」

お願いした途端、おかっぱは何かを言いかけて、口を噤《つぐ》む。

「…………結局、あなたは陛下の益になることだけしか言わないのですね」

「他に君に頼むことってある？」

また言い返せずに黙るおかっぱだけど、一瞬見えた表情は少しだけ後悔しているように見えた。

二章　入り乱れる思惑

派兵が決まってから二カ月が過ぎ、冬の終わりも見えてきた今になっても宮殿は大忙しだ。何せ、僕の派兵に陛下が頷いた途端、ルカイオス公爵とユーラシオン公爵を中心に、翻意《ほんい》する前に派兵させてしまおうと、動きが活発になったから。

その上で春の派兵を決定して準備してるんだから、もっと別のところにその手腕を使ってほしい。冬なのに山脈挟んだ北のロムルーシと頻繁にやり取りするって、どういう伝手？　ロムルーシ側の村の編入の交渉まで請け負って派閥総動員するって、両公爵はどれだけ僕を追い出したいの？

「どうせ僕がいなくなったら、共通の敵がいなくなって争うだけなのに」

「あの、でん――ディンカー。ここじゃ詳しく聞きませんけど、それお父上に言うべきことですか？」

僕は毛皮が張られた防寒着を重ねて、ヘルコフと帝都に降りていた。暇な辻馬車の中で色々考えた上で漏れた言葉に、ヘルコフは声を潜めて確認する。

辺りは倉庫街で息を白くしながら、人々が今日も声を上げていた。行く先はもちろん蒸留酒工場。この二カ月調べ物が多くて、ヘルコフ伝いに連絡は取ってたけど、ずいぶん久しぶりに足を運ぶ。

「さすがに予想はしてると思うよ？　会議の推移も、譲歩を見せつつお互いの足引っ張れるならそうしてたらしいし」

「逆にディンカーが変な知恵つけないか心配になってきました」

「政治に興味はないけど、相手の出方を窺うにも手の内は知っていて損じゃないかなって思ってる」

今まで会議をセフィラに盗み聞きさせるなんてことしてこなかった。けど、今回やってみて思ったのは、派閥の構成とか各家同士の繋がりとか見えるものだなって。

「派閥内でもさらに組みわけされてるし、上下関係があるっていうのがすごく面倒そう」

「大なり小なり組織として人数集まるとそんなもんですよ。個人の集まりならまだしも、貴族なんて家の代表ですから。会議に出てるのが個人でも、表明する言葉に個人感覚なんて差し挟めません」

そんな人たちの手綱を握らなきゃいけない父の心労が気がかりだな。それに今回僕も軍という組織と行動を共にすることになる。どんなに表面的な知識を手に入れても、結局僕には軍を動かすなんてことはできない。だったらいっそ開き直ってお飾りとして大人しく運ばれたほうがいいだろう。

「――というわけで、僕は当分来られなくなるから今日は挨拶に来たよ」

「どういうわけだよ？」

蒸留酒工場とは別に作られた混合棟で、紫被毛の小熊獣人エラストに突っ込まれた。

「家の事情で割愛したから突っ込まないでほしいな。一年くらい帝都を離れるだけだから」

「それと俺も帝都離れるから連れてても来られないしな。噂くらい聞いてんだろ？」

ヘルコフが僕に続けて不在を伝える。第一皇子の派兵は帝都でもすでに噂になっていた。それにヘルコフが僕の家庭教師をしていることも、甥であるエラストたち三つ子は知っている。北のロムルーシ出身ということもあって、ヘルコフが同行しないわけもない。

すると黄色い被毛のテレンティが、そこだけ白い被毛に覆われた手を振る。

「叔父さんはいいよ、いいおっさんだし。それよりディンカーだ。家での待遇良くなったって話だっただろ？」

「良くなったよ？　あ、もしかして追い出されると思ってる？　違うよ。ちゃんと帰って来るから」

心配しないように軽く言っても、橙被毛のレナートが疑うように聞き返す。

「だったらどうして俺たちに、新しい錬金術道具作れなんて言うんだ？　自分で持ってるはずだろ」

「移動中に使える物が欲しかったからだけど、できてる？」

三つ子の小熊職人たちは顔を見合わせて、カバンを机の上に置いた。

見た目は木製の四角いカバンが五つ。頑丈そうな革と鋲《びょう》、金具での補強もされてて、五つを重ねてひとまとめにもできるよう設計されていた。

革のベルトを外して、厳重に留めてある金具も開けると、中には布張りとベルトでしっかり固定されたガラス器具が鎮座している。他のカバンを開ければ、金具だけでできた器具や、組み立て式の部品も入っていた。

どれも小ぶりで持ち運びに支障がないよう頼んだとおりだ。これならエメラルドの間の大型の器具を厳重に梱包した上で運ぶ必要はなくなる。

「注文どおりだね、ありがとう。これなら旅先で錬金術に使える素材が手に入った時、すぐに加工して持ち帰れる状態にできるよ」

安心する僕とは対照的に、テレンティは不安そうに僕に声をかけてきた。

「なぁ、どうしてもディンカーが行かなきゃいけないのか？」

「まだ新しい蒸留装置作ってる途中じゃないか」

「子供なんだし、帝都に残れるように誰か大人に訴えろよ」

レナートとエラストも一緒になって僕を引き止めるようなことを言う。けどこれはおかしい。

「どうして僕を引き止めるの？　戦地に行くヘルコフじゃなくて？」

「いや、叔父さんは今さらだろ」

「心配する必要ないし、するだけ損だ」

「いい大人捕まえて、逆になんでだよ」

「おい……………」

甥たちの無情な言葉にヘルコフが声を低くする。そこにモリーが近づいて、僕に視線を合わせるように屈み込んだ。

「ねぇ、ディンカー。私の養子になる気ない？」

「はい？」

にこにことちょっとわざとらしいくらいに笑みを浮かべたモリーは、僕が状況を飲み込めない内に早口で続ける。

「ちょっと私の実家にある大陸南部に渡ってもらう必要があるけど、私の一族は竜人以外も一族に迎え入れることには寛容なの。それにディンカーの才能ならもろ手を挙げて歓迎されるわ。そうね、移動と馴染みと儀式で一年くらい。帝都もそれくらい経てば静かになるだろうし戻ることももちろん可能よ。何も心配いらないわ。それこそちょっとした旅行と思ってくれればいいのよ」

「――おい」

僕が困惑して動きを止めると、ヘルコフが割って入るようにモリーの肩を引っ張る。するとそれまで笑顔だったモリーは、ヘルコフ相手には責めるような顔を向けて立ち上がった。

「何？　子供の不遇も放置して気づかないような親、もう親じゃないわよ。それでさらに生まれ育った場所から追い出すなんてそれで本当に愛していると言える？　言う奴いたら私は指差して笑うわよ。とんだ勘違い野郎だってね」

「こっちにも事情があるんだ。妙な勘繰りをするな」

「事情があってもディンカー大事にしないならいなくたっていいだろ」

エラストもまた、責めるようにヘルコフへ言葉を向ける。途端にレナートとテレンティも大きく頷いた。

「ディンカーを悪くしか扱わないならいなくてもいいだろ」

「俺たちのほうがずっと大事にするしモリーさんもそうだ」

何故だかヘルコフが一斉に責められる状況になってしまった。

（これは、もしかしなくても僕の身元ばれてる？　やっぱり殿下から取った偽名がまずかったかな）

（勤め先の関係者が親であること、年頃、知識の幅、身に着ける物の質から予想可能）

セフィラが言うには思ったよりバレバレだったようだ。ということは、モリーたちも気づいても知らないふりしてくれていたことになる。

その理由が欲だけじゃないことは、僕を戦地から逃がそうとしてくれる言葉から察せられた。それはそれで悪い気はしないけど、大事にされてないって思ったのはなんでだろう？

「だから、なんでそんなに悪く言うんだ。別に子供捨てるような話でもないんだぞ」

責められていたヘルコフも同じように思ったみたいで、モリーたちに言い返す。すると、モリーはこれ見よがしに溜め息を吐いて白い髪を払った。

「悪評ばっかりでいいところなし、弟皇子の命狙ってるなんて囁《ささや》かれて、その末にもう手がつけられないくらいの問題児に育ってしまったから、北のしょぼい戦場を理由に追い出すって貴族から噂回ってんのよ」

「なんだそりゃ!?」

あまりの言葉にヘルコフが仰天する。もちろん僕も事実無根の話に呆気に取られてしまった。

そんな僕たちを見て、モリーも少し勢いを弱める。けれどそのまま続けた言葉も僕には予想外だった。

「それに春の派兵で、正味三カ月で準備しろなんて現場から文句しか出ないところに、お飾りとは言え子供を据えるのよ？　進軍すらままならないまま、僻地に行くのだって一年かかるかもしれないじゃない」

「それは………」

僕は予想もしていなかったけど、元軍人のヘルコフには、元部下であるモリーの懸念もわかるらしい。僻地の争いを解決するために派兵するまで三カ月もかかるのかって感じだったけど、それでも短い期間のようだ。

ヘルコフから軍についても習ってるから、言われてみれば食糧の運搬に兵員の移動、行く先々の道を使用する交通規制とかやることはいくらでも思い浮かぶ。馬を単騎で走らせても往復二カ月はかかるって言うし、たぶん今まさにロムルーシの地元領主には帝都から派兵されるって情報が届いているくらいの頃だろう。

つまり、現状では向かう先で受け入れ態勢なんてまだ始まってもいない。

「だから、あなたがちょっと目を離した隙に行方不明にでもすればいいのよ、ヘリー」

「できるかぁ！」

「いっそロムルーシのほう行くなら、叔父さんが連れて実家に帰ればいいんじゃない？」

「実家なら匿《かくま》えるよ。広いし地下もあるし、隣三軒身内だし。部屋は余ってる」

「あ、俺たちも里帰りとか言って迎えに行ってもいいぜ？　もちろん帝都には帰る」

モリーが現実的なところからまた話を蒸し返すと、三つ子も揃ってやいやい言う。直接言わないでいてくれてるけど、これはもう露見確定だし僕が言うべきだろうな。

「みんな、心配してくれてありがとう。けど、今回のことは僕から向こうの思惑に乗るべきだって進言したことだから心配しないで。父も最初は突っぱねてくれたから」

本当のことを言っただけなのに、不審顔をされてしまった。そこはさすがにヘルコフもフォローを入れる。

「父親だからって、このディンカー相手に丸め込まれないと思うか？　ディンカーが丸め込む方策もなしに言い出すと思うか？」

なんか予想外にフォローまがいの言葉を、モリーたちは否定できずに唸る。そこは否定してほしいんだけど、いや、確かにある程度情報得てからこれならって思いはしたんだけどさ。

「普通に今なら危険も少なく優位取れるよっていう話をしただけなのに。確かに遠い場所だけど、往復の軍がきちんとまっすぐ歩いてくれたら、一年くらいで戻れると思うよ」

「それで自分を餌にするあたり、子供がすることじゃないんですよ。しかも読みどおりだし。そうさせてしまう大人として、本当お守りする以外にないんですから」

なんだかヘルコフが、四人がかりで責められた時より落ち込んでる。

「ディンカーに考えがあるのはわかったわ。けど、本当に大丈夫？　危ないと思ったらすぐにヘリーを盾にするのよ？」

モリーが不穏なことを言うんだけど、やっぱり僕が戦地に行くってわかって言ってるよね。本当にどの時点でばれてたんだろ？

「そっちは専門家任せで行くから大丈夫だよ。しくじっても僕には痛手はないようにするし。逆に僕が怪我を負ったら、ヘルコフ以外の責任問題として有効活用するから心配しないで」

「逆に心配になること言わないでちょうだい……」

何故かモリーは額を押さえて眉間に皺を寄せる。僕だって兵乱を治めに行くって名目だから、怪我くらいはしてもおかしくないと思うんだけど。

モリーは大きく息を吐きだすと、白い髪を掻き上げて僕を見据えた。

「いい、ディンカー？　戦場には魔物が住むとされるのよ？　どんな勇猛な将軍も、どんな英知を持つ軍師も、たった一本の矢が通っただけで死ぬの。怪我を甘く見るんじゃないわよ」

「は、はい」

「そういや、怪我なんかほとんどしない生活だったな」

ヘルコフの呟きに、モリーと三つ子が揃って息を呑む。そして何故かその後、初めてのお遣いをさせられる子供のように、口々に注意事項を言い聞かせられることになったのだった。

＊＊＊

北で小規模ながら兵乱が起きたくらいでは大した話題にもならないけれど、そこに第一皇子が派兵されるとなれば話は違う。

「らしくない乱れた字…………それだけ心配してくれてるんだろうなぁ」

僕はルキウサリア王国から届いた手紙を開いて、もう誰もいない階段に通じる扉を見る。配達人のレーヴァンが逃げるように立ち去った理由なんて考えるまでもない。

僕の派兵を聞いて取り乱したこのディオラの手紙について、話を振られることを避けたんだ。二カ月前に手紙を出した時、まだ派兵の話はなかったから僕から言ったわけじゃない。

心配させないように文面考えてたのに、いったい誰が先に僕の派兵なんてルキウサリア王国に伝えたんだか。

「失礼いたします、ご主人さま。お着替えをよろしいでしょうか？」

「あぁ、もうそんな時間？　よろしく、ノマリオラ」

妃殿下の所へ行く用事があることを知っているからこそ、レーヴァンは今日手紙を届けて逃げたようにも思えるな。

僕はノマリオラに手伝ってもらって、本館に行くための礼服に着替える。まだまだやることはあるんだけど、春まで一カ月もない。今を逃すと次に妃殿下の所でお茶ができるのは一年後になってしまう。

僕はいつもどおりイクトだけを連れて、宮殿の本館にある妃殿下のサロン室を訪れた。

「いらっしゃい、アーシャ」

そう言って笑って見せる妃殿下だけれど、隠しきれない疲れが窺える。僕が派兵に同行することが本決まりになってからは、連日の会議も間隔が開くようになっていた。なのにこの疲れようはどうしたんだろう。

「あまりお加減がよろしいようにはお見受けしませんが。日を改めたほうが——」

「いいえ、ありがとう。心配ないのですよ」

妃殿下の許可の下、椅子に腰を下ろしても弟たちが来る様子はない。これは早めに呼ばれた上で、ちょっと弟たちには聞かせられない話が始まるようだ。

「まずは謝らせてちょうだい。まだ幼いあなたを派兵させるなんて、会議に持ち込まれる前に止めれていれば……」

「いいえ、ごぞんじかと思いますが、僕が請け負ったことですから」

「要因は色々あるけれど、あなたを連れ出したことで目を集めすぎてしまったようなのです。私の浅慮でした」

たぶん妃殿下が言っているのは、夏に僕を遊びに誘ってくれたことだ。でも僕はとても嬉しかったし楽しかった。それを他人の思惑のだしにされたからって、妃殿下が謝るようなことじゃない。

「それに——」

「妃殿下、顔をお上げください」

罪悪感からか俯きがちになる妃殿下にそう声をかけた。手の内を明かして安心させることもできるけど、この場にはノマリオラをスパイにしてる侍従もいる。ルカイオス公爵に邪魔をされるわけにもいかないから、もっと別のことを言わないと。

「ワーネルとフェルは僕と離れるということをまだよく理解していません。どうか、よく見ていてあげてほしいのです」

「えぇ、そう、そうね。テリーも心配しているけれど、確かにあの子たちもあなたを思っているのだから。私がしっかりしないと」

「先々で珍しいものを見つけた時には、手紙を書いて送りたいと思います。宮殿の庭園は広いとは言え、きっと図鑑でしか見たことのない草花もあるでしょう。スケッチをして見せられればいいのですが、もう少し絵心を鍛えていれば良かった」

「まぁ、アーシャは十分特徴を捉えているわ。船遊びをした時も素敵に描いていたでしょう」

僕の軽口に合わせて、妃殿下も声を柔らかくしてくれる。夏、妃殿下が誘ってくれた船遊びは本当に面白かった。テリーと図鑑を見たり、ワーネルとリスを観察したり。フェルは釣りの仕方を教えてくれて、妃殿下とは弟たちと一緒に庭園のスケッチもした。

一年、離れるのが惜しい気持ちにもなる。けど、妃殿下がそうして楽しい思い出を作らせてくれたから、一年でけりをつけて戻るんだとも思えた。

「必ず戻ります」

「そう、えぇ、待っているわ。だからアーシャ、必要なことがあれば、遠慮なく言ってちょうだい」

「………………では、一つお願いをよろしいでしょうか」

妃殿下の侍従がいるから、あまり言えることはない。けどちょうど一つ口添えが欲しいことがあった。

そうして妃殿下とお話をした後、テリー、ワーネル、フェルが呼ばれてサロン室にやって来る。

「「兄上！」」

「わ、二人ともどうしたの？」

飛びついてくる双子はいつものことだけど、しっかり僕の服を掴む強さがいつも以上だった。テリーを見ると困った様子でいつもみたいに注意もしない。

「兄上と一緒に行きたいって言ったらだめって言われた！」

「兄上もっと早く帰ってきてほしいって言ってもだめって！」

「それは、うーん」

妃殿下も困り顔で、どうやら言われた当人らしい。これは父も同じようなこと言われてそうだ。珍しくご機嫌斜めな双子を宥《なだ》めつつ、ともかくソファに座らせる。

もっと早くって、僕が一年で戻るつもりがあることも周囲に言っちゃったかな？　妃殿下の侍従が真に受けていなければいいけど、ルカイオス公爵にこれ以上警戒されるのは勘弁してほしい。

「なんで兄上行っちゃうの？」

「なんで僕たち行っちゃやだめなの？」

「なんで？」

「なんで？」

必死に僕を引き止めようとしてくれてる姿は可愛い。けど、そのなんで攻撃はちょっと困る。ほっぺた膨らませるのは可愛いんだけどなぁ。

「うーん………なんでか、僕が帰ってきたら答え合わせしようか？」

苦し紛れに提案すると、双子のなんで攻撃がぴたりと止む。顔を見合わせたワーネルとフェルは、じっとお互いを見つめて考え込んでいるようだ。

「一年で答えわかる？」

「しっかり周りの言うことを聞いて、よく見ていたらわかるかもしれないね」

「僕たちでわかること？」

「僕でもわかったんだからきっとわかるよ。けど、僕と答え合わせするまで秘密ね」

さすがにルカイオス公爵も自分と血の繋がったワーネルとフェルをどうこうするとは思えない。それに皇子なんだから、今回の権威づけとしての派遣を知っても誰も困らないだろう。

さすがに政争が絡んでるなんてこと、五歳になる二人にはまだわからない、はず……。妙に鋭いところあるけど、まさかね？

なんで攻撃をやめた二人が静かになると、僕はひと言も発していないもう一人の弟に声をかけた。

「テリーも心配しないで、大丈夫だから」

先にそう声をかけると、テリーはちょっと悲しそうな顔をする。けれど次の瞬間には、きりっとした表情を浮かべて、意を決した様子で口を開いた。

「兄上は、皇帝になろうとは思わないんですか？」

僕は思わず室内にいる者たちに目を向ける。僕の視線に気づいて、反応しかけた者たちは無表情を取り繕って動きを止めた。

「驚いた、いきなりだね、テリー」

僕は慎重に言葉を選ぶ。その間に妃殿下は、テリーの踏み込んだ問いに対する驚きから、遅れて周囲を警戒する。けどすでに取り繕われた後だ。それでも何人かに目を留めたから、普段とは違う様子を見て取ったらしい。

妃殿下が投げかけた問いなら、周囲で情報を漏らす者を炙り出すブラフ。けど僕を見つめるテリーは真剣そのもので、周囲の反応を気にかけてはいない。

ここはテリーのためにも誤魔化しはしないほうがいいみたいだ。

「僕は自分がなるよりも、皇帝になって陛下のように立派に務めるテリーが見たいよ」

なりたいなんて心にもないことはもちろん言わない。その上でならないと言えば、曲解されるのが厄介だ。一年後に第一皇子じゃなくなって、宮殿に帰れないなんてなりたくないしね。

だから僕自身がならないとは言わないけど、テリーを推すことを第一にする。実際テリーに皇帝になってほしい。だって僕、皇帝になって政治に専念する気がないんだもの。

「…………僕が、立派に――。…………はい、兄上」

思わぬことを言われたような顔をするテリーは、遅れて確かに頷く。形式上は僕が推して、テリーが受け入れた。

どういう想定で聞いてきたのか定かではないけれど、これはけっこう穏当な方法で意思表明できたかもしれない。今まではそんなことを言う場もなかった。言ったところで真に受けるような貴族たちなら疑心暗鬼にもなっていない。

それが妃殿下のサロン室で、嫡子であるテリーの応諾を得た。これはぜひ、妃殿下の侍従には確かにルカイオス公爵に伝えてほしいところ。

そんな予定外のことばかりで始まった面会は、僕に時間の余裕がないこともあって、いつもより早く終わる。けれど思わぬ収穫のある面会だった。

それから数日、妃殿下へのお願いが叶ったんだから。

その日僕が金の間で待っていると、ノックの音がした。ウェアレルが応対に出て待ち人であることを確認すると、すぐさま室内へと通される。

「あぁ…………久しぶり、ハーティ」

やって来たのは僕の母方の叔母で、乳母として七歳まで世話をしてくれたハーティだ。離職して宮殿に出入りする伝手のなかったハーティは、妃殿下の口添えで僕との面会の許可が出されている。

「本当に、あぁ、本当に、お久しゅうございます。こんなに大きくなられて…………！」

「ハーティ、泣くのは早いよ」

もうすでにハンカチを濡らしているハーティに向けて、僕は歩み寄りながら両腕を広げる。するとハーティはもう一度ハンカチで目元を拭うと、僕と再会の抱擁を交わした。

実は派兵を聞いて心配したのはディオラだけじゃない。ハーティなんて、地方から出てきた上で手紙を寄越していた。つまり、手紙が届いた時点ですでにハーティは帝都に出て来ていたのだ。

僕の一存で宮殿の敷地内に入れることはできないし、僕自身が出て行くことも許されない。秘密裏に会うしかないと思っていたんだけど、妃殿下のお蔭でこうして堂々と会うことができた。

「ハーティどの、まずはお座りください」

「そうそう、今日は殿下のお客だ」

「アーシャ殿下の叔母なのだから、こちらも対応を改めるべきか？」

「まぁ、そのようなことはおっしゃらないで。お三方もお変わりないようでうれしく思います」

ウェアレル、ヘルコフ、イクトからの声かけに、ハーティも懐かしそうに微笑む。

ハーティが座ると、控えていたノマリオラが無駄のない動きで給仕を始めた。僕は当たり障りのない近況を話し合い、お茶の用意ができるとハーティが水を向ける。

「可愛らしいお嬢さんですね。アーシャさま、ご紹介いただけませんか？」

「もちろん。妃殿下が紹介してくださった侍女のノマリオラ。気が利くし、仕事には真摯で、妹思いの優しい人だよ」

「そうですか、この方がお手紙にも書かれていた侍女の………。不自由していらっしゃらないかと心配しておりましたけれど、杞憂《きゆう》だったようですね」

ノマリオラは僕の紹介にはにかむという、今までにない表情を浮かべる。その様子にハーティも安心したようだった。

ただそんなハーティが唯一、温度のない目を向ける相手がいる。宮殿の門からここまで案内して来た、名目上は僕の宮中警護レーヴァンだ。

妃殿下の周りにも宮中警護はいるから、サロン室で話した内容はストラテーグ侯爵に伝わっていた。その上で、わざわざレーヴァンが来たのは、やっぱり見張り目的なんだろう。

ハーティもそれはわかってるけど、警戒が強いのは初対面での無礼のせいじゃないかな。今じゃ嫌々僕の動向を見つつ、こっちも便利に使う関係に落ち着いてるけど、ハーティはいなかったからね。

「杞憂と言えば………レーヴァン、ストラテーグ侯爵に頼んでいた件はどうなった？」

あえて声をかけると、レーヴァンは無表情を保ちつつ応じる。

「第一皇子殿下の申し出を受け入れ、トトスさんの同行は皇帝陛下と図った上で許可が出ることでしょう。トトスさんの報告の形式についても、軍の連絡に枠を作ってもらえるよう申し入れをしています」

レーヴァンの返答を聞いて、ハーティは驚いた様子でイクトを見る。

「まぁ、アーシャさまの派兵に同行を？　そう、良かった………」

宮中警護という職分上、本来イクトは宮殿から離れる派兵に同行することはできない。けどそこは僕を追い出したい公爵たちの協力も取りつけて、父が家庭教師も含め同行の許可を引き出した。

それ以外にもストラテーグ侯爵にはやってほしいことがあったから頼みごとをしたけど、今の返答を聞くに、そっちも応諾したってことでいいだろう。

「さすがに他国への連絡の枠を軍に作ってもらうわけにもいかないし、ディオラのことはストラテーグ侯爵に任せるね」

「それは――。いや、乳母の方に今さら取り繕う必要もないから言いますけど、あんな心配しないで大丈夫、だけで済ませた手紙で、あのお姫さまが納得するわけないじゃないですか」

取り繕った物言いを投げ捨てて、レーヴァンが僕に異議を申し立てる。ハーティの目はますます冷たくなるけど、レーヴァンは僕を翻意させようと意地悪く言葉を選ぶ。

「それに殿下の派兵をあれだけ心配してるお姫さまに、説明もなしなんてのはちょっと冷たすぎやしませんか？」

「帝国とロムルーシの間の問題を、ルキウサリア王国の姫君になんて説明するの？　すでに帝国が決定したことに対して異を唱える手紙に？」

春を前に、もう帝国傘下の国々には僕の派兵は伝わっている。他国からすれば、すでに両国間で終わった話。そこにディオラが物申したなんてことが知れれば、子供とは言え弁えのない行動で国の恥になりかねない。

だったら僕はただ知らないふりをして、誤魔化すだけだ。僕のほうも見られてるし、たぶんディオラのほうも手紙は本来は他人の目を通されているはず。ただ今回は急いで書いたことが顕著な様子から、手紙の内容を確認する暇がなかったんだろう。

「ディオラの手紙と同時期にストラテーグ侯爵にもルキウサリア国王の妃から、ことの詳細を求める手紙が届いているって聞いてるよ。説明はそっちからしたほうが都合はいいでしょう」

「それはお気遣いどうも。それをなんでここで言う必要があるかの説明もしていただけると嬉しいんですが？」

わざわざハーティと再会した席でと言うことに、レーヴァンは引っかかっているようだ。思惑がないとは言わないから、否定はしないけどね。

「ハーティとはこうして会えたから手紙の心配ないけど、ディオラはそうじゃないし。レーヴァンがわざわざ来たからついでに？」

「素直で優しかったアーシャさまが……いったい誰の悪影響で…………」

ハーティが何やら呟きを漏らす。聞こえたウェアレル、ヘルコフ、イクトは揃ってレーヴァンを見た。

途端にレーヴァンは手と首を横に振って否定する。

「初めて会った時から素直でも優しくもなかったですけど⁉」

「あなたの素行の悪さを省みてはいかが？」

ハーティはばっさりレーヴァンの否定を叩き切った。レーヴァンに絡まれた経験から当たりが強いんだろうけど。数年会わない内にハーティにも変化があったようだ。再婚相手との間に、息子が生まれてることも影響してるのかもしれない。

「ディオラには無事に戻った時に、僕から手紙を送るよ」

「それ何年後ですか？　いや、十年もかけないって意味なら、ずいぶんな自信で——まさか、本当に自ら派兵受けたんですか？　公爵方の無茶ぶりわかってて…………？」

巷には僕が捨てられるとか、辺境に追いやられるとか噂になってるらしい。けど宮殿で働く貴族からすれば、ルカイオス公爵が言い出して、ユーラシオン公爵が後押しした事実はわかってる。

ただそこに僕が乗ったなんてことは、父とおかっぱくらいしか知らないし、広まっても皇帝に近い人に限られた。

それでも一度疑いの目を持ったレーヴァンは、あれもこれもと指折り数えだす。漏れ聞こえる声から、父が公爵たちから引き出した有利な条件を上げているようだ。

そうして考えに夢中になっているレーヴァンに気づかれないよう、僕はノマリオラに合図を出す。気配を消して足音も立てず一度部屋を出たノマリオラは、同じように戻って、僕が求めるものを手渡してきた。

その様子を見ていたハーティは、悪戯を見咎めるような表情を作る。叱られるだろうことはわかるけど、最初に不安いっぱいだった時よりもずっとハーティらしい表情に思えた。

「それじゃ、これも渡しておくから後はよろしく」

僕は立ってレーヴァンに近づくと、こっちに目を留めた隙に無防備な手に握らせる。

「この区画のマスターキーと、部屋にあるものを記録した目録だよ」

「へ？　な、なんで、いや、何企んでるんです？」

「ずいぶん嫌な顔をするね。最初はあんなに欲しがって僕の乳母に絡んだのに」

レーヴァンはちらりと当のハーティを見た後、僕に視線を据えて早口に拒否する。

「すみません。あの時のことは謝りますんで何かまずいことに巻き込むことだけはやめてください。殿下不在のこの部屋の責任なんて取れませんし取りたくないです」

聞くだけなら聞いてあげるけど、もう鍵も目録もレーヴァンの手の中だ。僕は押し返される前にソファへと戻る。

「ウォルドは財務官だから残していくし、この部屋の出入りも許可してるから、それ以外の人の出入りはレーヴァンの責任で見張ってね。もちろんこの部屋で何かまずい物が見つかったとか騒ぎになったら対処をよろしく」

「あー！　嘘だろ⁉」

「アーシャ殿下の前でうるさいですよ。お客さまを迎えている時に大声を出すなど言語道断」

イクトが黙らせようと近寄るけど、レーヴァンは床に膝を突いてまで抵抗する。もちろんイクトは、隙を突いて押し返されそうになる鍵も目録も受け取らない。

そんなレーヴァンの肩を、分厚い熊の手でヘルコフが押さえるように叩く。

「俺たちがいない間に、暗殺の証拠だとかご禁制の品だとか出てきたら監督責任お前の上司な」

「残るのは財務官だけですが、問題が起きた場合ストラテーグ侯爵に報告するよう言ってあります」

さらにウェアレルも、上司共々面倒な立場を押しつけることを突きつけた。僕に無理矢理マスターキーを返すこともできず、レーヴァンはよろよろと立つ。

「お、俺の一存じゃ…………。まずは侯爵さまに、相談、しないと」

味方もいないため、相談しようと帰るレーヴァン。上手くここの監督を押し切れたし、余計な見張りの排除もできた。

僕はイクトが部屋の外までレーヴァンを追い出す姿を見送って、ハーティに向き直る。

「騒がしくしてごめんね。レーヴァンが言ってたとおり、今回は僕が陛下に頼んで宮殿の外へ出る機会にしたんだ」

「アーシャさま………。ご無理をなさらなければ、いけませんか？」

「する価値はあると思ってるよ」

ハーティは堪えるように一度目を閉じると、優しく見守るような表情になって、僕の話を聞いてくれたのだった。

＊＊＊

春になり、派兵にあたって僕は大々的なパレードで見送られることになった。

これもルカイオス公爵、ユーラシオン公爵から引き出した譲歩の一つだというんだけど、僕としてはいまいち有利な点がわからない。権威づけの一種らしいから、庶民感覚な僕では価値がわからないってことだろう。

もしかしたら、僕が派兵を理由に放逐されるって噂を父も聞いてしまったのかもしれない。そうだとしたら、これは僕が見捨てられたわけじゃないと知らせるデモンストレーションの意味もあるのかも。

ただ根本的な理由は、皇子として偉いんだぞって示威行動だ。そう考えれば、公爵たちが譲歩しなきゃ実現しなかったのもわかるけど。

広大な宮殿前広場を解放し、鎧で着飾った兵士を並べての式典が行われる。

着飾った将軍たちは濃紺のマントを羽織って黒い帽子に白い羽根飾りを差しており、他の兵士は赤い軍服に黒いブーツ。所属によってさらに上着を着ていたり、袖の色が違ったりしている。

（制服ってこうして揃っている姿を見ると壮観だな。けど、こっちは全然色味が違う）

（近衛の指揮系統の違いを外観で表しているものと推察）

セフィラが言うとおり、同じ軍部所属のはずの近衛は、黒いマントに白いズボン、帽子には赤い羽根飾りが突き立っていた。あからさまに僕の側と将軍の側の兵士に一体感がない。

「すまない、アーシャ。お前たちも、アーシャを頼む」

宮殿前で謝る父は、できる限りの権限を僕に与えてくれている。公爵たちを相手に頑張ってくれたのはわかってるから謝る必要なんてないんだけど。

他にもすでに退役してるヘルコフには手ずから剣を与えて、独自に戦闘できる権限を付与し、宮中警護のイクトも特例で僕について来られるようにしてくれた。これは父の決定とストラテーグ侯爵の許可があった上で、いつもは邪魔する公爵たちが他を抑えた結果。とても大きな特例だ。

これから派遣される軍の意志決定において、決定権を持つのはワゲリス将軍と皇子である僕、そして独自勢力となったヘルコフだ。つまり実質一対二。ワゲリス将軍としては面白くないだろうけど、よほどじゃないとこの強権は使わないから、ヘルコフは僕のお守りだとでも思ってほしい。

(ま、こんな形にしてまで僕を追い出したい人たちがいたんだなってことも目に見えるんだけど)

(すでに主人がおかっぱと呼称する者が、喜び勇んでいる貴族をリスト化しています)

(仕事できるんだねぇ。今後陛下の周辺で馬脚を現す人はそのリストに載ってるんだろうな)

僕という不安材料がなくなったことで、政治においては動きがあるだろう。父には次の政治的攻防のため、僕の心配よりも気力を養うことをしてほしい。

僕は心配そうな父に見送られ、馬車に乗り込む。この馬車も帝室の紋章が掲げられており、これに乗る僕を行く先の領主や貴族は無下にできない。前世的に言えば葵の御紋に近いんだろう。

そして同乗するのはウェアレルだけで、ヘルコフとイクトは馬車を挟む形で騎乗する。そのための馬もまた皇帝である父の名の下に用意されていて、世話や管理で付随する人員を近衛から引っ張って来てるんだとか。

その上で馬という移動手段を与えたことが、独自判断を許可するに等しいとか、馬関係の軍人たちを独自に命令できるとか色々あるそうだ。

「軍の兵士たちは命令どおりにしてる感じだけど、結局近衛は同行拒否し続けたね」

僕は馬車の中、ウェアレルと二人きりになってそう漏らす。すると存在を主張するように、座席の上、僕の陰にセフィラが光球として姿を見せた。

「近衛の中には主人との同行を命じられるとともに即時辞職した者が二名。追従する動きを察した近衛長官が辞職の差し止めを行いました」

「皇帝が戦場に出るなどということがないにしても、そのような態度ではそもそも近衛として不適格と言わざるを得ませんね」

突然近衛の内情を暴露するセフィラに、ウェアレルも呆れる。確かに戦場で命を張って皇帝を守ることが前提の近衛が、地方に出されることを嫌って辞職じゃ頼りない。

ただ前世がある身としては、単身赴任を受け入れられずに転職するみたいなものにも感じる。違いは、前世のような核家族じゃないから、近衛という権威的な職場を辞めるなんて個人の好悪《こうお》でできない不自由さ。

近衛を辞職した時点で、その元近衛の実家は父の代で皇帝に近い要職には就けなくなる。それでも辞めたなら、きっと最初から父を皇帝として見ない家柄だったんだろう。

「将軍には、己の責務を理解し務めてくれるよう願いますね」

不安を含んだウェアレルの言葉に、僕は式典で見たワゲリス将軍を思い浮かべる。宮殿での顔合わせは一回きりで、式典前にも手短に形式的な挨拶をしただけ。

ただ、すごく印象に残る鼠《ねずみ》の獣人だった。

（いや、鼠？　あれ鼠っていうか………）

（カピバラという鼠獣人における最大種です）

思考に入り込むセフィラの言葉に、僕は噴き出さないように堪える。

だって、前世でカピバラって言ったら、温泉に入って和んでるイメージしかない。なのにワゲリス将軍はこの世界特有の色味で紺色の被毛を持ってる。しかも獣人の中でも大柄なヘルコフと同じくらい体の厚みあるし、鼠って言われて思い浮かべるイメージと違いすぎた。

それに案外目つきが怖い。前世のニュースに流れてたカピバラもそう言えば目つき悪かったけど、ワゲリス将軍は毛もばさばさで見える地肌の血色も悪く、和みのイメージと遠すぎる。疲労感あるのは、三カ月で派兵させられる軍人だから当たり前なのかもしれないけど。

顔合わせでも素っ気ないし、ビジネスライクすらない対応だった。無礼ではないけど仲良くする気なんてないよと、式典でも全身で表していたせいもあるだろう。

「主人の疑念を感知。ワゲリス将軍は宮殿における会議終わりに、近い者だけとなった折、僻地の内輪揉めに皇子が出向くだけ無意味。時間の無駄。移動距離の負担、兵士の疲労、途上の町々への金銭的負担と不満が尽きず。戦果が乏しい上に働きに対する評価もない仕事だと口にしていました」

「待ってまってまって」

何を盗み聞きしてるのセフィラ？

「駄目だよ、セフィラ。わざわざ漏れないよう愚痴言ってるのをばらすなんて」

「主人の疑念を解消する情報です」

「いや、情報って……。不満があるなんてわかってることだし、特別功績をあげられるような立場に僕もいないし。だいたい、そういう秘密は偶然聞いてしまったにしても胸の内に留めておくものなんだよ。やっちゃ駄目なことなの」

確かにワゲリス将軍について、わかる情報ではある。少なくとも今回の派兵先に関して、問題点もわからず同行してるわけじゃないようだ。僕に実務なんて求めてないだろう様子も窺えるから、こっちも軍の移動については丸投げすることに迷いはなくなった。

「セフィラに手助けしてほしい時には言うから、無闇に他人の秘密をばらさないで」

言い聞かせると、セフィラは不満そうに低い位置を浮遊する。これで納得しないってことは、まだまだ人間のセンシティブな心の在り方は理解できていないようだ。

「情報は先んじてこそ有益です」

「妙に拘るね。だから――」

「あの、アーシャさま」

セフィラに言い聞かせようとすると、ウェアレルが向かいの座席から口を挟んだ。

「その、アーシャさまへの助言は善意であり、叱られることが不服なのではないでしょうか？」

手を口元に沿えて囁くウェアレルから、僕はセフィラへと目を向ける。

「予想値を下回る評価の訂正を求める」

僕の視線を受けてセフィラが主張する。どうやらウェアレルの解釈で合ってるらしい。

「そっか、そういうこと考えるようになったんだ。……うん、ありがとう。僕を思ってくれたのはわかったよ」

応じるとセフィラはそれ以上反論してこない。出会って五年くらい経ってるけど、思わぬ成長をしているものだ。

三歳で宮殿に住むようになって、十一歳になってこうして初めて公に外へ出た。僕も体は成長しているけれど、前世の大人の記憶を持つ今、精神的な成長はあるんだろうか。

「あぁ、旧街道だ」

もう去年になる夏、友人であるディオラが帝都を訪れた際、お披露目のために巡っていた道を、僕も馬車に乗って帝都の外へと向かっている。

まさか翌年の春に、自分が通るとは思っていなかったよね。けど、先を考えればこのタイミングは悪くないと思う。それと同時に、大人の思惑を利用する形とは言え、思いどおりになっていると思われるのはちょっと癪だ。うん、そこはまだ子供でいいや。

「一年後、驚かせてみせよう」

僕は帝都の門を潜りながら、そう離れる帝都に告げた。

＊＊＊

大陸全土を治める帝国は、大小さまざまな国の集まりだ。何処に行っても帝国の傘下ではあるんだけど、皇帝の領地となると話は別だ。

僕が向かうファナーン山脈から北は、獣人という種族が古くから治める土地で人間はあまり住んでいない。身体能力が高い獣人以外に適応できない土地柄のせいもある。

そしてそんな獣人たちが越えられなかったのが北の国境ファナーン山脈。大陸中央を人間が開拓した末に、大陸北西の山の切れ目、フィヨルドになっている場所を見つけたことで獣人も大陸中央部に進出することになったという歴史がある。

そしてそんな魔境に向かう軍の士気は低い。けれど行軍は問題なく行われており、ひと月で行程どおりにファナーン山脈を視界に収める距離までやって来ていた。

街から町へ、村から邑《むら》へ。帝都から離れる毎に、住む人間は減り居住地の規模も小さくなる。邑なんて別名集落だ。

兵士以外にも随行人《ずいこうにん》のいる僕たちは、総勢一万人以上。町レベルでも、突然それだけの人間が馬やら馬車やら持ち込んだらキャパオーバーになる。

「だから野営があるのは知ってたし、専用の天幕があるのも知ってたけど。こう来るかぁ」

初の野営で僕は皇子用だと案内された天幕の前でぼやく。すると先に中を確かめていたヘルコフが出て来た。

「駄目ですね。中も半端でいっそやり直さないと本来の形にできませんわ」

「本来これはどうなる予定の天幕なの？　見た感じ形は合ってる気がするけど？」

僕の疑問に答えたのは、ヘルコフの後から出て来たイクトだった。

「本来なら、床となる専用の板や布があり、虫よけの布や絨毯《じゅうたん》を重ねて初めて完成です。天幕自体ですと、三重構造になるはずが外側一枚だけでお話になりません」

「基礎の柱を立て、縄を張って上から一番外見の天幕をかぶせただけですよ。固定もされていないので、強風が吹けば捲れ、雨が降れば中に入ってくるでしょう」

ヘルコフは言いつつ、実際に天幕の端を捲って見せる。その上で杭を打って止めるための穴を見つけ、ちょっと離れて太い木の枝を拾ってきた。何をするのか見ていると、穴に深々と突き刺す。

苛立ちの現われた行動は、地面と天幕を固定する確かな実益を兼ねているようだ。

「なるほど、工具では引き抜けないならば、これを設営した者が回収する時には、専用の杭を使わず手を抜いたことを後悔するかもしれませんね」

ウェアレルはいっそ大きく頷く。考えてみればこの枝を引き抜くには、ヘルコフと同じだけの力が必要で、天幕を固定する返し状になった枝を切り落とすにしても手間がかかることだろう。

「確かこういう時って、先遣隊が野営地の安全確認と施設場所の選定。そして施設大隊が設営なんでしょう？　これは誰かの不手際だと思うべき？」

「施設大隊の担当者もそうですし、こんな陣営の端に設営場所を選定した先遣隊もそうです。そしてそれらを統括する司令部の確認不足となるでしょう」

ウェアレルの緑色の尻尾が苛立って揺れてる。派兵されるから軍の運用については学習したけど、こうしてトラブルを前にするとすぐさまの解決方法は浮かばない。

「うーん、今日はもう夕暮れが迫っているから、やり直しをさせると日が暮れて逆に危ないね。近衛兵の夜の見張りを増やしてもらって、仕方ないから今日はここで休もうか」

何せ僕の天幕が設営された場所は施設大隊からも遠いし、必要な道具を持ってこさせるだけで時間がかかってしまう。ましてや司令部を示す旗の位置も遠いようなので、文句を言いに行くくらいならこの天幕を少しでもましにして自衛をすべきだろう。

中に入ると野営用の寝台は申し訳程度に設置してある。けど中で警護するのに、外とあんまり変わらない環境のイクトには申し訳ない。

「おう、俺と交代で馬車で休め、イクト」

「でしたら私のほうが。日中は馬車の中ですし、馬に乗られていたヘルコフどのが休んでください」

ヘルコフの申し出に、ウェアレルが交代を申し出る。

「アーシャ殿下も、私のことはお気になさらず。今はこのことをワゲリス将軍に伝達だけはしておいたほうが良いと思います」

「そうだね、連絡はしておこう。勝手にこっちで対処するより、向こうに動いてもらったほうが軍の組織的にも円滑だろうし。………………こういう時は武官を呼んで報告を頼むでいいんだったっけ？」

イクトには近衛に見回りの強化の指示、そして武官を一人呼んでくることをお願いする。

何ごとも初めてのことなので、僕は確認しつつ一つ一つこなしていくことにする。だいたい父が皇帝になる前に軍人をしていたように、軍の中にも貴族はいる。貴族がいるなら派閥の影響があるし、いくらか邪魔されることは想定していた。

「思ったよりもわかりやすい。こんなやり方をする意図ってなんだろう？　僕を遠ざけたい公爵たちが行く途中で邪魔するとも思えないし、ワゲリス将軍側からの嫌がらせってありえる？」

「いや、あいつはこんなみみっちいことするくらいなら怒鳴り込んできますよ」

ワゲリス将軍とは同世代で、軍人時代に面識があるというヘルコフが答える。

「確かに顔合わせでも面倒ごとは嫌がってそうだったなぁ」

「あいつけっこう思ったことそのまま言うんで、こんなの指示することもしないでしょう」

「いっそ、派兵に不満を持つ者がアーシャさまに帝都へ帰りたいと言わせたいため、でしょうか？」

言いながら、ウェアレルの眉間が険しくなっていく。

「うーん、確かにそれだと僕の評判が地に落ちるね。…………世間一般的な十一歳って、この状況でどうするもの？」

目的があって来てるからこのくらいで帰る気はない。けどそれを察しているのはルカイオス公爵くらいだ。ユーラシオン公爵は僕を鈍いくらいに思っている。もしかしたらこの状況は、自分から失態を犯してでも帰りたくなるのが普通なのかもしれない。

「俺、天幕なしで野営とか子供の頃からしてたからな」

「私も親の方針で身一つで森で過ごせるよう鍛えられたので」

え、サバイバルって獣人的には必須なの？　というか一般的な十一歳を過ごしてない自覚あるんだ、二人とも。これはイクトに聞いても同じようなこと言われそう。

三人で首を捻っていると、イクトが戻って来た。後ろには、父が僕専用に用意してくれた武官の一人がいる。

「やや、これはいったいどうしたことでしょう！　――ふぅむ、それはいかんですな。どうぞこのわたくしにおっ任せあれ！」

現状を説明して、ワゲリス将軍へ報告してくれるように命じると、武官は妙に力んで請け負う。ちょっと心配だなぁ。

武官を見送ると、イクトがさらに報告をした。

「近衛の天幕はここからずいぶんと離れた場所に設営されていました。それと、見回りの強化もアーシャ殿下の正式な命令書がなければ受けつけないと」

「そっちも面倒だな。ウェアレル、命令書に必要な印章出して。その間にヘルコフは僕の隊で他に不都合がないかの確認に回ってほしい。イクトは悪いけど杭代わりにする枝探して来てくれる？」

日が暮れるまでの間にしなければいけないことを指示して、僕は筆記用具を入れた長持ちを探すことから始める。

ただ問題はこの日だけでは終わらなかった。

「わたくし誠心誠意改善を求めました！　どうか今一度！　今一度わたくしにお任せください！」

無駄に元気な武官が、また半端な天幕の中で手を振っておおげさなほど訴える。

僕は皇子の身分で来ているから、町を通れば他が野営しなければいけない時も、僕だけは町の偉い人から部屋を用意されていた。けど町や村の間隔が広くなれば、どうしても野営は増える。

そして野営二回目でも、やはり僕の天幕は外側だけで、近衛や武官も遠い。近くにいるのは僕の荷物を運ぶ人足の一団だけだった。

「確認はするってワゲリス将軍は答えたそうだけど、確認した内容を報告されてもいないしなぁ」

僕はやる気のある武官を見送って、改善されない現状を考える。すると僕のために寝台周辺を整えていたノマリオラがすっと背筋を伸ばした。

「確認の上で現状を放置するならば、ご主人さまを害す意思ありとみなし、将軍を更迭《こうてつ》すべきです」

「ノマリオラ、ちょっと落ち着こうね。そんなことしてもなんの解決にもならないから」

実際そんなことをしても、軍がこの場で動けなくなるだけだ。だって僕には軍を動かすことはできない。ヘルコフも現場を離れて時間が経っているし、別の将軍を立てるにも伝手はない。

順当に行けばワゲリス将軍の部下を立てることになるけど、軋轢が生まれるだけなのが目に見えている。ワゲリス将軍を解任することは可能だけど、やる意味がないんだ。

「ノマリオラも慣れない移動で疲れてるでしょ。もうここはいいから戻って休んで」

「ご主人さま、なんてお優しいお言葉。そのお気持ちだけで私はいくらでも働けます」

とろけるような笑みで言われるけど、元気なのかな？　派兵について来るって言った時には反対したけど、自分で働き口決めて妹の世話をしていたんだ。伯爵令嬢と言ってもガッツがすごい。

ノマリオラが大切にする妹は元気になっている上で、僕の派兵を心配したそうだ。そのためノマリオラが側で僕の世話をすると意気込んで同行してくれている。

けど今日はちょっと困るから強めに言って先に休んでもらった。

「というわけで、僕様子見て来るね。セフィラ・セフィロト」

「あ、殿下⁉」

ヘルコフが止めようと手を伸ばす前に、僕は光学迷彩《こうがくめいさい》で姿を消す。そして一歩下がるという最小限の動きでヘルコフの手を避け、進行方向を予測して動いたイクトにもフェイントをかけた。

僕を捕捉できなかったヘルコフとイクトはすぐさま入り口を押さえようとするけど、セフィラに魔法で加速をかけてもらい、風のように天幕を脱する。

「ヘルコフどのはすぐに武官の方を迎えに行く態《てい》で向かってください。もしワゲリス将軍に目通りできるようでしたらどのようなお考えかの確認も」

「おう、行ってくらぁ」

後ろに遠ざかる天幕から、ウェアレルが次善策を講じる声がした。肩越しに振り返ると、急いでいる様子を見せないよう、けれど大股で確実に距離を稼ぐヘルコフの姿が見える。

（これはあまり時間かけられないかな？）

（脱出成功と共に捕捉不可能です。主人の望むままに時間は取れます）

（いや、取っちゃ駄目だから。僕が所在不明な時間は短くなきゃ。お説教が長引くだけだよ）

僕はすでに野営地を走査したセフィラの案内で、誰にも気づかれずワゲリス将軍の使う天幕へと向かった。僕の天幕と規模は同じくらいだけど、入り口は大きく開かれていて人の出入りが激しい。

覗き込む必要もなく中には実用的な机や椅子、長持ちを積んで作った簡易の棚が見える。出入りする誰もが忙しそうで、話に耳を傾ければ、この先一カ月の行程が今まさに組まれている最中だ。

（うわぁ、行く先の村々でまだ受け入れ準備できてないのに派兵急かすって。公爵たち本当意地が悪いなぁ）

（行軍をしながら現地との調整を行っている模様。夜間、報告を持って馬を乗り入れる者は帝都を離れる毎に増えています）

寝る必要のないセフィラは、夜の間も動く兵士を観察していたようだ。日が暮れて報告を持ち込む兵もいれば、日が昇る前に発つ兵もいるんだとか。

（僕にはなんの報せもないし、報告受けるのって、ワゲリス将軍だよね？　あの人いつ寝てるの？）

（先日の野営においては、右手奥の簡易寝台で二時間の仮眠を取っていました）

ここ指令所かと思ったら、ワゲリス将軍の寝所も兼任する天幕だったようだ。そう言えば目立つ紺色のカピバラが見えない。

天幕の中に首を伸ばすと、同時におおげさな武官の嘆き声が聞こえた。

「――そんな、そのような対応あんまりです！　ためになりませんよ？　殿下は大変ご立腹であります！　あのような環境下で尊貴な皇子殿下が安眠を約束されるとお思いか!?」

入り口近い僕にも聞こえるんだから、天幕で忙しくしていた人たちにも聞こえている。一斉に視線が向いたおかげで、僕も一人座って机に向かうワゲリス将軍の居場所がわかった。

「施設大隊からは規定どおりに仕事をしたと報告を受けている。天幕がお粗末だと怒る殿下の訴え以外に異変は報告されていない。だいたいここはご立派な宮殿ではないと以前にも通達したはずだ。こちらは明日の行軍に備えてまだ擦り合わせなければいけない事項もある。無駄なことに取れる時間はない。お引き取り願おう」

ワゲリス将軍は手元の書類から顔も上げず、面倒くさそうに武官に告げる。そして仕事の邪魔でしかない武官には、周囲から圧を感じるほどの視線が向けられていた。

やる気だけの武官はすごすご僕の横を通って天幕を出るんだけど、出た途端やり切ったような顔をするんだから呆れる。しかも、こっちに向かって来たヘルコフと会うと、ワゲリス将軍に言われたことをそのまま伝えて怒らせることまでした。

「おいこら、ロック！　面貸せこら！」

「うるせぇ！　子供の我儘に付き合ってられるか！　てめぇはもう軍辞めてんだから大人しく子守してろへリー！」

吠えるように天幕へ乗り込んで来たヘルコフに、ワゲリス将軍は反射のように怒鳴り返す。二人が思ったよりも親しいのはわかったけど、周囲の軍人たちが肩を跳ね上げるほどの唸り声を出すのはいただけない。

実際通りがかった他の兵士や、服装からして近衛兵が、ヘルコフたちを見て引いてる。

（ひと月問題なく行軍できたのに、ここで足鈍らせても帝都への帰還が遅れるだけだ。セフィラ、ヘルコフに戻るよう言って）

（家庭教師ヘルコフの対応を支持。天幕設営を行った施設大隊の報告を疑わないならば、現状を見せつけるべきと提言）

（それ天幕のこと以外に別の問題が生まれるだけだから、即物的な意見を推してくるのやめようか。さっさと目的地に向かってことを解決したいっていう目的意識は同じなんだ。今は進むことを優先。今回の不手際は後からでも問責はできる）

それよりも派兵を指揮する将軍と、父から剣を与えられたヘルコフがぶつかるほうが外聞は悪い。

（未だ成長途上である主人の身体的負担は無視できません）

センシティブは未だに理解しないのに、セフィラが意外と心配性に育っているのはなんでだろう。ヘルコフたちの影響？　それとも心配されることばかりしてる僕のせい？

（今はともかく争うには早すぎる。こうしてワゲリス将軍の実情はわかったから、いっそこっちで施設大隊の不手際を直接押さえるほうが早い。そうして行動してみせたほうが、後から要求を無視するなんてことしなくなるだろうし）

僕はセフィラを説得して、ヘルコフに退くよう伝えてもらった。

「お前は雑に対応して雑に責任おっかぶせられて雑に扱われるようになったの忘れんなよ！」

「大きなお世話だ！　戦功立てても投げ捨てて軍辞める奴が知った風に言うな！」

「軍に残る気があるなら、次連絡入れた時はてめぇが来い！　優先順位間違えんじゃねぇ！」

「最重要事項は兵乱の鎮圧であって子供のお守りじゃねえんだよ！　お前と違ってな！」

怒鳴り合った末に、ヘルコフはワゲリス将軍の天幕を後にする。そのヘルコフに対して不躾な対応を責めるべきだとワゲリス将軍に意見を上げる者がいた。けれど将軍はうるさそうに手を振るだけで、ヘルコフに好き勝手言われたことを気にしてる様子はない。

「あれ、普通？」

僕は姿を消したままヘルコフを追って声をかける。ヘルコフは周囲にばれていないか耳を忙しなく動かして小さく頷いた。

ワゲリス将軍は顔合わせと式典でしか言葉を交わしたことはない。けれどヘルコフとのやり取りを思うとけっこう好き勝手言う性格らしい。

ビジネスライクすらない雑な対応も、本人的には気を使った結果なのかもしれない。ただ、天幕の件は対応してくれないならこっちで解決してしまおうと、僕は考えを改めた。

＊＊＊

野営地は先遣隊が安全を確認し、本隊よりも先に施設大隊が到着して設営する。そして本隊が発った後に野営地を撤収し、日中に本隊を追い抜いてまた野営地を設営するという形だ。

だからどうやっても僕は天幕を設営する施設大隊と顔を合わせない。直接文句をつけに行けばワゲリス将軍も出てくる。どうにかやらかしてる当事者を捕まえる手を考えなきゃいけない。

そう思ったのは、半端な天幕で三度目の朝を迎えた時だった。春とは言え朝夕はまだ冷える。野営が連続する前に、天幕を本来あるべき姿にしてもらいたい。

枝で固定しても足りない天幕が、風でバタバタいってけっこううるさいんだ。朝日も昇りきらない時間だけど、目が冴えてしまったよ。

「おはよう、ウェアレル」

「これは、アーシャさま。お早いお目覚めで。何か不都合でも？」

「早く目が覚めちゃっただけだよ。身支度は自分でするから、ウェアレルもゆっくりしておいて」

ウェアレルは寝ずの番をしていてくれた。ノマリオラも元気だけどさすがに慣れない旅で疲れているはずだ。身支度ぐらい自分でできるから侍女を呼ぶことはしない。

（セフィラ・セフィロトはいる？）

（ただいま戻りました）

（今日は何処行ってたの？　夜中にうろついていた人はいた？）

セフィラの夜の徘徊は宮殿にいた頃からなんだけど、宮殿を出た今は触れたことのないものが多くて自然を満喫してるそうだ。夜に光る虫がいたとか、空飛ぶリスがいたとか。けっこう馬車の移動中に聞くのが楽しい。

ただそれとは別に、この防御力ゼロな天幕の警戒も頼んでいた。というのも、どうやらここを窺う者は確実にいるらしい。寝ずの番を避けて、近衛の見回りにも気づかれないよう天幕の周囲を探り、どうも僕が中にいるかどうかを確かめている様子だという。

（相手の特定はできた？）

（施設大隊の者で、主人が今回は動かないことを訝しんでいました）

確かに今回はワゲリス将軍の所に武官を送らなかったけど、自分たちでこんなことをしておいて、文句言われるのを待ってる？　何を狙ってるのかわからないけど、そうして偵察に来てるなら、次はありがたく捕まえさせてもらおう。

（主人に報告。付近の森を走査した際、徒歩圏内に黄金根が自生しているのを発見しました）

（え、天然もの？　栽培しても気候がいい年にしか作れないって本に書いてあった希少種？）

黄色い根っこで見た目は地味なのに、黄金の名を冠する薬草だ。薬師がきちんと調合すれば、大抵の内臓の不調を回復するという破格の効能を持っている。

天然ものほど効果は高く、今を逃すと二度と手に入らない。そうとわかっているからこそ、セフィラもここから僕の足で十分往復できるルートを構築していた。

（行くとして、ウェアレルは不寝番してくれた後だし、他の誰かが来てくれるのを待つか）

（光学迷彩を使用することで、交代要員が現われる前に戻って来られます。今すぐ行動に移すべきであると提言）

返事を待たず、セフィラは光学迷彩を発動して急かす。僕は天幕を抜け出して、明るくなり始めた森へと入った。黄金根を掘り出して、ばれない内に戻って土を落とし証拠隠滅をしなきゃいけない。

「――そう思って焦っちゃったなぁ」

僕は朝の森で座り込んだまま呟く。黄金根を掘り出すまでは良かったんだけど、僕もセフィラも浮かれて注意力散漫になっていたんだろう。散歩をしていたらしい近衛二人と出くわし、驚いて足を滑らせてしまった。

「今音が……うわ」

「なんだ？　どうし――うわ」

近衛が森の中のくぼみに滑り落ちた僕を覗き込んでそんな声を漏らす。光学迷彩は落ちた瞬間に解けている。セフィラも不意の変化に対応できなかったようだけど、今はいい。

問題は僕の姿は見えてるのに、そのまま嫌なものでも見たと言わんばかりに去ろうとする近衛だ。

「おい、そちらで何か音がしたが誰かいるのか？　…………子供？　まさか——」

女性の声がして、くぼみに滑り降りて来る音が続いた。見れば、近衛とは別の位置から僕を見つけてやって来る女性兵士がいる。

「お怪我はございませんか？　第一皇子殿下とお見受けしますが」

黒髪をポニーテールにした女性は、橙色の瞳が意志の強さを物語っていた。そして尖った耳が特徴的なエルフであることが見てわかる。

「うん、散歩中に上から滑っただけだから。上手く降りたと思うよ。被害は靴だけ」

あ、よく見ると靴下も汚れてるや。

僕が応じている間、近衛はまだいた。けど、エルフの女性兵士と目が合うと、何も言わずに踵を返す。その行動にエルフのほうが目を瞠った。

「おい！　殿下に手を貸さないか！」

至極まっとうな引き留めに、僕は苦笑いしか浮かばない。

今見た近衛、一人が僕を見てすごく怒りの表情を浮かべたから、たぶん会ったことある。で、宮中警護と違って近寄ってこない近衛と問題起こした記憶は一つしかない。父に会うのを止められてシャツ一枚になった時、僕を通さないという対応をしたのが、多分あの近衛なんだろう。

「あの近衛、辞めてなかったのかぁ」

「え………？」

おっと、こいつ何したんだって顔された。そしてセフィラからの声なき警告が聞こえる。

「宮殿から遠ざけられる覚えがあるだろうってことだよ。これで僕を相手に剣の柄に手を置くなら、もう左遷どころの話じゃないんだけどね」

去ったように見せかけて、こちらの様子を窺う近衛の二人がいる木立に目を向けた。エルフの女性兵士も、何かを聞き咎めた顔をしてそちらを見る。

うん、セフィラが言うには父と会うことを邪魔した近衛のほうが、剣の柄握ったらしい。

「………今度こそ本当に行ったようです。あの者たちは本当に近衛ですか？」

「本物だよ。陛下のご命令を不服としていることを隠しもしてないだけで」

エルフの女性兵士は、僕に手を貸して立たせてくれる。警戒と共に、近衛たちがいた方向を見据える横顔には怒りがある。僕の視線に気づくと、気遣わしげな表情をする様子から、どうやら僕を思っての怒りだったようだ。

「実際僕に向かって剣の柄に手をやった人が辞職した先例あるから、巻き込まれたくない同輩が暴走は止めてくれる。大丈夫だよ」

そう思わせるように、あえて口にした牽制だ。セフィラが言うには、剣を握らなかったほうが引き摺るようにして連れて行ったらしい。

あの武官のように阿《おもね》るのも困るけど、仕事よりも自分の感情を優先されるのも厄介だ。僕と野営で離されていても何も言わないことを考えると、近衛の兵士たちは全体で僕に反感を持っていると思うべきだろう。

（あんな人わざわざ配置したのは、公爵のどっちかなんだろうな）

（会議を観察した結果、近衛に影響力を持つのはルカイオス公爵。軍部に影響力を持つのがユーラシオン公爵であると推測します）

（うーん、近衛も僕が命令して好きに動かせないように徹底してる感じがするね。何処に工夫を凝らしているんだか）

（近衛はワゲリス将軍からの確認事項にも即応はしないため、関係悪化の兆候が見られます）

別の問題まで起こしそうなのか。参ったな。

僕は考え込みそうになる思考を止めて、エルフの女性兵士に向き直る。

「お礼を言うにもまずは呼ぶ名を知りたいな、教えてくれる？」

「当たり前のことをしたまでです。ですが、求められるのならば答えましょう。私は司令部所属付隊管理小隊隊長セリヌンティアレ・クリテン・サルビルであります」

「ありがとう、サルビル小隊長。天幕まで戻るエスコートをお願いできる？」

「お任せください」

真面目だ。そして名前からして帝国の洗礼名はなさそうだし、帝国生まれではないのかもしれない。あと、クリテンって聞いたことあるな。帝国にいるエルフってみんなその氏族なの？

それにしても、皇帝への敬意とか重視しない一軍人のほうが、僕を皇子扱いするんだなぁ。

「あの辺りであれば、殿下でも登れましょう。お手をどうぞ。――それにしてもずいぶんと天幕から離れていらしたようですが。供とははぐれたのですか？」

「え、すぐそこだよ。ちょっと珍しいものが見えたからこっそり採りに来たんだ」

僕が掘り出した黄金根を見せると、サルビル小隊長は驚いた。

「これが自生していたのですか？　しかもそれと見てわかるとは。素晴らしい見識をお持ちですね」

予想外に手放しで褒められた。希少な黄金根を知ってるサルビル小隊長もすごいと思うけどね。元から僕の足で見つからずに帰れる距離だったから、森の端に行けばすぐに天幕が見えた。

「あ、ほら。あそこ――って、抜け出したのがばれてるみたいだ」

「こんなに近く………？　私はそんなに歩いただろうか？」

サルビル小隊長は訝しげに辺りを見回すけど、僕は森の際にいるイクトの無言の圧にそれどころじゃない。

そして僕の姿に、堪らずウェアレルが駆け寄ってくる。

「アーシャさま、ひと声かけていただかなければ…………！」

「ごめん、すぐ戻るつもりが転んじゃって。こちらのサルビル小隊長に送ってもらったんだ」

「それは、ありがとうございます」

「いえ、そちらも大変なお立場でしょう。第一皇子殿下も、博識にして好機を逃さない行動力は素晴らしいが、少々御身自愛されたほうが良い」

サルビル小隊長からも独り歩きに釘を刺されたけど、どうやらあまり悪い印象は持たれなかったようだ。というか、言葉遣いは目上に対してだけど、言ってる内容が子供を叱るそれだ。

サルビル小隊長は辺りに忙しく目を向けながら、野営地の中心、ワゲリス将軍の指令所がある方向へと戻っていく。

「今、財務官であるウォルドの名前を呟いたように聞こえました」

離れて行くサルビル小隊長の背を見て、ウェアレルが緑色の耳を動かした。詳しく聞こうとしたら、イクトが待ったをかける。

「それよりも、まずは着替えと何をしていたかの確認をさせてもらいましょう、アーシャ殿下」

あ、やっぱりこれお説教だよね。僕は天幕の中に戻され、森でのできごとを話すことになった。

「お飾りらしく大人しくしていればいいものを。今後、近衛で見回りをする者にも警戒を向けます」

「ワゲリス将軍のほうとことを構えた時、近衛の責任者としてアーシャさまに害が及ばなければいいのですが」

イクトは今回のことで近衛を完全に警戒対象扱い。ウェアレルはこの先のことを考える様子。

クリテン氏族についても、やはりウォルドと血縁関係だろうとは話になるけど、どれだけ近しい人物かはわからなかった。というか髪と瞳の色がウォルドと一緒だったけど、近いかどうかわからないのがこの世界の体色なんだよね。

そんなことを考えていた僕は、遅れてやって来たヘルコフも交えて、一人歩きをお説教されることになりました。

＊＊＊

野営四回目。ひと月も行軍を続けていると、全体の動きもわかってくる。

どんなに朝早く動いても、移動にかけられる時間は半日もない。軍の真ん中で馬車に乗ってるだけの僕には実感できないことだけど、少しのずれから先頭と最後尾の到着地点にずれが出てしまうってヘルコフは言ってた。

そうなるとはぐれた部隊を捜索する隊を組むそうだ。場合によっては夜中の移動を諦めて、翌朝から本隊を追い駆けて来るとか。

特に行軍に慣れてない人足や新兵が遅れるし、疲労が溜まる一方で動きが鈍くなり注意力が散漫になりやすいらしい。だから僕の荷物を運ぶ人足の野営地で小火《ぼや》が起きたのも、致し方ないことだったんだろう。

「怪我人はいない？　被害の範囲は？　テント使えそう？」

まだ朝日が昇り切らない内に、僕は自分の天幕を出て状況確認をしていた。今朝の風は強く冷たかったそうで、昨夜の火を熾して小火に繋がったんだとか。

僕の荷物周辺には僕専用の人足たちのテントがあり、こちらもまともな設営がされていなかったそうだ。結果、風で大きく捲れたテントの端に、焚火の火の粉が燃え移った。

そう僕に説明してくれたのは、先に事態の収拾に当たっていたヘルコフだ。

「テントが一つ焦げたくらいですね。ただ穴が開いたんで修繕しないといけません」

となると施設大隊まで依頼に行かないといけないけど、今回は好都合だ。昨日の夜は風が冷たかったせいか、天幕を窺う人間がいなくて捕まえられなかったんだ。

怪我人もいないし、小火程度で済んだし。ちょうどいいから、テントの修繕を理由にこちらから出向くことにしよう。

出発までの間に済ませる方法を考えていると、大勢の足音が近づいて来た。

「火事は何処だ⁉　怪我人の有無を報告しろ！」

辺りに響く声に目を向けると、水の入った桶や砂の入った袋を持った兵士の一団だった。そしてその先頭を行くのは紺色の鼠獣人ワゲリス将軍。

「誰が報せたの？」

「騒いでたら何があったって、見回りが聞いてきましたね。だから小火で、もう消火したとも言ったんですけど」

熊の耳を立てて、ヘルコフは大声で火元を聞くワゲリス将軍に呆れた目を向けている。その間に、ようやく小火で消火も済んでいると聞いて今度は怒りだした。

「なんでこんな所で火を焚いた！　責任者は誰だ⁉」

「ワゲリス将軍、ここは――」

ワゲリス将軍を止めるように声をかけるのは、エルフのサルビル小隊長。薄暗い周囲に首を巡らせて、何かに気づいた様子だ。

けど、大柄な獣人が怒鳴っている状況で、人足たちが怯《おび》えてしまっている。この人たちは僕の荷物を運ぶためだけの人員で、従軍した一般人だ。無闇に怖がらせるものじゃない。

だいたい火を焚かないと寒さも凌《しの》げないし、ご飯も用意できないんだから、言いがかりにしてもひどすぎる。

「この場で責任者を問われたら、僕以外にいないんじゃないかな？」

僕は前に出ようとする人足の纏め役より先に、そう声をかけた。僕がいるとは思わなかったらしく、ワゲリス将軍はちょっと捜して、視界よりも下にいた僕の姿に驚く。

「――殿下は天幕にお戻りください。こちらは実務の話です」

すごく心のこもっていない対応だ。その上でワゲリス将軍は僕を相手に実務の話はできないと子供扱いするらしい。

「責任者は誰だと言ったのはワゲリス将軍なのに、それはないでしょう？　僕の隊のことなんだから、僕が責任者で問題ないはずだ。それとも、何か障りのあることでも話すつもりだったの？」

探りを入れてみたら、表面だけ丁寧だったワゲリス将軍も対応を面倒がって言葉遣いが雑になる。

「ただの小火を火事だと騒いだ馬鹿を捜してるんです。だいたい、責任も取れん者を責任者とは呼びません。ともかく関係ないんで天幕に戻ってください」

完全に僕を対等とは見ない対応に、ヘルコフが前に出てワゲリス将軍と睨み合う。

「おぅ、ロック。見回りに小火だってことを言ったのは俺だ。で、誰が馬鹿だ。てめぇの耳か？　てめぇの部下か？」

「なんだと、ヘリー？　こっちの落ち度だってのか、偉そうに。こんな見回りルートからも外れた場所で火を焚いたのがそもそもの問題なんだよ」

やっぱりそれなりに親しい関係っぽいけど、ちょっと聞き流せないこと言ってない？

そう思ったら、サルビル小隊長が慌ててワゲリス将軍とヘルコフの間に割って入った。

「お待ちください。ここ、ここなのですね？　この陣地の外が第一皇子殿下の責任の下にあると」

どうやら一度僕の天幕の位置を見たことのあるサルビル小隊長は異常に気づいたらしい。ヘルコフも半眼になって応じる。

「陣地ってのは何処のことだか知らねぇが、殿下の荷物そこにあんだろう」

「はぁ？　あの柵の内側が野営のための陣地だぞ。なんでそんなところに勝手に荷物置いてんだ」

ヘルコフに応じたワゲリス将軍も、周囲の人足や武官のざわめきに気づいて一度口を閉じる。

今夜は施設大隊の誰かさんを捕まえられなかったけど、ワゲリス将軍のほうから言質が取れた。ヘルコフが言うとおり雑な性格っぽいから、ここはもう一つ言質を貰っておこう。

「陣内の配置、天幕を張る場所はワゲリス将軍の指揮と許可の下にされてるはずだよね？」

「当たり前だ。だからこんな所で勝手に火を焚くことも、荷物置くことも許可した覚えはねぇ」

僕の天幕の場所を知るサルビル小隊長は、言質を取られている状況を理解しているようで、止めきれなかったことで視線を逸らし溜め息を吐く。

「さて、それじゃ………せっかく来てくれたし、改善要求を出した状況を見てもらおう」

僕は薄明の中、背を向けて歩き出す。それをヘルコフがワゲリス将軍を押して続かせるのを肩越しに確認した。

「なんなんだ？　寝にくいだの風がうるさいだのそんな当たり前のこと改善も何もあるか。ここは宮殿じゃねぇんだよ」

「そういうことじゃねぇってことを見てわかれ」

「見たって変わらねぇだろう。どれだけ我儘言ったところで意味がねぇってことを教えろ、ヘリー」

思わずワゲリス将軍を振り返ると、聞こえる声量で話していた自覚がなかったのか驚かれる。予想外の反応に無闇に見つめ合い、僕は気まずさから思い浮かんだことをそのまま伝えた。

「我儘って、初めて言われたよ」

途端にワゲリス将軍とその部下は揃って鼻白んだ表情を浮かべる。これは僕が何かやらかして辺境に捨てられたと思ってるで確定かな。

父とやり取りするのは軍の上層部で、ワゲリス将軍のような現場指揮官じゃ式典くらいでしか声をかけられない。たぶん状況の理解はモリーたちが貴族から聞いた悪い噂くらいのものなんだろう。

少なくとも安全な行軍のためにはワゲリス将軍の手腕が必要だ。正直どう思っていようと、軍を動かすって仕事をしてくれる限りはそれで問題ない。

そう割り切った途端、ワゲリス将軍は何かを感じ取ったように尖った耳を立てた。

「限られた物資、日程、そして監督する人間。そういう計画とやりくりで軍は動かすんだ。我儘を言って無理を通そうとしていることすらわからないなら黙って――」

「ねぇ、そろそろ明るくなってきたけど気づかない？」

的外れなお説教を遮って告げると、先に気づいていたサルビル小隊長が朝日に浮かび上がる一つの旗を指差す。

「ワゲリス将軍が認可した天幕の設営計画では、僕の隊は僕の天幕から百歩の内に野営する。それで間違いないよね？」

メートルで言う百四十メートルくらい。大きな天幕一つの周囲二百メートル強くらいの範囲が僕の割り当てになる。もちろん、僕の荷物を運ぶ人足たちの野営地もその範囲に収まっていた。

問題は、僕の天幕の設置場所だ。

「青地に、黒い獅子……あの印章は第一皇子の――」

手紙の封蝋以外ほぼ使わないけど、僕にも皇子として印章が存在している。公式行事にも出ないから知名度は貴族の中でも知らない人が多いくらいなのに、さすがにワゲリス将軍は知ってたようだ。

指揮官用の大きな天幕の上に、朝日に翻《ひるがえ》る僕の旗。

「なんでこんな所に設営されているんだ？」

「それはこちらの台詞だし、以前から改善要求を出していたのは知ってのとおりだよね？」

「あんな場所で寝られるかなんてこと言われて――言われた、のか？」

場所が悪い、設営が半端。そんな訴えを要約すれば確かに寝にくいって話ではある。武官の訴えを考え直すらしいワゲリス将軍だけど、正直言い方が悪かったとは思う。だからって直接見ずに口答の確認だけだなんて手抜きをしたっけだ。

「ワゲリス将軍、あなたの許可の下にこの状況だ。なのに、何故こんな所で火を焚いたと聞くのは、いったいどういうことだろうね？　僕の隊は食事を賄《まかな》い、朝や夜の寒さを凌ぐために火を焚くことも許さないつもり？」

「どうやらワゲリス将軍は自らの目で見て、もしくは信頼できる人間を送って状況を確認するという基本的な手間も惜しむ方のようだ。であれば、この機に見ていただくのはいかがでしょう？」

イクトが棘を交えつつ、外見だけの天幕の様子も突きつけろと提案する。どうやら僕を我儘と決めつけたことに怒ってるようだ。もちろんそれはイクトだけじゃなく、ヘルコフも旧知の親しさを演出するように、太い腕でワゲリス将軍の肩を押さえ込む。

「おし、だったらこっちだ。その目で見てもう一度抜かしてみろ」

まだ状況について行けてないワゲリス将軍を、半ば引き摺って行く。外観だけの天幕の中に引きずり込まれたワゲリス将軍は、途端に声をあげた。

「なんっだ、こりゃ⁉」

声に反応してサルビル小隊長が後を追うと、他の部下も天幕の入り口から中を覗く。天幕というにもお粗末な代物の実態を見せつけられ、開いた口が塞がらないようだ。

「ワゲリス将軍、次からは確認をお粗末にしないことをお勧めするよ」

僕の助言に、ワゲリス将軍は歯噛みしながらも、もうこちらを責めることは言わない。

「施設大隊のほうに誰か、いいや、今から行くぞ！　ヘリー！　現状維持で触るなよ！」

「しねぇよ！　とっとと改善しろ！」

即行動で対処してくれるのはいいけど、ここに一人くらい確認の人員置いていくべきじゃない？

「………………これって、陛下に報告すべきかな？」

僕も一応軍事行動における報告の義務がある。異変があれば報告するのは当たり前だけど、現状実害のない範囲で収まっていた。

「それはもちろん。ですが、何か懸念がおありですか、アーシャさま？」

ウェアレルの確認に、僕はどう言葉にしていいのか迷う。

「こんなこと報告にするだけ、お邪魔じゃない？　それに報告と一緒にテリーたちに手紙書くし、楽しくない話はしたくないなぁ。――――って、よく考えたら弟たちに手紙書くの初めてだ。招待状貰ったことはあるけど、返事とか書いてないし」

僕は思わぬ難問に直面した。初めての弟たちへのお手紙というタスクだ。お茶会に誘う弟たちからの招待状の凝った様子を思い出せば、何か喜ばせることを書きたいと思ってしまう兄心。

「報告なんですから事実書けばいいんでしょう。ただ弟君方への手紙の内容は考えるべきかもしれませんな」

ヘルコフとしては、軍事報告ならありのままに。家族への手紙なら隠すところは隠すべきということらしい。

「まずはあの将軍がどのような情報をこちらへ上げて来るか。それを見極めてからでしょう」

イクトは状況を見て動くよう助言してくれる。確かに突撃して来て去って行ったワゲリス将軍を思えば、一度情報をこちらで整理する必要があるように思えた。

＊＊＊

小火騒ぎから二日が経ち、僕はようやく陣地の内にまともな天幕を張ってもらえた。そしてそこに僕の隊に所属する以外の人がやって来てる。

「サルビル小隊長の報告を要約すると、現状人員の削減は補充の目途がないため行わず、施設大隊の大隊長及び僕の天幕を管轄した小隊長、実際に関わった人員五人を降格処分。大隊長等責任者は次席を繰り上げる。…………それらの処分は全てワゲリス将軍の権限の下に実行済み、と」

僕に何も諮らずに処分したんだねぇ。平まで落とされた隊長格からの弁明についても何も聞かされてないいんだけど？

そんな僕の言葉にしない声が聞こえているかのように、黒髪のエルフはそっと目を伏せた。

「天幕を不全に陥らせた者の家名くらい教えてくれないかな？　こちらとしても報告を上げなければいけないのに、当事者の名前もなしじゃ困るんだ」

実際の指揮官はワゲリス将軍だけど、僕も同等の地位で行軍に参加してる。僕のほうでも公式記録を残さないといけないし、そのために武官を帯同してる。仲良くする気がないにしても、公務に影響する秘匿は妨害でしかない。

そういうことをやんわり伝えて聞いた家名に、正直覚えはなかった。ただ、親類の立ち位置などからユーラシオン公爵系の貴族の家だとわかる。

（裏を疑うなってほうが無理だねぇ。セフィラ、戻って来てる？）

（はい。ワゲリス将軍主導の尋問の結果、主人の天幕を機能不全に陥らせた意図について、実家からの指図であることを吐いています）

うん、お昼休憩とかあったのに報告ないから、何してるのかなって思ってね。僕に相談せず処分を決めたのは、指揮官としての主導権を維持したい狙いはわかる。あとは子供に口を挟まれたくないってところか。

その上で、こうしてサルビル小隊長を送り込んでいる間にさらに尋問してるんだよね。セフィラ曰く、僕への嫌がらせに継承争いが関わることは、ワゲリス将軍とその周囲にもわかったそうだ。あからさまに嫌そうな顔をしていたんだとか。

（狙いは主人の負傷、及びワゲリス将軍との離間。実行犯個人の願望として、過酷な状況に耐えきれず、主人が独断で帝都へ逃げ帰ることを期待していました）

（そうすればこの派兵もなし崩しになって、何年も辺境にいなくて済むって？　本当に僕、我儘な皇子だと思われてるんだね）

公爵たちから譲歩を引き出すため、僕が乗り気であることを知っている者はほぼいない。貴族も軍部も今回の派兵は、公爵たちが父を説き伏せて僕を捨てさせたとでも思っているのかもしれない。

そうでなければ、ワゲリス将軍の我儘という発言が出ないと思う。僕に関する悪い噂は、ユーラシオン公爵を騙した鈍いふりに関するもの、テリーと出会って広まった帝位を狙うなどのはずだ。

（僕が知らないところで新しい悪評が作られてるかもしれない。セフィラ、人目を避けて相談するよ

うな人がいたら気をつけてみて）

（主人の要請を受諾します）

僕がセフィラと話している間に、サルビル小隊長に対して側近たちが情報を引き出そうとする。

「疑問、確かにおありでしょう。しかし、こちらも情報を出していただかなければ判断のしようがないのです。どうか、次には私をお呼びください。正しく事実をワゲリス将軍にお伝えしましょう」

けど見た目よりも年齢が高いらしいエルフのサルビル小隊長は、まず自分を通せと口喧嘩をするヘルコフを牽制して、僕の天幕を後にした。

天幕の中に僕と側近三人だけとなって、セフィラがもたらした情報を共有する。途端に三人は溜め息を吐いた。

「舐めてんな。武官も同行してる殿下にそんなあからさまなことして露見しないわけないだろ。遅かれ早かれ処分が下るってのに、帝都に戻りたかっただぁ？」

牙を剥くように吐き捨てるヘルコフに、イクトも頷く。

「市井にまで聞こえるという殿下を廃すために派兵させるという噂も、皇子の地位を継続している時点でありえないとわかってもいいでしょうに」

「そこは辺境の任地に数年置いて、完全に争いから遠ざけた後ということも考えられはします。ただ確かにファナーン山脈の奥深くに立ち入る前でなければ、帝都へ取って返す機会もないでしょう」

ウェアレルは、尋問された実行犯の言葉に真実はあると見るようだ。ただそうなると、ワゲリス将軍側の反応が気になる。

「ヘルコフ、ワゲリス将軍と昨夜話した感じ、本気だと思う？」

聞いた途端、ヘルコフは紛れもなく牙を剥きだした。

「あの馬鹿、政争に踊らされやがって……！」

実は昨日の夜、町での宿泊で手が空いたワゲリス将軍が飲んでいるという情報をセフィラが持ってきたんだ。いい機会だし、ヘルコフに天幕のこととか聞いてもらおうと送り出した。

その後、僕は迎えに行くイクトに光学迷彩で隠れて同行したんだけど。一緒に飲んだヘルコフとワゲリス将軍は、周りの兵士が及び腰になる勢いで咆哮《ほうこう》を上げるような口喧嘩になってたんだ。

「確か要点は、アーシャさまが近衛の統率はできていないこと、また今回の天幕の件で近衛からなんの報告も訴えもない異常さの指摘でしたね」

「んなの言いがかりだ。あいつだって気位が高くて扱いにくい近衛の性質はわかってる。殿下がそれだけ舐められてるぞって言ってんだよ」

ウェアレルのまとめに、ヘルコフは面倒そうに手を横に振る。

「では、近衛に反発されることこそ、皇子として問題行動を起こしたからだろうという指摘にも、何か含意が？」

イクトの確認には答えず、ヘルコフは同じように手を振ってみせた。

昨夜のワゲリス将軍の発言から、調べても悪評しか出てこない僕を悪童だと認識しているらしいことはわかってる。また、軍関係者はほぼ宮殿に出入りしないため、ワゲリス将軍も左翼棟の実情なんて知らない。

他に爵位を持っていたり、良い家の出であれば貴族として出入りもあるけど、ワゲリス将軍の経歴は豪商の家に生まれてからの叩き上げだった。

「えっと、なんだっけ。ワゲリス将軍は一代限りの騎士爵だったよね？」

僕の確認にセフィラが応じた。

「妻は男爵令嬢。帝都在住の岳父である男爵は、宮殿仕えの皇帝第二衣裳部屋管理者です」

「その情報って重要？」

「アーシャさま、皇帝の生活に関われる職分というものは、それだけ皇帝のお耳に言葉を入れることができる身分となります。位は低くとも、決して侮れる立場の者ではありません」

もともと宮仕えを志望していたウェアレルが指摘すると、ヘルコフは鼻を鳴らす。

「ふん、それで義父の言うこと丸っと信じ込んでんじゃ、世話ねぇぜ。なぁにが今回の出兵が殿下の我儘で決まっただ。何処どうしたらそうなるんだよ」

喧嘩の内容を聞きかじった僕も、なんとも悪意的だと思う。ただ、父の言葉を聞ける位置にいる人であるなら、僕が父と密談をしてその気があることを伝えたと漏れ聞くこともあるかもしれない。

何をするにも皇帝である父の周囲には人がおり、また物事を動かそうとすればそういう人たちに指示を出さなければいけない。そこから僕が父を動かしたと察することはできるだろう。

着替えに人の手を借りることでも思ったけど、帝室の人間にプライバシーなんてないんだよね。

「実際、陛下に派兵の後押しはしたけどね」

「それでも言い出したのはルカイオス公爵であり、後押しをしたのはユーラシオン公爵です。明らかにアーシャ殿下に対する悪意の曲解があるように見受けられますね」

イクトは冷静そうに見えるけど、これ、隙があったらワゲリス将軍相手に何かしそうだなぁ。

僕が心配している内に、ヘルコフは鼻息荒く不満を吐く。

「三カ月で派兵なんて過密スケジュール押しつけられたのも、結局はロックが雑な対応して雑に面倒ごと押しつけられて、雑に逃げ損ねただけなんだよ」

僕としてもそこはすごいと思うよ。兵士揃えたり調練したりする手間には関わらないまま、ひたすら準備したのにそれでもギリギリだったし。なのにロムルーシから小さな村とは言え割譲を取りつけて、派兵まで持って行った公爵たちって本当仕事はできるんだなぁって。

他にもワゲリス将軍は、僕が弟たちと同じ扱いを求めて妃殿下を困らせるとか、錬金術で騙して弟たちに過剰な賞賛を求めるとか。昨夜聞けただけでも、けっこう帝室周りのことを言っていた。

きっと情報源は衣装係だという義父で、立場的にルカイオス公爵派閥なんだろう。そう考えると、事前にワゲリス将軍に僕の悪評を吹き込んでいたことは想像がつく。

元から問題解決の目途もなく、応じて帰還の時期も決まっていない派兵だ。なのにさらに僕が帝都に戻る目を潰そうと、そんな小細工をしてきてる。ルカイオス公爵もユーラシオン公爵も、もう少し手を抜いておいてほしかったよ。

「俺が贔屓《ひいき》で目が曇ってるとか言いやがって。子供のせいにしてんじゃねぇよ。そっちこそ身内の話鵜《う》呑《の》みにしてるじゃねぇか」

獣人独特の唸るような声で言うヘルコフに、ウェアレルとイクトが落ち着くよう声をかける。そう言えば昨夜聞いた口喧嘩の吠え声も、ヘルコフは熊らしい重低音に対して、ワゲリス将軍は太い鼻筋から上がるエンジンにも似た唸りだった。

僕はイクトの後ろで物珍しさが勝ってしまったけど、近くにいた兵士たちは本当に怖がっていた。たぶん取っ組み合いになったら止めなきゃいけない立場だからこそだろう。

そんな獣人同士の喧嘩を見て、ちょっと心配ができた。行く先の村も獣人ばかりなんだよね。しかも固有種じゃないかと六十年前の資料には書かれるくらい珍しい姿をしているらしい。

できれば、ワゲリス将軍ほどカリカリしていないといいけど。そもそも兵乱の原因になってる人たちだし、きっと無理な願いなんだろう。獣人同士の喧嘩を怪我しないように止める方法があればいいんだけど。

「うーん…………。これはもう、僕のほうで独自に動けるように準備しておいたほうがいいんじゃないかな?」

「アーシャさま、一人歩きはいけませんよ」

「セフィラの協力があってもです」

「あ、はい」

独り言を呟いたら、ヘルコフを宥めていたイクトとウェアレルに釘を刺されてしまったのだった。

三章　近衛の反乱

行く先のファナーン山脈は見えているけど、その麓に辿り着くにも時間がかかる。それでも周囲は相応に起伏が出てきていて、人の手が入っていない林野が目立ってきた。

行程としては終盤目前。ここから山脈中腹まで行き、そこを拠点に登山準備。野営をする場所も限られる道のりだという。行く先にはもう軍を受け入れる規模の街はなく、皇子である僕も屋根の下で眠れる機会は数える程度。

そんな時、僕の耳に嘔吐下痢を訴える者の存在が聞こえた。出所は僕の荷物を運ぶ人足で、その時は体力の減少で体調不良を起こした程度に考えていたんだけど。

「まさか、さっそく黄金根を使うことになるとは思わなかったよ」

僕はヘルコフの甥たちに作ってもらった錬金術器具を稼働させながら、調薬を行う。侍女のノマリオラに渡した不完全エリクサーを作る時に、薬剤についても調べたからその知識が役立った。

「殿下、サルビル小隊長です」

「今手が離せないけど、それでいいならどうぞ」

僕はヘルコフの報せに応じつつ、乾燥させた黄金根に薬液を混ぜる手を止めない。わざわざ連絡役のサルビル小隊長が来る理由には心当たりがあった。

嘔吐下痢の症状は、けっこうな数の兵士に波及していて、一人脱水から死者が出ている。水の使用も制限される行軍中に、手洗いうがいを怠ったことによる感染症だ。それを聞いて僕は、前世の経験からパンデミックという言葉が脳裏を過った。

だから町に入るのを止めて、行軍も中止。疫病対策をするべきだと訴えた。けれどワゲリス将軍は行軍中に体調不良で死者が出ることは珍しくないこと、止まっても町で補給する予定ではなかったため、物資が目減りしファナーン山脈登山時に困ることになると反対。

僕たちは真っ向から対立した。

町は目前、対策もなしに宿泊したら、不特定多数に病気が広まる。僕は使うつもりのなかった強権を使って軍を停止。ワゲリス将軍を謹慎させて遠ざけ、数日疫病対策を行った。

そんな状況なので、天幕に入って来たサルビル小隊長の表情は硬い。エルフの尖った耳が心持ち下がってさえ見える。

「まさか、自ら黄金根の調薬を?」

「うん、してるよ。重症者には絞った汁を使って、中等症なら乾燥させた粉末。軽症は体力次第だけど、絞って残った部分だけでも効く」

もっと難しい調薬となると、使う部位にも拘るそうだ。けど今はそんなこと言っていられない。もう黄金根は使いきるつもりでじゃんじゃん薬にしていた。

今の時間は朝で、ヘルコフとワゲリス将軍の喧嘩防止の調整役をするサルビル小隊長が来るにしても珍しい時間だ。

何も言わないからもう一度目を向けると、僕の手元をじっと見ている。錬金術が珍しいのかな?

「錬金術で作ってるけど、別に毒じゃないからね？　ワゲリス将軍には昨日、謹慎を解いて明日出発が可能だって伝えたはずだけど、何かあったの？」

水を向けても、サルビル小隊長は言葉を選ぶそぶりを見せる。

正直、ワゲリス将軍の謹慎は僕もやりすぎたとは思っている。口出しをするなと閉じ込めておいて、疫病対策以外の行程の調整なんかは結局ワゲリス将軍頼りのままだし。

一応パンデミックの危険性は説明したんだけど、通じなかったんだよね。経験則でこれくらいなら大丈夫って、行軍続けようとしてたし。だから説得を諦めて実力行使に出た。

けど感染拡大を想定する僕も、言ってしまえば前世の経験則だ。今回に関してはパンデミックとか知らない側近も、ワゲリス将軍が言うとおり目的地の町で対処してもいいんじゃないかと言ってた。

周囲から見れば、僕がおおげさに騒いで強権を発動したように見えているだろう。

「サルビル小隊長、今回は逸って乱暴な手段を使った。けど感染の広がりが落ち着いた今、意見があるなら聞く耳は持っているつもりだ」

「それでは、僭越ながら…………。ワゲリス将軍と和解の場を設けてはいただけないでしょうか？」

サルビル小隊長は、片膝を突いて頭を下げることもする。正直ここまで目上扱いされたの、初めてな気がするなぁ。

「和解の場って、そこまで？　…………そこまでかぁ」

思い返せば手洗いを徹底して煮沸消毒、罹患者《りかん》の隔離、水分ミネラルの補給や錬金術で大急ぎで作った薬のどれが効くかの実験と忙しくて、手っ取り早く乱暴な手を使った。今になって考えると、強権を使って軍のトップを更迭寸前はやりすぎだ。

それにここにきて更迭しても、次の人員が送られてくる見込みはなく、下手したら将軍の処遇に不満を持つ人たちが反乱なんてこともありえた。ましてや軍のために用意した物資を強権で勝手に使ってるんだから、反感を買う理由はいくらでも挙げられる。

煮沸や隔離を手伝ってくれた兵士も、僕がワゲリス将軍を人質に取ったから従ってたしね。ワゲリス将軍は無理矢理とはいえ命令には従ってくれたし、我を通した分僕が折れる番かもしれない。さすがにアフターフォローもなしじゃ、父の顔に泥を塗る恐れもある。

どうせ僕自身、皇帝という虎の威を借る狐だ。ワゲリス将軍と和解アピールして今さら傷つく体面もない。それをこちらから場を設けるという上位者の振る舞いを求められてるんだから、それで解決するなら安い話だ。ただ問題はある。

「僕のほうはそれでもいいけど、ワゲリス将軍側に受け入れる用意はあるの？」

正直、めちゃくちゃ怒ってると思う。働き詰めで計画した行軍予定、僕が駄目にしちゃったし。皇子と家庭教師のタッグで将軍の面目潰した自覚はあった。

「その、今回のこともそうなのですが、以前のこともあり……。今を逃しては今後修復は難しくなるばかりかと。幸い、久しぶりにまとめて寝台で休まれる時間が取れたことで、ワゲリス将軍も今朝はお加減がよろしかったように思います」

仮眠しかとってない感じらしいし、謹慎でプラスに働いたこともあったようだ。けど、以前っていつのことだろう？

「もしかして、小火から天幕の不備が発覚した時のこと？　あれはこちらの訴えを軽く扱ったワゲリス将軍の不手際だと思うよ？」

そこは責められる謂れがないからはっきり言うと、様子を窺っていたヘルコフが軽く手を挙げた。

「殿下、近衛の奴らが酒くすねてた件じゃないですか？　あの時は殿下の裁量で当事者への謝罪と減給処分にしたでしょう。誰が賞罰下すかってのは、軍じゃうるさいんですよ」

　ワゲリス将軍のほうで処罰したかったってこともあるのか。確かにワゲリス将軍が管轄する後方支援部隊を荒らして、補給部隊から脅し取っていたから、あちらにも裁量権があったかもしれない。

「けど近衛は僕の言うことも聞かないから、ワゲリス将軍が処分しようとしても従わなかったんじゃないかな？」

　それで言えば、近衛に権限を持つ僕が決定を下すほうが早かったと思う。ただ、ワゲリス将軍の面目を思うなら処遇について諮るという手もあっただろう。

　そう考えていると、調薬を手伝っていたウェアレルが意見を挙げた。

「それよりも、行軍中に助けを求めて来た婦女子を無視しようとしたことに対し、傷ついた女性一人に恐れをなして歩みを止められない弱卒しかいないのかと啖呵を切ったことが、将軍のプライドに障ったのでは？」

「そんなこともあったね。けどあれを無視するのもどうかと思う」

　ワゲリス将軍は行軍優先で、村が盗賊に襲われたと助けを求めた女性を無視しようとした。ワゲリス将軍側にも、軍の団体行動の行程は細かく決まっているし、行く先との折衝などもあり遅らせられないという理由はあったそうだ。

　帝国軍を止めるという、即処断されてもおかしくない行動を取る女性を見逃すだけ、有情ではあるんだろう。女性を一時保護して土地の権力者に報告はすると提案もしていた。

「けど、助けられるのに見捨てるなんてできないし」

僕はその時、盗賊怖いと言って馬車を停め、独自権限のあるヘルコフを送って偵察を名目に盗賊退治をしてもらった。もちろん軍の真ん中にいる僕が止まれば、後ろも進めず行軍自体ができなくなる。

「軍が道を占拠するなんて広範囲で迷惑だとか、土地の者の権利と責任を無視するやり方は通りすがりでやっていいことじゃないとか色々怒られたね」

ただあの時のことはもうすでに怒られた後だから、今回改めて謝る必要も感じない。そんな僕の機微に気づいたのか、イクトが別の可能性を挙げた。

「ずいぶん情感豊かな方のようですから、もっと小さなことかもしれません。たとえば、振る舞ったディンク酒をアーシャ殿下が偽物と看破したり、将軍の妻の甥だという士官が町の女性を無理矢理誘っている場面で恥をかかせたと言った小さなことで」

小さい、小さいけど確かに将軍としての体面潰してる感はある。

「ディンク酒はお高い金を払ったってあの時に言っていたし、ワゲリス将軍が騙されてたと部下の前で言うのは思いやりが足りなかったかもしれないね。けど士官は妻の甥とか知らないよ。普通にマナーの悪い人が軍服着てたから止めただけだし」

結局和解って何すればいいんだろう?

僕が答えを求めてサルビル小隊長を見ると、絞り出すように答えた。

「………全て、です」

どうやら積み重ねでワゲリス将軍の僕への不信感が最高潮に達しているそうだ。サルビル小隊長は直属の隊だからこそ、近くで見て危機感を抱いたんだとか。

「それ、ワゲリス将軍側にも提案した?」

「申し上げました。やり方は経験のなさから混乱を招くことはあったでしょう。ただ結果として正しかったことはお認めになるべきだと」

ワゲリス将軍の部下なので、上司にまず和解を持ちかけた。そこは順当だけど、こうして僕の所に来てるってことは、ねぇ？

「どうせやり方が気に食わないだとか、正面から言えとか言ってんだろ。あいつ殴られたら殴り返さないと怒る奴だしな」

知った仲のヘルコフが予想すると、サルビル小隊長は黙る。どうやら類することは言われたようだけど、宮殿に引きこもってた僕には過激すぎた。

「具体的に和解案ってある？」

僕は黄金根の汁の精製が終わったのを見て、器具を止めつつ聞く。

「……………無礼とは存じますが、殿下の側から印《しるし》を預けてくだされば、我々にもわかりやすく和解を示せるかと」

だいぶ覚悟の顔だったけど、そこまで求めるのか。僕も皇子として行動するにあたり、旗や印章の重要性は注意された。簡単に言えば、他人に渡すとその人へ全権委任を明示することになる。印と言ったのは、旗でも印章でもいいからそういう権威の象徴って意味だろう。

僕が聞いたから答えたにしても、部下でもなければ宮仕えでもない身分で言うものだね。この際だから最大限上を狙って言ったっていうこともあるだろうけど。

「一応確認しておくけど、それは僕が権威の価値がわからない子供だから言ってる？」

「いえ、殿下の聡明さは重々承知しております。ですが、軍事行動において集団の長が誰であるのか、命にかかわる命令を下すのは何者であるのか。それを知らしめることは必要不可欠なことなのです」

行軍開始からひと月は、基本的にワゲリス将軍の計画に従って動いてきた。けれど今回、僕がワゲリス将軍を押さえ込んで、軍の行動を制限している。

今までは実績のあるワゲリス将軍に従えば良かったけど、その命令を覆せることを僕が示してしまった。今後軍事行動をするに当たって、足並みを揃えて同じ方向を見るべき兵士たちが、僕とワゲリス将軍という二つの頭どちらかを窺うべきか迷うようなことがあると、勝てるものも勝てなくなる。

「サルビル小隊長としては、実際に指揮を執るワゲリス将軍に主導権を握ってもらったほうがいいって考えか」

「お耳汚しでしょうが、兵の間では殿下のご意向で派兵が決まりはしたものの、今さら怖気づいて軍を止めているのではないかと噂になっております」

「ここ数日、僕はこうして薬作ってるか衛生管理して後方行ってるんだけどね。そんなことも見てない相手って、出所がわかりやすいなぁ」

今回の感染症で主に被害を受けたのは後方支援部隊だ。どの隊も後方支援部隊から物品を受け取り、食事をし、宿営をする。だから僕も感染拡大を恐れた。

結果として、後方支援部隊以外の被害はほとんどが連絡役の兵卒。兵卒の被害も、部隊によって数は大きくばらついてる。罹患者の隔離を行っているから、感染症の実感がない者はいるだろう。

兵卒は基本的に兵役や軍人として駆け出しの平民だ。だからこそ、上の者ほど感染者は少なく、僕が軍を止めた理由をおおげさだと侮る者もいるだろう。

「貴族出身で疫病にかかってない…………うーん、士官のほとんどだね」

悪意ある噂の出所はわかっても、絞り込みはできないかな。そう思っていると、天幕の外からノマリオラがやって来た。両手に持つお盆の上には僕の朝食が載っている。僕は朝食を後回しに薬作りをしていたから、僕の分だけだ。

普段と違って許可を取ったり時間を確かめなかったのは、たぶんノマリオラなりの助け舟なんだろう。サルビル小隊長に帰れと行動で示している。けど、サルビル小隊長も僕に大きく出た手前、賛否を明確にされないと退くにも退けないようだ。

ただ、無礼を働いている自覚のあるサルビル小隊長と、興味がないと一貫して冷淡なノマリオラとでは分が悪かった。ノマリオラはサルビル小隊長をいない者として扱い、机にクロスを広げて朝食の準備を始める。

「うん、他の意見も聞いてみようか。ノマリオラ、僕は今回の独断を反省してワゲリス将軍に全権委任するって行動で見せたら受け入れる？」

「なされるというのであれば、ご主人さまの深いお考えあってこそでしょうがお勧めはいたしません。宮殿の名ばかりご立派な方々も言葉を尽したところで理解しないのですから」

つまり、ワゲリス将軍も僕の意図なんて汲まないからやるだけ無駄って？　確かにそもそもの前提に乖離がある今、こっちが退いてみせても向こうが応じる保証はないね。

というか、しれっと貴族批判盛り込んだね？　名ばかりの方って二重スパイしてくれてるあそこ？　僕への同行を監視と銘打って特別手当をもぎ取った公爵相手なのかな？

余計な勘繰りをしつつ、僕はパンにバターを塗りたくてノマリオラを見る。すると即座に応じて塗ってくれる。うん、侍女としては間違いなく有能だ。

「ワゲリス将軍も殿下の行いの全てを否定しているわけではないのです」

朝食を食べ始めた僕に居た堪れなくなっていたサルビル小隊長が、息継ぎなしに訴えた。ただそのまま受け止めるには、ちょっと実態と違う気がする。

「僕がやることにはだいたい怒ってる印象しかないけど？」

「結果が出ていることには評価をなさっています。…………ただ、殿下のなさりようが、その、とても迂遠に見えているようで――」

「自分で表立つ気概もねぇなら黙ってろくらい言うだろ、あいつ」

言葉を選ぶサルビル小隊長に、ヘルコフが実際のところを指摘する。本当にそういうことを言っていたようで、サルビル小隊長はそっと目を逸らした。

僕は気にせずパンを食べ、保存重視の干し肉ではない柔らかい肉料理を口に運ぶ。兵卒と皇子じゃ食べ物に差があるんだけど、このお肉は数日前に手に入れたものの残りだ。

辺境に行くと珍しい素材もある。探して採集する人がいないせいだけど、その分魔物の間引きも不十分だ。そしてそこに人間が群れで来ると、魔物は怒りか食欲かで襲ってくる。

ちょうど軍の真ん中を狙って飛び出して来た猪の魔物は、元魔物専門の狩人だったイクトの目の前に出て行くというなんとも不運なことをした。しかもヘルコフもすぐに加勢して、馬車が止まるとウェアレルも僕を守るために外に出て魔法を浴びせたんだとか。

ワゲリス将軍が気づいて軍を止め、対処のために隊を編成した時にはもう終わっていた。だから実質、編成された討伐隊はシシ肉解体作業員になったとか。働いてくれた分は軍にもお肉を分配したよ。悪くなるだけもったいないしね。

そのお蔭か、怪我人もなく、お肉も不味くならないよう仕留めた腕に、将軍周囲では評価の声があったとか聞く。

「この魔物の猪は美味しかったなぁ」

「アーシャ殿下、山に入れば山羊はいますがあれは癖が強く臭います。鳥ならば口に合うでしょうから、見つけ次第仕留めましょう」

「ありがとう、イクト」

別の話を始めた僕に、サルビル小隊長は慌てて話を戻そうとする。

「な、何故表立とうとしないのかと、疑問をお持ちで。私としましては、森での近衛の件もあるので警戒なさるのはわかるのですが」

「正直、誰かと足並みを揃えるようなことしたことがないからなぁ、僕」

「それはもちろん、第一皇子殿下であれば、周囲が先んじて行動をなさるでしょうが、軍の行動においては命令系統を明確にすることが重要視されるのです」

サルビル小隊長の勘違いに、僕は苦笑する。財務官ウォルドの関係者だとは思うけど、僕の皇子らしくない実情については漏らしていないらしい。

僕が何も言わないことを横目に確かめて、イクトはサルビル小隊長に目を向ける。

「主導権を奪いに行くくらいのことをしないと、遊び半分だと言いそうですね」

「う、それは……」

サルビル小隊長は否定しない。喧嘩上等ってワゲリス将軍のためにある言葉に思える。

けど主導権と言われても、僕には奪うことも奪ったところでどうすることもできない。帝都でけっこう色々巻き込んだストラテーグ侯爵も、僕に利用されることはあっても主導権は渡さなかったし。

ワゲリス将軍相手に、ストラテーグ侯爵みたいな交渉が上手くいくとも思えない。

「上が争っても軍が立ち行かなくなるという考えはわかります。だからと言って片方を無理に下位に貶める必要はないのでは？」

「だから大人しく従ってろっていうのがロックの言い分なんだろ」

穏便にできないのかと言うウェアレルに、ヘルコフが相手の考えを指摘する。サルビル小隊長から否定もないし、おおよそそういう考えなのはわかった。

「権威をかさに着て命令してるのも、ワゲリス将軍としては飲み込めない不満なのかもね」

「聡明で冷静なご主人さまは、相手を思いやりその心情を想像なさる気遣いをお持ちだというのに」

ノマリオラの当てつけるような物言いに、僕は手を上げて止める。ここで争っても意味はないし、取り持とうとするサルビル小隊長を責めても意義はない。

「僕もやりすぎたとは思ってるんだよ？」

「ご主人さまの対応に問題はなかったかと」

ノマリオラが即座に僕へフォローを入れると、ヘルコフも頷いた。

「ようはあっちのプライドの問題ですな。小隊長の姉ちゃんも、殿下をだしにロックから譲歩を引き出したい、そういうことだろ？」

「…………さすがに将軍も、幼い殿下が大人の対応を選んだならば、意地も張れないかと」

「意地なの？」

「指揮官なんて舐められたら終わりですから、意地張れるなら張りますよ。負け戦とわかっていても命じられれば戦場に行かなきゃいけませんし」

僕の疑問にヘルコフが応じる。言われてみればこの派兵は負け戦と同じくらい得るものがない。そんな所へ兵を率いて行かなきゃいけないワゲリス将軍は、意地でも張って引っ張って行かなきゃいけないわけだ。

それはけっこうきつい仕事だろう。

（主人に具申《ぐしん》。次に感染症流行の兆しがあれば、被害拡大を待って――）

（何不穏な提案しようとしてるの、セフィラ）

（今回のことで対処の手順は確立しました。拡大後であっても正しく対処を行えます）

（それで、被害大きくなるのを眺めて、向こうが頭を下げるまで助けないって？　そんな命を無駄にすることしないよ）

対処が遅いせいで一人すでに死んでいる。拡大を眺めている間に、いったい何人が犠牲になるかわかったものじゃない。失われた命が戻らない以上、それこそ僕の意地のために他人を不幸に陥れるようなことはしたくないんだ。

（………………主人の意向了解）

恐ろしいこと言い出したと思ったら、なんだか不穏な間があるんだけど？

（駄目だからね、セフィラ・セフィロト。最大多数の最大幸福っていう考えもあるんだ）

（仔細求む）

多くの人が幸せになる選択なら、功利主義でもいいじゃないって考えだ。結果として前世の歴史では、植民地支配や産業革命を肯定する思想として前時代的な考えになってたけど。

それに少数派を切り捨てていいって話でもないし、今僕は切り捨てられる少数派側だしね。

なんて考えてたら、サルビル小隊長の意識が逸れた隙に、ノマリオラが耳打ちをしてきた。

「こちらにお食事をお持ちする際、将軍が二人だけを連れて歩いている姿を見ました」

僕の天幕に近寄らないのに、ノマリオラが目撃できるくらい近くにいて、しかも少数しか連れてないって。いったい何をしてるのかな？　謹慎は昨日解いたけど、お礼参りには人数が少なすぎる。

（報告します。近衛が使う天幕群に潜んでいます）

セフィラがずいぶん早く確認して報告してきた。その上で本当に近くだったらしい。

（反乱の気配あり）

バターを塗ったパンを吹きそうになって、僕は口元を押さえる。その僕の動きに全員が視線を寄越した。中でも前触れのない僕の奇行に、セフィラを知ってる側近三人は警戒の色を浮かべる。

うん、去年の夏辺りにも、こんなことあったしね。

僕はセフィラに状況を聞いて朝食をさっさと終わらせる。

「ノマリオラ、片づけはいいから少しここで待機。イクトはいいとして、ヘルコフとウェアレルって足音忍ばせたりってできる？」

「殿下、いったい何をおっしゃっているのです？」

「ちょっと食後の散歩？」

居合わせたサルビル小隊長に、僕は思いつくまま言い訳をして席を立った。僕がこっそり連れて行くとわかり、ウェアレルが残ってヘルコフが同行をする。

「あ、サルビル小隊長もちょっとここで待ってて」

「え？　は、はい。お時間をいただけるなら、いくらでも……」

僕は散歩と称して天幕の外へ出た。セフィラに案内してもらいつつ、足音や衣擦れの音を消してもらう。イクトやヘルコフと違って自前でできないからね。

向かう先はそのまま近衛の天幕。陣外に天幕を設置されていた時は遠かったけど、ワゲリス将軍が当初認可した計画だと、見回りや命令系統の関係ですぐ近くに設営されるはずだったんだよね。

だから近衛からの物言いがないことで、ワゲリス将軍もまさか天幕の位置自体が大幅に移動させられてるとは思わなかったらしい。

そして辿り着いたのはトイレ。見るからに小さな天幕で、その横に近衛の制服を着た男たちが額を寄せ合っているのが見える。

（何処？）

（右手に積まれた物資の影にいます）

言われて見れば、何者かの影が微かに動いている。

「やはりこのままでは、碌な結果にならん。我々の命は我々が守らねば――」

「全ての悪の元凶は明白。皇子なんて名ばかりの子供の我儘につき合っていられるか」

「この先は過酷な峠越え。お荷物を抱えて転べばもろともに崖下だ」

はい、僕です。反乱起こされそうになってるの、名ばかりの第一皇子の僕です。

うーん、暗殺警戒して近衛だけで固まらせてたけど、なんで今になってそんなこと企むかな？

疑問を覚えつつ、僕が右手の物資の影に近づくと、そこには小山にも見える大きな背中。いつもの胸を張るような立ち姿とは対照的に、体を縮めて耳をそばだてていたワゲリス将軍は、こちらに気づいて振り返った。

僕と目が合うと、すごくばつの悪そうな顔をする。僕も僕で居た堪れないから、まずは移動しようと手振りで示した。

僕が歩き出すと、ヘルコフとイクトも続き、その後ろからワゲリス将軍とその部下二人もついて来る。大柄だったり武装してたりするのに、けっこう静かな移動だ。

僕たちは問題なく、天幕に戻って来た。

「第一皇子殿下、いったい――ワゲリス将軍？」

「サルビル？　お前なんで？」

僕の天幕で顔を合わせたワゲリス将軍とサルビル小隊長は、お互いに驚く。

ノマリオラは新手が現われたことで、一度だけ目を上げるけど、特にもてなす気はなし。まず朝食用だった小さな机を片づけて、僕用の椅子を座りよく整える。そしてその後に将軍にだけ椅子を用意して部屋の端に控えた。

地位としては順当かな。僕はともかく、ワゲリス将軍に椅子を勧めて話を振る。

「僕も朝食を用意した侍女からワゲリス将軍を見たと報告されてね。様子を見に行ったらあれだったんだ。まず、ワゲリス将軍はどうしてあんな場所で盗み聞きをしていたのか教えてもらえる？」

トイレ横で密会してる近衛を偶然見つけたなんてことはない。軍部と近衛は平素でも不仲だというし、この行軍の間も近衛はワゲリス将軍に従う姿勢は見せていない。

それで人数を絞って盗み聞きをしていたんだから、今不穏な話を聞いたばかりの僕より情報は多いだろう。そう思ったんだけど、ワゲリス将軍はカピバラ顔を険しくして、何か疑うような目を向ける。

うん、猛獣の怖さがない分無闇に目つきの悪さが際立つなぁ。

「どうしてだと？　確かめもしない、連絡事項に不備がある、雑だなんだと言うから足を運んで俺が検分してやろうとだな！」

「声がたけぇよ」

ヘルコフを睨むワゲリス将軍。お前が入れ知恵したんだろうとでも思ってそうな顔してる。まぁ、実際ヘルコフの人物評参考にしてるけど。ただ今日まで一緒に行軍をしてきて思ったことでもある。

最初はまだ皇子を相手にしてるってことで、素っ気ないくらいだったのに。今では素なのか柄の悪いおじさんになってる。軍の人は荒っぽいけど、ワゲリス将軍ってその中でも沸点低いよね。

いっそ反応が素直だから変に裏を勘ぐらなくていい。それか、完全に放置しておいてどうにでもなる子供から、対等に権力振るってくる相手と認識した変化かな？　それはそれで面倒なんだけど。

「あの、状況がよくわからないのですが？　将軍は何故こちらへ？」

「……………ち、定期の巡廻とは別に、司令部から人出してこの周辺見回りさせてたんだよ」

「ごくろうさま。僕が何をするかなんて、外から窺っても見えないだろうけど」

「おう！　そのとおりだよクソ！」

図星で怒るワゲリス将軍だけど、いっそヘルコフはせせら笑う。

「だからお前は雑なんだよ。もう少し丁寧に距離詰めるなり、人配置するなりすりゃいいものをよ」

「おい、なんだって命狙われてるって時にそんな呑気なんだ。わかってんのか？」

ヘルコフの軽口に怒るよりも、ワゲリス将軍は僕たちに危機感がないことに睨むような視線を向ける。そしてあまりに物騒な言葉に驚くのは、ウェアレル、ノマリオラ、サルビル小隊長という、近衛の密談を聞かなかった者たち。

「何があったのですか？」

「命を？　それはいったい誰が？」

「近衛が第一皇子への不満から、反乱を計画してる。それ以上のことはわからん」

険しい表情のウェアレルに、サルビル小隊長も声を低めて確認する。ただワゲリス将軍も僕たちが聞いた以上の内情は知らないらしく、怒ったように言って僕を見た。

「どう落とし前をつけるつもりだ？」

「軍内のことなのに、僕が決めていいの？」

ワゲリス将軍に水を向けられ、素直に疑問を返す。

「近衛は軍所属だがその指揮権は皇帝、または信任された隊長、もしくはその他帝室の者に順じる。俺はこの軍を率いるが、近衛兵は管轄外だ」

「それは知ってるし、それでお酒盗むのどうにかしろって言ってきたじゃないか。けど兵が反乱、しかも軍事行動中ってなったら、管轄とか言っていられないでしょう？」

今までの衝突の遠因は、一つの軍に名目上二人の指令系統が据えられたことだ。ワゲリス将軍は僕を抑圧して、実権を渡そうとはせず、僕が無理を押し通す形で対立してしまっている。

その上で実行力と言えば、僕よりもワゲリス将軍のほうが上だ。だからここで対処するならワゲリス将軍だと思ったんだけど、当の本人は不満そうだ。

「てめぇでどうにかする気はねぇのかって聞いて――」

「ワゲリス将軍、抑えて！」

言葉が荒くなるのを、部下とサルビル小隊長が止める。僕のほうは一発入れようと拳を握るヘルコフに手を上げて止めてた。血の気が多すぎるよ、二人とも。

「僕が対処するなら、近衛の隊長呼び出して是正勧告をする。あとは当該近衛兵をバラバラに配置して、周囲に見張らせるかな？」

「ぬるい！　そうぬるいことするから向こうがもっと力で押さえつけに来る。本気で命の危機わかってんのか？　第一皇子、お前を殺しに来るんだぞ？」

「いや、今さら僕の死を願う人なんて珍しくないし」

熱く言われても、正直困る。

僕が困惑して返すとワゲリス将軍や部下、サルビル小隊長も硬直した。帝室を取り巻くごたごたなんて聞いても困るよね。

「そこはいいんだよ、問題は――」

「良くねぇだろ」

「いい訳がありません」

話を戻そうとしたらワゲリス将軍とサルビル小隊長に止められた。

「将軍、未確認であるため報告しておりませんでしたが、一人歩きをする第一皇子殿下に対して、近衛が剣に手をかけたかもしれません」

どうやら初対面のできごとをサルビル小隊長は未確認として報告には至っていなかったようだ。それを聞いたワゲリス将軍は鼻を鳴らす。

「おい、まさかこの派兵が第一皇子を殺すための場なんて馬鹿なことは言わねぇよな？　ふざけんなよ。

そんなことの片棒担がされて堪るか！」

僕たちのほうも否定できずにいる間に、なんだかワゲリス将軍の部下もそうだったのかという雰囲気になってしまう。

（たぶんそこまでじゃないと思うんだけど？）

（近衛が反乱を行い主人を排除することが策謀であるならば、派兵に抵抗し続けた意図が不明）

セフィラが言うとおり、最初から反乱を企てていたなら、いっそ僕にすり寄って警戒心を失くさせるほうがいい。見張りをさせてはいるけれど、必要以上に天幕に近づけさせてないし、ノマリオラも近衛の対応に怒っていて僕の食事に近づけさせてない。

この状態で反乱されても、こうして警戒している相手だからやる前に露見しているし。

公爵たちも僕が殺されたとなれば、父が黙っていないことはわかってるはず。だったら反乱よりも事故死を狙うはずで――。

「…………アーシャさま、否定は早い内がいいかと」

考え込んでしまった僕にウェアレルが助言をする。反論しないことで、ワゲリス将軍たちは可能性が高いと勘違いしてしまったみたいだ。

「去年の夏に暗殺未遂はされたけど、あれはエデンバル家の悪あがきだったし。今回は陛下がお命じになったことで、僕の死を計画しているわけじゃないよ」

「夏の？　大聖堂のあれは第一皇子が――」

「「将軍！」」

サルビル小隊長と部下二名が揃ってワゲリス将軍の口を塞ぎに動いた。けどなんだか不穏な気配を感じるんだけど？

「あれ、僕は被害者のはずなんだけど、軍ではいったいどんな噂になってるの？」

「第一皇子の自作自演」

「んなわけあるかぁ！」

ワゲリス将軍が雑に答えると、ヘルコフが吠えるように突っ込む。関係者であるイクトも声は静かだけど腹に据えかねる様子でワゲリス将軍に伝えた。

「実行犯は、アーシャ殿下が弟殿下方を害したために、教会騎士を使って誅したと暗殺を誤魔化すつもりでいたはずですが。それをそのまま鵜呑みにする愚か者がいたとは」

「そもそもアーシャさまに犯罪者ギルドを動かすようなことはできません。言いがかりどころか、ただの暴論です」

ウェアレルも実行不可能だと反論する。

あの時、僕たち皇子以外にいたのは宮中警護で、その宮中警護の上司であるストラテーグ侯爵は犯罪者ギルド制圧のため忙殺されてた。宮殿に出入りする伝手のないワゲリス将軍の限られた情報源を考えると、あえて誤認するように情報を流された可能性もある。

「殿下はな！　弟殿下たちを助ける活躍もしたんだぞ！」

「馬鹿言え、何おおげさに言ってやがる。だからお前は欲目が過ぎるんだよ」

「あぁ？　んだと………」

ヘルコフも血の気が多いよね。熊の猛獣顔で斜め四十五度で睨みあげるって、ワゲリス将軍じゃなかったら怖すぎて目を合わせたくない感じだ。

なんて思ってたら、一番クール系な侍女が声を出した。

「ご主人さまは住まう区画以外の出入りを許されておらず、庭園への散歩さえ多くの者に見張られ、摘んだ草花さえ検品させられ、わたくしども直接お仕えする者四名も宮殿の門では持ち物を毎日検査されております。妃殿下に招かれる以外での宮殿本棟への立ち入りも阻むべくご主人さま以外が住まない左翼棟との接合部には常に見張りが置かれています」

つらつらと話すノマリオラに、ワゲリス将軍たちは何を言われているかわからないような顔をする。

「ノマリオラ？」

僕が意図を聞くために呼ぶと、無表情でも笑顔でもなく、心配そうな表情を返された。

「そもそもこの方々は、ご主人さまの大変な境遇を毛ほども知らない蒙昧《もうまい》さが理解を阻害していると愚考いたしました」

いや、表情と言葉が合ってない気がするんだけど？　これは僕を思ってのことかな？

「…………なんで宮殿で軟禁されてんだよ？」

ようやく理解して呟くワゲリス将軍の言葉に、僕はいっそ驚いた。

「なんでそっちが驚くんだ？」

「他人に言われると、改めて客観的に見てもそう思える状況なんだなって。物心ついたころからそうだったから、ちょっとびっくりしちゃった」

なんだか間抜けっぽくて、僕は照れ笑いをする。言われるまで気づかなかったのが恥ずかしいんだけど、側近たちは途端に沈んだ空気を纏ってしまう。

その様子に、ワゲリス将軍も居心地悪そうに瞬きを繰り返していた。けれど、僕とヘルコフを見比べる内に、徐々に顔が険しくなる。

「………第一皇子、なんでこの出兵に賛成した？」

「それが一番、都合が良かったからだよ」

敵の手に乗る形だけど、益があるなら乗ってやろうじゃないか。僕にはそれしかできないし。今回を逃すと、一生正面から宮殿を出られないなんてことも可能性があったくらいだ。

「それは誰の都合だ？」

「僕だよ」

ワゲリス将軍の鼻息が荒い。怒ってるらしいけどそこは仕事として割り切ってもらわないと困る。まぁ、不満はあっても行軍に滞りが出ないよう働いてるから、いっそ割り切って仕事をしてくれた結果なんだろうけど。

ただ文句があるなら、今さら僕に言っても遅い。この派兵を利用しようと決めた公爵たちの動きを、自ら掴んで止めなきゃいけなかった。それができなかった以上、目指すべきは確実な解決と正式な帰還だろう。

巻き込まれた分割を食うのなんて当たり前だし、それが人の思惑のぶつかり合いという政治なんだと思う。これは後手に回って巻き込まれまくった僕の経験。

「なんだそれ………！」

声を強めるワゲリス将軍に、僕は片手を上げてみせた。セフィラが警告を寄越したんだ。

「――待って。イクト、外に誰かいる」

こちらを窺う何者かの存在があるらしい。僕の天幕って基本人が近寄らないし、周辺にいるのはほぼ人足だ。武官なんかも用事がないと来ないし、近衛だってそうだった。

そしてセフィラがイクトなら顔を知る者だと言っているので、行ってもらうことにする。すると思いの外早く戻って来た。

「失礼します、アーシャ殿下。こちらの者の話をお聞きいただきたい」

そう言ってイクトが連れて来たのは、見覚えのある青年だ。

宮殿での顔見知りで、庭園で庭師見習いをしているはずの人物。確かに庭園の散策についてくるイクトなら顔を見覚えているだろう相手。

「君、なんでいるの？　庭師の仕事は？　何かあった？」

心配して聞く僕に、見習いくんは顔を赤らめる。

「俺みたいなの覚えていていただいて――えっと………」

照れてるみたいだけど、本当にどうしているんだろう？　僕が忙しくしていた冬の間に師匠である庭師と何かあったのかな？

「庭師の仕事は大丈夫です。師匠と喧嘩とかじゃないっす。従軍終わったら戻れる予定で、第一皇子殿下が派兵されるってんで、何かできないかと思ってっすね」

馬車移動以外は宿や天幕に移るだけだったから、見習いくんがいるなんて気づかなかった。しかも僕を心配してわざわざ来てくれているなんて。

「師匠歳ですし、他も所帯持ちで、だったら独り身の俺がってなったんすけど……。人足くらいしかできないもんで………」

照れた様子で事情を話してくれるんだけど、目がうろうろと落ち着かない。その視線が向く先を確かめれば、腕を組んで見据えるワゲリス将軍がいる。

人足は小火騒ぎで怒鳴られているし、怯えているのか、それともワゲリス将軍だからこそ言いにくいことか。僕は連れて来たイクトに目を向けた。

「先ほどまで話していた近衛の反乱についての密告です」

「うぇ、え？　言っちゃうんすか？」

見習いくんが動揺して、涼しい顔のイクトと目を瞠るワゲリス将軍を見比べる。言いにくそうにしてたのはそういうことらしい。

「大丈夫だよ。ちょうど今その話してたところだから」

「そう、っすか。なんか、お邪魔してすみません……」

「謝ることないよ。こっちも知ったばかりで情報少なくて困ってたんだ」

事実を告げると、見習いくんは気を取り直して密告に来た経緯を話す。

「実は、ここに留まるってなってから、人足相手に反乱の誘いをしてくる奴がいるんです」

曰く、僕が我儘を差し挟むせいで行軍が阻害されている。将軍も僕と対立して、今回ついに軟禁するという暴挙に出た。

軍事経験もなければ、皇帝に見捨てられるような僕が主導権を握ってしまえば、いつ死地に飛び込まされるかわからない。今回の派兵も、素行が悪く危険な第一皇子を帝都から追い出すことが隠された目的だ。

いっそそんな風に見捨てられた僕を排除しても問題にはならないし、皇子が亡くなれば兵を出している意味もなくなるから帰る見込みも立つ。だからここで立つのは国を思う義挙だと。

「本っ当！　ふざけたことぬかしやがって！　第一皇子殿下が我儘なら、嫌がらせしてる貴族のお偉いさんはなんだってんだ！」

話している内に、見習いくんが拳を握って怒り出す。いつも止める庭師の師匠がいないから、ここは僕が宥めるべきかな。

「落ち着いて、っていうかもしかして僕が色々貰ってることで、上から何か言われてた？　迷惑かからないようにしてたつもりなんだけど――」

「いいっすよあれくらい！　っていうか皇帝の庭で皇帝の息子に花の一つもやらないとかふざけんなって話でしょう⁉」

宥めるつもりが逆効果だった。と言うか、けっこう鬱憤溜まってたのかな？

「うん、帝都に戻ったら聞くから、今は近衛のほうが先決だ。人足にまでってことは、近衛に謹慎させる程度じゃ収まらなくなるくらい向こうは準備を整えてるみたいだし」

僕は見習いくんから、ワゲリス将軍へと首を巡らせた。

「反乱したってんなら、身分ない奴は即座に斬首だぞ」

ワゲリス将軍が無慈悲に告げる。

この国の最高刑は死刑だけど、今はほとんどやらない。それと同時に軍の中での罰は違うし、軍事行動中だとさらに変わる。

軍が動いてるってことはそれだけ戦いが近いってことで、そのために足並み揃えて行かなきゃならない。だから見せしめと逃亡抑制で、その場の判断で殺すことも厭わないし許される。

必要な措置であり戦うということの難しさでもあるんだろう。その辺りは僕もヘルコフに教えてもらってる。

「お、俺らの組は誰も乗ってないっす！」

刑罰なんかの基礎知識のない見習いくんが慌てて弁明した。

人足は五人で組ませてお互いをサポートするよう命じてある。さらに五十人を従える組頭を据えて、組頭二人を補佐に隊長が百人の人足を統率するようにしていた。

どうやら近衛の勧誘は、その五人組か組頭ごとになされているようだ。

「俺ら第一皇子殿下の人足は、薬出してくれて助かった奴もいるし、盗賊に襲われたことある奴は軍止めてまで助けてくれたって感動してたんすから！」

「ちなみに、あなた方を誘いに来た近衛とはどの階級の？」

ウェアレルが実務的なことを聞くけど、見習いくんは困ってしまう。

「階級はちょっとわかんないっすけど、同じ平民だって言ってたっす。上も怒って乗り気だから大丈夫とか、将軍だって邪魔だと思ってるから罰されないとか言ってて」

「ふざけんな。邪魔だからってこっちが軍紀乱してどうすんだ。反乱自体が軍律違反の大罪だ。やるんだったらふんじばってとっとと処断してやるわ！」

邪魔なのは否定しないワゲリス将軍。いや、逆に僕相手に反乱なんてしないって明言してるからいいけどね。

近衛も軍人の中ではエリートだ。けど軍という組織で雑用を担う者も必要だから、近衛には従卒《じゅうそつ》という平民出身の兵がいる。

貴族出身で皇帝に直接仕えるって特権意識のある近衛が動いたのかと思ったけど、そこは従卒に当たらせていたようだ。まぁ、人足の中に貴族出身の近衛が歩いてたら悪目立ちするしね。

「あの、本当に全員処刑っすか？」

「それはしないから大丈夫。近衛は僕の管轄だから、反乱は事前にわかったし止めれば処刑する理由もないしね」

僕は答えつつ、ワゲリス将軍のほうを見る。わからない顔をするので、ヘルコフが呆れつつ耳打ちをした。僕の軍に関する基本知識はヘルコフ由来だから、たぶんヘルコフも後方支援部隊とかにいる人足にも同じ誘いがあってる可能性には気づいたんだろう。

僕が目を戻すと、不安そうな見習いくんは迷った末にさらに聞いてきた。

「………第一皇子殿下は、いいんですか？　宮殿出ても、まだ我慢しなきゃいけないんっすか？」

思わぬ質問に、誤魔化しを考えるけど、見習いくんは何処までも本気で僕を心配しているようだ。

「我慢っていうより、そういう役割だから。君も不満のある庭園管理の誰かに従うのは仕事だからでしょう？　そこには我慢もあるけど、自分が担う仕事があるとわかっているからじゃない？」

僕は見習いくんにもわかりやすく考えながら喋る。

「近衛兵は僕が皇帝陛下から借りているんだ。失態を犯して処分したとなれば、それは陛下の瑕疵《かし》と見なす者が現われる。皇帝としての力を疑われる。皇子である僕が、そのきっかけを作るわけにはいかないんだよ」

見習いくんは質問したことを後悔するように俯く。

腹を立てて声を上げて、それで解決するならそうする。けどその後にもっと嫌な問題が起こってしまうことがわかる分、軽挙はできない。利用するためにこの派兵に乗ったんだ。きっちり僕に有益な実績は取らせてもらう。

「………つまりは親父のためか」

ワゲリス将軍の言葉に、僕は耳を疑った。

いや、親父って言葉は知ってるし、前世でもそう呼ぶ人いたけど………。転生してからは初めて聞いたし相手は皇帝だし。たぶん父はなんて呼んでも気にしないけど、さすがに親父なんて呼びかけたら変な顔するんじゃないかな？

僕が驚いているとワゲリス将軍はそっぽを向いて続けた。

「向こうは数集めて本気だ。人足が乗らなくても武器持ってる近衛のほうがそこの奴らより数が多いぞ。もう呼び出してどうのなんて段階は越えてる。どうするつもりだ？」

確かに少数が計画してるくらいならと思ったけど、すでに動くこと決定で、頭数を集めようと勧誘までしてる。しかも従卒が上と言ったし、トイレ横で密談してたのはその上と呼ばれる将校クラスの近侍だった。

近衛を纏められる者が、武器を持って立とうとしてる。これははっきり手を打って挫《くじ》かないと、それこそ皇子としての面目が立たない事態だ。

だったらもう、有害でしかない近衛には少しでも有益な材料になってもらうしかない。

「そうだね、じゃあ………確実に押さえるためにも、相手を誘導することから始めようか」

考えを纏めて告げた僕に、慣れた側近とノマリオラ以外は不安そうな表情をしていた。

＊＊＊

行軍二カ月目。遠く見えていながら近づく気配のなかったファナーン山脈は、実際に近づいてみれば天まで突き立つ壁のようだった。

さらに足を踏み入れれば、行けども行けども坂ばかり。それでも道が整備されているだけましで、僕たちが進む道はファナーン山脈に至るための主要道路。周辺住民も使うため、軍が占領するわけにもいかない。

「通行を阻害しないためという理由で、近衛を隊ごとに分散させて行動させたのは、効果があったようですね」

道があるためまだ馬車で移動できる僕は、一緒に乗るウェアレルと先のことについて話していた。

「この先の中腹の町に着けば、そこから軍全部が集合するのを一日待って、その後二日物資と天候の調整。――近衛が動くならこの二日だ」

地形を理由に近衛が集合できる時間を減らし、相手の選択肢を狭めている。誘導に気づいた様子もないから、近衛の反乱が起きる予測は当たるだろう。

また密告を受けて調べると、僕の隊の人足から応諾した者はいなかったそうだ。軍の人足のほうにも声がかけられていたけど、近衛ほどの不満も熱量もないため関わらない選択をしているらしい。

時間もない、賛同者も出ない、ファナーン山脈の奥深くへと入り込めば、帝都への帰還も難しい危険地帯。中腹の町から先には村しか存在せず、その村々もほぼ没交渉にならざるを得ないほど距離があり、地形が険しいという。

中腹の町はそうした村の人々が必要物資を手に入れる交易の町であり、周辺領主が館を構える場所でもある。中腹の町ならまだ帝都との連絡が可能な片田舎で、近衛は集合できる最後の地である町で反乱を起こす以外に選択肢はない。

「何処で襲ってくると思う？　やっぱり夜の人目がない時を狙うのかな？」

「それはどうでしょう？　土地勘がないのは近衛も同じです。ここまで思うようにいかず苛立ちも募っているでしょうから、別けられていた近衛隊が参集してすぐ行動に移してもおかしくはないかと」

揺れが激しい山道を、馬車で過ごす暇を潰すため話してるんだけど、物騒な内容の割に危機感はない。何故なら、近衛が僕を襲いに来る前に、こちらから出端を挫く算段を、すでに立てているからだ。

近衛の反乱を知った日は、こっそり僕の天幕に来たワゲリス将軍だけど、その後ずいぶん声上げてたから、けっこう天幕に来てたのはばれてた。だからいっそ、その後は派手に怒って出て行ってもらい、不仲を演出。その後はサルビル小隊長にも、わかりやすく僕とワゲリス将軍の間を行き来してもらって不仲を改善させようと頑張ってる風を装ってもらった。

ワゲリス将軍たち曰く、近衛が反乱を決意した一因は、僕とワゲリス将軍が上手くいっていないことが見てわかるからだそうで。だったらいっそ、わかりやすく演出に使おうと思ったんだけど。

「なんか、普通にワゲリス将軍から僕への評価って下がる一方じゃない？」

「言動から考えますと、なんでも明け透けにすることを好み、深謀遠慮と陰謀詭計の違いがわかっていないように思いますね」

ようはヘルコフが言うとおり雑なんだろう。だからこそ、たぶんワゲリス将軍には帝都の貴族から策略を担わされているなんて心配はいらない。できて最初に僕の悪評を吹きこんでおくくらいだ。

その上で今はワゲリス将軍から、悪だくみまですると思われてるみたい。確実に現場を押さえるために色々案を出したら、性に合わないだとかやり方が気に食わないとか言っていた。

僕はワゲリス将軍ほど雄偉な体格もない子供なんだから、相手を誘導して確実性を高めるくらいしかできないのに。逆に言えばワゲリス将軍は根回しや、誘導が苦手だから嫌がるのかもしれないけど。

「アーシャさま、町に着いたようです」

ウェアレルに言われて窓にかけられたカーテンをずらすと、町の中まで坂だった。けっこう登った気がするのに、ここでまだ真ん中。しかも聞いた話では人が行ける範囲の真ん中だという。ファナーン山脈の最高峰は、未踏の地なんだとか。

僕は宿として用意された民家に入り、先に点検をしていたヘルコフとイクトと合流する。この民家は付近の領主の親族の持ち家で、他に比べれば立派な造り。そんな家の住民は一時的に退去して、僕のために家を空けている。

ここに来るまでに宿のない町や村では、偉い人の家を宿代わりにする対処がされていた。偉い人の家が大きいのって、こうして客を迎えるためでもあるそうだ。それで言えば皇帝の住まいである宮殿に、王侯貴族が泊まっても文句なんて出ない離宮まで用意されているのは順当なことなんだろう。

「殿下、ロックの野郎に動きがあります」

「アーシャ殿下が到着なさったのと同時です」

ヘルコフとイクトが、今日の宿の安全とは別の話を振ってきた。僕は展望がいい窓から外を眺めて息を吐く。青く陰る山の連なりは雄大で、前世なら登山鉄道でもある観光地になっただろう景色。

けどそんなものを楽しむ暇もないようだ。

「…………近衛が予想よりも早く動きそうってこと？」

「そうですね。山に入り、準備で軍の者たちは己の職分を果たすため行動しているでしょうし。武装したまま動いている者も、山登りの後では限られています」

ウェアレルが相槌を打つと、ヘルコフが赤い被毛に覆われた手を左右に振った。

「あいつ、今の状態が不満なんですよ。軍を率いる将軍拝命してるのに、殿下がいて俺もいる。そんなの軍として不健全だ。そこをどうにかするためには将軍としての面目保たなけりゃならない。手っ取り早く示すには、反乱の鎮圧はいいお題目だ」

「つまり、見せしめにでも反乱者を独自に罰する可能性があると？」

ウェアレルの確認にヘルコフは頷く。

「それは困るなぁ。活きがいい状態で捕まえたいんだ。イクト、行こう」

僕はイクトに声をかけつつ、セフィラにも意識を向けて光学迷彩を起動してもらう。

（ここで僕を殺して反乱を起こして、もし、ワゲリス将軍が何も言わないなら凱旋するんだろうけど。帝都に戻っても陛下は受け入れない。それを近衛はわかってないのかな？）

（皇帝への反旗も視野に入れておくべきかもしれません）

父の帝位を否定したいユーラシオン公爵は、近衛が反乱して味方につくなら動くだろうか？　帝都に残る近衛もすべて動かせて、軍が手出しをしないと言質を取れればやるかもしれない。

仮定を突き詰めてもどうしようもないけど、やっぱりここはこの近衛の反乱を利用される前にこちらが使うほうがいいと思う。

即座に移動を開始したイクトは、軍人たちが武器を手に包囲している建物に向かった。軍服の様子から、動いているのは司令部所属の兵士たち。そしてその中に、紺色のカピバラはすぐに見つかる。

「ずいぶんと早いことだな」

「ち、来やがったか」

ワゲリス将軍はイクトの姿に舌打ちして、狙いが外れたことを悔しがる。イクトは宮中警護だから軍に所属していないため、ワゲリス将軍の命令を聞かない職分だ。

「アーシャ殿下の名代として出向いた。異論は聞かない」

その上で僕の名前を出し、ワゲリス将軍の裁量で進めることを止める。釘を刺された状況のワゲリス将軍は、横を向いて返事をしない。その反応に、イクトは眉をあげた。

「こちらの目がない内に、近衛の上層を切り捨てるつもりだったか？」

「そういう考えができるなら、皇帝に渡された剣で落とし前つけるくらい言えねぇのか」

図星だったらしいワゲリス将軍は、睨むようにイクトを見る。

「だいたい、足並み揃えるなんていらねぇんだよ。宮殿の警備がどうとか、貴族の位がどうとか。軍事行動する中で軍紀を乱した。処罰する理由はそれでいい」

ワゲリス将軍はうるさそうにイクトへ手を振るけど、僕の警護がそんなことで口は閉じない。

「将軍の独断ではないと保証する必要があるとおっしゃるアーシャ殿下のお心遣いだ。小細工はいらないと思考を放棄するよりも、後処理にも頭を使うべきだろう」

「みみっちぃ！　任せるならやり方全部、主導権も寄越せ」

「近衛の独善と独断とを明示するためにも、足並みを揃える努力くらいはすべきだ。それではどの口が我儘と言っていたのか疑わしいぞ」

「こ、いつ…………！」

「ワゲリス将軍！　落ち着いて！」

口で勝てないワゲリス将軍を、サルビル小隊長が止める。

「ここで処刑して反乱を収束させても問題は解決しない。その判断が間違いだったと弾劾裁判をされる可能性がある。将軍とアーシャ殿下の双方が罪ありと示すことにこそ意義がある。――保身の一つもできないようでは、アーシャ殿下を巻き込むだけだ。そちらこそ身を引け」

「あん⁉」

「ワゲリス将軍！　もう、もう包囲は整いましたから！」

鼻息を荒くするワゲリス将軍に、サルビル小隊長が全体重をかけて包囲した建物のほうへと押そうとする。僕も棘がきつすぎるイクトの手を引いて、それ以上は挑発しないよう止めた。

「おう、てめぇら！　覚悟はできてんだろうなぁ⁉」

近衛が宿泊する建物に乗り込んだワゲリス将軍の怒声は、半分イクトのせいだろう。反乱を止めにワゲリス将軍が正面から乗り込んできた上に、すでにやる気に満ちている。その様子に、近衛は腰を浮かしつつも状況について行けていないようだ。

そうでなくても町に着いたばかりで、僕を襲うには早すぎる時間。まだ剣も装備していないのに、完全武装のワゲリス将軍の隊に押し入られるなんて、反乱をする気であった近衛も想定外だろう。

「な、何故……？」

「トイレ横で堂々と皇子殺そうなんて喚く馬鹿がいると思えば、近衛全体が馬鹿の集まりか、あぁ⁉」

「何を⁉　我らの義挙を愚弄するな！」

ワゲリス将軍の罵倒に、近衛は青筋立てて怒るんだけど、うん。僕への殺意肯定しちゃったよ。未然に防いでも白を切られたらどうしようかと思ってたのに。

「そ、外も包囲されている…………！　計画が露見していたのか⁉」

こっちもばれているると思わせないようにしたとはいえ、あんなに僕の天幕の側で密談して、どうしてばれないと思ったんだか。それだけ僕が鈍いか、人足から密告されるほどの人望がないと下に見られていたのか…………見られてたんだろうなぁ。

何せ皇帝である父を血筋で下に見るきらいのある人たちだ。さらに妃殿下ほど名家の令嬢が母でもない僕は、もっと下だと見下していても不思議じゃない。

「将軍も異常な今の状況の諸悪の根源はわかっているはずだ！」

逃げ場もなければ計画も頓挫した近衛が、足掻くようにワゲリス将軍に訴えた。

「あの皇子を名乗る卑賤《ひせん》の者がいなくなることで、多くの兵が命を拾う。軍を率いる者であるなら、共に手を携えて兵を起こし、帝国の未来を明るくすべし！　これは憂国の念から発した行いだ！」

「我儘、傲慢、思いやりも知らず驕り高ぶった第一皇子の、いや、もはや皇子という地位さえ不相応な卑しい生まれの子供に軍を玩具のように弄ぶさまに怒りを覚えないわけがないはずだ！」

見下されてるかもとは思ったけど、ひどい言われようだ。宮殿でさえ自由に動けなかった僕が何をしたっていうつもりなんだか。

あと、地味にイクトが静かすぎるのが怖い。この場にいる近衛の顔をじっと記憶するように一人一人見据えている。

そうしている間にも、僕を誹謗中傷する言葉は続き、ワゲリス将軍に挙兵しようと訴えた。もはやワゲリス将軍を味方に引き入れる以外に逃れるすべはないからだ。

「うるせぇ！　軍を統括する俺の前でよくもそんなことほざけたな⁉」

ワゲリス将軍は、口々に訴える近衛を一喝した。

「自分を正当化しようと子供一人どんだけ罵るんだ見苦しい！　軍律無視するどころか最大の禁忌犯そうって奴が何言ってやがる！　反乱なんぞ悪以外のなんだってんだ！　俺の許可がない軍事行為を容認するわけがねぇだろうが！　投降しねぇなら手足ぶち折ってでも武装解除させるからな！　反乱を計画した時点でお前らは脱走兵以下のクソどもだ！」

吠えるように言ってワゲリス将軍が手を上げると、出入り口を押さえていた兵士たちが室内に雪崩れ込んで包囲を形成する。

すでに建物は囲まれている、室内も占拠されてた上に、間合いにも入られた。僕とワゲリス将軍の指示で、この建物には近衛の隊に所属する全員が押し込められている。

もう降参する以外にないのに、無駄にプライドが高いのか、近衛の中にはまだ言いつくろおうとする者がいた。

「ぐ、軍律を謳うならば、我々は将軍の旗下にはない！　これは越権行為だ！　すぐに不当な拘束を、おぐ⁉」

ワゲリス将軍がせせら笑うように鼻を鳴らして手を振ると、悪あがきを叫んでいた近衛は、床に引き倒されて縛り上げられる。

「あほか。軍内部での反乱謀議した時点で俺が対応できるんだよ。それどころか次やったら事後承諾でいいって言質は取ってんだ。お前らの嫌いな皇子さまからな」

うん、まぁ、殺さないならって条件つけたはずなんだけどね。そう言って今回は足並み揃えるはずが、ワゲリス将軍が勝手に先手打とうとしてたけど。

「武器、鎧、馬も馬具に至るまで全て没収！　怪しい動きがあったと聞こえたなら、お前らの配置は最前線だ！　武装解除だけなんてぬるい処置した第一皇子に感謝するんだな！」

ワゲリス将軍に煽られて、縛り上げられた近衛は反抗的な目を向ける。その戦意の衰えない様子は、確かに見せしめに血を流したほうが危機感を持って大人しくもなるのかもしれない。

ただ近衛はお育ちのいいお坊ちゃんの集まりだ。反乱したから処罰して終わりなんてことにはならない。実家がメンツのために利害を度外視して攻撃してくる可能性もある。

去年の夏に政争で負けるからと、都落ち前に皇子である僕たち兄弟を殺そうとしたエデンバル家のように。またテリーたちが泣いてしまうような状況、作るわけにはいかない。

「横暴だ！　こんなことが許されると思うなよ!?　だいたいなんの権限があって！」

「俺が気づいて俺が止めた！　殺すなという以外では第一皇子に口出しはさせねぇ！　どうしても撤回してほしいなら、まずはお前らの上役に俺との交渉でも頼み込むんだな！」

煽るように言い放つワゲリス将軍に、近衛兵は悲鳴を上げる。

「無理に決まっているだろう!?」

だって上役って僕だしね。そしてこの集まりは僕を殺そうとしたものだし。

うん、なんて言って減刑嘆願するのか想像つかない。僕を殺そうとして罰されたから、僕のほうから処刑しない以上に罰を軽くしてくれるよう交渉してくれって？

ワゲリス将軍にはぬるいと言われたけど、僕も別に近衛を許すつもりはないんだよ。

「最初からてめぇらの企みは無理なんだよ。何が諸悪の根源だ、ただの子供に。未遂で済ましてるだけ首の皮繋がってることに感謝しろ」

ワゲリス将軍は近衛にそう宣告して、イクトに向き直る。

「お前もいい加減その殺気しまえ。毛が逆立ってしょうがねぇ」

首裏を乱暴に掻いたワゲリス将軍は、その場を隊長に任せる指示を出してぼやくように言う。

「これでまだ狙ってくるようなら、あの皇子黙らせて今度はそっちが首でも落として事後報告にしろ。……ったく、何が憂国の念だ。武器持たねぇ平和が一番だろうが、馬鹿ばかしい」

部屋を出て行くワゲリス将軍は、雑なこともあるけど戦功に重きを置かない性格でもあるようだ。

そんなワゲリス将軍の後を追おうとしたけど、手を掴んだイクトが動かない。イクトはまだ自分の正統性を言い募る近衛をじっと見据えていた。静かだけれど圧を感じるほどの視線に、喚いていた近衛たちも気づき始めて静かになって行く。

「そのような気骨ある者がいることを、少し期待してしまうな」

決して大きな声じゃないんだけど、言われた近衛はもちろん、囲んでる兵士たちも揃ってイクトを見た。そしてすぐさま全員が目を逸らす。

今すぐにもでも剣を抜いて首を落としそうな雰囲気だ。どうやらこの元狩人は、反乱した近衛を獲物認定したらしい。

僕はせっかくの生け捕りが無駄にならないよう、掴んだ手に力を込めて、ワゲリス将軍を追うことを促した。すでにワゲリス将軍の姿は見えないけど、行く先はわかってる。僕が宿泊予定の民家だ。

急いで戻ればまだワゲリス将軍は姿を見せていない。たぶん建物を囲んでいる兵士たちにも事後の命令を残しているんだろう。

僕は素知らぬふりで、応接間へ。ほどなくやって来たワゲリス将軍を、ずっといましたみたいな顔で出迎えた。

「終わった。まだ数は確認中だが、羽根飾りどもの数は揃ってる」

「羽根飾りども？」

「正装した時に兜に羽根飾りおっ立ててたでしょう。ようは、命令出せる上の奴らを、軍ではそう呼ぶんです」

僕の疑問にヘルコフが教えてくれる。けどそれを言うと、ワゲリス将軍も羽根飾りになるんじゃない？　まぁ、言い方からしていい意味じゃないんだろう。

「思ったよりも早かったね」

これは到着すぐに、僕が口を挟めない時を狙ったワゲリス将軍への牽制。ただワゲリス将軍には通じなかった。

「け、そうかよ。子供のくせして回りくどく考えるからだろうが」

不満げに僕を見るんだけど、僕の周囲は呆れたような目をワゲリス将軍に向ける。

「なんだよ？」

雰囲気は読めるみたいだけど、気づかない。それならわざわざ言い直すほどでもないし、僕は話を先に進める。この鈍さはちょっと心配なので、今後の近衛の処遇についても確認したい。

「僕がこうして反乱を未然に食い止めて、全員捕縛した意味はわかってるよね？」

「帝都から護送車の檻が来るまでは、精々大嫌いな皇子さまの温情にふんぞり返ってるだろうよ」

やっぱりワゲリス将軍は、反乱の鎮圧を名目に首謀者をその場で処断したかったようだ。沈静化のためには手っ取り早いんだろうけど、僕にも殺害を止めた理由がある。

「終わったと言うならすでに武装解除もしているんでしょう？　だったら、今さら首を切ってもそれはワゲリス将軍の独断でしかない。近衛の指揮官たちは拘禁して、帝都のほうに罪ありと告発した上で罪人として送り返すほうがダメージは大きいよ」

メンツが大事な貴族にとっては、見世物よろしく檻で送り返されることは不名誉以外の何物でもない。そしてこの形式を取ることで、こちらの正統性を喧伝《けんでん》し、僕の人望のなさが陛下に波及することは止められる。

反乱されそうになったけど止めた、そしてきちんと罪を裁定して罰した。こういう手順は、多方面から口を出されることを想定する以上は必要だ。

「帝都に護送車を要請する文章の下書きはこれから作る。内容を確認して、署名をお願い」

事務的な処理にも不満顔するなんて。下書き作る暇くれなかったのはワゲリス将軍なのに。

「恩を着せようったって、あいつらはそんなの汲むような頭してねぇぞ」

「そんなつもりはないよ」

正直近衛なんてどうでもいい。ただただ足を引っ張る要因になってほしくない。僕が望むのはそれだけだ。

恩を着せる意図がないことは見てわかったのか、ワゲリス将軍は応接間を出ようと足を動かした。

「書面ができたらサインはする。あの口から先に生まれたような武官を寄越せ。あいつならこっちが忙しくしてても大騒ぎして目立つ」

天幕の不備の時に二回しか送り込んでいないけど、けっこう記憶に残っているようだ。すでに顔を知る相手のほうが通りがいいなら文句はないので、僕は応諾する。

「だが、これだけは覚えておけ」

ワゲリス将軍は部屋を出る直前に足を止めて言った。

「俺はお前のやり方は気に食わない。次も手を貸すと思うなよ」

「何を言うかと思えば、大人げないですね」

「出し抜こうとして失敗したからってお前、それはねぇだろ」

「我儘はどちらなのか、今一度自身の胸に手を当てるべきだな」

ウェアレル、ヘルコフ、イクトが即座に三倍にして言い返す。さすがに可哀想で僕が何も言わないと、ワゲリス将軍は一層怒った顔をして、足音荒く応接間を後にしていった。

「年少者であるご主人さまの聡いおふるまいを悟る程度の能力はあったのですね、あの方」

「ノマリオラ……」

本人のいないところで止めを刺すようなことを言う侍女。ノマリオラはそのまま応接間で僕に報告を始めた。

「この家の使用人たちに周辺の状況を聞き取りましたところ、軍より連絡が届いたと思われるひと月前から人と物の出入りが多くなり、軍を迎え入れる準備を整えていたとのこと」

「兵乱に発展させた一方のはずだけど、ここの領主は帝国軍に従順ってことでいいのかな？　だったら、帝都のほうに軍の定期連絡とは別で馬を用意してもらいたいところだね」

軍は運用にけっこう縛りがある。だから今回みたいな反乱鎮圧の早馬なら報告を上げられるけど、それ以外に根回し目的の連絡となると、別口で用立てないといけない。

公爵が手を回してる可能性が高い軍を経由するよりも、父に直接今回の顛末《てんまつ》は伝えておきたかった。

そのためにも無名な僕よりも、領主の権限がある人に手伝ってもらったほうが帝都まではスムーズだろう。

「この町の領主にも武官を送ろう。ウェアレル、帝都に送る書面の下書きお願いできる？　僕は領主への要請の文言考えるから。あと、陛下にも経緯を書き送って——あ、テリーたちへの手紙も預けられないかな？」

「陛下への報告は、ワゲリス将軍からの報告を待って、前みたいに事実確認をして——」

「殿下、さすがに今回はそれだけじゃちょっとどうなんですかね」

ヘルコフが熊顔で苦笑しながらそんなことを言ってきた。見ればウェアレルもイクトも同じような顔をしている。

「アーシャさまとしては、あえて報告のみで済ませる意図がおありですか？」

「そう聞くってことは、報告以外も書くべきってことだよね。えっと、ワゲリス将軍は一応協力的だったから事実でもありのままを書くのはなぁ」

ウェアレルに促されて考えるんだけど、どうも反応が芳しくない。

「これはっきりと言うべきでしょうか。アーシャ殿下、反乱未遂をされて狙われたのはあなたです。それをお聞きになる陛下の心情を和らげる文言を添えられたほうがよろしい」

普段貴族らしさなんて気にしないイクトに指摘された。つまり、もっと気遣えって話しらしい。

言われてみれば子供が襲われかけましたと言われて心配しない親はいな…………くもないか。前世の父は僕がサッカーで怪我をした時、そんなことで煩わせるなと怒った。僕の怪我で母が騒ぎ、その後の予定が狂ったからだ。

いや、うん、今の父はそんなことないんだろうけど。でも、仕事の邪魔とかしたいわけでもない。対応はしてほしいけど面倒だと思われるのも嫌だ。そうなると短く済ませて、当たり障りなく？

「こちらは大丈夫です、とか？」

「悪くはないはずなのですが、逆に何か無理して隠してるように思えます」

「確かに直接何かされる前ではありましたけど、それだけだと寂しいでしょう」

「なんというか、アーシャ殿下であるためか勘ぐってしまいそうですね」

ヘルコフはともかく、ウェアレルとイクトが妙に警戒してる。他意はないよ、他意は。けど

……父親への手紙なんて思えば前世も含めて初めてのことだ。

僕は思いの外、父への報告に時間をかけることになってしまったのだった。

四章　厄介な村人

ファナーン山脈に踏み入った途端、僕は近衛に反乱されかけた。未遂で終わらせたし、即座の鎮圧で軍内にも混乱は起きていない。

近衛兵を全員中腹の町に置いて行って、見張りの人員も相応に据えて行くという処置に、町の領主が抵抗したくらいだ。

「元から向かう村には一度に移動できません。ですから家屋の長期借り上げは交渉済みでした」

「近衛だから嫌ってこともないだろうし、あ、見つけたよ。セリーヌ」

僕は石の目立つ地面で、張りつくように生える草の中から目的の植物を見つけ、サルビル小隊長ことセリーヌを呼んだ。

近衛の反乱を押さえて、書類作りをする以外にやることのなかった僕は、お目付け役よろしくつけられたセリーヌに話し相手になってもらい親しくなった。自然崇拝的な文化のあるエルフは、薬草を自然の恵みとして重んじると同時に、より良く薬にできることは尊ばれる素養なのだとか。

「おぉ、これが綿毛薊《あざみ》と呼ばれる高山植物ですか。本当に葉の間に綿毛のようなものが」

「この葉っぱの部分を水から沸騰させないように煮詰めると消炎の薬として使えるんだって」

僕はセリーヌと一緒に近くに生えている薬草の採取を始める。根こそぎ持っていくのは次の種を残せなくなるから、エルフはしないそうだ。僕もそれに倣って葉をもいでいく。

ただそこに荒い足音が近づいて来た。

「おいこらー！　勝手に町の外へ出て何してやがる⁉」

「あ、ばれた。って、ワゲリス将軍本人が来るんだね」

明日の登山に向けて忙しく準備をしていたはずなのに。僕のほうは人足の組頭たちに予定を回して終わり。後は本人たちが後方支援部隊と足並みを揃えてもらうことになってる。だから正直、素人の僕がとやかく言うことじゃない。

うん、自分が真面目に仕事してる時に何遊んでるんだって気持ちはわかる。名目上は僕も同じ立場だからね。

けどあまり気にしてない僕と違って、一緒に薬草採取をしていたセリーヌは、直立してワゲリス将軍を迎えた。

「申し訳ありません！　で、ですが、第一皇子殿下の博学多才は目を瞠るものがあり、こうして大変希少な植物の発見をいたしました！」

「それが言い訳になると思ってんのか⁉　殺されかかった自覚を持て！」

最初の言葉はセリーヌに、そして続く言葉は僕に向けられる。ただそれを聞いて草地に座り込んでいたヘルコフが身を起こす。

「これだけ高くて見晴らしがいいんだ。待ち伏せもできなけりゃ、近づきゃお前みたいに一発でわかるだろうが」

標高が高いため、周辺に姿を隠せる木立はなく、転がる岩も人より小さい。一番近くにいたヘルコフ以外は、ウェアレルとイクトが間隔を取って広い視界を確保していた。弓と魔法の射程範囲ギリギりに立っているそうだ。

つまりウェアレルとイクトより近づかないと遠距離攻撃はできない。距離を稼ごうとすれば狙いは荒くなるし、こっちを狙う者がいれば姿は丸見えになるだろう。

「使えない近衛の代わりに人員回した意味がねぇだろうが！」

意味がないと言われてしまったセリーヌは肩を落とす。まぁ、誘ったら護衛を理由に一緒に来て、一緒に採取に夢中になってたしね。

「いいから町に戻れ！　本人が囲みから抜けてちゃ守れるもんも守れねぇんだよ！　——ったく、ここに希少なもんがあるなんていつ調べたんだか」

僕以上に暇を持て余した知性体が、堂々と探し回った結果だね。

「じゃあ、この薬草の下処理だけさせて。虫がついてたら保存もできないから」

僕は言うだけ言って、セリーヌを促して綿毛に似た部分を採集した葉から除去する。ここに虫が潜んでる可能性があるから、ちゃんと除去しろって図鑑に書いてあったんだよね。

「あ、この石………もしかしたら鉱石かも」

「本当に博識ですね。私は岩石についてはとんと」

「冬に色んな図鑑を買ったばかりでね。使えそうな物を持って来て、馬車で読んでたりしたんだ」

秋頃にエリクサーを作るため鉱物毒に関する書籍を求めたけど、財務官のウォルドに却下され、代わりに購入した各種図鑑。今回見つけた綿毛薊も図鑑に載っていた。

「おい………あの皇子は皇帝に捨てられたわけじゃないのか？」

「ざけんなよ。そう思われねぇように送り出してんだろうが」

唸り混じりの声に、僕はヘルコフの様子を窺う。ワゲリス将軍と額を突き合わせて、密談中のようだ。なんだか父が知ったら悲しむか怒るかするだろう声が聞こえた。

僕よりも耳がいいらしいセリーヌの手は止まり、気まずそうに横を向いている。

「だいたいお前が天幕の件で耳貸してりゃ、殿下だって――」

「そこが子供らしくねぇんだよ。頼るなら全力で来い――」

「実際できるんだからしょうがないだろう」

「てめぇの力不足棚に上げるんじゃねぇ」

うーん、喧嘩に発展しそうな気配。ここは僕のために争わないでって割って入るべきかな？　いや、矛先が僕に向くだけだね。

「――いいところなしの皇子なんて、それだけのこととしてるとしか思えねぇだろうが」

ワゲリス将軍の言葉にヘルコフが怒鳴りそうな気配を感じて、僕は手を打ち鳴らした。

「はいはーい、いい大人が喧嘩しないでね。もう少しで下処理終わるから」

特別耳がいいわけじゃない僕が聞こえてるって、他の耳がいい人たちにも聞こえてるわけで。近くに待機してるワゲリス将軍の部下はもちろん、緑の被毛に覆われた耳を立てたウェアレル、碌なことを言っていないと気配で察したイクトも視線を向けていた。

そんな視線を受けて、なんでワゲリス将軍は僕を疑うような目で見てるんだか。今は何も企んでなんていないよ。

そう思ってたら、ヘルコフが太い腕でワゲリス将軍の首を抱え込むように引き寄せる。また密談するみたいだけど、けっこう勢いついてたのにワゲリス将軍は痛がるそぶりも見せない。獣人って人間よりフィジカル強いっていうのを目の当たりにした気がする。

「…………殿下、殿下……あれ…………」

セリーヌに袖を引かれて見ると、瞬きを忘れたように一点を見つめていた。岩が折り重なった場所を見ているようで、僕もそちらに視線を向ける。岩の間に違和感を覚えてよく見ると、ガラスで作ったような透ける花びらを持つ青い花が揺れていた。

「え、まさか…………青の女王？　まだ開花には早いはずなのに」

まだ初夏の今は早すぎる。けれど確かにそこにある花に、僕もセリーヌも吸い寄せられるように近づいた。

「花が小さい、端が枯れてる。時期を間違って咲いてしまったんだ。けど、これは運がいい」

「なんと美しい花でしょう……。花が透けるほどに薄い」

「あ、棘があるから気をつけて。種子が可食で、油も取れるんだったかな。けど、これ一本だと受粉もしないだろうし、スケッチ？　いや、押し花にして保存したいな」

「良い考えだと思います。私に植物標本をつくる技能があれば良かったのですが、それでもスケッチは得意です。画材をお持ちでしたらお手伝いできることもあるかと」

「本当？　弟たちに風景を描いて送ろうと思って持って来てるよ。ってことは、数日もってほしいから、ここら辺の土ごと根を掘り起こそう」

僕はセリーヌと話しながら手を動かして、岩をどけ、根を傷つけないよう土ごと掘り出す。けっこう綺麗に取れたことで嬉しくなり、僕は花を掲げた。

瞬間、見咎めたワゲリス将軍のお叱りが飛ぶ。

「おい！　さっき採ってたのと違う植物じゃねぇか！　新しいの見つけるな！　さっさと帰るぞ！」

おっと、まずいまずい。ばれたのが掘り終わってからで良かった。明日からの山登りに持って行くなら潰れないように気をつけないと。

反乱の報告ついでにもう帝都への手紙は出してしまったけど、次に連絡を取る時にはスケッチもできてるだろう。少しだけ、この先の山登りに楽しみができた。

＊＊＊

反乱が未然に防がれたことで、行軍に関する支障は軽微で済んだ。と言っても一日余分に時間を取ったけど、そこは山の天気を警戒したためだった。

町から先は馬車を乗り入れることなんてできない山道。前世の行楽でする登山なんて目じゃないほど、荒々しい道が細く長く続いている。

「わぁ、雪………」

平地では夏の気配が感じられる季節のはずが、ファナーン山脈ではまだ雪が残っている。と言うか、人跡未踏の最高峰は万年雪らしいからこの山脈は確実に富士山よりも高い。

中腹の町で、すでに背の高い木はまばらだったし、図鑑に載ってる高山植物が自生していたから、たぶん森林限界の高さは越えているだろうとは思っていた。

「これは……六十年前の、将軍の恨み言、わかった、気がする………」

「殿下、集中してくださいよ。片側崖に近い斜面なんですから」

僕が乗るロバを牽きながら、ヘルコフが普段と変わらない様子で声をかける。対して僕はすでに息切れしていた。これは慣れない登山であることもあるけど、気圧の低下という酸素濃度の薄さもあるんじゃないかな。

高山病の対策はひたすらゆっくり進んで、体を慣らすしかない。けど今僕たちが進むのは、滑りやすい砂利道。しかも人間二人がすれ違えないような道で、片側は切り立った高い断崖。もう片方は岩が折り重なった斜面。どう転んでも助からない高さと角度、何より尖った岩の群れだった。

(いや、事前情報があるだけましだ。六十年前の将軍は、危険地帯を足早に抜けようとして、何人も高山病を出したんだし)

(主人に報告。隊列の先頭が野営地に至りました)

地形をものともしないセフィラもまた普段と変わらない。

(その先の地形も確認した?)

(六十年前の記述のとおり、いったん下るものと思われます)

山脈は山の連なりだ。ただひたすら高い場所を目指しても前には進めない。低い場所だけ進んでも行き止まりになる。

上り下り、時には高い山を迂回して進む道のりは、誰をも無口にさせた。そんな中、ウェアレルは僕を心配する様子で声をかけてくれる。

「アーシャさま、行く先で断崖が途切れています。その先の大きな岩が積み重なった所を登れば、野営地のはずです」

「うん、そうだね………」

確かに行く先にそれらしい地形は見えるけど、まだ遠いなぁ。

ロバに乗っているのは僕だけで、他のロバは荷運び用で最低限だ。こうでもしないとそもそも足の長さと体力が劣る僕は、遅い隊列にもついて行けないための措置。

だからワゲリス将軍は当初、僕を中腹の町に置いていくつもりだった。兵士の統率もできないし、交渉ごとをやったこともない。その上でことの収拾はすでに帝都で決められ上意下達されるようになっているんだから、お飾り皇子が危険な登山を敢行する必要はなかった。

本当にここで何をするつもりもないなら、僕も町に残っただろう。けど、僕は実際に争う村に行く必要がある。だからこそ、嫌がるワゲリス将軍に近衛を独自に処分しようとしたことを責めてみせて頷かせたんだ。

「…………本当、暗殺向きだよね」

僕が直接村に向かう一つの要因は、暗殺を警戒してのこと。近衛にやったのと同じだ。

相手に気づかれないように、場を用意して、こちらは準備万端で待ち構える。この野営地前の細い道は、難所として六十年前の記録にもあった。だから、本気で僕の暗殺を考えている人がいるならここを狙う。

そう選択させるためにも、あえて登山の第一陣に、少数で同行させてもらった。あと、僕の周りの人を巻き込まないためにも、ノマリオラや人足は僕と別行動をしてもらいたかったんだ。

(野営地も襲われる可能性があるし、セフィラは先に行って周囲に不審者がいないかの走査を――)

(すでに上方岩陰に隠れた武装集団を捕捉しています)

(ん…………？)

遅い報告に、僕は疲れもあって一瞬意味を捉え損ねた。

（……………すぐにヘルコフに情報共有！）

（了解しました）

セフィラから聞いたらしいヘルコフの耳が天を突くように立つと、イクトはそれだけで異変を察したらしく、他にわからないよう警戒を強めたのが視線の動きでわかる。ウェアレルもセフィラに声をかけられたのか、疲れた様子だったのが深呼吸をして背筋を正した。

そしてヘルコフが前を行く兵に声をかける。僕たちの周囲はワゲリス将軍の兵が守りのため配置されていた。

「ちょいと殿下の鞍の座りが悪い。止まって馬具の調子を見るから、先行ってロックに問題ないと伝えろ」

指揮権を持つヘルコフの指示に、前を歩いていた兵士は、伝言ゲームよろしく前の者に言葉を伝えつつ歩く。後続に対しても足を止めることを注意して、僕たちは潜む不審者の有効範囲手前で進むのをやめた。

狭く逃げ場のない一本道だからこそ、岩場に隠れた者たちにとってはじっと潜んでチャンスを待つことが大事になる場面。

（セフィラ、武装集団の様子は？）

（落石による事故に見せかけるため、大、中、小の石を落とす用意をしています）

事故に見せかけるならそれがこの場では自然だろう。ただそんなことをされれば、僕の前後にいる人たちも巻き込む可能性がある。

だからヘルコフは僕を止めて、先に行く兵士たちを巻き込まれないようにした。そうしてヘルコフがロバを見るふりをしている間に、セフィラが不穏な提案をしてくる。

（すでに敵の位置は捕捉しています。魔法で足場を崩して不埒者どもの排除を推奨）

（それじゃ情報が取れないでしょ。それに道が塞がれたら当初の目的が達成できないし）

（町へ下りる道はカルウ、ワービリ両村にとっても損害。復旧のため争いをやめると推測）

確かにそれも手だけど、軍がインフラ破壊なんて卑怯すぎる。これは前世の常識なんだろうけど、非戦闘員に被害を出すことを許すわけにはいかない。

（ともかく、今回は安全が第一。というわけで誰も被害を受けない今、やっちゃって）

（命令を受諾。判断の基準の説明を安全確保の上で再度問う）

センシティブがわからないのに、倫理観って理解できるのかな？

僕が悩む間に、セフィラは誰にも気づかれることなく、岩場の上に移動しているはずだ。そして、そこに潜む武装集団の小さな身じろぎに合わせて、小石を転がしたんだろう。一つ、けっこうな音を響かせて、小石が僕たちの行く先を崖下へと転がり落ちて砕けた。

こんな場所でなくても、こぶし大の落石は当たり所が悪ければ危ない。それをわかっているからこそ、僕たちはもちろん、後続の兵士たちも落石があった頭上を見上げる。

本来なら足元に気を使って歩く道。けれど今は立ち止まって余裕がある。何より木々もない吹きさらしのこの場所は、視界の外にいる以外に隠れる場所はない。視線を上げれば、けっこう簡単に、顔を隠した不審な武装集団を見つけることはできた。

こちらからも動きがわかるということは、向こうからも僕たちが気づいたことは丸わかり。

「ぐ………、撤退だ！」

一人が指示を出すと、すぐさま隠れていた者たちは逃げに転じる。その動きを予測して準備していたウェアレルは、即座に魔法で跳び上がった。

ただ命綱もないこの状況で、魔法という補助があるとは言え、思い切った行動だ。兵士の中からも、果敢な大跳躍に驚きと感嘆の混じった声が上がる。

「待ちなさい！」

ウェアレルはそう声をかけるけど、実際のところはふりだ。一人で集団を追うなんて危険だしね。

こういうことは露見した時点で失敗だし、目撃者はウェアレル一人じゃないから敵は逃走一択。

それでもウェアレルに派手に動いてもらった意義はある。僕はウェアレルが高い場所に着地して落ちる様子もないことにまずは胸を撫で下ろした。

「急いでウェアレルと合流しよう」

「騒ぎに気づいてロックの奴が逆走して来ても邪魔ですしね」

ヘルコフがこんな一本道で恐ろしいことを言い出す。絶対ないと言えないのが怖いところだ。

僕たちは野営地が近いこともあり、今までの歩調を改めて、足早に崖の縁から離脱した。

「ウェアレル、大丈夫だった？」

「はい、町で聞いた古道という道の名残がこちらに続いていましたので。ですが、賊が逃げた方向は荒れており、追跡は難しいと思われます」

野営地の端で落ち合ったウェアレルは、敵が地元民しか知らない道を逃げて行ったことを告げる。

ずいぶん前に天災で塞がれ、整備されないまま不通になったため、今は使われていないんだとか。

念のため、道案内として町で雇われた現地人である嚮導《きょうどう》から、古道の状態についても聞き取りをしている。領主に訴えても金銭的な理由で復旧されないままだけど、本来は中腹の町まで通じている道だそうだ。

「おい、こら！　どういうことだ⁉　不審な集団がいただと⁉」

ワゲリス将軍はこんな山道でも元気らしい。野営地として平らな地形だけど、他の兵士たちはここに来るまでに神経をすり減らしてだいぶ疲労してるっぽいのに。

「大丈夫。被害はないし、ウェアレルのお蔭で不審者には目印をつけられた。追跡は可能だよ」

「はぁ⁉　――ずいぶん用意がいいな」

「………狙ってくるのが近衛だけとは思ってなかったからね」

驚いた後には何かに気づいたような顔をするので、無駄な誤魔化しは省いた。途端に嫌な顔をするワゲリス将軍だけど、僕に言い返すことなくヘルコフの襟首を掴む。

「子供に何言わせてんだ、てめぇ。そこまで腕腐ってやがったか？」

「それはお前の義父含む宮殿のクソ野郎どもに言えや」

とても剣呑な言い合いは、怒鳴るよりもなんだか怖い。

そしてワゲリス将軍が僕の話聞かない一端は、完全に子供扱いなせいらしい。確かに僕は成人してないけど――あ、だから余計に引っ込んでろなのか。

けどようやく目的地に近づいてきたんだ。公爵たちの目が届かないここだからこそ、僕は前に出させてもらう。

「ワゲリス将軍、ことはこの土地に関係していない。ただ場所がちょうど良かっただけだ。ここの兵乱を治めるよう派兵された将軍が手を出すべきじゃないよ」

「この土地で起きたならそれは領主の管轄だ。俺はここの領主がやらかした尻拭いに来てんだから、そんな言い訳通じるか！」

関わっても碌なことないよっていう助言だったんだけど。というか、そう言えばここで僕が暗殺されたとして、この地の領主はどう対応するんだろう？

「誰がやったかはともかく、責任は領主に向くよね？　どうして領主は手を貸したんだろう？」

「おい」

僕の断定に、ワゲリス将軍が声を低くする。けどそんなこと気にせず、ヘルコフは紺色のカピバラの手を叩き払って僕の疑問に答えた。

「辺境の小領主ならば、たとえ責任追及がされるとしても断れないでしょうな。よくあることですが、周辺を統括する大領主に小領主は逆らえないもんで」

ヘルコフが言うとおり、領主間の力関係は覆しがたいらしいということは聞いている。ここに来るまでも、領主間での親分子分のような関係性は窺えていた。

もちろん互恵関係はあるんだけど、今回この辺りを治める小領主のほうが、上からの命令で僕の暗殺に手を貸しているとなると迷惑でしかない。

小領主からしても、暗殺を依頼されるような僕が来るのは迷惑だろうけど。何せ、周辺地域の権益を握ってる大領主から干されたら、領主一人の首どころか家族や領民まで飢え死ぬ可能性がある。

「この周辺の大領主って言うと？」

「ホーバート領主ですね」

ウェアレルの答えに、僕は聞き覚えがあった。去年の夏に調べて知った地名だ。そしてこの派兵に関しても上がった名前。

夏に僕たち皇子を暗殺しようとしたエデンバル家は、実行犯として帝都に巣食う犯罪者ギルドを使った。未遂に終わり、エデンバル家当主は捕まえたんだけど、犯罪者ギルドの上層部は帝都から脱出してしまったんだよね。

それで行き先を探ったら、犯罪者ギルドを作った四つの組織犯罪集団の一つ、サイポール組の本拠地としてホーバート領の名前が挙がったんだ。

ルカイオス公爵は皇子派兵の理由づけとして、ロムルーシ側への示威行動と共に、ホーバート領に本拠地を置くサイポール組への牽制の意味を含めた。皇子が軍と共に近い場所にいるとなれば、犯罪行動の抑止になるだろうと。

そうした事前情報を踏まえて、ウェアレルはさらに言う。

「ここの大領主は、荒事や権力闘争に対しては積極的です。本気でアーシャさまを狙うほどの旨みはないはずですが、動かれると厄介でしょう」

「おい、大領主になんの怨み買ってんだよ」

僕以上に周辺地域について事前知識を仕入れていてくれたウェアレルの助言に、ワゲリス将軍が何やら勘違いをしてしまったようだ。

どう答えようか考えていると、イクトが落ち着き払って僕との会話を続ける。

「帝都からの追い出しは成功し、再建の目途も立たないよう手を講じたとはいえ、まだ構成していた組織の本拠地までは手を入れられていませんから」

なんの話をしてるかを言っていないので、ワゲリス将軍にはわからない。たぶん帝都で何かしたんだろう程度かな？　少なくともウェアレルとの会話の続きとしては、理解できないだろう状態だ。

それを見て、ヘルコフもワゲリス将軍を無視する形で言葉を継ぐ。

「他三つは他国に腰据えてますから、動くとしたらホーバートのとこなんですよ。未だに本拠地じゃ強権握ってると思っていいかもしれません」

犯罪者ギルドで帝都に根差していた組織犯罪集団は排除された。ただし犯罪者ギルドを作った四家は本拠地に退くだけで、捕まってはいない。しかもその内三家は本拠地が帝国の領土外で手が出せない状況だ。

つまり僕が警戒しなきゃいけないのは、小領主を使う大領主のさらに向こうに、サイポール組がいること？

（…………それもおかしいな。直接捕まえたエデンバル家当主ならまだしも、犯罪者ギルドに僕の関与は知られていないはずだ）

（一度失敗した暗殺のリトライをすることで得られる利益よりも、不利益のほうが多いと思われますが、推測の域を出ず。まずは確たる情報を得るべく襲撃者を確定させるべきと提言）

セフィラの言うとおりだ。暗殺未遂を一度されたからって、安直にサイポール組に結びつける理由もない。それより目の前の現実に目を向けるべきだろう。

「ワゲリス将軍、今は確実にカルウ村に辿り着けるようにすべきだ。そのためにも、野営の指揮を執るのが責務じゃない？　安全対策をするにも、ここで不確定要素を並べ立ててるだけ時間がもったいないでしょう」

見るからに気に食わないと言いたげなワゲリス将軍だけど、そこにタイミング良くセリーヌが現われる。一触即発の雰囲気を感じ取ると、すぐに仕事を理由にワゲリス将軍を引っ張って行ってくれたのだった。

＊＊＊

ファナーン山脈で野営すること三日。

天幕もまともに張れない野営地を経由して、ようやく辿り着いたのは、すり鉢状の地形に築かれた村だった。生活圏であるはずなのに、村内の傾斜がすごい。中腹の町も坂だらけだったけど、こっちは民家がまばらなせいで斜面の感じが強い。

それだけでも暮らしにくそうなのに、僕たちがすり鉢状の村の上に着いた時、ちょうど帝国側とロムルーシ側の兵がぶつかり合うところだった。

「村の位置は資料と変わらない。カルウ村とワービリ村を別つ、低地の白い道があそことなると、あの兵士たちが争う場所、六十年前と同じ放牧地かな？」

僕は休憩場所が用意される間に、辺りの様子を確認する。すり鉢状とはいえ、高い位置は比較的平らで、放牧地になっているため低い柵と砂利を割るような細道が見えた。

六十年前と変わらず、あそこが戦いやすいのかな。そう思って見ていると、遮蔽物のない中で、兵士たちが振る武器が日の光を白く反射する。

「……なんだか、武器が綺麗？」

「む、確かに。ありゃ新品か？」

僕の呟きを拾ってヘルコフが鼻の頭に皺を寄せる。応じて戦う両国の領主から派遣された兵を見たイクトは、別のことが気にかかったようだ。

「武器を新調して揃える価値があるならば、まず道を整えるべきでは？」

古道という崖際よりも安全に通行できる道を放置して、兵に武器を揃える理由は、僕も思いつかない。それこそ庶民には理解しがたい貴族の体面くらいだ。

「武器が新しいのは、どうやらロムルーシ側も同じようですよ」

さらにウェアレルが帝国側の小領主のみならず、ロムルーシ側も武器の輝きが違うことを教える。

そこにエルフの女性軍人、セリーヌが現われた。

「第一皇子殿下、交戦直後のようです。一度こちらも隊を整えますので、独断専行はなさらないようにと、ワゲリス将軍がおおせです。僭越ながら、我が小隊はこのまま殿下の守備に就きます」

「わざわざ見張りを送り込んでこなくても、近衛もいない状態で兵もなく突撃なんてしないよ」

「……………すぐに対処せずに、負傷者を増やすつもりかなどと文句を言われることがないようにと。また、戦いに関しては邪魔をするなと、釘を刺しておくよう、言われまして」

僕の反応を窺うセリーヌからしても、独断専行しそうに見えてるの？

「対処せずに負傷者？　確かに僕は素人だ。けど、こんな武装も最小限、安全第一の行軍で足並みも乱れて、息も整わないまま軍事行動することの危険はわかってるつもりだ」

今の状況でも兵数で勝っているから、作戦もなく突っ込んでも勝てはするだろう。けれどそうしたら無駄な死傷者が出るだけで益はない。

何よりここまでの道のりで疲労困憊なのは兵も同じだ。今必要なのは武器を持って歩けるだけの時間と休憩。息を整えて隊列を作るだけでも、敵味方に怪我人は減る。

命をかけさせるんだから、最低限身を守る準備はさせないと。

「これはいっそ、ワゲリス将軍に碌な教育をされていないと思われているのでは？」

イクトが呟くと、軍事について教えてくれたヘルコフが牙を剥いた。

「あぁ!?　あいつ俺をなんだと思ってんだ？　殿下の家庭教師だぞ？」

だけどウェアレルが指を立てて指摘を口にする。

「逆にそこまで実践的な内容を教えているとは思っていないのでは？　今のところアーシャさまが口を出すのは、軍事的定石を外す時のみでしたから」

そういうこともあるのか。確かにワゲリス将軍に逆らう形の時ばかり口を挟んだけど、それ以外はわかってるからこそ大人しくしてたんだけどな。

「あの………道中、盗賊が出たと訴えた女性の件を鑑みて、勝手に暗殺者の追跡をしに行かないよう、見張っていろと」

「あ、そっち？」

セリーヌが申し訳なさそうに実情を告げた。

どうやら僕の身から出た錆だったようだ。けど僕を狙ったんだし、暗殺者はこの際僕のほうで処理していいんじゃない？　とは思っても、ワゲリス将軍より早く別口で釘は刺されてるんだよね。

去年の夏にちょっと無茶をしたせいで、襲われたら僕の安全確保が最優先で、暗殺者の捕獲は二の次だと側近たちには言われていた。現状、側近たちとワゲリス将軍の思惑が一致してしまってるので、僕が今すぐ動くことはできない。

できないんだけど、ちょっと考え込んでいたせいか、セリーヌのみならず側近たちからも疑いの目を向けられてしまった。僕はすぐに両手を肩の高さに上げて弁明をする。

「わかってる。弁えてます。こんな状況で弱卒なんて罵って士気を下げることはしないよ」

道中の盗賊騒ぎの時には、帝国軍っていうネームバリューがあれば追い払えると踏んでの行動だ。今回は相手も完全武装の上、互いに武器を手に争う中に横槍を入れる。下手したら争う両者から共通の敵と認識される危険性もある。だからこそ、準備に時間をかけるワゲリス将軍の判断を否定する気はない。

「殿下の守りってのはいいが、お前さんは隊長だろう？　こんな所にいていいのか？」

僕が本当に動かないと見て、ヘルコフが司令部所属付隊管理小隊隊長のセリーヌに水を向ける。

「管理小隊って確か、基本的な物資の管理はもちろん武器や防具の点検配備をするんだよね。準備にこそ必要なんじゃない？」

「いえ、他の者もいますし、今回司令部が動く必要がないですから。私は手隙なのです。元来司令部は指揮命令が任務で、私が戦うとなればもはや負け戦、撤退戦でしょう」

「確かに、この状況では負けるほうが難しいでしょうね」

ウェアレルは戦う兵士たちを見下ろして頷いた。

地形がすり鉢状なので、僕たちは村や周辺を見下ろしている。まだ隊列は整ってないけど、位置的な有利を押さえていた。

領主たちの兵からすれば、敵が目の前にいる以上、僕たちを新たな攻撃目標にはできない。というか、数も質も上である帝国軍が位置的優位を取った状況では、気が気じゃないかもしれない。

「焦らず兵を動かせば勝てる地形と状況です。司令部はどっかり腰を据えていればいい」

ヘルコフもこの状況でワゲリス将軍が負けるとは思っていないようだ。

セリーヌの後ろには二十人ほどの兵がおり、現状僕一人の守りにしても見張りにしても多い。となれば、新たな暗殺者が現われることを警戒するための人員だろう。

「ところで、小領主の側の武装がずいぶんと新しいみたいだけど、理由はわかる？」

「こちらでもそれは確認しておりますが、理由まではは。少なくとも小領主の独力ではないでしょう」

僕の疑問はワゲリス将軍のほうでも挙がったとセリーヌは教えてくれる。ただ、道も整えられない金欠の小領主が、武器にお金をかける理由もわからないようだ。

「帝国側の小領主はもちろん、ロムルーシ側の領主にも常備軍を養えるような財力はありません。しかし確認できた限り、武装はどれも揃いの意匠でした」

つまり、徴兵して数を揃えただけの兵士のはずが、持ち寄りの武器ではなく領主側から貸与されただろう装備を使っている。

揃いの意匠ってことは、同じ場所で同じ依頼主から、相当数の制作を請け負うことのできる鍛冶工房が関わっているはず。この鍛冶屋があるかさえ疑わしい村で作られたわけもなく、中腹の町でも材料になる金属と薪を賄えるとは思えない。

武器の出処について僕が考えていると、セリーヌが近づき声を落とした。

「こちらからもお聞きしてよろしいでしょうか。暗殺未遂を受けるお心当たりは？」

「ワゲリス将軍にも言ったけど、僕の死を望む人は多すぎてね。――ただこんな辺境に興味がある人なんてそういない」

セリーヌとしては、僕を狙って暗殺者を用意するような人物の仕業を疑うようだ。確かに予想以上の抵抗を受けて、戦いに巻き込まれた末に僕が死ぬというのは事故死に等しい。とは言え、帝都にいる大貴族からすれば、この辺境に送り込んだ時点で僕に対する脅威なんて感じていないはず。

そこまでして殺しに来るかと言われると、性急すぎる。僕がこの歳まで半ば放置されていたんだから、少なくとも両公爵のやり方じゃない。

「軍が使う武器って新調するには、材料を集めて職人を集めてってしなきゃいけないよね？　となると、一、二カ月前くらいに派兵の報せを受けただろう小領主が動くには時期が合わない。それよりも前に知ることができる人でないと」

そうなると帝都にいる者、もしくは帝都からいち早く情報を得られる者。なんて考えてもあまり絞り込めはしない。

両公爵が直接動いていなくても、派閥の下っ端が勝手に動くこともあるだろうし。近衛のように、僕を排除することが正義だと自分勝手な理屈を持っている人間だとすれば、予想さえできない。

（暗殺の目的も断定できない以上、気を抜くつもりはない。幸いここは陸の孤島だし、セフィラは今村にいる者たちを確実に把握しておいて）

（潜む者はなし。下方にて交戦中の人員凡そ百と百の歩兵のみ。どちらも主力は獣人ですが、帝国側の領主の軍における人員の割合は、六割が人間種です）

セフィラの報告どおり、戦いに動いているのは歩兵だけで、弓兵もいるのに動く様子はない。少数騎兵もいるようだし、勝つためには高い位置を取って側面から攻撃をしてもいいと思う。

「…………もしかして、どちらもやる気がない？」

「よくわかりましたね、殿下。一部しか動いてない手抜きですから、本気で戦う気はないでしょう」

ヘルコフ曰く、こうして帝国の正規軍が現われた時点で戦いはやめ時なのだとか。やり始めてしまったからには続けているけれど、どちらの指揮官もすでに引き際を計っているらしい。

「武器の負担がなくなったからって、こんな所まで来て主権の主張かぁ。中央は重要視していないことを考えると、地元民しか知らないこの地の重要性があるのかな？」

村人なら水源という暮らすためには必要不可欠な要素がある。けれど領主たちからすればこんな交通事情の悪い場所の水源なんて最初から当てにしてないはずだけど。

現状、両村は帝国に編入されることで上は話がついている。それでも兵を出すだけの理由があるなら解消しておかないと遺恨になってしまうかもしれなかった。

カルウとワービリの村の統合は帝国が請け負うから、後でまた揉めたとなると父を攻撃する口実を与えてしまう。せっかく領地を増やすっていう権威づけが、統治能力に難ありという悪評に挿げ替えられる可能性さえあった。

目の前の兵乱は、本気の殺し合いではないこともあり、危機感は覚えない。実際、ワゲリス将軍が隊列を整えて兵を動かすと、待っていたかのように争い合っていた歩兵たちは動きを止めた。

さらにはワゲリス将軍のほうで天幕を用意して話し合いの場を作って呼ぶと、どちらの指揮官もすぐさま応じてやって来もしている。

「お、皇子殿下⁉」

「粗衣にてご無礼を！」

話し合いの場に現れた僕の身分を告げると、指揮官たちは平身低頭で慌てた。編入のことについても、上で話がついてるならと、あっけないほど素直に引き下がる。

人間と犬の獣人指揮官たちだったけど、どちらも僕たち帝国軍が後を引き継ぐって言った途端、喜色満面だったのが印象的だ。

「おい、ところでその武器についても聞かせてもらうぞ」

ほぼ話が落ち着いたところで、ワゲリス将軍が不躾に指摘した。途端に、指揮官は両者ともに口を引き結ぶ。表情に現れる様子から、駆け引きには慣れていない。その上で考えると、後ろ暗い理由があることは想像できた。

僕はワゲリス将軍が追及を始める前に割って入る。

「ここに来るまでに魔物に襲われたりして、武器が損耗してしまったんだ。まだ使えそうだし、買い取りたいんだけどどうかな？」

「え、それは……………うぅむ」

「殿下がそう、おっしゃるなら」

人間の指揮官は迷い、獣人の指揮官はいっそ手放すことを選ぶようだ。こちらとしては実物を確保できれば後から調べることもできる。

指揮官はどちらも皇子という僕の肩書に気を使う。宮殿でもされたことがない恐縮具合は、いっそ居心地が悪い。ワゲリス将軍は勝手なことをするなと言わんばかりに睨むけど、結局両者ともに武器の売却を了承したことで、軍として買い取ることにしたし、値段交渉も相場すらわからない僕に代わってワゲリス将軍がやった。

北の兵乱と宮殿で聞いた時からすれば、肩透かしなくらいことは簡単に終息する。ワゲリス将軍と個別に話して段取りを決めると、後は怪我人を含む兵の撤収を数日待つだけとなった。

話し合いの終わった天幕で、僕は指揮官たちの反応を思い返して首を捻る。

「兵出して争うくらいには主権主張してるところに、中央が決めた領地の再編成。奪われる側からは文句出るかと思ったけど、大人しく引き下がったのはどういうことだろう？」

「さすがに皇子が直接顔出す案件ってことで、下手なこと言う前に引いたところはあるだろうよ」

ワゲリス将軍の言葉を信じるなら、帝国の皇子という看板が効いたようだ。実際は帝都を追い出すために派兵されたなんて、地方じゃ知りようがない。

だけど指揮官なら、この山奥で兵を出して戦うだけの理由があることを言い含められているはず。本当にただの示威行動だったとしたら、よほど領主同士で仲が悪いんだろうけど、指揮官二人に隔意はないように思えた。

「あとは単純にあいつらもさっさと家に帰りたかったんだろ。ずいぶん耳打ちされたぞ」

ワゲリス将軍は小さめの耳を震わせる。

「物資供給が上手くいかないだとか、下の町の奴らは足元見てくるぞだとか、運び降ろすのも面倒だから不用品はくれるだとか」

話し合いで使った周辺地図を見下ろせば、言い分がわからないことはない。僕たちが通って来た帝国側の道も険しかったけど、ロムルーシ側の兵はさらに倍の日数をかけてファナーン山脈を北へ帰ることになる。

帝国成立以前は越えられなかった山脈だ。帝国の技術力で縦断する道を見つけはしたものの、過酷な道のりであることは今も変わらないらしい。

「で、一番厄介なのはここの住民だそうだ」

「住民って、カルウ村の？　ワービリ村の？」

「両方だろう。領主せっついて兵を出させたのはどっちの村もだ。つまりは殺し合いやろうぜなんて言い出したのはここの住人なんだよ」

乱暴な言い方だけど、状況を見ればそのとおりなんだろう。もちろん突然狂暴になったなんてことではなく、六十年の積み重ねで爆発した経緯はある。それでももう退くに退けない状況に陥っていたのだから確かに厄介と言えた。

「俺はワービリ村のほうの村長宅借り上げて司令部にする。第一皇子はカルウ村の村長宅を使え」

今の話の後に、帝国側の宿泊場所を指定するのは一応気遣いなのかな？

「そこで大人しくしておけ。うろうろするなよ。皇子がいるってんでカルウ村の奴が増長しても面倒だ」

僕を邪魔者扱いするのは変わらないようだ。ただ僕にも予定はある。

「兵が退く間は引き籠もっていてもいいけど、その後は人足に荷物持ち込んでもらうから。あと、資材も運んで来てるから村内に作業小屋作るよ」

「はぁ？　別荘でも建てるつもりか？」

「作業小屋だってば。錬金術するための場所が欲しいんだ」

用途を告げた途端、ワゲリス将軍が呆れた表情を浮かべる。趣味に走って遊ぶとでも思われたんだろうけど、ここはその思い込みを利用させてもらおう。

「錬金術のために用事がある以外では、無闇に作業小屋も離れないし、村人も近づけるつもりはないよ。場所の選定は村長に諮って人手も村人使うから軍に手間はかけない」

「場所選びはともかく、人手は工兵使え。で、端材か何か出たらこっちでもらう」

「あぁ、ここ薪も手に入りそうにないもんね」

すでに資材の運搬と調達に苦労すると言われているせいか、ワゲリス将軍は僕のほうから得られる物は得ようと考えたようだ。これは作業小屋建設の許可と思っていいだろう。ついでに錬金術を名目にうろつくことを却下されなかったので言質は取った。

「それじゃ、僕はヘルコフたちの所に戻るよ」

「移動の時にはサルビルに案内させる。それまでさっき作った休憩所を離れるな」

あそこ見晴らしいいから暗殺者も襲って来ないだろうしね。そのセリーヌの小隊も僕の守りと見張りを継続してるから、ワゲリス将軍は目の前の仕事に集中するようだ。

僕と入れ替わりに、ワゲリス将軍がいる天幕に部下たちが次々に入って行き、新たな話し合いが始まるらしい。

「あいつ完全に取り繕うのやめてますよ。殿下がご不快なら俺からひと言いっておきますが？」

「嘘も誤魔化しもしないから、いっそ今のほうがわかりやすいよ」

僕は天幕の中で控えていたヘルコフの提案に片手を振って応じる。天幕の外で待っていたイクトは、何かあったのかと目で窺ってくるので、そっちにも気にしなくていいと手を振った。

そうして休憩場所目指して歩く中、村のほうに目を転じると、争いが終わったと見て家から出て来る獣人の姿が見える。長毛の山羊の獣人、彪柄っぽい猫の獣人、狸のような獣人もいれば、狐のような獣人もいる。

「うわ………見たことない獣人ばかりだな」

「え、ヘルコフも見たことないの？」

「穴熊か鼬《いたち》かわからない獣人もいますね」

イクトが指すのは僕が狸みたいだと思った獣人。白っぽい毛並みにアンダーコートの黒が透けてて、尻尾が太い。僕たちに背を向ける形で家畜小屋らしき所へ向かっている。

村の動きを見れば、大人の男性らしい獣人はそれぞれの領主の兵が使っている野営地へ。女性らしい獣人たちは家の周りのチェック。小柄な獣人たちはバラバラに移動しているのを見るに、この村では子供たちも働き手なんだろう。

「お戻りになりましたか、アーシャさま」

留守番をしていたウェアレルに、僕は簡単に話し合いの顛末を告げる。ヘルコフが補足するのをイクトも一緒になって聞く様子を横目に、僕はもう一度村を見下ろした。

「白い道を挟んで、お互いの村に目も向けない、か」

六十年前の資料にもあった、両村の境界を示すために作られたという白い道。辺りにはない白い石を集めて敷いたそうだ。

「目印として残すべきか、統合の象徴として壊すべきか。迷うなぁ」

僕は白い道の先、民家とは違う意匠で作られた建物に視線を向ける。両村が争う泉を奉った社であることは一目でわかる造りだった。

＊＊＊

雄大な山々が連なるファナーン山脈。僕たちが辿りついたカルウ村とワービリ村が向かい合う山は、山脈の一部に過ぎない。

それでもここまで登る道は険しく、軍という団体行動では相応の時間を使っての往復となる。

「遅参いたしました。ご不便がありましたら、すぐにお申しつけください。ご主人さま」

登山して来たはずのノマリオラは、ちょっと砂埃に汚れた気配はあるけど、いつもの無表情でなんでもないふりをした。

「じゃあ、こっち座って一緒に話をしてくれる？　第二陣の様子はどうだった？　あの崖際怖がってる人とかいた？」

僕はノマリオラにともかく休ませるための口実を作って話しかける。

僕と一緒に行動すると言っていたノマリオラは、兵乱を治めた後に呼ぶ第二陣として村にやって来た。この後、第三陣、第四陣と人の往来が増えて行く予定だ。ノマリオラに聞く限り、やはり野営地前の崖際は尻込みする者もいたけど、ワゲリス将軍が人員を配置して滞らないようしていたとか。

たぶんそれ、暗殺未遂あったから見張りも兼ねてだよね。相手も露見したからには、速攻を仕かけて来なかったところを見るに、警戒が緩むのを待つ作戦に出るだろう。

「下の町においては、ご主人さまを狙った不埒者の特定をいたしました」

「待って……イクト？」

話し出そうとするノマリオラを片手で止めて、僕は第二陣と一緒に戻って来たイクトを見る。イクトには第二陣に兵乱終息を報せる人員と一緒に、下の町に降りてもらった。人選は、一番身軽で元狩人として慣れない場所への適応力がそれなりにあるから。

「侍女どのの言うとおり、つけた目印が領主館裏手に続いていました。襲撃に関わった者として館の雇い人が二人、それ以外の人手が十人です」

当たり前のように続きを報告されたんだけど、なんでノマリオラが知ってるの？　休まずに僕のところ来たのって、もしかして暗殺未遂を聞いたから？

あと目印でつけた液体、けっこう役立ったようだ。ウェアレルが上手く魔法を使って足元にもかけてくれたのかな。

「アーシャ殿下、私も聞きたいのですが。何故カルウの村長宅ではなく、放牧地に天幕を張られているのですか？」

僕たちがいるのは野営のために使っていた天幕で、イクトが村にいる時には村長宅を使うっていう話だった。ただ支障があったから、ちゃんとワゲリス将軍の許可を取って天幕を張っている。

「村人がね、本当に一番厄介だったんだよ………」

僕の答えにウェアレルとヘルコフが大いに頷く。

「帝国軍が来たならワービリ村を攻めるよう騒ぐ者は、まだ状況を理解していないだけと言えます。しかし両村を統合するのだと聞いて殴り込みに来る者も現れまして」

「村の男たちが入れ代わり立ち代わりに村長の所に来ては怒鳴り合いだ。しかもワービリ村のほうでも同じことが起きてたらしい」

うるさいだけなら戦後の興奮冷めやらないんだろうって我慢するんだけど、村長宅に皇子がいるっていうんで、直談判しようとする人が現れたんだよね。ヘルコフに威嚇されて全身の毛膨らむほど怯えてたけど。

ワゲリス将軍のほうに連絡入れたら、向こうはすでに直談判された後で、何故か寝室のドアが壊されたんだとか。もはや暴徒だ。

「話し合いが始まってからと思ったけど、それよりも前に僕も動いたほうがいいかもしれない。ワゲリス将軍にはまた不機嫌になられるかもしれないけど、僕のほうの人足と荷物を次の第三陣に同行させてもらえるよう交渉しようと思ってる」

実はすでにワゲリス将軍を呼んでくれるよう、エルフの小隊長セリーヌに頼んであった。下の町でのできごとを聞く間に、ワゲリス将軍が天幕にやって来る。

「まだこっちは忙しいんだ！　大したことない用事ならヘリーでも使い走りにしろ！」

開口一番機嫌が悪い。まぁ、理由は第二陣が着いたことによる事務処理と、村人の怒鳴り込みだろう。ワゲリス将軍も村長宅から移動したんだけど、そうしたら今度は僕相手に直談判が失敗したカルウ村の男たちも、ワゲリス将軍の所へ行くようになったとか。

しかも村の男たちがワゲリス将軍の天幕前で取っ組み合いの喧嘩をしたと、セリーヌから聞いた。

「今後人の往来をするにあたって、崖際で暗殺未遂した人たちの正体、知っておいたほうがいいと思ったんだけど？」

「何⁉」

「いつの間に………………」

素直に驚くワゲリス将軍の横で、セリーヌが一時いなかったイクトに目を向ける。

この派兵の中で暗殺される可能性は警戒していた。だから、事前に側近たちとも対応を話したし、敵の捕獲が二の次なら、追跡できる手段を考えることもしている。

紫外線に光るビタミンを、薬品と魔法を加えて持ちを良くする。そして小雷ランプを元に紫外線ライトを作成。すると、紫外線ライトを持つこちらでしか捕捉できない目印のできあがりだ。

派手に魔法を使ったウェアレルが、液体の目印をかけておいた。水滴自体はすぐ乾くけど、光るなんてこと犯人たちは知らないから後からでも探せる。周辺を領有する小領主の所まで追えたというのは、予想外の成果だ。

僕は説明のため目印の液体と、紫外線ライトを見せた。

「こうしてこの光を当てると光る目印なんだ」

「うわ、なんだこれ…………？」

蛍光色なんて見たことのないワゲリス将軍が、心底不思議そうにライトを覗きこもうとする。その行動に僕は慌ててライトを取り上げて光を消した。

「駄目だよ、覗きこんだら。失明の恐れもあるんだから」

「危険物じゃねぇか⁉」

「注意喚起が足りなかったのは悪かったけど、そんな子供みたいなことするとは思わなかったんだ」

正直なところを言うと、周囲が一生懸命笑いを噛み殺そうと息を止めた。ワゲリス将軍も年甲斐もない行動の自覚があるのか、毛を逆立てて歯を食いしばってる。

ヘルコフなんていっそ堪えるのをやめて、指を差して笑おうとしてた。なんの反応もしないのは、ワゲリス将軍に興味のないノマリオラだけだ。

「話を戻すよ」

ヘルコフがワゲリス将軍を怒らせる前に、僕は軌道修正をするためイクトを見た。すると口元を覆っていた手をどかし、イクトはなんでもないふりをして話し出す。

「小領主の雇い人と、その他の人手として別々に行動をしましたので、こちらも侍女どのの協力を得て二手に別れました」

しかもノマリオラのほうには、庭師見習いくんも手伝いで同行したという。領主館を見張るようイクトは言いつけて、所属不明の十人を追ったそうだ。

「治安が悪く金銭的にも困窮した者たちの住まう範囲に潜む様子から、後ろ暗い稼業を持つ者と推測されました。周囲から情報を集めたところ、ここ一カ月で出入りし始めた者だとか」

十人が動く様子を見せなかったため、イクトは領主館に入った二人に目標を変えた。夜を待って領主館に侵入し、紫外線ライトを使って二人の部屋を特定したそうだ。

「侍女どのたちの働きにより、小領主の使用人であることは間違いなく確認できました」

なんとノマリオラと見習いくん、領主の館の使用人たちと繋ぎを取り、怪しまれずにその二人の名前や素性、領主との関係までも聞き取ったんだって。

ノマリオラがしたたかなのは知ってたけど、見習いくんはどうも年上に可愛がられるたちらしく、古株の使用人を捕まえて情報収集をしたらしい。

「そこから領主の館内部の様子もわかったので、また夜に少々お邪魔いたしまして――」

「おい、第一皇子の側近がいいのかよ」

さすがにワゲリス将軍が好き勝手に動いていたイクトの行動に突っ込む。けどそこは言ってないことがあるから、イクトが危険を冒してるわけじゃない。

実は地形に左右されないセフィラも一晩かけて山を降り、領主館内部を走査してもらったんだ。軍だと数日、少数で身軽になっても一日はかかる距離なのに。

TOブックスNEWS
2024
1
JANUARY
TO BOOKS NEWS 2024 JANUARY
2024年1月より
TVアニメ放送開始!!
ノベル
1/15 発売
最弱テイマーはゴミ拾いの旅を始めました。10
著：ほのぼのる500
イラスト：なま
原作小説&TOジュニア文庫
2ヶ月
連続刊行!

文庫 1/15 発売
最弱テイマーはゴミ拾いの旅を始めました。5
（TOジュニア文庫）
作：ほのぼのる500 絵：Tobi
キャラクター原案：なま
シリーズ累計110万部突破!!
（電子書籍含む）
コミックス 1/15 発売
私立オードグズ学園中等部!
～異の国(?)でもやっぱりゴミ拾いしてました～2
漫画：雨餻 原作：ほのぼのる500 キャラクター原案：なま

今回帝都を初めて出て切実に実感したのは、移動手段の不便さだったりする。セフィラみたいに地形に左右されないって、けっこう大事だ。

「将軍の来訪でお渡しそびれましたが、こちら、アーシャ殿下を害すための人員を貸し出す旨が記載された文章です」

セフィラのことを聞かせるつもりもないので、ワゲリス将軍の突っ込みを無視して、イクトが手紙というには簡素な紙を差し出してきた。開封済みの封筒がなければ、ただのメモ書きにも思える。

「小なりと言えども、領主宛とは思えない内容だね」

すでに内容については聞いてたけど、実物を見るとそれなりに危機感は覚える。黒髪の子供を狙うという内容は、状況から見て僕だ。さらには殺すなら金銭なしで手を貸すという文言もある。

道の険しさと、僕らがやってくるまでの日数潜む忍耐を思えば破格だ。それと同時に、裏に資金提供をする人物がいることを臭わせてある。さらには近い地域にある犯罪者ギルドを組織した一家、サイポール組を示す山羊のマークがあった。

「まぁ、宮殿まで乗り込むようなことした組織の大本だし、辺境で皇子を狙うくらいなんとも思わないよね。帝都から追い出すだけじゃ懲りないかぁ」

ルカイオス公爵が皇子派兵を推した理由の一つ、サイポール組への威圧はなんの意味もなかったことが窺える。ただそれを笑う気にはなれない。

確かなのは、テリーの治世に残しておいても害しかない人たちだということ。

僕は手紙をワゲリス将軍に渡す。

「この証拠で、サイポール組ごと捕まえられそう？」

「――無理だな」

紙面に目を走らせたワゲリス将軍は、心底不服そうに答えた。サイポール組のマークについて何も言わないってことは、意味することはわかってるんだろう。もちろん帝都に住んでたんだから、去年の夏にあった犯罪者ギルドの壊滅も知っているはずだ。

ワゲリス将軍はさらに実際のところを口にした。

「この土地の問題も抱えたままとなると、俺ら以外の実働の援軍が必要になる。だが、体制側として非合法組織を取り締まるべき周辺の大領主は、サイポール組とずぶずぶなのは有名な話だ。援軍の要請も、大領主の所へ行くための道の使用も許可なんか下りねぇだろうな」

つまり、手が足りない。その上で、サイポール組を潰すために一番味方にすべき相手が敵に回ることが確定している状況らしい。

ただそう語るワゲリス将軍は、諦めきれない様子で小領主への手紙を睨む。

「今すぐは無理だが、これをしかるべきところに持ち込めば、あるいは？　確か、帝都の犯罪者ギルド潰すのに先陣切った侯爵がいたはずだ。なんか怨み持ってるなら、独自に動くかもな」

「いやぁ、あの人はちょっと……」

思わず否定すると、ワゲリス将軍に疑うような視線を向けられる。けどさすがに帝都の外の辺境まで引っ張ってこれないよ、たぶん。その侯爵、犯罪者ギルドの時にも手が回らなくて悲鳴上げてるような状況だったみたいだし。

「一番は、皇帝がさっさと潰せと軍に命じることだ。第一皇子、皇帝を動かせるか？」

「動いてはくれるだろうけど、それだと陛下が割を食う可能性が高いなぁ。できればこっちで動かないといけない既成事実を、今の内に作っておきたかったんだけど」

ワゲリス将軍が率いる軍は、ここで兵乱を鎮めてワービリという村をカルウ村に併合することが目的だ。勝手に山を下りてサイポール組を襲うなんてことは許されない。

勝手な軍事行動は、反乱扱いでこっちが賊軍として兵を向けられる可能性すらある。それこそ帝都の公爵たちが独自に動いて討伐なんて言い出しそうなのが厄介だ。

「相手は弱い奴らを好んで狙う犯罪者どもだ。やり合ってもいいが、まずこれが本物だと証明するとこからだな」

前向きに考えるワゲリス将軍の姿に、僕は思わず確認した。

「ワゲリス将軍はいいの？　派閥的に？」

「派閥？　シェリコ軍務大臣は犯罪者相手に怯む人じゃやねぇぞ？」

僕の知らない名前を口にするワゲリス将軍に、ヘルコフが手を横に振る。

「違うちがう。軍内部の派閥じゃなくて、宮殿のほうだよ」

「何より、こうしてアーシャさまを狙う可能性が高いのは、あなたの義父が所属するルカイオス公爵派閥ですよ」

「はぁ？　陛下の衣装係なんだから派閥なんて皇帝陛下以外にないだろ」

ウェアレルの補足に、ワゲリス将軍は手紙から顔を上げる。驚くのは僕の側近も同じで、まさか義父の派閥を把握してないとは思わなかった。

そう言えば、宮殿内部のことも疎《うと》いし、大雑把にしか把握してない雰囲気はあったんだよね。これは、無駄にワゲリス将軍を警戒しすぎていたかもしれない。

雰囲気で呆れられていることがわかったのか、ワゲリス将軍が軽く唸る。そこに一緒にいたセリーヌが小さく手を挙げた。

「差し出がましいようですが、言わせていただければ、ワゲリス将軍は奥方と上手くいっていないのです。比例して岳父とも親交が深いわけでもなく、今回はそんな関係の上で岳父が足を運んで忠告をなさったとことにより、ことを重く見ておられました」

仲良くもない義父がそれらしく裏を語って騙されたのかな。衣装係って立場を考えれば、皇帝からの一次情報と思い込ませることもできそうだ。

「つまり、岳父が悪しざまにアーシャ殿下を語った話を鵜呑みにしたと」

イクトの棘のある言葉に、ワゲリス将軍も黙ってはいない。

「頭から信じたわけねぇだろ。逆に言われたことが本当だとしたら、嫡子の弟暗殺しようとなんてしてる時点で周りが止めろって話だ。だが、その噂を止める手打ってねぇんだろ？　こっちだって調べたんだ。だが、噂を否定する話は出なかった」

「伝手がないからね。僕の無実は知ってる人は知ってるってところかな。そうでなくても、誇大に言いすぎているのは、僕が第一皇子を続けている時点で理解できる人にはできるでしょう？」

前情報に踊らされた自覚はあるらしく、太い腕を組むと、ワゲリス将軍は不満を露わにしつつもそれ以上言わず険しい顔になる。

「今は僕が帝都に帰る気があることがわかってくれてればいいよ」

「そこは同感だ。小難しい手回しだ、せせこましい計画だでどうにかなるならやってみせろ。細々俺にあれするなこれするなと言ったからには考えがあるんだろ」

実は天幕前で両村の男たちが喧嘩に発展した時、ワゲリス将軍は兵士を動かして鎮圧しようとした。それを僕が止めさせて、絶対に手を出しちゃいけないと強く言ったんだ。

その時はヘルコフも手伝って、ともかく喧嘩をやめさせた。それで第二陣の受け入れのためにワゲリス将軍も忙しくて、こうして話すことはなかったんだ。

これは、今の内に言っておいたほうがいいだろう。

「以前派遣された将軍は、力を見せつけて交渉を早く終わらせようと、あえて争いの渦中に兵を入れて両村に死傷者を出させた。けどこのせいで、七年も強硬姿勢を貫かれて帰れなくなってる」

「村二つの交渉があったからだろ。今回は一つに再編だ。命令すれば終わる。命令するには舐められた状態じゃ通じねぇ」

確かに力を背景に命令を下すのは、軍という組織のあり方だろう。あと、その軍を統括する将軍として舐められてはいけないという考えもあると思う。

交渉のための人員は軍に帯同しているし、その人たちの後ろに立つべき軍は強いからこそ抑止力になれる。ただ、そのやり方はすでに失敗しているんだから、同じ轍を踏ませるわけにはいかない。

「ともかく、村人を故意に傷つけるのは禁止」

「甘い」

「甘いのはワゲリス将軍だよ。交渉は力押しだけで片づくものじゃない。強烈な一撃が利くこともあるけど、それは攻撃が通ると見極めてからじゃないと。二撃目を打つこともできずに終わるよ」

二カ月も一緒に行動して、後半の一カ月で話す機会も増えたからわかったけど、このワゲリス将軍、はっきり反対の声を上げないと即決して行動に移る。兵は拙速を尊ぶとかなんとか前世でも言ってたけど、時と場合によると言いたい。

「それに僕たちはこの地を去るんだ。力で押さえても、その力はいずれなくなる。そうなった時に、また振り出しに戻ったらどうなる？　同じことの繰り返しだ」

宮殿だとはっきり言うのを嫌う風潮あったのに、ワゲリス将軍は空気読むなんてまどろっこしいって言わんばかりだ。だからこそ、言うことは言わなきゃいけない。何より、宮殿じゃないここでは、僕も遠慮をする必要がなかった。

「数日滞在しただけでも、この村での生活の厳しさはわかる。だからこそ、住んでる人たちには生きるための哲学があり、この地に紐づいた秩序がある。それを否定して外の理屈をねじ込んでも解決にはならない」

前世での紛争でも同じことがあった。武力で制圧して、宗教も価値観も違う国に平和をもたらしたと喧伝したけど、強力な軍が撤退した途端、その土地ではまた紛争が起こって状況は悪化。抑止力がなくなったら何も解決してなかったという結果だった。

「陛下が得られた領地を、半端な抑圧で荒らして、また将来争いを起こさせる？　陛下の名の下に統合された村がすぐさま分裂なんてそれこそ意味がない」

父の功績を積むためにも、この村には平和的解決をしてもらう。それが僕の派兵の目的だ。

「…………だったら、考えをさっさと言え」

ワゲリス将軍は唸るように先を促す。言い方は乱暴だけど、やることがあるから僕も言うって行動パターンくらいは覚えてくれたらしい。

「あの顔合わせれば罵り合いしかしねぇ村の奴らをどうにかする方法があるなら教えてほしいくらい

だ。――軍は力で抑えつけることを前提としてるが、それは使わないんだろ？　正直連れて来た交渉役も、これだけこじれてると打つ手がないと言ってるぞ」

　両村の統合は国からの命令にも近い状況なのに、どちらの村も抵抗しているそうだ。話し合いの席につけることからやらなきゃいけないけど、顔を合わせれば喧嘩を始める現状、席についたところで話し合いになるかは怪しい。

「だったら、争うそもそもの理由をまず洗おうと思うんだ。そのためにも準備が必要だから、まず僕が帝都から持ってきた荷物をこの村に上げるために協力して」

　一瞬考えたワゲリス将軍は、次には盛大に顔を顰める。

「おい待て！　そりゃつまり、後続の編成今から変えろってことか⁉」

　仕事が増えることに気づいたワゲリス将軍の声は、すり鉢状の村に良く響いた。

＊＊＊

　山の上の村に着いて数日、僕はヘルコフを正面に、左右をウェアレルとイクトに挟んで守られ、ワービリ村の獣人と話をすることになった。ちなみに後ろにはセリーヌとその小隊もついて来てる。

「ならん、ならん！　このお社はわしらの大っ切な場！　皇子かなんか知らんが帝国の好きにさせるわけにはいかん！」

「だぁから、もう村は統合して帝国の領地になるんだよ。ロムルーシ側の兵だってそれで納得して帰って行っただろうが」

「そんなの信じられるか！」

「こっちも伊達や酔狂でこんな所まで帝国兵連れて来るか！」

話を聞かないワービリ村の村長は、狐の獣人っぽい。熊獣人のヘルコフに見下ろされながら、頑固に首を横に振る。これはもう理屈ではなくただの意地。

しかも周囲のワービリ村の獣人たちも、そんな村長の大人げない対応を支持する様子で頷いていた。なるほど、ロムルーシ側の指揮官まで、村人が厄介だと忠告するはずだ。

ここの人たちのやり方や文化があるんだろうとは思っていたけど、予想以上に感情優先らしい。僕は両村唯一の水源を調べたいだけだったんだけど、なんだかんだと理由をつけて、水源があるはずの社に近づかないようにされてしまっていた。

「しょうがない、別の方向から調べよう。セリーヌ、今日第三陣到着なんだよね？」

「はい、殿下。運び込まれる荷の確認をしていただけるよう、ワゲリス将軍からも言われておりましたが……よろしいのですか？」

セリーヌは言いつつ、目で社の前を守るワービリ村の者たちを指す。

社はすり鉢状の村の底面、白い道の先に構えられており、数段高くなっている。僕たちは白い道に降りることはなく、カルウ村のほうの斜面から中を調べさせてもらえるように言っていた。

セリーヌが聞くのは、たぶん彼我の戦力なら制圧可能だというお誘い。確かに全体的に食糧事情が苦しい村人たちに比べて、こっちは体格のいい国軍で武装もしてる。人数も勝っているとなれば社を調べるのは簡単だ。

「ワゲリス将軍にも駄目だって言ってるのに、僕がそんなことできないでしょ」

「ですがアーシャさま、今後帝国側を甘く見る可能性もあります」

ウェアレルがお咎めなしで退くことの懸念を伝えて来た。けどここで争うのは正直よろしくない。

「少なくとも、ここで大人数が動くのは危険だよ。死人が出るし、場所的に僕が一番危ない」

「場所が悪いということであれば、すぐに離れましょう」

僕の言葉にイクトが即決。ウェアレルとヘルコフも続くので、セリーヌと小隊も足早に社から離れる。急な動きに取り残されたワービリ村の住人たちのほうが戸惑っていた。

「甘く見て意地を張り続けるなら、それを後悔するようこっちも行動するだけだから。今はまだ、準備段階。焦らないでいいよ」

僕たちはそのまま、第三陣が荷物を運んで並べている、ワゲリス将軍の天幕へと向かう。村への道中で暗殺者に襲われたため、セリーヌたちも無駄口は叩かず周囲の警戒に当たっていた。もしかして、さっき死人が出るとか、僕が危ないとか言ったせいかな？

そういうつもりじゃなかったんだけど。

「来たか。おい第一皇子――、どうした？」

何か文句を言おうとしたワゲリス将軍は、僕たちの様子に気づいて聞いてくる。暗殺を警戒するセリーヌの反応から、知らない可能性もあるか。

「ワゲリス将軍、カルウ村とワービリ村に伝わる天罰で、毒の風というのは知ってる？　六十年前の資料にも、兵士が一人突然死した記録が残ってるんだけど」

僕の言葉に、ワゲリス将軍は人の出入りが激しい天幕の中を見回して、誰かを捜しているようだ。

気づいたセリーヌが一人の武官を呼ぶ。その武官は両手いっぱいの資料を抱えて近づいて来た。

「毒の風、村内での戦闘行為以外での兵士の死亡」

「はい、えーと、はい。ありました。こちらですね」

ワゲリス将軍が要点を告げると、武官は資料の中から該当するものを抜きだして渡す。どうやら六十年前の情報は、この武官に任せきりのようだ。

道々馬車に揺られて暇だった僕と違って、ワゲリス将軍は移動しながらも先々の町での宿泊や物資の確保の人員を走らせ、隊列に遅れがないかの報告を受けていた。あの武官は、大急ぎで軍を立てて帝都を追い出されたしわ寄せの一端なんだろう。

「確かに外傷もなく野外で突然倒れて死んだ奴がいるな。目撃者も多い、側にいた者はなし、特筆する状況は強く風が吹いたことのみ。村民への聞き取りの結果は、確かに天罰だの毒の風だの言われてるな」

「うん、僕の推測が正しければ、これ同じ条件下だと僕たちも死ぬから、南風の強い日は白い道に近づかないよう命令しておいてほしいんだ。社周辺で大人数が動いたり、争ったりするのも禁止で」

僕の忠告に、ワゲリス将軍はわからない顔をする。その横で、武官がまた慌ただしく資料を捲って、目的のものをワゲリス将軍に差し出した。

「えー、えーと、はい、これでしょう。カルウとワービリの境である白い道では、やってはいけないことがあり、それを犯すと天罰が下り死者が出るそうです」

武官は別の報告と、さらには村内の地図を出す。数が多くて引っ張り出すのに時間がかかっているようだけど、それでも動きに迷いはない。もしかして両腕いっぱいの資料の中身暗記してるの？

「あ？　神の道？　周辺で争うな？　落とした物は神への供物だから拾うな？　無闇に入るな？　寝転ぶと罰が当たる？」

突然死した兵士がどうやって死んだかもわからないため、前任者だった将軍は、ともかく関係あるかもしれない村人の語る言い伝えをそのまま書き残していたようだ。

「外傷もないなら、別に死んだ理由があるはずだろう。だったら、仕込める相手は村人しかいねぇ」

「ワゲリス将軍、たぶん言い伝えは村人の自衛のためだよ。恐怖の擬人化が神の罰ってところじゃないかな？」

「なんにしても死人が出たなら村人絞って何があるかを聞き出せばいいだろ」

「僕から見れば別の要因が推測できるんだけど、推測の域を出ないから断言できない」

「まだるっこしいな！　死人出るって言ってたのが嘘じゃないなら説明をしろ」

「いや、実際出てる記録あるでしょ？　その原因を推測はしてきた。けど机上の話だ。いくらでも推測は語れるし、その中に答えがあるかもしれない。ただ余計な情報のほうが多くなれば混乱を招く。何より、空気が何かがわかってないと説明が難しいんだ」

「空気？」

「呼吸がどういう働きかでもいいよ」

「働き？　息吸って吐くことだろう？」

「何を吸うの？　何を吐くの？　吸って体はどうなる？　吐いて体はどうなる？　たぶんそういう話なんだよ」

「どういう話だよ？」

ワゲリス将軍はヘルコフを見るけど、ヘルコフも酸素を取り入れて二酸化炭素を吐くとか、酸素を血中に入れるなんて話は知らない。というか、まず空気は一つの不可分な物質だと思ってるのがこの世界の常識なんだ。だから僕は用件を告げる。

「僕は運んでもらった荷物を検《あらた》めて、調査に向かう。結果は共有するから余計な事故が起こらないよう、ワゲリス将軍は気をつけて」

「調査だぁ？　――そう言えば無駄に大荷物運ばせて。部屋飾る無駄なもんでも持ってきたかと思えば、天幕にある変なもんはガラスの変なのだけだったな」

「変、変って、もしかしてそれ、錬金術道具のこと？」

「あれ、錬金術なのか？　薬術じゃなく？　おいおい、兵に何飲ませてんだ」

「薬だよ。毒を殺す毒、それを人は薬と呼ぶんだ。まぁ、あの時はほぼ整腸剤で済んだから、毒を殺したのはその人の身に備わる力だったけど」

説明を追加したら、ワゲリス将軍は余計にわからない顔になってしまった。カピバラの表情なんてわかるとは思わなかったんだけど、ワゲリス将軍は感情に素直だからけっこう伝わる。

「ともかく、僕は南の風が吹いてくる方向を調査するから、それまでは自衛に徹して」

「南？」

ワゲリス将軍は呟いて地図を見る。

白い道は南北に走って村を二つに別ける境になってる。そしてここは窪地だ。南北どちらに行っても山脈を形作る山にあたる。

村の南には社があり、名目上は山の神を奉るそうだ。元をただせばその所有を争って二つの村は対立していたんだけど、今ではもう積年の恨みで意固地になってるように感じる。

「南……………なんだこの、穴？」

さらに南、地図には山の中に巨大なブランクがあることにワゲリス将軍は気づく。ただそこは危険として、以前の将軍も調べてはいないためあやふやな場所だった。

だからこそ僕が調査をしに向かわなければならない場所でもある。

「たぶんそこに毒の風の大本が――」

「おい、待て。つまり毒があるってことか？　だったら村がここにあること自体問題だ。移転の交渉が必要になるぞ。いや、その前に調査だ？　行かせられるか！」

「だから、もう。雑に結論を急がないでよ。地元民だってここに居続ける理由があるんだから。そこを解決しない限りは意味がないの」

安全を思っているのはわかるけど、それじゃ父が領地を増やすって実績に繋がらないんだよ。人命より優先する必要ないって切り捨てたのかもしれないけど、それじゃ僕が来た意味もない。

このブランクに行くことは、最初から織り込み済みだったんだから。

「ともかく！　白い道には気をつけて。しゃがむだけでたぶん死ぬからね」

僕がワゲリス将軍に指を突きつけてそう忠告すると、今度はわかりやすく怒った音を太い鼻先から漏らす。なので、僕は怒鳴られる前に天幕を出た。

「セリーヌ、僕の荷が何処に置かれてるかわかる？」

「担当の者を捜しましょう」

僕と一緒にワゲリス将軍の天幕から出たセリーヌは、顔見知りを見つけて担当者に当たりをつける。

僕は荷を確認すると、そのままセリーヌを伴って村の南を調査することになった。

「防毒装備そんなに多くないから、連れて行けるのはセリーヌだけね」

「はい、それは…………今から許可を取ろうにも、きっと将軍は反対なさるでしょうし。えぇと、この面をつければよろしいのか？」

勢いで僕と一緒に村の南に移動したセリーヌの小隊には、この場で待機してもらうことに。安全対策の防毒装備には数の限りがあり、必要なのは足腰の強い人足だ。

「ただ、念のために衛生兵を呼んでも良いでしょうか？」

「だったら念のためにこの場に患部を洗い流せる水の用意もお願い」

「どうやら毒の種類についても予測されているようですね。お前たち、第一皇子殿下のおっしゃるとおりに」

セリーヌは残る小隊に命令をする。ただ初めて見る防毒装備に苦戦して、髪がぼさぼさになってしまっているので締まらない。

僕が用意したのはいわゆる防毒マスク。鼻から口を覆う立体構造で、目元は前が見えるようガラスを嵌めた。それらを革の紐でがちがちに固定するんだ。そんな装備誰も見たことがないので、僕と側近たちが人足にもつけ方を教えた。

「う、これは、苦しい、ような？　息が、しづらいので、固定を少し緩めても？」

「駄目だよ、セリーヌ。この飛び出てる缶の部分に毒を通さないよう薬剤いくつか仕込んであって、こっちの顎のほうから息は出るから呼吸はできてる。ただ吸気用の部分以外から空気が入らないようしっかり顔に密着させる必要があるんだ」

他にもつなぎ風防護服に、二の腕まで覆う保護手袋、靴も溶けること前提で底の厚い物を用意した。化学繊維とかないから、ひたすら厚手の布だけどないよりましなはずだ。

他にも不完全エリクサーを持って来てるし、途中で採集した薬草も軟膏に加工して毒が皮膚についた場合の薬にしてある。最終的にここに戻れば水で洗い流すってことができるならそれはそれで助かる話だ。

「……………あの、これら、どう説明すれば？　ワゲリス将軍に報告すべきですが、私では全く理解が追いつきません」

「安心しろ。俺らもよくわかってない」

防毒マスクの言語化が難しいと悩むセリーヌに、何一つ安心できない言葉をヘルコフが投げ返す。ちなみにちゃんとヘルコフの顔に合う形でも防護マスクなんかは作った。元から制作協力がヘルコフの甥と元部下の女性だしね。熊顔にもぴったりだ。

「装備については許可なく外さないという原則を守ればそれでいいでしょう。問題はこれから何をしに行くかもわかっていないことでは？」

ウェアレルは言いつつ防護頭巾に耳を収納している。ヘルコフもだけど二人は体に合わせて特別製で、尻尾も窮屈だろうけど防護服の中に収めてもらった。

「セリーヌ、六十年前の報告書に目は通した？」

「恥ずかしながら、戦闘部分と会議の様子しか見てはおりません」

「だったら向かいながら話そうか。実質山一つ越えることになるし、時間が惜しい」

装備を整えて急がないと、移動には僕が一番時間を食うんだ。

同行する人足たちにも防備を回してるけど、伝えてある名目は山登りでの地形確認だ。無闇に怖がらせても余計に時間がかかるかもしれないし、そこは許してほしい。

「さっきワゲリス将軍が見ていた資料、突然死した兵士の死因は、窒息死と書かれていたんだ」

死体の検分報告でも、唇にチアノーゼがあり窒息は間違いないけど、開けた屋外で誰も体に触れていないため、原因不明。首を絞められてないし、死んだ人は何かを喉に詰まらせてもいなかった。死因となる外傷もなく、それこそが天罰と村で畏れられる死に方だ。

「窒息ってどうしてなると思う?」

「息ができなくなるから――。もしや、先ほどワゲリス将軍にお聞きになった、呼吸の働きということに関わりが?」

「そう、人は息ができないと死ぬ。だったら、呼吸することで生きることに必要なものを摂取してるんだ。そして必要なものはこの空気中に存在していて、目には見えない」

ようは酸素だけど、初めて耳にする話にセリーヌは考え込んでしまってるし、もう少し例が必要かもしれない。

「たとえば、水の中。そこで吸い込んでも必要なものは得られないし、不必要な水を吸って溺死する。だったら、同じように空気の中、たまたまその死んでしまった人の周りに、普段僕たちが吸ってる空気と違うものが満ちていて、生きることに必要なものが摂取できなかったとしたら?」

「そんなことあり得るんですか? アーシャ殿下」

「普段はそんなことないんだよ、イクト。けど、村人は風の強い日は神が怒っているから白い道に近づくなと言うそうなんだ」

そして白い道で物を拾うな、寝転ぶなとも言い伝えている。つまり禁止されていることが答えだ。

「毒の風の大本は僕たちの足元に滞留してる。それが風で巻き上げられると生きるために必要な息ができなくなって死ぬ。これはたぶん、村の人々は体感的に知ってるんだ。だから村の家は何処も基礎が高いし、一階で家畜を飼わない」

村の特徴もまた六十年前の将軍が残した資料にあったことだし、実際見てもそうだった。直射日光が当たる割に気温が上がらない土地の、寒さ対策もあるんだろう。けど白い道の位置も考えてみれば一番低い場所にあり、普段使う道は何処も白い道よりも高く作られていた。

「ヘルコフたちは僕が空気をわけたの見てたでしょ？　あれだよ。空気って色んなものが混じってるんだ。ここでは普段吸わないものが混じり込むと思って」

酸素や水素の燃焼は見せたことがある。逆に窒素や二酸化炭素は火を消すので、空気を分解すると性質の違う気体が出るのは知ってるはずだ。

一つ頷いたウェアレルは、セリーヌを見て、防毒マスクで顔の半分が隠れた状態で微笑む。

「このように、我々もアーシャさまに説明いただかなければ、理解は難しいのです。あの将軍であれば、言葉を尽くしても無理だからこそ、要点だけを整理すべきでしょう」

そんなアドバイスをしつつ、僕たちは南に向けて傾斜する岩場を進み始めた。村はすり鉢状で、出るためには一度登らないといけない。その上でさらに高い山を目指していくことになる。高い山を越えるようなことはせず、谷を回り込んでいるんだけど、その分距離が生じてけっこうきつい。

防毒マスクのせいか、側近たちもどんどん口数が減っていった。目的地に着いたら、疲れていても地面に座らないよう注意をしないと。

なんとか辿り着いたブランクは、見下ろせば地図にあった適当な円ではなく、岩が積もった火口が所々で水蒸気だろう白い煙を上げていた。

「ふう、やっぱり。不凍の水源って言うから、温泉が湧いてる――火山だと思った」

「あの地図の穴が何であるのかも予想済みですか………」

セリーヌは驚くけど、たぶん日本人ならこんな積雪のある山の上で、水源が凍らない温度がある泉と聞けば予想はつくだろう。

ただその日本人感覚で言うと、温泉を飲用に使っているという点には首を傾げてしまった。水源だと思えば納得するし、社に奉ってありがたがっていると言うのは、逆に馴染み深い。偉い誰それが湯治しただとか、誰それの行者が発見した霊験あらたかなとか、温泉地にありがちな話だからね。

「調査をここで行うのですか？」

「それは危険だから、必要な素材を持ち帰ることからだよ。いつ風が吹くかわからないし、それらしい物を拾うことになるんだけど。拾ったものが何か予想つけないと運び方も選べないんだ。………あ、地面から噴き出してる煙は毒の可能性あるから近寄らないでね」

僕に続こうとしたセリーヌは足を止める。側近たちは人足に荷物は降ろさず、座ることもないよう注意をして一カ所に固めていた。

「セリーヌ、風が強く吹いたら即撤退だ。防毒マスクも許容量あるからね」

「承知いたしました。お手伝いできることがあればお申しつけください。……というか、殿下が真っ先にその危険地帯に歩いて行かないでいただきたいのですが………」

確かに専門家でもない僕がここでできることなんて、そう多くはない。でも錬金術師はこの世界における鉱物の専門家と言ってもいいくらいの存在だ。何せエリクサーは鉱物由来の薬剤。つまりは鉱物をどう扱うべきかを、過去の錬金術師たちは残してくれていた。

「使うのは初めてだけど。上手くいくかな？　まずは簡単なところから行こうか」

僕は初めての実験を前に、源泉を見つけて温度に注意しながら作ってもらった耐熱ガラスに汲む。

これは煮詰めて残った固形物の重さや色、性質を調べて当てはまる鉱物を、過去の記録から探すためだ。

他にもイオンを調べることで対応する鉱物が変わるから、選択の幅を狭めることもできる。酸性かアルカリ性かでも調べることができるので、ともかく鉱石を収集するつもりだ。だから、セリーヌにも手伝ってもらう。

問題は火山性ガスなんだけど、気体は採集、密封できる道具が間に合わなかった。今回は地道に鉱石を調べてどんなガスが発生するかを検証して対策するしかない。

「殿下、恐れを知らぬことは、時に不幸を招きます。慎重さも場合によっては美徳ですよ」

「心配してくれてるんだろうけど、僕も何度もここへ通いたくはないんだ。急ぐから今は手伝って」

そう言って、僕は自分で持てる範囲で運んだトングで、足元の黄色い石を拾い上げる。

心配してくれるセリーヌには悪いけど、ここからが錬金術のみせどころだ。宮殿では使うこともなかった錬金術を試せる場に、僕の中で危機感をワクワクが上回ってしまっていた。

五章　駆け抜ける半年

「んだと、こらー！」

すり鉢状の村の中、軽くエコーがかかるワゲリス将軍の怒鳴り声が聞こえた。

僕は寝起きに使っている天幕の中で、側近たちと食事をしながら、朝の挨拶に来ていたエルフのセリーヌを見る。

「今日は随分早いね。村人はまだ朝一の仕事の時間じゃない？」

「いえ、今朝は夜明けと共に下の町からの報せが来ていたはずなのですが」

セリーヌも予想外らしく、一度天幕の外の様子を窺った。木々もないすり鉢状の地形だから、すっごく見晴らしがいいんだよね。ワゲリス将軍の天幕はワービリ村側にあるんだけど、そこからこのカルウ村側にある天幕まで声が聞こえる。

「下の町か。小領主は味方じゃないし、様子を見に行ったほうがいいかな」

僕の意見に、セリーヌも頷きで応じた。手早く朝食を終えて、僕は周囲を守られる形で移動する。

途中、家畜を放牧する村の子供を見た。放牧地もお互いの境を侵さないようにしてるはずが、狸か何かわからない獣人の子と、鼬のような獣人の子が並んで僕たちを眺めていた。立っている位置はカルウ村とワービリ村にちゃんと別れてるんだけど、僕らを見て何やら話す様子は親しげ。

争う元を解決できれば、厳しい山の中で一緒に暮らす人同士。仲良く暮らせる未来もあるかな？

皇帝の名の下に解決するんだから、できればいい村になってほしい。

「――くそ！　もう俺が山を下りて！」

「軍の司令官が現場を離れるほどのこと？」

ちょっと和んだのが台なしなワゲリス将軍の声に、僕は開きっぱなしの天幕の入り口をくぐる。立ち上がっていたワゲリス将軍は、盛大に顔を顰めた上で椅子に座り直した。

「下の町から連絡が来たって聞いてるけど？」

僕はワゲリス将軍の部下に新たに椅子を用意してもらって水を向ける。

「………帝都から護送車が届いた。だが、護送車持ってきた奴らが、近衛を乗せて帝都に帰ることを拒否してやがる」

「あぁ、近衛に利害関係のある人が来ちゃったか」

反乱未遂を犯した近衛は、中腹にある町で拘束中。罰を受けさせるために帝都から罪人を移送するための馬車を呼んであった。

荷車が檻になっているような護送車で、外から罪人の顔も恰好もわかるもののはずだ。つまりそれに近衛を乗せて帝都に戻れば、即座に近衛の実家や関係先から怨まれる。移送のための人員なんだから仕事の内だとは思うけど、尻込みしてしまったんだろう。

「最初から近衛だって言ったら護送車すら回してもらえないと思ってぼかしたけど、帝都に連れ帰らないなんて言うとは思わなかったな」

「下に残してた部下からの報告だと、小領主の奴も引き留めに積極的だ。それと、近衛を押し込めてる建物に近づこうって奴がちらほら出てる。――そいつ、面通しに貸せ」

ワゲリス将軍が顎で示すのは、僕の警護であるイクト。つまり、近衛に近づこうとしている相手は、イクトが特定して追った事故死に見せかけようとした暗殺者かもしれないってことか。

「一石二鳥を狙えるならまだしも、村のことと近衛のこと、そして不審者の身元の特定は優先順位が違う。まずは近衛を確実に帝都へ送るほうを優先すべきだよ」

村に着いて二カ月が経ち、動きのなかった暗殺者はそろそろ動く。だったらそっちを今から探るよりも、この村で待つほうが対策もしやすい。

近衛は、帝都との距離の問題で放置してある。小領主が味方でない以上、ただ置いておくのも不安要素でしかなかった。

「冷静になって保身に走られるのも面倒だ。下の町には僕が行くよ。ワゲリス将軍は村の人たちを押さえるためにこっちに残ったほうがいい」

冷静に考えて告げると、すすすっとヘルコフが寄って来た。

「殿下？　どうやって近衛を帝都に送りつけるつもりで？」

「反感の強そうな人を選んで、ちょっと煽――皇帝陛下に弁明したら？　って助言するだけだよ。護送車一つじゃ送れる人員の数に限りもあるしね」

「おい、今煽り散らすって言いかけただろう」

「そこまでは言ってない」

ワゲリス将軍があらぬ疑いをかけて来る。それに煽るってほどのことを言う気もない。

だって、盗賊相手に弱卒って言うだけで怒るような人たちと所属を同じにする近衛だ。僕相手でしか正当性を訴えられないのかとでも言えば、たぶん乗る。あれだけ自分たちが正義だなんて言ってたんだからね。

「それに僕もここでやることあるし。ようやく作業小屋が整ったんだから。小領主側は刺激せずに、近衛を送りだしたらすぐ戻るよ」

「…………俺より、周りのほうが疑ってるような顔してるぞ」

「え？」

ワゲリス将軍の指摘に振り返ると、ウェアレルとイクトはすぐに無表情を取り繕う。ただヘルコフは横を向いて誤魔化した上で、耳が落ち着きなく動いていた。

さらにはセリーヌまで頷く。

「第一皇子殿下が聡い方であることはもはや疑いありませんが、それ故に、少々説明不足であることは確かかと」

「何したんだ、サルビル？」

ワゲリス将軍の問いに、セリーヌが溜め息交じりに報告するのは、毒の風を調べる中でのこと。

「毒の風と思われる成分が足元に滞っているという推測をしていながら、最も地面に近いお体で、率先して調査に赴かれました」

「足元？　つまりは何か？　自分が一番毒の風に影響されるってわかってて？」

「ちゃんと防毒装備揃えてのことだから」

おっとこれはまずい。もうすでに気づいたセリーヌに怒られて、さらには側近たちにも怒られた後だ。僕を子供扱いするワゲリス将軍も絶対同じこと言い出す。そしてその大声は天幕だとけっこう外に聞こえてるから、ノマリオラにまで知られて心配される未来しか見えない。

「小領主に余計なことされる前に、急いで下の町に向かうから。人員は最小限にして戻って来るよ。まずは準備をしないとね」

僕は言い訳を並べて、まだ子供の体を有効活用する。大人たちをすり抜け、天幕を抜け出した。

「護衛置いてく奴があるか！」

天幕からワゲリス将軍の大声が追って来たけど、僕も狙われてる自覚はある。天幕の外で待っていたセリーヌの小隊の所でちゃんと足は止めたよ。

「アーシャさま、行動をなさる前にまずお時間をいただければ」

「説明されてもわからないこともありますが、心構えの時間だけでもいただきたい」

結局ウェアレルとイクトに注意されました。

結果としてはさっさと降りて、さっさと近衛を送りだせたので良し。セリーヌと初めて出会った時に、剣の柄を握った近衛の食いつきが良かったから、帝都に送り返す人員に入れた。

皇帝である父の執務室の前に立ってたくらいだから、けっこういい家の出だったらしいし。二度目のやらかしはさすがに周りも庇いきれないだろう。

帝都からの移送役も、皇子である僕を目の前で罵る近衛を見て、罪人に値しないなんて言えないようだったし。勢いで、僕を相手に剣の柄握ったことを自白してたし。

「近衛が一丸となって反乱なんてやらかしたんだ。人選に口を出しただろうルカイオス公爵も、少しは痛い目を見てほしいな。追い出してまで足を引っ張らないでほしいよ」

「私としては、陛下が邪魔をされず、ことの終息の陣頭指揮を取れることを願います」

一泊二日でまた山脈を上り下りした後、ウェアレルは遠い帝都の父を案じる。場所は作業小屋としてカルウ村の南に建ててもらった簡易の建物。

小屋自体は山にある石を組んで土台にし、柱と外枠を立てただけ。その上に施設大隊が運搬したテントを使って、壁と屋根に見えるようテントの布を上手く設営されている。

風雨を凌げて換気の心配もない。中には錬金術の道具を広げてあり、机や椅子も揃えてあった。

そこにヘルコフが外からやって来る。

「殿下、日も落ちたんでお帰りの時間ですよ。あと一応お伝えしときますと、ロックの野郎から日が落ちてまで小屋に籠るな、無駄に燃料使うなってなことを言われてます」

「戯言は放っておいて、アーシャ殿下、片づけをいたしましょう」

イクトは最初からワゲリス将軍の指示を聞く気はない。ヘルコフも言われたから伝えただけで、急かすこともなく手に持ったランタンを脇に置く。

辺りは暗く、火を焚く木々さえないこの村は、すでに就寝時間だ。僕たちは作業小屋を片づけて、明かりを消し、ランタンを持って天幕へと向かう。

「星って、けっこう明るいんだね」

「山に登るとそうですね。ここは邪魔する木々もないので一層でしょう」

各地を転々とした経験のあるイクトでも、満天の星から降る光の明るさは初めてらしい。前世、人工的な明かりで夜も列島の形が浮かび上がる国に生まれ育った僕としては、ちょっと怖いくらいの星空だ。夜空を埋め尽くす星々は、降って来そうな圧迫感すらある。

「ロムルーシとかどーんと雲が居座ってることも多いんで、これだけの星空なかなかありませんよ」

「国が違えば見える星も変わるものですが、ここは開けているため帝都よりも多くの星座が見えますね」

僕たちは天幕に向かいながら他愛のない話をする。宮殿で毎日顔を合わせていたのに、こうして場所が変わればとても新鮮な会話にも思えた。

＊＊＊

暮らすには向かないファナーン山脈の中、それでも険しい道の先にカルウとワービリの村はある。

「最初はとんでもない所に村があると思ったけど、ここ以外がもっと厳しいっていうのがね」

僕は最近入り浸っている作業小屋で、急激に冷える気温を感じつつ、ヘルコフに話しかけた。

「こんな高い所に水源があることもそうですが、それのお蔭で他より湿度があるんで植物も生育がいいようですよ」

僕は火口から持ってきたものを今も調べている途中。この村は標高が高いこともあり、夏の今でも日が落ちたら途端に気温が下がる。そのくせ、日中は夏の日差しが降り注ぐので、人間の兵士たちは揃って日焼けしていた。

「たぶん温泉のお蔭で、この辺り他よりも温かいんだよね。夏でこれなら冬の厳しさ相当だろうし。逆にここ以外に住める場所ないんだと思う」

泉と呼んでいるからには、この村に流れ込んでいる温泉の温度は高くない。それでも山一つ越えたところに火山があるなら、その熱の恩恵をこの場所が受けていてもおかしくはないんだ。

火山性ガスが流れ込んでいることも込みで、ファナーン山脈の環境下では住む利点がある。どうやら空気よりも重いガスであることは確定なので、風が強い日にさえ注意すれば住んでいられた。

「…………白い道の調査」

「殿下は危ないので近づかないでくださいよ」

「はい……………」

うん、足元に溜まるからね。地面と鼻までの距離が一番近いの僕だからね。

「一応、白い道にどれくらい溜まってるかの実験はしたのに」

「あれ、けっこう幅あったじゃないですか。なんか日によって動いてるみたいですし。目に見えないんじゃ俺らも対処しようないんで、殿下はお願いですから探求心で行動しないでください」

怒られた。ただ単に白い道に溜まったガスの層を調べただけなんだけど。ちゃんと木の棒使って距離取る工夫もしてたけど、再調査のお許しは出ないようだ。

やっぱり目的と危険性の説明不足が駄目だったか。ちょっとした調査くらいのつもりだったから、防護マスクつけていなかったのも駄目だったかな？

釣りよろしく棒の先に縄をつけて、縄の先には火をつけた。後は縄を降ろして何処で火が消えるか距離を測るだけ。

結果、わかったのは白い道から三十センチには確実に酸素がないこと。そこから一メートルの高さまでは縄の先の火が揺らぐ程度には酸素以外が多いこと。

うん、僕白い道に立つとけっこうまずい。それを目に見える形で確認したので、ヘルコフたちも危機感を持ってしまった。そのせいで火口への調査も一度きりだ。

まだ行く予定あるんだけどなぁ。

（主人に報告）

突然聞こえたセフィラの声に、僕は手元の作業を途中でも終わらせて片づけを始める。そんな動きの変化にヘルコフも気づいて、組んでいた腕を解いた。

「人間ってしたたかだよね。一度の失敗で諦めたりしないんだ。そのやる気をもっと建設的なことに使ってほしいところだけど」

僕の言葉に反応して、ヘルコフは無言で殺気立つ。

冷える夜に、貴重な燃料を使って、村の外れに造った作業小屋と坂の上に設置した天幕を往復する。作業小屋ができてから続けて来た行動が、ようやく意味を持ったようだ。

「セフィラ、お客さんが来たことをイクトとウェアレルにも知らせに行って」

「客とは暗殺者のことでしょうか」

「招かれざる客ってやつだろ」

恰好のつかない返しをするセフィラに、ヘルコフが猛獣顔で苦笑いをして補足してくれる。けど、セフィラはそんな気遣いも無視するように淡々と答えた。

「現状、主人の側を離れるほどの優先度はありません」

まさかの拒否？　確かに狙われてるのは僕だけど、外で待機してるウェアレルとイクトにも情報共有は必要だ。

夜、人気のない作業小屋を狙って、僕の行動パターンを確認した上でやって来る。相手は必勝の岩落としが不発に終わった暗殺者たちだ。

僕も一度で諦めるとは思ってなかったし、落ち着いた頃にもう一度来るとは思ってたんだよ。その上でいつ襲われるかわからないまま放置して気を張っているのも億劫だったから、町でセフィラに見張っておくよう言った。

けどそれも結局優先度的に合理的じゃないって拒否されたんだよね。まぁ、初めての火口の調査とか、興味があったのはわかるけど。

「町での待機が嫌だっていうから、ウェアレルと大急ぎで、術式組んだでしょ。今回はセフィラのほうが折れてよ」

言うなれば発信機のような術式だ。魔法は発現させると、魔力の供給がなくなれば消える。それを、術式という形にして一定期間籠めた魔力を消費してもつように設計する技術。数日ごとにかけ直さなきゃいけないけど、そこは一晩で往復できるセフィラの特性を活かしてやってもらった。

ただそんな術式そもそもなかったし、僕も発信機の構造なんて知らないから、ウェアレルと頭を悩ませて作ったんだよね。

「相手の動きはセフィラが掴んでるんだ。そして僕たちよりも動けば早い。他に適任はいないし、相手の動きを監視しつつ連絡できないわけじゃないでしょ」

こうして喋るために並行作業ができるよう調整したんだ。合理性で言うなら、露見の可能性もないセフィラが動くことで確実性も増す。

「……………可能です」

すごく不満そうに答えると、そのままセフィラの声は途絶えた。これは四角四面な昔からの癖が残ってるって感じなのかな？　適切と思えば曲げることをしたがらず、協力よりも自分の力だけで対処しようとするんだ。

「さて、会話してるほうが自然かな？　この二カ月、手を出さなかった理由わかる、ヘルコフ？」

「様子を窺っていたんでしょうな。そして確実に標的の行動パターンを押さえようとしていた。一度失敗したからこそってとこですよ」

　言いながら、ヘルコフは柱に立てかけていた棍棒を手に取る。剣よりも短く、取り回しがしやすいため室内では扱いやすいそうだ。握りを確認しつつ僕に目を向けるヘルコフは、少し面白がっているように見える。

「ところが、こうして暗くなるまで作業小屋に籠ってるのが、殿下の罠だとは気づかず来ちまってんですからねぇ。自分たちが見張る側だと思い込んでやがる」

　目印をつけられて場所が特定されていたなんて思っていない。その証拠に、人数は増えたけど以前の襲撃と変わらない顔ぶれでやって来てる。

「気づかなければ警戒のしようもないんだろうけど、二カ月かけた割には簡単に引っかかったね」

「そりゃ、相手は人間ばかり。ここは獣人しか住んでない上に、顔見知りしか来ない。軍も人足もちゃんと名簿作って管理されてる。ここに入り込むのはまず無理ですからね」

　言われてみればそのとおりだ。村の外から来る暗殺者からすれば、村内を窺って見つからないだけ腕があるってことなんだろう。

　そもそも僕はこうして籠っているし、外に出ればセリーヌの小隊に囲まれる。誰かと入れ替わることはおろか、近づくチャンスはこの村人が寝静まった夜の間しかない。

「うん、今日まで見つからないだけ頑張ったんだろうね」

「いや、もう今すでに殿下に見つかってるじゃないですか」

「見つけたのはセフィラだけど。──本当にワゲリス将軍に言わなくて良かったの？」

　実は暗殺者が探りに来ていることは、言ってない。理由はいの一番にヘルコフが止めたから。

「どうせあいつ自分でとっ捕まえて、雑に裁くしかしませんよ。軍を動かすならまだしも、二つを器用にこなせる奴じゃないんです」

　同じようなことを以前も言っていた。そしてイクトもヘルコフの意見に賛成したんだよね。近衛の反乱を阻止した時の対応から、拙速に動いてことを成し遂げることはできても、この見晴らしがよすぎる村では身軽な敵に逃げられるだけだって。

　イクト曰く、果断はできるし、権威に歯向かっても道理を通すこともできる。ただしその後の調整や目配りはできないと断言していた。

（近衛もあれは、ワゲリス将軍のことを甘く見ていたんだろうなぁ。こんな辺境の兵乱に向かわされる重要度の低い人で、言いくるめられると思ったとか？）

（主人にも将軍にも、帝都に戻ればいくらでも復讐ができると息巻いている者がいたことを報告）

　戻って来たセフィラが僕の思考に混じって不穏なことを言い出す。そんな話初めて聞いたけど、宮殿でも気ままに人の噂拾ったりしてたし、盗み聞きは今さらか。

（セフィラ、イクトとウェアレルは？）

（すでに配置につきました）

　僕は頷いて見せて、ヘルコフにこの後の懸念を確認した。

「それでもワゲリス将軍だって、捕まえた後の処遇任せるのにひと言ないと怒るよね」

「そこはそれ、殿下がお知恵絞って村の問題解決しようとしてるんですから。軍事でできることはやらせとけばいいんですよ」

　ワゲリス将軍は連れて来た武官や文官を使って、両村統合のまとまらない話し合いをしている。ただ最近では、村人の乱闘にワゲリス将軍一人が割って入って、当事者を力尽くで引き離したと聞いた。確かに軍を使うのは駄目だと言ったけど、将軍本人がそれもどうなんだろう？

毎日僕の様子見をするついでに、ワゲリス将軍の様子を教えてくれるセリーヌ曰く、話し合いではなく喧嘩をする村人たちを相手にした日は、気力を使い果たしたような顔をしているとか。日によっては歳だと零すこともあるという。きっと他人の喧嘩の仲裁で、相当気疲れを背負い込んでるんだろう。

「いっそわかりやすく敵を目の前に突きつければ、気分転換にでも──来ましたね。殿下は隠れて」

ヘルコフは熊の耳を小刻みに動かして僕に警告する。

これは誘い出す罠だから、室内の壊れて困るものは仕舞い込んだ後だ。僕はセフィラに光学迷彩を起動してもらった上で、安全のため机の下に潜り込む。

一度僕の居場所を確認しようとしたヘルコフの目が、室内を彷徨った。うん、僕は隠れることならちょっと得意と言ってもいいかもしれない。

そうして待ち構えていると、作業小屋に作られた扉を蹴破る派手な音が響いた。入ってすぐに斬りかかろうと、抜き身を片手に顔を覆面で隠した暗殺者が踊り込む。

ただし、扉の横で待ち構えていたヘルコフが、棍棒で横合いから即座に先頭二人を床に沈めた。勢いで後に続く者は、床の仲間を踏みつけるけど、急には止まれない。

「さぁて、何人だ？」

「こちらは後方から狙う者が二人だった」

ヘルコフに答えるのは、暗殺者の後ろ、入り口脇に立つイクト。僕からも斜めに見えているけど、携えた剣は夜目にも濡れたように光っていて…………まぁ、聞くまい。イクトの安全が第一だ。

「室内は九人ですか。退路確保に三人いましたよ」

風の魔法で意識のない三人を、出口を塞ぐ形で放り込むウェアレルがそう報せる。意識のない三人は、ヘルコフに昏倒させられた二人の上に投げられて呻いた。

どうやら全部で十四人の刺客がやってきたようだ。その中で意識があるのは残り七人。

ただし広くもない部屋で前後を押さえられているし、標的である僕がどうやっても見つからない。

「…………まさか、罠か⁉」

「ご名答」

ヘルコフは手近な一人に棍棒を振りつつ答える。咄嗟に剣を構えた刺客だけど、棍棒に負けて剣はへし折れ、胸を強打された。ちょっと駄目そうな音が聞こえるけど、これもヘルコフが反撃されないため、仕方ないしかたない。

その間にイクトが入り口を押し切ろうとする一人を斬っていた。ウェアレルは十分距離を取って風で手足を潰していく。犯罪者ギルドの構成員を倒すくらいの腕前だし、危なげなくことは終わった。

そして、安全第一で手加減せず争えば、その物音は村内に響く。

「おい、何が――⁉　おい、こらーー！」

さすがに騒ぎで気づいた兵士が、灯りを手に駆けつけた。もちろん先頭を来るワゲリス将軍は、開口一番怒鳴ろうと大口を開いている。けど、床に倒れる暗殺者に気づくと一度口を閉じた。まぁ、目を剥いて結局怒鳴ったけどね。

その後は残党がいないか警戒と探索を指示する。あと気温が下がったせいかワゲリス将軍は厚手のマントを巻いていた。寝る準備でもしてたのを半端な恰好で飛び出して来たとか？　だとしたらちょっと申し訳ない。なんて思ってたら、ワゲリス将軍がこっちに向き直った。

「てめぇらな！」

後は担当する者に任せて不機嫌な声を上げながら小屋に入り込んで来る。

「罠を張る余裕があるなら言えや！」

「あれ？　どうして罠張ってたってわかったの？」

僕は物陰に隠れていた風を装って、光学迷彩を解除する。問いかける僕に、ワゲリス将軍はすぐに灯りを近づけて怪我がないことを確認した。

「ふん、これだけの人数差で警護対象抱えて、無傷なんぞ奇襲受けた奴の出で立ちじゃねぇだろ」

「そういうところはちゃんと頭働くのに………」

「あんだよ？」

本当に戦うという実務にしか、考えは働かないようだ。この後の注意事項、ちゃんと聞いてくれるかな？　できるだけこの刺客は有効活用したいんだけど。

いい大人を捕まえて、僕はちょっと心配になってしまった。

＊＊＊

小領主が送り込んだだろう暗殺者を捕まえて、ワゲリス将軍には監視と尋問を丸投げしている。状況からして小領主は使われているだけだし、そっちを絞るよりもサイポール組から派遣されているだろう暗殺者のほうが情報は持っているはずだ。

「アーシャ殿下、帝都よりお手紙が届いております」

「手紙もう着いたの？」

作業小屋にいた僕のところに、イクトが封書を一つ持って来てくれた。

軍は派遣して終わりじゃない。定期的に帝都と連絡を取り合い、戦況を報告する。その際、兵士たちは家族に無事を知らせる手紙を書いて送るそうだ。軍の福利厚生の一部で、文字を書けない人のために代筆を生業にする非戦闘員も同行していた。

もちろん僕も軍の報告ついでに私的な手紙を送るサービスは利用させてもらっている。ただ非戦闘員も入れて一万人以上いるため、手紙は一人一通のみ。僕の場合、皇帝である父への報告は仕事用の枠を別に用意してもらっているから、二通送れるようにはなっている。

定期連絡前に反乱未遂についても書き送ってるから、僕のほうから二回に渡り手紙を送っていた。

今回届けられた手紙は、弟からの返事だ。

「あ、これもしかしてリスかな？　ワーネルとフェル、絵が上手だなぁ」

同封されていたのは、また離宮で夏の遊びをしただろう双子の絵。手紙はテリーだ。やっぱり離宮へ行ったという話が書かれていて、双子からの絵は以前送った高山植物の絵のお返しだという。

セリーヌに美しく透ける花びらを描いてもらったんだけど、好評だったらしい。運ぶ量を考えて一通に重さの制限があるせいか、送った手紙の返事として触れられていない話や、素っ気なく書かれた部分など。普段のテリーとは違う雰囲気を感じる。

反乱未遂の報告と一緒に送った手紙の内容についての言及もない。

「もっと書きたい気もするけど、往復二カ月以上かかるとなるとやっぱり難しいかぁ」

テリーとの手紙のやりとりは、ディオラと文通を始めた頃を思い出す。何を書こうか、どれくらい書こうか。そう悩むのも楽しいものだ。

「……………イクトどの、陛下からの書面はないのでしょうか？」

僕が弟からの手紙に気を取られていると、ウェアレルが仕事枠の返書がないことに耳を立てる。いや、うん、イクトが持ってきたのは一通だなとは思ってたんだけどね。

「近衛の件もあり確かめたがなかった。居合わせたサルビル小隊長は、逆に近衛の件に対応するためではないかと言っていたが」

セリーヌは朝の挨拶からちょっと実験につき合ってもらって、そのままイクトと共に作業小屋を後にした。どうやら手紙の確認にもつき合ってくれたようだ。

「いや、初陣の息子相手にそんな手抜きはしないだろ」

ヘルコフが父からの手紙がないことを訝る。皇帝としてみれば、確かに近衛を罪人として送り返すことについては、もうこっちですることはない。だったら送られてくる近衛をどうするか、対処を検討して忙しくなっているだろう。

ただ、その父は僕が息子だから皇子にすると言って実行した人物。皇帝としては嫡子でない第一皇子なんて問題の種だ。けど、父にとっての優先順位は家族。仕事上必要ないなんていう理由で、僕の手紙に無反応だなんて想像できない。

それは父が皇帝になる前からの知り合いである側近たちも同じ。

ただ僕としては、近衛の反乱未遂は報告とは別にだいぶ悩んで送ったし、変なこと書いて返事を躊躇われたんじゃないかとか考えてしまう。それに前世の父を思えば仕事が忙しいから後回しってこともなくはないと思うんだけど。

「じゃあ、誰かに止められたとか？」

「近衛が反乱を起こそうとしたなどという重要な情報を、握り潰すだけ無意味です」

イクトが言うとおり、もう近衛の中から主犯格を選び出して帝都に送っているんだ。僕の報告を握り潰しても、軍からも報告が行っているし、近衛自体が手紙に遅れて帝都に到着する予定だった。

けどそうなると、やっぱり僕の書いた内容が何か悪かったってことにならない？

「握り潰されたのは、殿下への指示ってこともあり得るだろうが、命狙った奴らに陛下が近づけさせるようなこともしないだろうしな」

ヘルコフが別の可能性を上げるけど、今さら僕に、残った近衛をどうこうしろと言う父でもない。首を捻る中、ウェアレルが一番建設的なことを提案した。

「もう一度、報告をお送りするしかないでしょう。帝都に届く頃には近衛も到着した後でしょうから、反省がなかった捕縛時の言動を付記しては？」

有罪度を上げる情報を盛り込めって？　よし、採用。今度はちゃんと報告だから、変なこと書かないよう気をつけよう。

「改めて報告を書くとして、もう少し毒の風について報告できることが増えればいいんだけど」

僕は目の前のビーカーの中に蝋燭の火を入れて溜め息を吐く。

「パッと燃えてからシュッと消えるって、やっぱりガスは一種類じゃないなぁ。火口から流れて来てるんだとは思うんだけど。発生源を塞ぐ？　溜まる分を吸着？　いや、化学反応でその場で発生してるっていう可能性も捨てられないし」

幾つも可能性を考えていると、作業小屋の外から荒い足音が近づいていた。僕に聞こえるくらいだから、すでに側近三人は揃って扉を見ている。

僕もだいぶ慣れて、この遠慮のない足音が誰のものか判別できるようになっていた。

「おい、何やってんだぁ⁉」

予想どおり怒鳴り込んで来たワゲリス将軍は、いつになく怖い顔をしている。けど今のところ思いつく案件はない。

カルウ村とワービリ村の統合は、相変わらず両村揃って反対してる上に、自分が正しいと譲らない。相手を諦めさせろとワゲリス将軍に訴えるくせに、顔を合わせれば喧嘩をする。そしてそれを止めるのはワゲリス将軍で、村長二人を捕まえて座らせても話し合いは進む気配がないとか。

僕のほうも火口で採集した石を使って、火山性ガスの特定を進めているけど、専門家じゃないし、道具は足りないし。時間がかかるばかりの状況だ。

「今は燃焼実験を――」

「うちのサルビルに何しやがったって聞いてんだ！　錬金術でとても気持ちよくなれる設備作ったたぁ、どういうことだ⁉」

「なんか語弊があるよ！　なんでそんな酷いこと言ってるの⁉」

怒るワゲリス将軍に、僕は心底驚いたんだけど、何故かウェアレルは納得した様子で一つ頷いた。

「あのまま戻られるのは、やはり止めるべきでしたか。想像どおりあらぬ疑いをかけられましたね」

「あらぬと言うか、乱れた髪、上気した頬、艶めく肌。男ならば邪推してしかるべきだったな」

イクトまで妙な言い回しをし始めたのはなんなの？

ついて行けない僕とワゲリス将軍を置いてきぼりにして、ヘルコフまで軽く応じる。

「だが、大喜びで将軍にお知らせするって帰ったのは小隊長の姉ちゃんだしな。殿下に怒鳴り込むのは筋違いってもんだ」

そんな話をしていると、恥ずかしげに目を泳がせて、セリーヌが作業小屋に入って来た。

「も、申し訳ない。私では浅学故に、上手く説明もできず、誤解されたまま……」

側近たちが挙げた状況と、セリーヌに手伝ってもらった実験を考えると、僕も誤解が生まれた経緯が想像できた。

「あぁ、うん。そろそろ調査結果の報告もしようと思ってたし、ついでに何してたか説明するよ。いかがわしいことはしてないから安心して」

ワゲリス将軍もさすがに話を聞く姿勢を取る。怒鳴り込むのはやめてくれないけど。

いっそ、この声がよく響く村の中では、ワゲリス将軍の怒鳴り声の木霊《こだま》が日常になりつつある。最初は何ごとかと反応していた村人たちも、今では老若男女ちょっと耳を震わせる程度になってる。

少しは冷静さを取り戻したらしいワゲリス将軍は、近くにあるビーカーに目を止めた。

「この水に石が入れてあるのはなんだ？　なんの目的で――この臭い、これ、油か？」

「そう、空気中の湿気はもちろん、水に触れると発火する石なんだ。危険だから油の中で保存してる。火山近くでしか取れない珍しいものだから採取したんだ。あ、もちろん危ないから触らないでね」

「しねぇよ」

ちょっと不機嫌そうなのは、一度紫外線ライトを子供みたいに覗き込もうとしたから？　やらないならそれ以上は言わないから、むくれないでほしいな。いつもの鋭すぎるカピバラの目が、ちょっと自信なさそうになると途端に草食動物感が出るんだよね。

ヘルコフ並みに大柄な軍人さんなのに、無駄に悪いことした気がする。どう考えても今回は、短慮に怒鳴り込んで来ただけなのに。

「…………サルビル、燃える石ってのは知ってるか？」

「燃える泥ならば聞いたことはありますが。水で燃えるなどとは皆目…………」

ワゲリス将軍が変なものを見る目になる。長命のエルフでも知らないからってそんな疑わなくても。

水は火を消すもの、油は火をつけるものって先入観のせいだっていうのはわかる。錬金術見慣れてるはずの側近たちも、やってみないと信じられなかったみたいだし。

化学反応も知らない、そもそも科学が体系化してないから、燃焼の理屈もわかってない。それで経験以上のことを想像して理解しろっていうのは、無理な話なんだろう。

「手伝ってもらった工兵も理屈もよくわからないみたいだったし、ワゲリス将軍来たならいっそ自分の目で見てよ」

僕は走り書きの用紙を片づけつつ話を続ける。

「まず、今いるここは作業小屋で、毒の風についての調査用に使ってる。一度毒の風の理由については経過を報告したけど、理解できた？」

「毒の煙が噴き出す山ってのは聞いたことがある。ここがそうだったってことだろ」

火山性ガスの例は、他にもあるようだ。

「ただ今回、害を及ぼす気体の特定はできなかった。無色で無臭、空気よりも重いことから二酸化炭素か一酸化炭素が候補なんだけど、毒気の元を集めることが上手くいってないんだ。たまに火を入れると燃えるんだよね。ってことは、別のガスも風向きによって混じり込んでる可能性もあるんだけど――。うん、ここはわからなくていいや」

すでにわからない顔してるし、セリーヌもまず単語の意味がわかってないっぽい。だったらもう火山性ガスでまとめて、害があるってことを理解してくれてればいい。

「一番簡単な解決方法として、溜まってしまう火山性ガスを抜くこと。ここはすり鉢状だから、ちょっとした工事が必要だと思う。ただ、風向きがわからないと工事の安全を確保できないんだよね」

簡単に考えつく解決方法は、溜まってしまうガスを抜く道を作ることだ。ただそのためには白い道周辺で人が動かなくちゃいけない。もしその時に風が吹いてしまえばひとたまりもないだろう。

かと言って風向きなんて、自然科学の中でも気象学の分野だ。この条件だと何処から風が吹くなんて細かいこと、文字も書けない村人が記録しているはずもない。

「風向き？　そんなの六十年前の軍の日誌に書いてあるだろ」

「え？　そうなの？」

ワゲリス将軍の言葉に驚くと、ヘルコフが日誌の写しを引っ張り出してきた。これは六十年前の将軍が残したもので、軍事における決まった様式で書かれている。ヘルコフは赤い被毛に覆われた指で、天気の隣の的のようなマークを指していた。

「聞いていただければ教えたんですが。魔法や矢を射るために風向きは毎日記録してあるんですよ」

「どうせその工事とやらの期間や資材の試算なんかはできんのだろう？　そこは工兵のほうに回す。情報は全て書きだせ。こっちで専門の奴にまとめさせるから、折り返し確認しろ」

「あ、だったら火口からの風向きと記録を検証したい。その後改めて注意事項を報告するよ」

工兵は兵器の組み立てや運用もするけど、土木工事をすることで陣地を築いたり、軍の隊列を通りやすくするのも仕事だ。この作業小屋だって、工兵たちが僕の要望を聞いて建てている。

ワゲリス将軍が言うとおり、僕が悩むよりも、専門家に検討してもらうほうが現実的だろう。

「じゃあ、次。温泉——じゃなかった、えっと村の泉の成分について。効能はカルウ村の人たちに聞いて、源泉と思われる熱泉を汲んで調べた結果——」

「待て、俺が聞いて理解できることか？」

「え、どうだろう？」

僕が側近たちを見ると、セリーヌも揃って首を横に振る。すでに僕が話す内容について行けていないらしい。ワゲリス将軍はその中でも実務的なところを拾っているようだ。

「理解できないことに頭使うだけ時間の無駄だ。だったらわかる奴か時間のある奴にやらせる。……まぁ、村人が争う泉が実は毒だったなんて話なら知っておくべきだろうが」

「たぶん飲みすぎたらお腹壊すとか、心臓が弱い人が飲むと悪化するくらいかな？」

整腸作用や血流促進も度が過ぎれば毒になる。けどそんなこと、一から十まで説明する必要もない。少なくともこの村の人々は経験則で知っているんだ。相変わらず雑だけど、ワゲリス将軍も押さえるべきところは経験則でわかっているってことなんだろう。

「あと僕が報告すべきは、熱と水蒸気の活用方法かな。これは実物を見て。セリーヌにもそうやって理解してもらおうと思ったら、なんだかおかしな誤解が生まれてるみたいだし」

僕は話しながら作業小屋の外へとワゲリス将軍を連れ出す。日差しは強いけど、風があり湿度もある。足元は下草が生えていて、ここだけ見れば夏を感じられた。

作業小屋は帝国に属するカルウ村の南、火口へ向かう斜面に作られている。風の通り方を確認して、傾斜をそのままに建てることで火山性ガスも溜まらないよう選んだ。

「なんだこりゃ？　小屋の裏手に妙なもんが伸びてやがるぞ」

ワゲリス将軍は、火口から木製や金属製の管が小屋に繋がっている様子に驚きの声を上げる。できる限りしゃがまないよう工兵と話し合い、石の土台を転々と置いてここまで延伸してもらったものだ。

「源泉を活用するためには、村まで運ばなきゃいけないことは帝都でわかってたから。材料は作って持って来てたんだ。熱と水蒸気を活用するための基本的な設備は考えていたんだけど、実際使うとなるとまだ考え中なんだよね」

「どれだけの長さ持ってきたんだ？　だからあんなに荷物多かったのか」

人足を用意してまで運んだのは、ほぼ錬金術関連の道具ですよ。あの管だって、錬金術で作った防腐剤とか繋ぎ目を塞ぐ薬剤使ってるし。工兵には、今まで見たことのない樋《とい》だと言われたけど。

水の運搬には石材が主流だ。ただ加工した石材を山の上まで運ぶのはちょっとね。まぁ、木製でも金属製でも延伸距離が長い分相当の重量になって、人足たちの足が遅めだったのは否定しない。

「管は高温になってるから触らないでね。それで、こっちの石で丸く土台を作ったほうから。

………えーと、水蒸気ってわかる？」

理科知識がない相手には酸素も二酸化炭素も通じない。僕が念のために聞くと、さすがにワゲリス将軍も不服そうな顔をした。

「蒸気ってのは湯を沸かした時の煙だろうが。それに水ってついてるなら、あのモクモク出るくらい湿った煙のことじゃないのか？」

「うんうん、その認識で大丈夫だよ。じゃあ、その水蒸気がすごく熱いこともわかるよね。これは管で水蒸気だけ入るよう設置してあって、石の土台の中に充満して噴き上がるようにしてあるんだ」

僕は言いながら、近くに置いてある厚手の布を手に取る。丸く井戸のように作った石の土台には、木製の蓋が置かれていた。見るからに湿っているその蓋を、厚手の布を使って両手で持ち上げる。

途端に、視界を覆うほどの白い水蒸気がモクモクと立ち上った。

「これは水蒸気を使った調理器具。木を燃やして火を焚かなくても、素材を蒸し上げられるんだ」

日本の有名な温泉地では、地獄蒸しなんて物騒な名前ついてるけど。木々の少ないこの村では、食事に使う燃料を節約できるなら役に立つんじゃないかと思ったんだ。

「お…………なんかいい匂いがするな？」

「まだ試作だけだから、僕のほうで運んだ食材を蒸してるんだけど。火の通り具合はどうかな？」

前世は一人暮らしだったけど、もちろん家電頼りの、コンビニ通い。時間調整なんて細かいことはわからない。適当に持ってきた根菜類を放り込んでいた。

「おい、うめぇじゃねぇか！　すごいな、この釜！」

今までにない上機嫌で蒸しニンジンを頬張るワゲリス将軍は、ベジタリアンらしい。ただただ蒸しただけのニンジンのはずなんだけどな。

「一応これ、水蒸気を集めて冷ませば飲用水にもできそうなんだけど。泉の成分と比較しないと飲用できるかはまだ――」

「おし、だったらさっさとワービリ村の奴を頷かせるか。これで火がいらねぇ、水も確保できるとなりゃ、カルウ村の奴らを黙らせることはできる」

実物を見た途端にやる気のところ悪いけど、口にニンジンの食べかすついてるよ？　って言ったら怒るかな。

「…………次行こうか」

面倒になって、僕は次の装置へ。機嫌がいい内に済ませておきたい気持ちのほうが勝ったんだよ。

「こっちも水蒸気だけど、基本的には熱を使った自動装置で、今のところ石を砕くことに使ってる。これもある程度帝都で作って、こっちで組み立てたんだけど。やっぱり試運転も何もしてないから動くまでに時間かかっちゃって」

僕の目の前では、四角い装置が水蒸気を受けて、取りつけた籠を一定間隔で左右に揺らす。人間の手を使わず、水蒸気で膨張と収縮を繰り返す機構は一種の機械化だ。

水蒸気を入れることで空気は膨張、冷えることで一気に収縮する。この空気の動きによりピストンが働く。膨張と収縮の力を利用して、重い石をものともせず動かし続けている装置だ。

原理としては、自動装置の揺れで石同士がぶつかって角が取れて小さくなっていくだけ。ただこれ、人の手でやろうとするとけっこうな重労働になる。

しかも、もっと複雑な動力に進化させれば、これが蒸気機関車になるんだから驚く。前世にあったから進化の先は知っているけれど、今の僕ではこの石を砕く自動装置がせいぜいだ。

簡単な動作のはずなんだけど、大人二人は入れるくらいの大きな装置で稼働させなきゃいけないし。単純作業だから、もっと小型化できればいいんだけど。

「石材作ってるのか？」

「材料と言えば材料かな。その説明も兼ねて、こっちの熱利用の説明を先にさせて」

僕は作業小屋の隣に新たに作らせた小屋のほうを指した。

「ここの泉って、源泉からここまで自然に流れてきて冷めたものらしいんだ。けど朝夕の寒さとか、冬のことを考えると無駄にしてる熱が勿体ないと思って。こうして源泉の熱を小屋の下に循環させて、冷めた水は飲用に使えないかも考えてるんだ」

源泉の成分がわかっても、飲用にできるとわかっている泉の水と比べないとそれこそお腹を壊す恐れがある。だから今のところ活用できているのは床下暖房的な部分だけ。

金属の管が石の土台の中に入っている状況をワゲリス将軍に確認してもらって、新たな小屋の中へと案内する。日本人の記憶があると、温泉ってどうしても飲む以外の用法が思いつくんだよね。

簡単に布で間仕切りされた小屋の中に入って、ワゲリス将軍は床から天井までを見回す。

「確かに下からの熱は感じるな。ただなんで、部屋の中に砂利が敷いてあるんだよ?」

土台そのままの石床に、拳よりも小さく砕いた石を敷いて、四つの長方形が作ってある。砂利が敷いてあると許した感覚は理解するけど、わかってはくれないか。

これ、岩盤浴施設なんだよね。

敷いてあるのは、火山で拾った石。調べてたぶん効能があるだろう石を選んではある。そして外の自動装置で角を落とし並べ、床下の熱が行きわたるよう、工兵に配管してもらったものだ。

僕に石床を削り出すような技術はないから、砂利の上に敷布に寝るだけの簡単仕様の岩盤浴だ。

「あらぬ疑いをかけられた原因なんだけど……まぁ、使ってみてよ。場所は四か所。ちょうどワゲリス将軍と部下三人いるし。セリーヌ、使い方教えてあげて」

「はい、お任せあれ!」

「おい！　結局なんなんだこれ⁉」

「大丈夫です！　最初は落ち着きませんが一度体の力を抜けば至極の快楽が――――！」

「お、落ち着け！」

頬を紅潮させてテンションを上げるセリーヌに、ワゲリス将軍が戦《おのの》く。なんだかまたあらぬ疑いをかけられそうなので、僕は退散させてもらう。後ろからは、僕の側近たちも無言でついてきた。

誰もワゲリス将軍に今さら言葉を尽くす気はないようだ。

そして待つこと小一時間、僕は作業小屋で硫黄の効果的な取り出し方を模索していた。

(うーん、本には石で作った煙突を噴出口に設置して、石に付着するものを採集とあるけど、温度を自然に下げるために相当の長さが必要になるなぁ)

(年単位で新たに煙突を立て、古いものを回収して煙突を壊すことで硫黄を採集する。このやり方が最も持続的に安定して採集できる方法であると提言)

(けどそれだと、今からやっても数年がかりなんだよね)

(硫黄の毒性から、長時間の採集作業は推奨できません。呼吸器に疾患を伴います)

僕は本を眺めるふりで、セフィラと対話をしている。そこに、困った顔のセリーヌがやって来た。

「あのぉ…………申し訳ございません」

「どうしたの、セリーヌ？　そろそろ出るよう呼びに行ったはずでしょ？」

「それが、気持ち良くて出たくないとおっしゃられて」

まさかの駄々こね？　しかもワゲリス将軍と一緒にいた部下三人が揃ってるってことは。

「つまり…………駄々をこねてるのはワゲリス将軍？」

頭に、前世で見た温泉に浸かるカピバラの映像が…………いやいや、今はそれどころじゃなくて。

「実は、連日の統合のための会議でお疲れだったので、あの体のこわばりがほぐれる感覚を味わっていただこうと勧めはしたのですが。まさか帰りたくないとまで言われるとは思わず」

セリーヌも困惑するほど嫌がったようだ。

「あぁ、あいつ南の出身なんで、寒いの苦手なんでしょう」

岩盤浴にはまった理由を、ヘルコフが思い出した様子で説明する。確かに言われてみれば、カピバラって温かい地方の生き物だ。

「ロムルーシは北辺の国で獣人発祥の地のはずでしょう？　暖かいところあるの？」

「ちょっとした伝説ですが、大昔に新天地目指して西回りで大陸南に住みついた獣人っていうのがいるんですよ」

どうもワゲリス将軍はその子孫で、大陸中央に帝国ができてから移り住んだ、古参の獣人一族だそうだ。そして身体強化できる獣人でも、大陸中央へは踏み出さなかった歴史を考えると、帝国の先祖ってけっこうしたたかだったことが窺える。

「いや、うん。ワゲリス将軍が気に入ったのはわかったから、ともかくヘルコフは一度引っ張り出して来て。まだ試作だから長時間の使用で体調崩す恐れもあるんだ」

「了解しました。おら、お前らも行くぞ」

僕に応えたヘルコフは、困り顔のセリーヌと部下三人を引き連れて作業小屋を後にしたのだった。

＊＊＊

カルウ村とワービリ村が睨み合う山上。すり鉢状の村に、今日もワゲリス将軍の怒声が木霊する。

「もはや時報………」

昼休憩を報せる解散の合図に等しい声を聞いて、僕は作業小屋から外を窺った。ワゲリス将軍の天幕からは、いがみ合う様子のある村人たちが、三々五々散っていく。

天幕の布を使っているから窓はないんだけど、扉は枠を立ててつけてある。僕は扉の窓から窺った外の様子に溜め息を禁じえない。

ちなみに、同じ作りだったはずの隣の小屋は、岩盤浴を気に入ったワゲリス将軍により、施設大隊から派遣された施設部隊と工兵が協力してちゃんとした家屋になっている。

一度解体して作り直したんだよね。しっかり中の構造を理解するためだとかっていう建前で。

「きっと今日もワゲリス将軍は来るんだろうなぁ」

「私が岩盤浴という素晴らしいものを広めたばかりに。殿下が楽しむ隙もない状況になってしまい申し訳ない………」

作業小屋にやって来ていたセリーヌが、本気らしく尖った耳を心持ち下げている。

「広めるのはいいよ。僕も活用法探して作ったんだし。お蔭で軍の人たちからも好評だ。………それに、ワゲリス将軍が手放しで錬金術を褒めるようになったしね」

隣の岩盤浴施設を改装した結果は、ちゃんと僕の功績として軍部に報告するそうだ。実際の錬金術を知らずに懐疑的だったワゲリス将軍は、その身で体感した途端に手放しで褒めるようになった。

さらには声が大きなワゲリス将軍のお蔭で、やって来る者が増えてる。仕事を終えて、なんて待っていたらいつまでも入れないため、お昼の今も非番の兵士たちが順番待ちをしていた。

扉につけられた窓から外を覗けば、順番待ち、もしくは岩盤浴を味わって脱力した兵士たちが屯《たむろ》している。しかも電気もガスも使ってない天然資源だから、岩盤浴は二十四時間稼働中。

手燭片手に夜もやって来る兵士が少ないながらにいたりする。そのため、暗殺者二度目の襲撃は、今のところ起きていない。セフィラ曰く、村を窺う存在はいるらしいけど、兵士が仕事以外でも昼夜を問わずうろついてるから近寄れなくなってるそうだ。

「その、殿下に無理を強いる結果になってしまって申し訳ないのですが」

今回やって来てるセリーヌは、僕にお願いがあって来ている。けどちょっと難問なんだよね。

「確かに今の岩盤浴施設は手狭になってしまってるよ。想定以上の利用者がいるからね。だからってすぐさま増設できるほど単純なものでもないんだよ」

「もちろん労を負っていただく形ですので、全ての経費は軍で持ちます。こういった兵士たちの英気を養うことには費用が用意されておりますので」

言ってしまえば娯楽費というものが、派兵に際して設定されているそうだ。兵士が心を病まないように、地元民に迷惑をかけないように、何より飲食だけでも困るこんな僻地では、費用を割いてでも現地調達以外を考えないと別の問題が勃発する。

「ただ、ここは僻地すぎだ。金を使う隙もないと来る」

「そこにアーシャさまが画期的な施設をお造りになったことは紛れもない事実です」

ヘルコフとウェアレルが、セリーヌの訴えを一部認める。けれどその上で、僕が頷かない理由をイクトが突きつけた。

「材料が用意されたとしても、全ての作業がアーシャ殿下お一人にかかるというのに、ひと月で増設せよとは無謀にもほどがある」

「現実問題無理だよ。そもそも、帝都で手に入った材料が、こっちでも都合よく手に入るとは限らない。せめて、代替品考えるのがせいぜいだ」

そもそも火口から蒸気や熱水を引くための管がない。作るにしても、必要な金属がどれくらい手に入れられるか未知数だし、こちらの注文を再現できる鍛冶師がいるかもわからない。

そこに僕が錆止めや漏水防止の薬剤を作る作業が加わる。準備だけで考えても、土台無理だ。

「なんでまたひと月なんて無茶を言い出したの？」

「それが、カルウ村の者がワゲリス将軍に岩盤浴施設の使用を訴えておりまして」

「あぁ、それは僕だね。あのおばあさんとお嫁さんか」

実は関節痛を泉の水で治したい老婆が、自分の足で山まで温泉を汲みに行くのを見た。ワービリ村に払う金もないからだそうで、危険は承知の上。火口に向かってたから呼び止めたらそんな話をされて、岩盤浴施設を使わせたんだ。

老婆は感謝の上で、翌日産後の腰痛に苦しむ嫁を連れて来た。二人とも苦痛が軽くなったと喜んで、狭い村だからすぐに噂が広がったのもいいんだ。蒸し料理にも興味持って、率先して老婆と嫁が広めてくれたお蔭で、熱と蒸気の有効利用の好例となったし。

けど結果として、ワゲリス将軍が使えないくらい、カルウ村の人が来ちゃったんだよね。さらに兵士まで使いたがってるせいで、ちょっとギスギスした。

水資源を取り合う村の統合に来たのに、岩盤浴施設の取り合いなんて本末転倒すぎる。

「そこもアーシャさまの機転で沈静化したではないですか。カルウ村の者の訴えに負い目を感じる必要はありませんよ」

ウェアレルはそうフォローしてくれる。

僕がやったのは温石療法。兵士はリフレッシュしたい、村人は労働の痛みを緩和したい。そういう違いがあったから、村人のほうに温めた石を貸し出す形にしたんだ。石を布で巻いて患部に当てて、温める。読んで字の如く温石として。

前世で関節痛に悩んでいた上司がこれにはまって、お酒を飲むと蛇紋岩がいいとか、懐石料理の語源だとか色々喋っていた。それが効いたらしく、カルウ村の人たちはここに集まることはなくなったんだけど、それでもやっぱり使いたくはあるようだ。

「ロックの奴も錬金術を過信しすぎだ。絶対殿下の説明聞いても半分もわからねぇくせに」

ヘルコフが熱い掌返しに不満を漏らす。錬金術ってことを隠していないし、村人も初めて聞いたとか言うし。そのせいか、なんだか山の上だけ錬金術すごいが共通認識になってしまってるんだよね。

「無茶な工期であることは確かに承りました。しかし、ご一考いただけないでしょうか？　実は、岩盤浴の良さを知ったカルウ村の代表者が軟化を匂わせているのです」

「え、本気？」

「もちろん、軍が作った施設を撤退後も使えるよう残していくならばとは言っておりますが。それによって矛を収めることもやぶさかではないとまで」

「岩盤浴施設だけでなく、アーシャ殿下が考案された調理器具、そして飲料水を少量ながらも確保できる状況。本気であることは間違いないでしょう」

僕としてはまだ試用段階なんだけど、イクトの意見に懐疑的なのはどうやら僕だけらしい。つまり、ワゲリス将軍からしても、この数カ月怒鳴り合いしかできなかった話し合いに、解決の見通しができるかどうかの瀬戸際のようだ。

「うーん、僕としても村の統合に寄与するならやぶさかではないんだけど」

「殿下はこうおっしゃってるがな、ロックにはまず挨拶代わりに怒鳴り込むのやめさせろ。温石取り換えに来るカルウ村の奴が、その声聞いて殿下が虐められてるんじゃないかって言ってきたぞ」

そんなことになってるの？　知らなかった。というか一番見た目が怖そうなヘルコフに訴えるのは、獣人という同族への共感があるのかな。

「アーシャさまに初日から怒鳴り込むなどという無礼を働いた村人の訴えとは思えませんね」

「接近は厳しく禁止してあるはずですが、やはり村のために調査を行っているという話も広まっているようですし」

懐疑的なイクトに、ウェアレルがカルウ村の人たちが軟化する理由を挙げる。どうやら最初に禁止されたからじゃなく、邪魔しちゃ悪いってことで僕に直接訴えることは自重しているんだとか。

「カルウ村からすれば、金を取られてマウントも取られる状態から、アーシャ殿下が無償で提供してくださる状況に気を使ったということとか」

「岩盤浴、調理器具、飲用水まで支払いを求めないどころか手を差し伸べられておられれば、当たりの強い将軍よりもアーシャさまを慕いもするでしょうね」

さらにイクトとウェアレルが頷き合う。どうやら知らないところで、僕はカルウ村の人たちの好感度を上げていたらしい。

「あの、まだ何か問題がございますか？」

僕が考え込んでいると、セリーヌは不安そうに伺いを立てた。ひと月は無理だと言ってもいいし、ともかく取りかかるという言質があれば、カルウ村の代表を鎮静化させられる。

それはこの派兵の目的としては喜ばしいことだ。

「素材や部品を発注するにしても、まず僕が下の町に降りなきゃいけないよね？　実はまだ村を窺う人がいるらしいんだ。小領主、たぶん諦めてないよ。——そんな状態で下の町に行くとちょっかいかけられるだろうし。本当、そこまでしつこくされる覚え、ないんだけどな」

小領主自身の恨みつらみじゃない。サイポール組も犯罪者ギルドと僕の関わりは知らないはずだ。

「この作業小屋へ踏み入った者どもは今なお口を割りません。あれは地方領主が抱えるには過ぎた教育をされた荒事の担当者です。こちらも、下の町で小領主を見張るための人員から、ホーバートと連絡を取っているという情報は届いています」

セリーヌが言うとおり、ワゲリス将軍は生け捕りにした人たちを、殺さないよう尋問しつつ小領主に見張りをつけてくれてる。だから僕をすぐさま襲うということはできないだろうけど、無策で相手のテリトリーに行って仕事を依頼するのは不安が大きい。

「せめてやり取りが必要な時期だけでも大人しくしててくれればいいのに。向こうも、別の仕事に手が、回らない……………ようにすればいいのか」

僕が手を打つと、途端に側近たちが身構える。その姿にセリーヌは慌てて背筋を正す。

「少々、少々お待ちを！　今ワゲリス将軍をお呼びいたしますから！　どうか、暗躍は今しばらくお待ちを！」

言うや、セリーヌは作業小屋を飛び出していく。

「…………暗躍って言った？」

「言いましたね」

「言いましたな」

「言いました」

　肯定した上で誰も否定してくれない。僕ってそんなイメージなのかぁ。

「陛下はともかく、まさか弟たちにまでそんな印象は持たれてないよね？」

　真剣に確認する僕に、側近たちは顔を見合わせて真剣に返してくれた。

「アーシャさまの知性の高さはお気づきでしょう。その上で陛下までをも動かしてこの派兵を成していることも理解はされていると思われます」

「ただ、そこからどれだけ利益得るために暗躍してるかなんてことは、まだ想像できてないんじゃないですかね？」

「いっそ、帝都に近衛を送り返したことで、アーシャ殿下が諸々と派兵されたわけではないことを理解される契機となるのでは？」

　あれ？　けっこうまずい？

　テリーからもらった手紙の返事は、今頃帝都に届いているだろう。セリーヌにまた絵を描いてもらったり、イクトが仕留めた野鳥を食べた話を書いたりした。

　後は錬金術で作った装置の説明なんかも書いたけど、近衛のことひと言も触れてない。けど事実として近衛は送り返されるわけで。いっそ隠れて何かやってるように思われそうだ。

「けどテリーたちに近衛の反乱なんてまだ刺激が強すぎるだろうし。なんか、こう、暗躍以外の言い方ないかな？」

　僕が思わぬ難問に頭を悩ませていると、ノックの音がした。セリーヌにしては早いと思ったら、扉の窓に黒に近い赤毛が見える。

「ノマリオラ」

「僭越ながら、休憩を取られてはいかがでしょう。温泉蒸しのニンジンができております。グラッセいたしましたのでどうぞ、ご賞味ください」

　どうやら作業小屋に籠りっぱなしの僕に、休憩を促しにきたようだ。

　木製の皿という宮殿では見なかった食器には、蒸し上げられバターと砂糖でつやだしされたニンジンが並べられている。こんな山奥なのに、添えられるフォークが磨き上げられた銀器なのが、ちょっと不釣り合いなくらいだ。

「あの調理器具の名前、温泉蒸しで定着したの？」

「はい、泉よりも温度が高いということで理解しやすかったそうです」

　蒸気による調理器具は、特に名称を決めていなかったけど、日常的に使うようになったカルウ村の主婦たちからは温泉蒸しと呼ばれているようだ。

「僕としてはもう少し抵抗されるかと思ったんだけど、けっこうすんなり受け入れてくれたよね」

　僻地の村では目新しい便利なものは思いの外好評というか、いっそ、新しい物に飢えていたのではないかと思うくらいの食いつきようだ。

「山で採れる硬い主食の新たな食べ方として重宝されているようですね」

　イクトが言うのはトウモロコシに似た匂いのする穀物らしきもの。聞いたら歯豆と呼ばれるもので、抜けた歯に粒がそっくりっていう、やっぱりトウモロコシのような代物。

たぶん似た物なんだろうけど、これが皮は厚いし食べられるように粉々にしたら味がないしで美味しくない。けど温泉蒸しにすれば、置いておくだけで皮が取りやすく、火も通って、味もすごく薄いけど甘い雰囲気になる。

「生活に役立つとわかった途端に現金でしたな。主婦層に受け入れられたのは、あの老婆と嫁が率先して広めたこともあるでしょうが」

最初に岩盤浴を体験したカルウ村の二人は、確かに温泉蒸しにも警戒より興味を示した。そこから毎日主婦たちがご飯を作るために通っているので、周辺に人が屯する一因にもなっていた。

（外見るとけっこうモフモフくつろいでるのは癒される感じあるけど）

（利点として挙げるべきは燃料不足を補う熱エネルギーの活用です）

セフィラまで話に混じってきた。いつものことだけど、この世界の人を愛玩動物目線で見てしまったところにひと言欲しいな。思っただけだったのに、他人に聞かれたとなれば申し訳なくなる。

もちろんセフィラが言うとおり、木々も少ない村で、熱源として使えるのは大きな利点だ。ただその言い方は食に関わらないセフィラだからな気もする。

ついでに僕もニンジンを美味しくいただかせてもらってるから、生き物としての利点で考えると、エネルギーより食に重きが置かれる気がするんだよね。

そんなことを考えつつ、僕はフォークでニンジンを口に運ぶ。前世はそこまで甘い野菜は好きじゃなかったんだけど、アーシャになってからグラッセとか普通に出るお蔭で、甘い野菜は好きだ。

しっとりした舌触りを楽しんでいると、荒い足音が近づいていることがわかった。

「おいこらー！　俺にもニンジン寄越せ！」

「将軍⁉」

「あ、間違えた。……………いや、間違いでもねぇな」

一緒に来てたセリーヌさえ驚く登場の仕方をしたワゲリス将軍は、考え直そうとして前言撤回はしない。そして不満の目を向けるのは、ちらりとも反応しないノマリオラだった。

「金払うし皇子からも許可取ってるってのに、そこの侍女が絶対譲らねぇんだ。どうなってやがる」

妙なことを口走ったワゲリス将軍だけど、どうやらノマリオラと何やらあったようだ。僕が目を向けると、ノマリオラは何一つ悪いことはしていないと言わんばかりに語る。

「こちらはご主人さまの好物として帝都から運んで来た甘みの強い品種のニンジンでございます。ご主人さまの口に入ってこそ意味のあるものなのです」

「さすがに子供から好物横取りするのは情けなさすぎるだろ。それに殿下がこうして作業小屋で休憩してる理由、お前も大きな一因なんだからな？」

ヘルコフが呆れれば、ワゲリス将軍も自覚があるらしく黙る。ただその目は、僕の食べるニンジンに釘づけだ。正直食べにくいし、事前に許可出して侍女まで伝達し損ねたのは僕なので、ニンジンに関してはしょうがない。半分おすそわけしよう。

「この蒸し料理はここでしか食べられないし、温泉蒸気のお蔭で美味しさ増してるし、気持ちはわかるからわけてあげて、ノマリオラ」

「承知いたしました」

僕が許可を出すと、すぐさま応じる。できた侍女は僕の決定にとやかく言うことはなく、ただワゲリス将軍に冷たい目を向けていた。何か言いたげなワゲリス将軍に皿を差し出すと、もうノマリオラを見ていない。なんだか扱いやすくなったなぁ。

「お偉いさんってのは気前が良くなきゃな！　食事事情を良くするってのは他人動かすには重要だ。融通してくれた分は重さか本数で記録して、協力として記録しとくぜ」

そんなことを言い出すワゲリス将軍は、またニンジンが口の端の毛についてる。

こんなことで軍事行動の上での評価になるって、いいのかな？　まぁ、娯楽に費用を割かなきゃいけない組織なんだし、ありなんだろうなぁ。

「もちろん岩盤浴施設のことも記録はつけてある。こっちの手が空いたら報告内容共有するからちょっと待て」

「岩盤浴施設は改築も全部そっち持ちだから、確認だけさせてもらえればいいよ」

「わかってねぇな？　兵士のほうからもここの慣れない暮らしを改善できるってんで好評なんだ。これでこっちが何もしてないと見られりゃ、俺が突き上げ食らうぞ」

準備不足でカリカリしていたのは、何もワゲリス将軍だけじゃない。その下につく部下もそうだし、詳しい内容なんて知らされない兵でさえ派兵への不満は抱えていた。

そんな空気が解消されたというのも、錬金術すごいの空気感を作っているようだ。

「この場所は厳しい自然環境ですし、被毛のない人間では朝夕の寒さだけでも生活は辛いですから」

獣耳の生えてるウェアレルだけど、寒さに対する耐性は人間と変わらないそうだ。

「日々喧嘩の仲裁という凡そ軍らしくない雑務に追われるのも、ここで耐え忍ぶモチベーションには繋がらなかったとも言えます」

そういうイクトは寒さに耐性がある。太陽光に温められない海の底に潜れる海人だかららしい。

「殿下が施設と調理器具を解放してから、軍のほうも雰囲気が軟化してますからね。ここでの永住口にする奴もいましたよ」

極端なことを言う兵士もいるようだ。どれだけこの派兵で帝都に帰れないと思ってるんだろう。

かくいうヘルコフは被毛に覆われているのは伊達じゃなく、寒さは感じるけど耐えられないほどじゃないんだとか。それはそれとして岩盤浴も場所が空いていれば入る程度には気に入っている。

「あの、将軍。そろそろ本題に………」

「あ、そうだ。ニンジンだけじゃなかったな」

ほぼ空気と化していたセリーヌが促すことで、ワゲリス将軍はニンジンを口に運ぶのをやめる。たぶん匂いで気づいたんだろうけど、いつの間にニンジンのことも本題扱いになったのかな。

「白い道の工期が三日ほど延長だと。場合によっては十日延びそうらしい」

身構えたらさらに別の話だった。村の最底辺の白い道、そこに溜まる火山性ガスを抜くための工事は始まったけど、風向きによって死者が出る可能性があるから慎重に取り組んでもらっている。

少しでも風が強くなる予兆があったら、工事を中止して工期を伸ばすこともやぶさかではない。ようは小さなトンネルを掘る工事だ。前世でも事故のニュースがあったくらいだし、安全確保は慎重にしてほしい。

そうして工事についても話し、ようやくセリーヌがワゲリス将軍をここに連れて来た話に移った。

「そっちは次、なんの悪だくみを始める気だ？」

「人聞きが悪いなぁ」

「まだ小領主の奴諦めてねぇって話なんだろ？　こっちも人割いて護衛隊くらいは組織する。下の町にはまだ近衛もいるしな。次の連絡係が戻った時に、帝都から新しい護送車連れてばいいんだが」

護送車で送れる人員には限りがあるため、大半の近衛はまだ下の町で軟禁中だ。元気な近衛が送り返されたことを受けて、残りが大人しくなっていることは聞いていた。

「第一皇子殿下は、小領主の手が回らないようにするとおっしゃっていました」

告げるセリーヌに、ワゲリス将軍まで疑いの目を僕に向けてくる。

「大したことじゃないよ。岩盤浴増設のためにも物資が必要だし、そのための発注には僕が下の町に行かなくちゃいけない。けどまだ諦めてない小領主、いや、小領主を動かす何者かがいる。邪魔をされるくらいなら、実働の小領主を動けなくさせればいいんじゃないかなって」

本当に大したことはしない。もちろん、公表できないこともしない。何故なら、公共事業をやらせるだけなんだ。

「古道の復旧を命じようと思う。復旧して村まで来られるなら、僕が会って労うって言ってね」

二度の襲撃を失敗した今、周りに人がいて近づけもしなくなっている。それでも諦めていない小領主は、僕が直接会うと言えばその好機を逃す理由もないはずだ。

「はぁん、なるほどな。チャンスだと思って来た奴を、こっちも準備万端に待ち構えるってわけか」

「そこは本当に古道を整備できるだけの能力があったらね。今のところは、古道に目が行ってる間に下の町に降りて、必要な指示を出したら村に戻ることが主眼かな」

僕の考えを聞いたセリーヌはどれだけあくどいことを想定していたのか、胸を撫で下ろす。

「確かに古道を整備せよと言ったご本人が、危険な道を通って町を訪れるとは考えない。そうして捕捉された時には用事を終わらせておく。相手の目を逸らす上に、村との交通の不便も将来的に解消しようということですか」

そんなところだ。早とちりしたのはセリーヌだからね。

「手間は増えたけど、結果は想定どおりだ。僕もカルウ村が折れるなら岩盤浴増設に文句はないよ」

「想定どおり？　どういうことだ？」

ニンジンを食べ終わり、話もまとまったと切り上げようとしていたワゲリス将軍が聞き返す。

「どうって言われても――帝都で前任者の残した資料を読んだ時から、源泉があるならもう一つ作れば争いがなくなるとは思ってたんだ。飲用水以上の活用に注目されたのは意外だったけど、源泉から新たに引けば村の問題の半分が解決することは想定どおりだよ」

温泉水を飲用することで、薬として周辺の領主も使う時があるというのは、カルウ村の老婆から聞いた。だからわざわざ兵を出して権利を主張してるらしい。薬を作れる人も材料さえ乏しい周辺じゃ、ここの温泉水は唯一の薬だったようだ。

「試しに作った物でも、目新しさで受け入れてもらえたのは予想外だったな。もっと保守的で、泉の水をありがたがってるのかと思ってたんだけど」

有害なガスは全部下に落ちて、飲用には適温。さらには屈まなくていい場所に温泉が流れてたのは、もはや自然の妙だと素直に感心したし、だからこそ奉られているんだと思ってたんだけど。

難しく考えていた僕に、イクトは実体験なのか地方の実情を話す。

「ここは地理的にも閉鎖的です。新しい物を恐れることもあるでしょうが、実益があるとなれば、そこは限られた資源の生活だからこそ飛びつくこともあるでしょう」

「…………わかんねぇな」

ワゲリス将軍が、不満さえ含んだ疑問の声を上げた。

「なんでそれで悪評放置してんだ？　いくらでも対処できる能力はあるだろ」

「別に放置してるわけじゃ――」

「してるだろ。どう考えてもその能力、宮殿で埋没してていいもんじゃねぇ」

これはワゲリス将軍からの評価なのかな。けどだからこそというものだ。

「埋没させないといけないんだよ。僕は皇子だけど嫡子じゃない。それとも、また皇子が全員宮殿からいなくなるようなことになったほうがいいとでも？」

ちょっと強く言うと、ワゲリス将軍は肩を竦めてみせる。

「長子相続なんだから今のまま放置してるほうが、国として駄目だろ」

「それも一理あるけど、硬直化した派閥争いにはすでに父である陛下という外部の人間が入ったことで変化が起きた。だったら次の世代は安定を狙うべきなんだよ。僕が立ってもまた変化の世代で、安定はさらに次の世代だ。それじゃ、一世代分無駄になる」

ワゲリス将軍は賛成しない様子で僕を見るので、これ以上言われる前に室内を指し示す。

「それに僕は錬金術がしたいんだ。皇帝になりたいわけじゃない」

魔法も楽しい、武芸も楽しい、この世界を知ることもワクワクする。それらを一つにしたら、たぶん錬金術が一番色々手を出せる技術だ。

「ここにあるのはかつて帝都を形作った知識の集積だ。今はそれが魔法の劣化技術だと言われてる。魔法とはまた違った技術と知識の結実なのに。僕は自分の手でもう一度、錬金術を実現したい」

「だったらなおさら前に――」

「違うよ。やりたいだけで表に出たいわけじゃないんだ。別に発表するのは僕じゃなくていい。なんだったらこの村の誰かが錬金術に目覚めて、ここにある道具を表に出してくれてもいいくらいだ」

やるにはどうしても現状の低評価を覆す必要があるし、契機になるならそれでもいい。けど現実はそう上手くいかない可能性のほうが高い。

「僕が表に出ると錬金術自体を潰されかねない。だから僕以外の錬金術師に名を上げてほしいんだ」

「………やっぱり俺は、そのやり方が気に食わねぇ。上に立つ生まれなら、その分周りも巻き込むことを自覚しろ。無害を装って自衛のつもりなら、そんなの捨て身と変わらねぇぞ」

すでに僕が暗殺されかかっているからこその忠告だろう。

「防げるなら防ぐ、講じる手があるなら講じる。そうして初めて相手も思い止まるんだ。いいか、争いを起こさせるのは欲だとか名誉だ。だが争いを呼ぶのは、あからさまな隙や弱者への優位だ」

つけ入れる状況や弱い相手がいるからこそ、争うという判断をするってことか。

（ワゲリス将軍がそれを僕に言うのはつまり、僕が隙を見せてるからだと責めているのかな？）

（一理あり。近衛は主人だけが天幕を陣外に置かれたことで自らの優位と、主人が軍と隔絶している状況を掴み、反乱が実行可能と判断したと思われます）

セフィラは僕が反乱してもいいと思わせる状況を作ってしまったことを指摘する。それは僕が弱い立場に甘んじているからだと。

「これからだと思うんだけど、そんなの待ってはくれない、か」

「腹蔵あるなら晒せ」

「なんでそんな物騒な感じになるの。………ともかく、僕は皇帝にはならないし、ここに押し込められてる気はない。そのためにもちょっと軍には功績立ててもらうから、そのつもりでいてね」

僕は胡散臭そうな顔をするワゲリス将軍にそう指を突きつけたのだった。

＊＊＊

「というわけで、僕を暗殺しようとしていた小領主を捕まえました」

「なんってだよ⁉」

僕の天幕で元気に声を上げるワゲリス将軍なんだけど、今回はさすがに頭を抱えていた。同行しているセリーヌも飽きれたような顔で、床に膝を突いている小領主を見下ろす。

「古道を整備させ、その暁には自ら引見されるとのことでしたが………何故すでに縛についているのでしょう？」

セリーヌが言うとおり、小領主はすでに罪人よろしく縄をかけられていた。理由はもちろん、罪を認めたからだ。

「なんで村に着いて小一時間で、従者だのなんだのと引き離された小領主が単品で縛り上げられてんだ⁉　説明しろ！　いや、事前に打ち合わせろ！」

「近衛の反乱の時、僕の隙を突いて兵を展開したワゲリス将軍がそれを言うの？」

言い返せないワゲリス将軍は、不満を鼻息の荒さで表す。最近見慣れてきたカピバラ顔だけど、派兵当初よりも血色が良くなってる。よほど岩盤浴が合ったらしい。湯治って本当に効果があるようだ。

「第一皇子殿下、経緯をお話しいただけないでしょうか？　我々には、小領主とその従者が宿泊するための場所の用意を申しつけておられたはず。状況によっては見直しも必要となります」

確かに、セリーヌが言うとおりだ。ワゲリス将軍たちに頼んだのは、小領主の宿泊先という名目だった。こうして捕まえたからには、逃亡や情報漏洩は防ぎたい。

「村を窺う人は定期的に送り込まれてたから、どうもカルウ村が軟化姿勢なのはわかってたみたいなんだ。その上、未確認だけどワービリ村にも動きがあると報告されたらしい」

これは目の前で項垂れる小領主から聞いた話だ。僕の作業小屋周辺に、カルウ村の人たちはもちろん、兵士たちも気楽に集まって笑顔を浮かべているのは遠目からでもわかる。

さらに最近になって、ワービリ村で何やら動く工兵と、興味津々で手伝うワービリ村の男たちという光景が見られるようになった。

「あ、そうだ。白い道やってる工兵のほうから、苦情が来てるぞ。手伝いに集めた若い男が、温泉のための穴掘りに行っちまったそうだ。これ以上減るのは困るんだと」

思い出して言うワゲリス将軍に、ウェアレルが耳も尻尾も真っ直ぐに立てて非難の言葉を向ける。

「ワゲリス将軍、アーシャさまが水浴型の温泉を新たに作ることになっているのは、あなたが口を滑らせたせいだというのをお忘れですか？」

「俺だけのせいじゃねぇだろ。それに実際岩盤浴を作ったのは第一皇子だ。源泉の活用方法を錬金術で新たに開発したのも嘘じゃねぇ」

「そうだけど、それでワービリ村の人に僕がどうにかしないと駄目だって言ったせいで、作業小屋のほうに押しかけられたんだよ？」

作業小屋近くには温泉蒸しもあるので、カルウ村の人たちがいる。そこにワービリ村の人たちがやって来て、喧嘩が起きないはずもなく。岩盤浴施設を使う兵士たちもいたせいで、手が出る喧嘩に発展したら絶対怪我人が出るところだった。

「だがワービリ村の奴らは、温泉蒸しと水浴型とやらで統合に頷いたんだ。遅かれ早かれだったんじゃねぇのか」

本当にそういうところ雑だなぁ。その雑な説明で、ワービリ村の人も直接頼みに来たようだし。

外から見てもわかるカルウ村の変化を、目と鼻の先にあるワービリ村が気づかないわけがない。何より、唯一の水源だった泉にカルウ村の人が来る回数が減った。そして原因が僕の作った施設だと聞いて、娯楽もほとんどない村人たちは素直に羨ましがったそうだ。

結果、統合するにあたって僕の恩恵を受けるのがカルウ村だけというのは狡いと言い出し、僕にワービリ村のほうでも何か生活を向上させる物を作ってほしいと言いに来た。

統合了承の返事に等しかったから、別に断る必要もなかったけどね。僕もやっぱり温泉と言ったら浴用がしっくりくるから、それをワービリ村に作ることにしたし。

……これはもしかして、作業ばかり増える工兵に謝ったほうがいいかな？　人手足りなくて施設大隊から人回してもらったのに、まだやること増えてるわけだし。

火山性ガスの危険もあるから、作る温泉は風通しのいい露天風呂予定だ。完成したらまず工兵に確認を兼ねて入ってもらって、開放感でリフレッシュしてもらおう。

「あ、ワゲリス将軍が浴用使うなら、軍用にしてた岩盤浴の枠は女性のために解放しようかな」

「俺は水浴びするが、軍には砂浴び派もいる。使えなくなったらそっちから文句出るぞ？」

当たり前に言うワゲリス将軍の反応を受けて、ヘルコフも頷く。どうも獣人や竜人には、水が平気な人と嫌いな人が極端らしい。

そして被毛に覆われてる上に汗をかかない獣人は、お風呂や清拭の習慣がない。代わりに水浴びや砂浴びがあるそうだ。

それで言えば岩盤浴は汗腺ではなく皮脂腺を刺激するそうで、毛づやが良くなると獣人たちから評判となっていた。つまり水は嫌いだけど砂浴びはする獣人や竜人は岩盤浴派。

「難しいなぁ。男女を別けるのは軍が撤収した後しかないのかな？」

温泉蒸しも、奥さま方からの要望で増やした。そこは行軍中に竈《かまど》を作ることに慣れた軍に手伝ってもらい、手間は少なく済んでる。ただこれもワービリ村から羨ましがられてるようだ。

他にも露天風呂を作るための石材は、山にある石を運んでもらって、水蒸気の力で加工するようにした。蒸気で動かす自動装置も、温石や岩盤浴用の砂利作りから、石を割って削るギミックに付け替えてある。動きが単純だから、その分改良もしやすいんだよね。

「…………話が逸れています」

セリーヌが溜め息を吐くように指摘する。見れば、置いてきぼりを受けた小領主は、不安そうに僕とワゲリス将軍を見ていた。

「まぁ、うん。温泉が理由とは知らなくても、カルウ村とワービリ村が統合に向けて動き出した気配はわかったらしいんだよ。それで、慌ててやってきたところを従者たちと引き離して、自白を引き出して、僕の暗殺に関わる手紙について証言することを約束させたんだけど――」

「悪知恵が働くのはわかったが他が全くわからん。おい、ヘリー。説明」

「殿下が言ったまんまだよ。補足するなら領主個人の怨みじゃねぇのは立場から想像できた。だから殿下は相手が頷く条件出しただけだ」

ヘルコフの説明に、イクトがさらに続けた。

「小領主など圧力に弱いのはわかっているからこそ減刑を持ちかけた。実行犯も別にいるのだから、小領主の立ち位置としては脅されての協力者だ。正直、こんな領主を捕まえてもなんの解決にもならない。表面だけ解決を謳われて追及を逃れるだけだ」

イクトが言うとおりの結果は予想できるし、僕がここで狙うべきは一つ。せっかく向こうから来てくれたんだ。利用しない手はない。

「犯罪者ギルドを潰されて、帝都から追い出された。それでも懲りないなら、今度はあんな馬鹿なものを生みだしたサイポール組を潰すまでだよ」

「おいおい、正気か？　それこそ今まであいつらに手を出そうとして殺された奴はいくらでもいる。触らず金稼ぎだけさせて大人しくさせとくほうが利口だ」

大人ぶって保身を語るワゲリス将軍だけど、不服を隠そうともしない。それでも口にしたのは、現状やっても部下を無駄死にさせるだけだとわかっているから。

「すでに前科があるんだ。なのに自重せずまた僕を狙って来た。これはもう帝室を舐めてる。もしくは向こうも帝都を追い出されて、強いところ見せないといけない状況に陥ってる。つまりこの暗殺を諦める気はない。だったらここで国軍相手にやらかした国賊として、排除するのが一番でしょ」

「ひぃ」

小領主が怖がって声を漏らすのを見て、ウェアレルが宥めにかかる。

「言ったとおり、あなたは脅された半被害者。それを理由にあなた個人の処分だけで済ませましょう。

領地の継承はご子息にできるよう口添えをしますので」

「おいおい、そんな口約束大丈夫か？」

ワゲリス将軍が心配するのはわかるけど、小領主の処遇に関してはたぶん行ける。だって重要度が低い。サイポール組をどうにかできれば、そっちの処理にかかりきりで、帝都の大貴族は地方の小領主の処遇なんて気にかけないだろう。

「ちょっと弱いことはわかってるから、今から息子も呼びつけて、息子のほうから父親の不正を暴露したことにするよ」

息子は身内の裏切りだと批判されることもあるだろう。けどそこは継承に問題はないと喧伝するために、自浄作用があるんだと言い張れる状況証拠が必要だ。その辺りは小領主も納得して縄を受けているし、息子を呼び出すことも了承している。

「だからワゲリス将軍のほうでも、小領主は捕まったんじゃなくて、皇子である僕の歓待を受けているということにして。小領主のほうから従者たちとサイポール組の息のかかった人員については教えてもらってるから。そっちもわけて対応してほしいな」

「全員外に出ないようとっ捕まえれば早いのに、表面取り繕う必要はなんだ？」

ワゲリス将軍は腕を組んで聞いてくる。回りくどいだとか甘いだとか言われ続けてるけど、やるからには理由があるくらいは理解してくれたようだ。

「僕を殺すよう圧力が強まった一端が、近衛を帝都に送り返したことだったらしいんだ」

サイポール組は軍よりも早くやり取りをする情報網を持っているようで、帝都に護送車が着いた時の大騒ぎをすでに知っているんだとか。

僕たちでもまだ定期連絡が戻ってきてないのに。たぶん犯罪者ギルドがあった頃からの連絡網がまだ帝都で生きているんだろう。

「護送車、最初は騙すようにして送ってもらったけど、その次が来ないでしょ？　やっぱり近衛の関係者が帝都で抵抗してるらしいんだ」

情報源は床で縛られている小領主。サイポール組からのまた聞きだけど、予想できる反応なので嘘はないだろう。

「その抵抗の一端で、どうもサイポール組に僕を狙うよう依頼が出されたらしい。それも複数」

「おいおい」

呆れるワゲリス将軍の表情は険しく、聞いているセリーヌも口を引き結んでいる。

皇子暗殺を狙って家を取り潰されるなんて、去年の夏にやらかしたエデンバル家の二の舞だ。ただそれは僕からの見方。

帝都の貴族からすれば、僕は宮殿を追い出されるような皇子で、嫡子でもない。エデンバル家のように皇帝に表立って反抗もしていなければ、近衛関連ならどちらかと言えば与党。僕と自分たちで、国にとって重要な存在はどちらかを考えている。

「なんだか僕、とんでも皇子扱いで、サイポール組の連絡役も呆れてたらしいんだよね」

「まぁ、実際俺も噂集めれば悪評しかねぇのには呆れたぞ」

「せっせと悪評広める人たちがいたからねぇ。宮殿ではそれで逆に動きやすかったんだけど。こんなことで論点をずらせると思うなんて、いや、よくある手ではあるのか」

詐欺の手口でも、論点をずらして錯誤させるなんてあるわけだし。結局のところ僕なんてどうでもいい貴族にとって、第一皇子の生死すらどうでもいいんだ。

ただもう一度命を狙われる、騒ぎの元凶になるという事実があればいい。そこから僕が悪い、僕に資質がなかった、だから責任者から外すべきと論点をずらす。それによって近衛の反乱を正当化、もしくは反乱未遂の事実を忘却させようというんだろう。

「というか、複数の相手から同じ依頼を請け負うサイポール組のほうが、二重取り以上にとんでもないことしてると思うんだけどなぁ」

「犯罪者相手に何言ってんだ。つまりは理由はどうあれ、第一皇子を外せばうやむやにできると舐めてやがるんだな？　権限のある第一皇子がいなけりゃ、軍も近衛をどうこうはできねぇ。場合によっちゃ、俺の越権行為だとかも言い出しそうだな」

反乱の制圧も未遂だから、白を切られればうやむやにされる。そうされない人選をしたつもりだけど、頭に血が上ってやらかした近衛と違って、帝都の貴族のほうはまだ冷静なんだろう。

「なんにしても。そんな暴論を押し通されると困る」

この派兵がそもそも、僕を帝都の政治から遠ざける目的だ。暴論で軍から外されて帝都に戻ることになっても、仕事を全うできなかった皇子として評価は大きく下げられる。

それじゃここまできた意味がない。

「だが、それだけ上手く罷り通るとも思えないぞ」

「罷り通っているでしょう。印象操作と既成事実化。それでアーシャさまのことを我儘だと思っていたのはどなたでしたか？」

ウェアレルが言うと、ヘルコフもイクトも冷たい視線をワゲリス将軍に送る。ここでいがみ合ってもしょうがないから、僕は聞かないふりで話を進めた。

「小領主もまだ近衛が裁かれたとは聞かないそうだから、誰かが止めてるんだろうね。軍上層も貴族だし、そっちは最悪僕たちが帝都に戻るまで抵抗してるかも」

「殿下が煽って口滑らせ易くしたのも功を奏さなかったってことですかね？」

「短気そうな方を選りすぐって、自己を正当化するよう誘導したはずでしたが」

「檻に入れられて運ばれる一カ月の間に怖気づいたか」

ヘルコフ、ウェアレルに続いて、イクトが舌打ちしそうな声で漏らす。

「近衛は、目覚めさせてはいけない方を目覚めさせてその気にさせてしまったんですね」

今まで黙ってたセリーヌが、何やら遠い目をしつつ呟いた。

「………もっとはっきり言ってくれないと、ウォルド」

そしていない親戚に八つ当たりし始める。

僕もウォルドの発言に重きを置かれないと思って内情をばらしたし、一年したら辞めると思ってたんだけどね。二年目の今、僕がいなくても部屋の見回りを請け負ってくれてるいい部下です。

僕が内心ウォルドをフォローしていると、ワゲリス将軍は腕を組んで唸る。

「それでなんでさらにサイポール組に手ぇ出そうなんてしてるんだ。いっそ宮殿育ちで、犯罪者の危険性知らないせいか？」

「知ってるよ、危険くらいは。大聖堂で襲われたのはまだ去年のことだし」

「それでなんで今度は自分から殴られに行った上で、有罪押しつけるような真似考えるんだよ？」

それなんて当たり屋？　いや、けど雑に言うとそういうことか。

お前らやっただろ、やったよなって煽って、向こうが手を出すよう迫る。そして手を出されたという事実を盾に国賊扱い。あとは帝都に帰って正式に訴えれば、軍を率いているという名目上国も無視はできない。

「――うん、だいたいそういう認識で合ってる」

「殿下、もう少し言いつくろってください。あの野郎の真似はなさらないでください」

ヘルコフにそんな苦言を呈された。

「お前も何警戒してんだ。解決して、短期で帰れて、戦功も拾えるとなりゃ、いい仕事だろ。ロック」

ヘルコフの言葉に、ワゲリス将軍はさらに顔を険しくする。

「最初は地味な嫌がらせで辟易したが、アーシャ殿下の才覚ありきでことを切り抜けられた。それを今さら否定はできないはずだ」

さらにイクトに促され、ワゲリス将軍は不服げにするけど何も言わない。

「危ないから僕を遠ざけたいくらいはわかるけどね、僕だって自分でやる派なんだ。…………源泉を調べて、岩盤浴作ったみたいにね」

ワゲリス将軍は否定することは無理だとわかったらしく、組んでいた腕を解く。逆に岩盤浴でどれだけ錬金術と僕の評価が上がったのか不思議なくらいだ。

「それで？　結局小領主の裏にいたサイポール組を動かしてたのは、帝都のお貴族さまなのか？」

「将軍、それは近衛を送り返してからの動きでは？」

セリーヌの言葉にワゲリス将軍も勘違いに気づく。僕を狙う準備は確実に近衛が反乱未遂をする前から。そうじゃないと、武器を用意する時間がない。

「その辺りを聞いてる途中でワゲリス将軍たちが来たんだよ。――確か最初に事故に見せかける方法が失敗した後、僕の天幕を放火しろだとか、領主館に呼び出して毒殺しろだとか言われたんだよね？」

確認すると、小領主は頷く。

「相当な怨みがあると、サイポール組の者も言っていました。ホーバートの街の連絡役を担う倅《せがれ》も、噂になっていると申しておりまして」

小領主の息子は、領主としての仕事の一端を担い、大領主のいる街と業務上の連絡を取るため行き来をしているそうだ。その大領主がいる街が、サイポール組の本拠地でもあるホーバート。

「去年、左遷される形でホーバートの教会に聖職者の方がやって来たそうで。その方がどうも、帝室に対しての恨み言を語っていると。も、もちろん倅は恐れ多いことだと申しておりました！」

「まぁ、地方とはいえ不遜な奴もいたもんだな。なんてぇんだ？」

ワゲリス将軍に、また聞きの小領主は悩みに悩んで名前を絞り出す。

「確か、イーサン？　いや、イーダー？　違うな……あ、イーダン。イーダンという方です」

ワゲリス将軍が僕に目を向けるけど、正直思い当たる人はいない。

「イーダン家という貴族に聞き覚えもないしなぁ。少なくとも、宮殿の目立つところにいた人ではないんじゃないかな」

「元より、宮殿関係者であればそのような浅慮はしないのでは？」

ウェアレルが言うこともわかる。例えばユーラシオン公爵。僕の次に帝位継承権を持っている有力貴族で、公然の秘密として帝位を狙っている。そのユーラシオン公爵の関係者が、帝室に恨み言を口にして暗殺者まで送り込むとなれば、露見を恐れてユーラシオン公爵自身が止めるだろう。

帝国の長い歴史の中で起こった継承権争いの末に、故意に継承権者を害した場合、継承権を失う前例ができているんだ。裏にいると推定されてしまえば、政敵であるルカイオス公爵がユーラシオン公爵を継承権者の座から引きずり落とそうとするに決まっている。

僕がこうして僻地に派兵されている状態で、そんな危ない橋を渡る必要はない。

（けど帝室に恨み言を言ってるとなると…………いったい誰の怨みを買ったんだろう？）

（該当、タ―ダレ・リ―エク・ウェタ―イ―・イ―ダン）

（え、誰？）

突然セフィラが上げた名前に、やっぱり聞き覚えはない、気が…………いや、聞いた気がするな？

「タ―ダレ・リ―エク・ウェタ―イ―・イ―ダン」

僕が名前を口に出すと、その場の全員が目を向けて来る。けど、口に出してみても馴染みはない。

（宮殿大聖堂にて祈祷文を読み上げた者です）

淡々としたセフィラの指摘に、僕は大きく息を呑んだ。言われた瞬間、斬りつけられて教会騎士の向こうに消える姿まで思い出す。

「…………わからないはずだ。一回しか会ったことないんだ」

自分で言いつつげんなりしてしまう。その様子にヘルコフとウェアレルは困り、ワゲリス将軍が急かそうとするのをセリ―ヌが止める。

「さすがに自らを暗殺しようとつけ狙う者の存在が明らかとなれば、気丈な殿下も――」

「あ、違うよ。別にショックはないんだ。ただ意外なところからの刺客だっただけで…………」

イ―ダンが誰かわかっても全くすっきりしない。というか、本当になんで？　けど去年の内からホーバートにいて、近衛の反乱自体には無関係となれば納得もできた。

「あぁ、あの次期司教の座を狙っていた聖職者ですか」

一度会ったことのあるイクトもようやく思い出したようだ。

「宮殿にある帝室専用の大聖堂を訪れるアーシャ殿下他皇子たちを案内し、エデンバル家が画策した暗殺の最中、犯罪者ギルドの者の手によって重傷を負った」

わからないウェアレルとヘルコフにも説明するイクトも、考え考え言うけれど、一度の邂逅だけで詳しい身の上など知らない相手。

僕も犯人だったもう一人の司教候補、エデンバル家のリトリオマスなら思い出せたんだろうけど。

「でもこれで説明がつく。イーダンは司教候補になれるだけの財力があった。その上でこっちに左遷ってことは、司教候補から落ちたんだ。その上で帝都のほうに実家なり伝手が残ってるなら、いち早く僕の派兵を知ることができる」

本人が宮殿に出入りできてたんだから、宮殿内部に情報網が残ってる可能性もある。それにお金にも伝手にも困らない地位にいたんだから、地方の兵乱に武器を援助することもできただろう。

そして帝室への怨み。内容までは知らないけど、状況を考えると逆恨みの可能性が高い。一度しか会ってない僕を執拗に狙うさまは、ただの八つ当たりだろう。

そもそも教会騎士に扮した犯罪者ギルドに襲われた一人がイーダンだ。それが今、犯罪者ギルドを作ったサイポール組に依頼してるって、どういう状況なんだか。

「なんだか、馬鹿ばかしすぎて大人ってなんだろうな、なんて――」

呆れ混じりに呟いて顔を上げると、天幕の中に据えてある棚の上に光るものが見えた。僕の言葉に意識を向けてる大人たちはたぶん見えていない。僕は身長が低いからこそ上を見て捉えた。

（セフィラ、水晶確認して）

（確認しました。受信を報せるランプが点灯しています）

台座の一部が光っていた水晶は、ウェアレルが開発し、僕が手を入れた伝声装置。僕がいた宮殿左翼は静かすぎて、電話よろしくつけた呼び鈴は響きすぎた。だから受信の合図は、小雷ランプから機構を拝借した小さな電灯にしてある。

それが今、光ってるんだ。つまり、帝都の宮殿左翼棟にある僕の部屋から、連絡が入ったことを報せている。使用に対して側近たちの忠告から緊急性があると判断された時のみ使うよう、留守番に言い含めていたのに。

「――ともかくまずは小領主と一緒に来ている人たちの確保を。小領主の子息の呼び出しもそっちでお願いできる、ワゲリス将軍？」

「ったく、宿泊だなんだと回りくどいこと言いやがって。おい、減刑するからには協力しろよ」

「もちろん、どうかよしなに」

ワゲリス将軍が威圧的に言っても、もう縛り上げられて小さくなっている小領主は従属姿勢。縛ったままは目立つので、縄をほどいて小領主を連れて行ってもらう。

僕は側近しかいなくなった天幕で、今度は真っ直ぐに棚の上の伝声装置である水晶を見上げ、緊急事態の予感に口を引き結んだ。

六章　帝都の異変

帝都を発って派兵されてから半年が過ぎ、秋も駆け去ろうとする季節。

僕は北の国境であるファナーン山脈の山の上で、水晶を前に天幕の中にいた。

「やっぱり光ってる。宮殿のほうで何かあったんだ」

棚から降ろしてもらった水晶は、金属の台座に乗せられている。その台座の表面で光る小雷ランプの電灯を改めて確認しながら、僕は水晶と台座以外の周辺機器も確認する。

側近たちが周囲へ気を配ってくれると見て、僕は水晶に両手をかざして魔力を練った。

「待機状態用の魔法陣の出力を止めて、本格起動のための基盤に魔力を流して……調律したいけど、そこまでは時間がもったいない。音を確認して、後は付与した属性の励起《れいき》は、うん、大丈夫」

水晶の中には魔法陣が仕込まれており、その下の台座は錬金術の機構を施した物。入出力機である水晶を介して、僕は改良型の伝声装置を起動する。

すぐには反応がなかったけれど、一度切ったランプが点灯すると、水晶から軽やかなピアノの音がした。けれどリズムを刻むことはなく、ただ鍵盤を鳴らしているだけにしか聞こえない。

声と言葉というウェアレルが想定した複雑なコミュニケーションを破棄して、僕は確実に音だけを伝える機構を作ったのがこの改良型。情緒なんてない音は、それでも確かに音階を告げていた。

「キュウデンニテ、ケイリャクノ、ケハイアリ」

鳴らす音階の違いと、長音と短音の組み合わせで、モールス信号のように発音を示している。事前に決めた文字に当てはめれば、意味をなす言葉になった。

聞きわけるには、音階を耳で判別する必要がある。だからピアノなんて貴族の教育を受けていない側近三人はわからないそうだ。

連絡するために打ってる留守番のウォルドも、幼い頃に教養として習ったから時間をかければとい う感じ。前世の僕もきっと聞きわけなんてできなかっただろう。

「使うことがなければ一番だったとは思うんだけど、宮殿に計略の気配あり、か」

ウォルドが緊急連絡として送ってきた言葉から考えて、断言できないから確認か、それとも不確かな噂でも出回っているのか。僕は続く音に耳を傾けた。

「…………え？　手紙が届いてない？」

念のためにもう一度内容を打ち返すよう、こちらでも用意してある周辺機器の鍵盤を使って指示を出す。ピアノは弦楽器だから、水晶以上に場所を取る装置になっており、これもまだまだ改良の余地がある。

そんなことを考えながら待っていると、水晶から響くピアノの音は同じ内容を告げた。

僕はすぐに思いつく確認事項を送って、一度通信を切る。すると、邪魔しないよう黙っていたウェアレルが声をかけた。

「手紙というと、まさか、アーシャさまから陛下へでしょうか？」

不自然に僕への返信がなかったことを思えば、想像は容易だろう。だからこそおかしなこともあり、ヘルコフが指摘する。

「陛下にだけですか？　返事があったからには弟殿下たちには届いているでしょうし、業務連絡込みでウォルドにも送ってるはずでしょう？」

サービスとしての枠と業務報告の枠を使って手紙を送っている僕は、側近たちからサービス枠を借りる形で、財務官であるウォルドから定期報告を受けていた。内容は僕が不在の間でも、書籍を買うことをしているウォルドの業務報告と、購入物を指示するやり取り。

「確認したけど、そっちは普通に来てるそうだよ。僕たちのほうでもウォルドからの報告は滞ってない。――だから、異変に気づいたのはテリーらしいんだ」

ウォルドの報せでは、手紙が送られていないだけではない。僕からの返事も改竄されていたらしく、それに気づいたのがテリーだった。

どうも温泉について語る部分が、水の性質の上で錯誤があったらしい。間違いかと手紙をよく読んでみれば、他にも錬金術関係に言及した部分に間違いがあることにテリーは気づいたという。

「で、間違いだってことを確認するため、僕の部屋の実験器具を使わせてもらおうとして、ウォルドに事情を説明した。そこでテリーは、陛下が僕から報告がないと漏らしていたことも伝えてる」

確認しようと行動するテリーの真面目さに拍手を送りたい。僕に届いた手紙では、家庭教師を増やして勉強を頑張っているって話もあった。まだまだ頑張り足りないなんてことも書いてあったけど、テリーは十分成長していると思う。

「ウォルドとのやり取りは業務連絡だから短いし、違和感はなかったそうだよ。テリーに届いた僕の手紙も、錬金術関係の部分以外は当たり障りのない内容だったらしい。ただ、温泉という問題解決の目途があることを触れた部分はなかったそうだ」

一年で帰ると豪語したからには、進展があれば報せるようにしていたけど。その進展部分が削られてるって、作為的過ぎる。

さらには陛下へ送った報告が届いていないとなると、誰かが隠蔽したことを疑ってしまう。郵便事故があればその旨、軍内部でフィードバックがあってしかるべきだろうし。

「ともかく、テリー殿下からの手紙を見直しましょう。改竄の痕跡があるかもしれません」

「改竄って、そんなに簡単にできるの？　ウェアレル？」

天幕に据えた棚から手紙を仕舞った箱を取り出すウェアレルに代わって、イクトが答えてくれた。

「専門の者を用意すれば、一日で文字の癖は模写されます。アーシャ殿下が使われるインクも紙も珍しい物ではないので、同じ物を用意すれば本来の手紙を破棄して書き直すことも可能です」

偽造の専門家っているのかぁ。しかも破棄して書き直しとなると、皇子の印章も偽造されてることになる。そんな重い罪を犯してまで偽造するような内容とも思えないんだけど。

「テリーのほうは偽造で、陛下への報告は破棄って、やっぱり内容が問題なのかな」

「だがロックのほうも軍への報告はしてます。あれは義務なんで、届かないなんてことがあっちゃ即座に軍が動きますよ」

ヘルコフが言うとおり、ここのところの報告についてはワゲリス将軍が確認と言って回してくるので内容は把握している。だからカルウ村とワービリ村の統合が進んでいることは帝都の軍部には知られているはずだ。

僕に対してだけやる意義はなさそうに思える。

「ロックに確認しますか？」

「いや、配達は軍の専門の人でしょう。だったら偽造に関わってる人がそこにいるはずだ。ワゲリス将軍には状況がわかってから——」

僕は水晶の受信を報せるランプの点灯に気づいて言葉を切る。すぐに耳をすませれば、たどたどしいピアノの音が聞こえて来た。

「…………宮殿では、僕が問題行動を起こして軍をめちゃくちゃにしてるって話になってるそうだよ。情報源はレーヴァン。ウォルドも財務のほうで漏れ聞いたらしい」

「それはまた、いったい誰がそのように非難しているのでしょうね？　まさかアーシャさまを無理矢理従軍させた方々ではありますまい」

今日は珍しくウェアレルが毒を吐く。もちろん問題は、そういう話が罷り通っている状況だ。ワゲリス将軍の報告さえ、まともに届いていない可能性を示唆している。

「向こうがもう動いているなら指をくわえて待っているだけ不利になる可能性がある。こっちも対処しよう。というわけで…………イクト、出番だよ」

僕が声をかけると、イクトはニヒルな感じで笑う。

「仰せのままに。ストラテーグ侯爵への定期連絡の内容を変えましょう。この手は使わないでほしいと言われていましたが、致し方ありませんね」

「そうだね。報告書を破棄して、改竄までしてるかもしれない悪い人がいるんだからしょうがないよね。ここはストラテーグ侯爵に、バシッと悪人を炙り出してもらって、存在感を増してもらおう」

「何かすでに策を講じてらっしゃるんですか？」

事前に言ってなかったヘルコフが聞き、テリーからの手紙を検め始めたウェアレルも視線を向ける。

「手紙のすり替えが起こる可能性はちょっと考えてたから、ストラテーグ侯爵には手紙の偽造があった場合に対処できるよう仕込みをしてもらってたんだ」

僕は手近にあった紙に、火口から採集した鉱物由来の溶液を筆で塗る。無色の溶液は乾けば筆の跡も残らない。

そこに僕は、蝋燭の火をイメージして魔法を使い、紙の裏から筆を走らせた部分を炙って見せた。途端に、溶液を塗った部分だけが、紙の表面を焦がすように色づく。

なんてことはない、ただの炙り出しだ。

「イクトの報告書はあえて簡潔にしてもらっていたし、問題にならないだろう内容に留めてもらった。その上で、常にこういう仕かけを入れてあることはストラテーグ侯爵に伝えてあったんだ」

「なるほど、紙を別の物にすり替えれば、ストラテーグ侯爵側で偽造の確認が可能だと。犯人側は知らぬ間に、目に見える形で証拠を残したことになるのですね」

ウェアレルは感心して頷きつつ、テリーの手紙を一つ僕に差し出す。距離の問題でやりとりした手紙は片手で足りる。このファナーン山脈に登ってから受け取った手紙は一つだけだ。

そしてウェアレルが差し出したのは、ファナーン山脈に登ってから届いた手紙。僕も内容にぎこちなさを感じたものだった。

「時期を考えると、近衛の反乱を防いだついでに送った手紙が、偽造の始まりかな」

「ロックのほうはどうします？　あいつの性格としては、報告は部下任せでしょうが。自分の管轄内で偽造なんてされて知らされないじゃ、へそ曲げますよ」

「雑な割りにその辺りの縄張り意識は強いみたいだもんね。もちろん伝えないわけにはいかないだろうけど、イクトの動きはストラテーグ侯爵の管轄ってことで伏せておこう」

それくらいの言い訳は通用するだろう。そうして時間を稼いでいる内に、対処をしてしまいたい。

「次の定期連絡を送る時にイクトのほうも送るとして、さらにその返事が来るタイミングで伝えようか。だからひと月は先かな」

事後承諾だけど、そもそも今のタイミングで話しても、何処からの情報だと詰められるだけ。だからって軍事的に画期的過ぎて、争いの種になりかねない伝声装置を知らせるわけにもいかない。ただの電話を作ったつもりが、軍需品に採用ですなんて言われたくはない。ここは僕たちも、ストラテーグ侯爵から聞いて知りましたって態を押し通すことにする。

「すぐさま対処事項がないのであれば、作業小屋に移動いたしましょう、アーシャさま。明日、志願者に岩盤浴施設の機構の説明と手入れの講義をなさる準備をしなければなりません」

別の問題が降って湧いたところだけど、ウェアレルが言うとおり、まだやらなきゃいけないことがあった。手入れをしないといずれ火口から伸ばしている管は、温泉成分が詰まって使えなくなる。

僕がこの村を去るからには、手入れを怠らず末永く活用してほしい。

「ついでに錬金術についてもちょっと教えてみようか」

ワゲリス将軍に言った、この村から僕の作った機構を使って錬金術師が生まれてもいいというのは嘘じゃない。だからこそ、独自に学べる足がかりくらいは教えておくのもいいだろう。

僕はそんなことを考えつつ、頭の端では文章偽造がいったい誰の得になるのかということも考え続けていた。

＊＊＊

山の上は夏でも寒さを感じるほどだったけど、冬の訪れも早い。ファナーン山脈で半年が過ぎた今、平地なら秋の気配を感じる頃だろうに、もうコートを着ていないと寒い季節になっていた。

帝都を発ってからは八カ月。最初はとんでもなく好戦的だったカルウ村とワービリ村の人たちは、統合に向けて前向きになっている。

宮殿でテリーたちに約束した、一年で帰るという目標を達成できる目算はついた。そう思っていた矢先に届いた手紙は、やられたとしか言えない内容だ。

「宮殿でストラテーグ侯爵が、イクトの偽書を暴いてくれたまでは良かったのに…………」

「報告の隠蔽、手紙の偽造に関わった者も確かに捕縛されたと連絡があったはずですね」

ウェアレルが言うとおり、伝声装置で事前に事件は解決したはずだった。今回帝都から送られてくる手紙に偽造はされないはずだったんだ。

どうも留守番をする財務官のウォルドの元に、ストラテーグ侯爵が睨まれるってレーヴァンが愚痴を零しに来るらしい。そのお蔭でストラテーグ侯爵を主体として、偽造の主犯の究明がされることはわかった。レーヴァンは左翼棟に日参しているそうで、詳しい情報を得られるんだとか。

なんだかウォルドと仲良くなってるらしい。そこは個人の交友だしいいんだけどね。

「予想どおり私の報告は、問題ないよう改変され、アーシャ殿下の目論みどおり印がないことにストラテーグ侯爵が気づいた。だというのに、これですか」

イクトが言うとおり、炙ればすぐに偽物とわかるので、ストラテーグ侯爵は自らの権能の内でことを明らかにして追及した。結果、皇帝である父に上げられるはずの報告までもが、隠蔽されていたことがわかったのは予想外だったらしいけど。おかっぱ辺りが動いてくれたかな？

　ことが大きくなって、言い出しっぺのストラテーグ侯爵は対応に追われているそうだ。さらには身内の不手際を暴かれた軍としては面白くない状態。

　だから自身の立場を維持したいストラテーグ侯爵は、強気にことを問題として訴えなければいけない。軍に睨まれて手を出されても嫌なんだって。

「軍の側もまた不祥事を暴かれてはたまらないと、確かに報告と手紙は届けると思ったんですがね。こういう手で来るとは………」

　ヘルコフは赤い被毛に覆われた頬を掻きつつ僕を見る。

「どうします？　ロックを使ってこっちからも偽造について軍に問い合わせるなんて話じゃなくなりましたよ」

　ヘルコフが言うとおり、もうそういう段階ではない。対応を悩んでいると、僕の天幕に荒々しい足音が近づいてくる。予想に反さずワゲリス将軍が乗り込んで来た。

「おう！　このふざけた命令はどういうことだ⁉」

　一応許可なく立ち入ってるので、イクトが入り口脇で剣の柄に手をかけて警告してるんだけど、ワゲリス将軍は目もくれない。最近では、勢いで怒鳴り込んでるかどうかがわかるようになってる。だから今は本気でワゲリス将軍も怒っていることは、見てわかった。

　僕もこの仕打ちには怒りたい気分なので、イクトを止めて今は目の前の問題に取り組むことにする。

「わかってると思うけど、僕も受け取ったのは今なんだ。まずは内容が同じかどうか確認させて」

手紙の改竄は止めたはずだった。なのに、今回届いた内容はそれこそ改竄を疑ってしまうほど碌でもない内容なんだよね。

「東への転戦を指示する命令書だ。ここでの兵乱を早期解決した手腕を評価するだとか言って、次はニノホト国境の山脈まで行けだと。そっちでも地元民が武装して兵乱してるだとかあるがな、ようは帝都に戻って来るな、早すぎんだよってことだろうが！　ふざけんな！」

雑に、そしてわかりやすく内容を要約したワゲリス将軍は、命令書を足元に叩きつける。

「殿下の前だぞ。もっと上品に振る舞えや」

「んなことしてなんの足しになるってんだ？」

腹に据えかねているのはヘルコフも同じで、猛獣顔で注意すれば、怒りを隠しもしないワゲリス将軍も鼻息荒く煽る。

止めようとするのはワゲリス将軍に同行したセリーヌ。僕はイクトに目で合図して、天幕の外のセリーヌの小隊に距離を取るようにしてもらう。

「こっちには別の報告が届いてるよ。陛下に送っていた報告は隠蔽、手紙の内容も偽造されていた。すでに宮殿ではその事態に気づいて対処してる。……だから、今回届いた物には偽造はありえない」

驚くワゲリス将軍とセリーヌの反応から、どうやら軍のほうでは隠蔽も偽造もなかったようだ。そして無茶な東行の命令書は、確かに軍から出されている。

「陛下がこの命令を知っていれば、必ず止めたはずだ。なのにこうして命令が届いているってことは、僕の報告を隠蔽した狙いは陛下だったたことになる」

つまり、主眼は情報の改竄ではなく、皇帝の元に情報が届くのを遅延させること。理由はワゲリス将軍が言ったとおり、僕に帝都に戻られては不都合な人がいるんだ。そしてすでに出された命令を撤回するには、皇帝と言えど時間をかけて手順を踏む必要がある。

「これなんだよなぁ…………」

僕は思わず呟く。派兵されてから、嫌がらせに反乱、暗殺未遂と碌なことがなかった。けどそのどれも目に見える形で対処がしやすかった。ところが今回、対処も何も気づいた時にはやられた後。そこから挽回しなきゃいけないのに、正攻法じゃ後手に回るばかりになる状況が用意されている。

これこそ宮殿で散々やられた公爵たちのやり方だと、根拠はないけど今までの経験から確信めいたものがあった。

「アーシャさま、他の書類を検めましたところ、別の問題もありました」

報告書と一緒に送られてきた書類を確認していたウェアレルが、軍からの書類を差し出してきた。内容はどうやら予算に関して。軍事行動をしていること、近衛を下に置いていることから書類が届くこと自体は問題じゃない。

「…………え、これ――僕と近衛、それに軍の予算が一緒になってる？」

「おう、それもだ！　なぁにが効率的な予算の運用だ!?　実質的な予算削減だろうが！」

ワゲリス将軍はこっちも確認した上で怒鳴り込んできたようだ。その辺りの反応の速さは、やっぱり本職ってことなんだろう。

「それにしても、軍と近衛はまだ予算統合も可能だろうけど、皇子として派兵した僕への予算まで合わせるってずいぶん無理してない？」

僕はウェアレルと一緒に残りの書類にも目を通しながら、他に問題がないかを確認した。結果、僕のほうでわかる大きな問題は、やっぱり東行と予算だ。

「セリーヌ、近衛の処遇や捕まえた暗殺者について言及は？」

「なんでそっちに聞くんだよ、俺に聞け」

「その鼻息治まったらね」

まだまだ荒ぶってるワゲリス将軍に、セリーヌも説明を請け負ってくれる。

「この場合、処遇を引き継ぐために護送用の檻と兵が必要となります。ただそれもないとなれば、新たな戦地に向かうというのに兵を割いてこちらから送るしかありません。もしくは今回の捕縛を諦めて、書類だけでの申し立てで我慢せざるを得ないかと………」

「つまり、近衛は無罪放免で軍務に復帰。捕まえた暗殺者は野放しにするしかないわけか」

軍事行動に部外者を一緒に連れて行くことはできない。まだ帝都に報せていない小領主に関しても、上位者に対して罪状を書面で訴える程度にとどまる。ところがその上位者はホーバート領主であり、サイポール組と癒着する相手。突き出したところでまともな裁きがされるとは思えなかった。

今回の命令、発令しているのは軍だけど、その裏に色んな思惑が詰め込まれていそうな気がする。両公爵ともなれば、今回のことを主導したという考え方もあり得る。けど今までのやり方を思えば、安全地帯からこのとんでもない命令を促進して、どう転んでも無傷でいる可能性のほうが高い。

なんにしても、時間をかけた正攻法じゃ相手にも時間を与えて、守りを固められるだけだろう。

「ふざけた話だろ。早期に解決したことを理由にしていながら、ここでの働きに対する褒賞もなしに次の戦場へ行けだとか。今度は俺が反乱を起こされるぞ」

「しかもまだ統合についての話し合いも半端なまま移動しては、カルウとワービリの両村がまた諍いを始めかねないでしょう」

　イクトに言われて書面を確認すれば、東行は可能な限り早くとある。期日を切られていないだけましだけど、逆にこの山の上から動くとなると、東行しなければ命令違反で賊軍扱いだ。

「この命令は政治的な闘争の結果ではあるけど、軍のほうでこういうことって受け入れられるの？」

「んなわけあるかよ！　上からの命令にしても、軍なんていう暴力装置だからこそ、管理が大事なんだ。よほど切迫した状況じゃない限り、命令された以上の戦闘行為は厳禁！　兵員無駄にするだけの大移動での転戦なんて、死ねと言ってるようなもんだ！」

「つまり、軍内部でも批判されてしかるべきことを押し通した人がいるわけだ」

　僕の指摘に、ワゲリス将軍とセリーヌが揃って考え込む。

「経路の指示も到着の期日も記されてはいない。となれば、命令の目的は本当に東へ向かわせるのではなく、この場に釘づけにすることでしょうか」

「あぁ、実際に戦わせる気があるとは思えねぇ命令だ。そうなると予算のこともここから動かさないためだけの嫌がらせか」

「反乱未遂で捕まえている近衛が帝都と連絡を取れるわけもありませんから、確かに軍部でこの決定がなされたことになります」

「俺らが動かなきゃ実質的な損害はないと高をくくって、お偉いさんにいい顔したがる奴の仕業だろうぜ。…………大臣狙いのあいつか」

　ワゲリス将軍とセリーヌには、思い当たる節があったようだ。

「現場も知らねぇ奴が…………！　補給もままならないここで、さらに予算削って先細りさせるなんざ馬鹿か！」

消費した分の物資の補填も怪しい状況で、しかも他人の都合と悪意による窮地。ワゲリス将軍の怒りはしょうがない。セリーヌも険しい顔で思案する。

「暗殺者の処遇さえも指示がないとなると、こちらの訴えは黙殺されたと思うべきでしょう。ホーバートの聖職者が裏にいることも報告するつもりでしたが、やるだけ無駄かもしれません」

「いや、そっちは陛下に上げれば必ず問題になる。言うだけはしたほうがいいだろ。だいたい無傷とは言え、必死に逃げ果せた殿下たちを逆恨みして、自分が大怪我を負ったのは見捨てられたからだとか吹聴するなんざ、帝室に喧嘩売ってんだからな」

ヘルコフが唸るように吐き捨てる。小領主の息子も呼び出して聞きだしたところ、元宮殿大聖堂の司教候補イーダンが、そんなことを吹聴していたと聞かされた。

捕まえた暗殺者の中には、やはりホーバートで同じ話を聞いた者がおり、本当にイーダンは逆恨みを募らせての凶行だったんだ。暗殺者側から聞き出したワゲリス将軍も、あまりのこじつけに呆れたほど身勝手な暗殺理由だった。

「大怪我で見た目が悪くなって左遷ってのも呆れ返るが、信徒にまで当たり散らすせいで都落ちだとか陰口叩かれてるなんて、情けねぇ奴だぜ。子供相手に命の危機に助けてくれなかったと逆恨みした末に、自分の苦痛と凋落を手近にいたそこの皇子にぶつけて晴らそうだとか性根が腐ってやがる」

ワゲリス将軍が言うとおり、イーダンは怪我の後遺症で今も痛みに苛まれて八つ当たりをするせいで、教会関係者どころか信徒からもすこぶる評判が悪いんだとか。ただ大聖堂の司教候補に成り上がれるだけの財力はあるそうで、サイポール組としては利用価値があるんだろう。

左遷については、組織の代表者に求められる素養の中に見た目の良さがあるせいで、本当に僕には関係ない。

前世の常識が残る僕としては、そんなことでと思うけど、見た目が悪くなって上に立てないのは皇帝も一緒だ。過去には、落馬の怪我で真っ直ぐ立てなくなったなんて理由で、皇太子を外された皇子もいるそうだ。だから天幕の件は、殺害よりも目立つ怪我をして、今以上に価値が下がるように狙ってた可能性があると思ってる。

「問題は、東行についてもイーダンは掴んでる可能性があることだ。ホーバートにいるのも、血縁関係のコネらしいし。政治にがっつり関わる司教になろうとしてた人だから、こっちの軍事行動の予定も掴める伝手は持ってるはずだよ」

悠長に帝都とやり合って状況改善を狙う間に、新たな刺客が送り込まれる可能性がある。しかも父に申し立てて動いてもらうにしても、イーダンのほうが情報は早いだろうから、どうしてもこちらはこの僻地にいる限り後手に回るんだ。

(もう本当になんでその恨みがエデンバル家に行かないのかな。僕を逆恨みして頼る先が、犯罪者ギルドを組織した中心的サイポール組って。そっちのほうが怨むべきじゃないの?)

(ワゲリス将軍の言説に一定の評価を確認)

(言説? あぁ、自衛のためにも戦えって? 確かに弱いから八つ当たりしやすそうって狙われた感じはあるのか)

それで言えば危険なサイポール組に怨みをぶつけるよりも、弱い僕を狙うほうが身の安全を確保した上ですっきり溜飲を下げられるわけだ。碌でもないなぁ。

呆れるほうに意識が逸れたことで、僕は一瞬状況を見る目が冷静になる。そうなると、手元にあるのが報告ばかりだということに違和感を覚えた。

いや、テリーからの手紙はあるんだ。けど、父からの返事がない。念のためテリーの手紙の内容を確認してみれば、偽造されたものよりも文章がぎこちなくなっていた。

(手紙の偽装はばれたはず。なのにこれってどういうこと？　それに陛下が僕に何も送ってきてないなんて何か……)

(性情、行動を鑑み、主人を思いやる言葉を書き送る可能性は高いと推測)

ちょっと不安になったけど、セフィラも同じ予想なら、送らないことで伝える意図があるはずだ。

「ウェアレル、ノマリオラにも手伝ってもらって、僕宛に送られてきた荷物を検めて」

「……………わかりました」

ウェアレルが出て行くと、ワゲリス将軍がイーダンの対処について話を振ってきた。

「ともかく現状で村を統合しても山を下りることはできなくなった。動いたところで命令がこうして届いちまった以上、よほどの理由を捻り出さなきゃ東の山脈まで大移動だ」

「そこは、なんとかなると思う。こうなったらいっそ、イーダンはちょうどいい所にいてくれたよ」

元から考えていた計画を直すことになるけど、利用すればまだ一年で帝都の帰るという目標は達成可能だと思う。ただそのためにはワゲリス将軍の協力が必要不可欠だった。

そんな思いで目を向けると、ワゲリス将軍はカピバラの小さな目を大きく眇める。そんな悪人面をしたワゲリス将軍は、乱暴にヘルコフを掴んで部屋の隅へ移動した。

「……………おい、こんなのが宮殿の日常かよ？」

「んなわけねぇだろ」

「どう見ても悪だくみ慣れしてたぞ、今のひと言」

「そこは、まぁ…………潰すって明言されてたからな」

「何を？」

「犯罪者ギルド」

ワゲリス将軍が耳を小刻みに振って調子を確かめるようだ。イクトが止めるかと身振りで聞いてくるので、僕は放っておくよう首を横に振ってみせる。

「聞き間違いじゃないぞ。やると言ったらやる方なのは、お前もいい加減わかっただろ」

「あなたが以前言っていた犯罪者ギルド潰しに熱心な侯爵、私の上司ですよ」

止めなくていいっていうだけだったのに、イクトまで参戦した。こうなると僕も釘を刺しておくほうがいいかな。

「ワゲリス将軍も、僕のことはあまり騒がないほうがいいよ。敵が多いから、邪魔者と見なされたら排除される。僕はその時助ける力はない」

「子供が言うことじゃないだろ。何処で怨み買ってるんだよ」

嫌そうに返されるけど、そこは大人げない宮殿の人たちに言ってほしい。

それに何処かと聞かれれば、父が皇帝になった時、もしくは僕を皇子にした時だ。父が皇帝であっても、僕が皇子でなければもっと違う未来があったかもしれないとは思う。

けど、こんな誤解されそうなこと言うつもりはない。まかり間違って父の耳に入ってしまえば、きっと悲しむ。それは絶対に嫌だし、愛情深い父に嫌われたくもない。

「当初の目的である両村の統合に目途はついた。ワゲリス将軍も東行なんてするより、早期解決を錦の旗に、帝都へ帰還したいでいいよね？」

「――小領主と暗殺者を連れて帰って、ホーバートの関与を吐かせるか？」

「それじゃ結局犯罪者ギルドを作ったサイポール組は白を切る。なんだったら捕まえた暗殺者たちを蜥蜴の尻尾きりで終わりになってしまう」

ワゲリス将軍なりに考えたんだろうけど、そんな終わらせ方じゃ意味がない。

せっかく軍がいる、証言者がいる、本拠地が近い。ここでなら、僕の皇子としての名前が効力を持つ。これだけ揃ってるんだ。将来テリーが困ることにならないよう打てる手は打とう。

「おい、何か考えがあるならさっさと――」

「アーシャさま、ございました」

ワゲリス将軍が詰問しようとするのを、戻ったウェアレルの切迫した声が断ち切る。一緒にノマリオラも来ており、疑うような一瞥を向けられたワゲリス将軍は口を引き結んだ。

「宮殿より送られた冬用の服の間にこちらが」

ノマリオラが見つけたという紙は、できる限り小さく折り畳まれていた。破かないよう硬く折り畳まれた紙を開けば、文字の上から皇帝を示す印章が押されている。

「おいおい、これじゃまるで密書じゃねぇか。こうでもしないと手紙が届かないって、宮殿はいったいどうなってんだ？」

僕はワゲリス将軍の野次を聞き流して文字に目を通す。見つからないよう小さくした紙には簡潔に事態が書かれていた。

「どうやら陛下は僕を一年くらいで呼び戻すことを計画していたらしい。けどそれが漏れて、一年じゃ戻れないようにされたみたいだ」

たぶん近衛の件も、相手に危機感を募らせたんだろう。これはタイミングが悪かった。僕は自力で戻るつもりだったけど、父のほうでも戻れるよう考えてくれていたらしい。

インクの滲み方で、父の感情のあり方が窺える。筆圧は高く、文字が荒れてるんだ。

「皇帝がなんだってこんな手紙出さなけりゃいけない肩身の狭い思いすることになってるんだ?」

「そこまではさすがに書かれてないね。文字数が足りなすぎる」

それでも派閥を相手に孤軍奮闘する父の姿は想像できる。僕の帰還に関しては後見役のルカイオス公爵も味方にはなってくれないんだから。

それでも短い文章の中に、父が抵抗しただろう言葉はあった。僕の帰還を議会に上げた上で失敗し、ルカイオス公爵からも僕を独自に呼び戻さないか見張られるようになったんだとか。

「…………ん? あれ、この文言……これってテリーの手紙の——」

僕は父の手紙からテリーの手紙に持ち替えて文面を検める。すると数字の次に来る単語や文字を繋ぎ合わせると、別の文章が浮かぶようになっていた。

不自然に多い数字の表記と、無理に単語を差し込むぎこちなさで、全体としては普段のテリーでは考えられない拙さ。それでも一生懸命書いたことは、やっぱりインクの滲み方から窺えた。

そうして拙い暗号を読み解くと、父の窮状を訴える内容だということがわかる。

「推測も混じるけど、たぶん陛下は皇帝の権限を使ってでも僕を呼び戻そうとしたようだ。けど、そこを貴族たちに横暴だと突き上げを食らった。これは、ルカイオス公爵派閥からも背中から撃たれたかな？　大荒れに荒れて撤回させられたら、今度は混乱を招くだとか判断力が悪いとかでまた突き上げられて、余計な火消しをしている間に軍に東行の命令を出されたみたいだ」

これは完全に父がはめられてしまった形だ。

しかも国としての痛手はないから、結果だけを見れば、父が我儘を押し通そうとして周囲に諫められたように見える。僕のせいで父の政治手腕にケチがついた上に、結果は現状維持なのに相手にばかりやり遂げた感があるのは業腹だ。

僕のほうで挽回できないかを考えようとした時、父の小さな手紙の端、指で摘まんで見えなくなっていた部分に文字があることに気づく。

「あ………」

そこに書かれた父の決意と励ましの言葉に苦笑が浮かぶ。僕だけがどうにかしないといけないなんてことはなかったようだ。

「どうにか理由をつけて帝都に戻ってこいって。一度帰ってきたら帰還を押し通せるようにしてるからって」

父もテリーも、僕のために考えてより良い結果を求めようとしている。だったら僕もできる限りの成果をもぎ取るしかない。

僕はあえて挑発的にワゲリス将軍へと目を向けた。

「僕は父に従うよ。ワゲリス将軍はどうする？」

表向きは軍から東行の命令が出されていて、現状これを撤回させる手はない。その上で、皇帝は帝都への帰還を命じている。

「んなの、皇帝陛下に決まってんだろ。東行けとかあほか」

迷いがないどころか、裏表もない言葉なのはわかるけど、もう少し言い方気にしたほうが出世できると思うんだけどな。

「何より、第一皇子には考えがあるんだろ？」

僕は天幕の中を見回して、途中参加のノマリオラと抜けていたウェアレルのために言い足す。

「そうなると、ここを離れて帝都へ向かう言い訳が必要だ。東行を撤回させたり、予算に文句をつけたりするだけ時間が無駄になる。ましてや、反乱近衛に暗殺幇助の小領主、犯罪者ギルドのサイポール組に逆恨みのイーダンなんて、山積みの問題を放置することはできない」

「その上帝都から東の兵乱を治めろという難題を抱えたままになる。ここはあとひと月もすりゃ雪に閉ざされて翌春、いや、夏まで山に閉じ込められることになるぞ」

「うん、つまりは時間をかけるだけ向こうの思うつぼだ」

「…………東に向かうより帝都に戻るほうが、無茶な行軍になるが速度を上げることはできるぞ？」

帝都へ向かう道は整備されているから、僻地から僻地に向かうよりも進軍速度を上げやすい。あと道の情報も得やすいってところなんだろう。ワゲリス将軍としては、冬までに山を下りられれば無理矢理帝都に帰還するために軍を動かせると考えているようだ。

というか、もう半年以上の付き合いだから、考えるのは僕で実行するのがワゲリス将軍という役割分担が板についてしまっている。間を取り持ったのが、錬金術の活用で作った岩盤浴施設や温泉蒸しの調理器具っていうのが、改めて思えば気の抜ける関係性だ。

「命令書には期限もなければ使用する道や立ち寄る町に関しての言及もない。つまり、こっちで東へ向かうための道程は決めていいってことだよね？　そうなると、行程を決めるためにも先遣隊を派遣する必要がある。そういう名目での軍事行動は許される？」

「当たり前だ。本気で東へ行くなら、現地の状況を知るための情報も必要になるが、一切合切指示はねぇ。先遣隊にけちつけるなら、こっちだってその喧嘩買ってやるわ」

「言い方……は今さらいいか。ともかくまずは先遣隊を組織しよう。これはあくまで体裁だ。肝は、帝都に戻って体勢を立て直す、もしくは即座に帝都へ報告をしなければいけない状況を作ること。そういう現場判断は許されるはずだよね？」

さっきはすぐさま応じてくれたのに、今度は考える様子をみせるワゲリス将軍。

「状況を作るってのも気になるが、まずってことは先遣隊を出した後もあるんだろ？　だが、戻ったほうが早いほどのこととなると、そう簡単なことじゃない上に荒事だ」

僕は頷いて、手早くやることを説明した。ファナーン山脈を降りるまでのリミットはひと月。さらに平地の冬もやっぱり行軍には向かないから、帝都へ戻るまでの準備にさらにひと月かかると思う。

「最初に考えていた案に、今回の帝都に帰還する言い訳っていう新たなタスクが加わってる。だから細部までは詰め切れてないし、言ってしまえばその場でのアドリブが大きい話でしかない。ここからブラッシュアップしたいんだけど」

「それだけのこと、よく考えつくもんだ……。だがそのやり方は、こっちが上手く動くかどうかじゃなく、動かせるかどうかだな。俺のほうで先遣隊の選出と、探り入れる場所の選定をする。動かすタイミングはこっちで指示するぞ」

「現場のことだからそこは任せるけど、こんな枠組みだけでもう動くつもり？」

「どうせ駄目押しくらいは考えて言ってんだろ？」

「うん………、離間を仕かけて敵を引き入れる。その後は元味方同士でやってもらって、僕たちは帝都へ向かうつもりだよ。そのためにまたひと仕事してほしいんだけど」

「おう、近衛だろ。だったらそこの警護も貸せ」

イクトが頷くので僕も了承する。けど、ワゲリス将軍の即決には驚かされる。

相手の手に乗ってやり返すのは、後手にしか回れない僕のやり方だ。けど危険に飛び込んでもらうことになるのはワゲリス将軍なんだよ。ここはもう少し僕も頑張ったほうがいいかな？

「よし、そうと決まれば今からやるぞ。温泉のほうはそっちで見とけ」

やる気十分に天幕を出て行くワゲリス将軍。セリーヌも、そんな勢い任せにしか見えない段取りに、特に文句はない様子で一礼して出て行った。

「僕、けっこう無茶なことを提案したと思うんだけど？」

「やりたいという者が、やれる立場にいるのならばやらせれば良いかと。——ところでこちらはご主人さまのものでしょうか？」

ノマリオラが拾い上げるのは、初手でワゲリス将軍が叩きつけた軍の命令書。忘れてた僕たちもだけど、ワゲリス将軍も公的文書を捨てて帰るって………。

「俺が届けてきますんで、殿下は手紙の返事でも考えててください」

ヘルコフはそう言って、ノマリオラから命令書を受け取る。するとイクトも動いた。

「近衛をどうするか考えがあるならば今の内に聞いておきます」

ワゲリス将軍に貸せと言われたイクトは、そう言ってヘルコフと一緒に天幕を出る。残ったノマリオラは、改めて僕に確認をしてきた。

「近く、この村から降りるという認識でよろしいでしょうか？」

「そうだね。こんな命令書が来たんじゃ、ここに押し込められるだけ先がない。だから先手を打って動くことにしたよ」

「かしこまりました。それでは運び込んだ荷物の整理をさせていただきます。今回送られた冬用の衣服はいかがいたしましょう？」

つまり、そんなに寒くなるまでいるかどうかってことかな。

「もちろん、しまったままでいて」

ここでは着ていてもいい気温だけど、降りるとなれば片づける手間がかかる。できた侍女なノマリオラは、余計な言葉は差し挟まず、命令書の内容を確認すると応諾のために一礼するだけ。

「まず、ガス溜まりになっていた白い道の工事は、安全面で重要だ。進み具合を改めて確認しよう」

一応人手である村人には、白い道の工事が終わらないと温泉作らないと言ったのが効いて、ワービリ村の男性陣のみならず、女性陣も土の運び出しを手伝っている。危険だからあまり近づいてほしくはなかったんだけど、結果として工事には完成の目途がついているとは報告を受けていた。

そして温泉のほうは、最初から吹きさらしで火山性ガスが溜まらないように作るから、白い道ほど気を使って慎重に進める必要もない。下の町の鍛冶師が金属の管を仕上げるのを待っている状態だ。

必要な薬剤の作り方も、両村の有志である大人たちに教えている。だから管ができあがる頃には、実地研修よろしく人数を揃えて管に防腐処理や漏水処理をできるはずだ。つまり、ひと月で問題を解決して山を降りる算段はつけられる。

今になって帰還を阻む策を弄して来たのは、帰還の目途が立ったと知ったからだろう。けど、そこに村人たちのやる気を勘案せずにいたのは、帝都の貴族たちからすれば失策。僕からすれば嬉しい誤算だと言えるかもしれない。

「作業小屋の石なども、運び方を考えねばなりませんね。帰りは速度重視でしょうから、破損の恐れもあるでしょう」

「そうだね、そこも準備しておかないと。日誌を見る限り、これから降雪まではひと月あるかないかだ。山を降りるのも早い内がいい。帰るためには………」

言いかけて、なんだか懐かしい思いが胸に湧く。押し込められて育った宮殿の左翼棟での生活は、帰るという言葉で懐かしさを覚えるくらいには愛着があったようだ。

(早期の帰還を奨励《しょうれい》。この地で行った実験結果を反映するべきであると提言)

(………ちょっと、僕がしんみりしてる時に自分の要求突きつけて来るのやめて?)

突然思考に割って入って来たセフィラの声に、僕は苦言を呈す。けれど好奇心の塊である知性体は、淡々と突きつけて来る。

(主人も錬金術における器具の不足を嘆く前例あり。私のみの要求であると断じることは偏狭であると指摘します)

確かに道具少なくてできない実験あるし、そもそも壊れたらここではもう修復も補充もできない。だから事実ではあるんだけど、そこじゃないんだよなぁ。

(気体収集に適した道具の考案を推奨。ガラス器具の破損の激しさを指摘。宮殿の窓に使われる強化ガラスなるものの技術復元をすべきです)

（ちょっと、やることが多すぎるよ。それに帝都に戻れたとしても、公爵たちが待ち構えてる可能性もあるんだから。近衛関連の家も今回のことで僕を逆恨みする可能性もあるんだし）

（主人の安全面に関する問題、及び錬金術にかける時間の捻出に関する問題を理解。小領主に仕かけた策が主人であれば応用できるのではないでしょうか）

（意識を逸らす、もしくは別の仕事にかかりきりにさせる、か………）

悪くない提案だ。そのためには手回しが必要だし、帝都の状況をもっと詳しく知る必要もある。本当に伝声装置、役に立つなぁ。

ただセフィラが婉曲に、自分ではできないと言っていることが気になる。まだ人間の意識や感情の向きに通じているとは言えない自覚があるってことか。

そうして自覚できるだけでも進歩だとは思うけど………さっきまでのしんみりした僕の情緒にもうちょっと配慮してほしかったなぁ。

＊＊＊

白い道の工事は完成し、溜まっていた火山性ガスの排出も確認できた。やり方は溜まってる高さを確認した時と同じやり方。棒の先につけた燃える縄が消えないかどうかだ。

結果は火が消えず、火山性ガスの排出を確認。それでも風の強い日には気をつけるよう村人たちには通告してある。

「え⁉　こんな、薬を垂れ流して全身を浸すのですか⁉」

試しに温泉へ案内すると、小領主の息子はそんなことを言った。僕が使用するという情報の錯誤があったせいで、今日村人たちは遠慮して誰もいない露天風呂だ。

「村人たちは大変素晴らしい効能で、飲むよりも効くとも言っていたが………」

一緒に温泉を見ている小領主はもう縛ってない。この村に滞在する形でサイポール組の見張りを遠ざけつつ、可能な限り息子に権限を委譲できるよう準備をしていた。

「そうか、薬って高価なものっていう認識が普通なのか」

思わず上流階級的な発言してしまったけど、僕の発言の元になってるのは庶民である前世だ。大量生産大量消費なんてできないこの世界からすれば、これも薬扱いなんだ。

「ともかく使ってみてよ。ヘルコフ、使用方法を教えてあげて」

「はい、了解です。それじゃお前ら、脱げ」

「「え⁉」」

自分が入りたくてうずうずしていたヘルコフは、まるでワゲリス将軍のような雑さでことを進めようとする。すでに温泉は試していて、ヘルコフとしては岩盤浴よりもこっちが好きらしい。

ちなみに紺色カピバラなワゲリス将軍は、岩盤浴と甲乙つけがたいそうだ。岩盤浴を使ったことのないワービリ村の住人たちにも温泉の温かさは好評で、やっぱり日参する人が出てる。

「こっちでも岩盤浴施設と同じことが起こるとは思わなかったよ」

「四枠を争うカルウの村人と兵卒はわかるのですが。まさか大幅に収容人数を増やしたこちらでも同じ問題が起こるとは」

もはや僕専用の小隊みたいになってるセリーヌも、首を振りふり呆れる。

こっちの温泉施設でも取り合いが発生したのは、時間によって男女の使用を入れ替え制にして、同

じ時間で区切ってしまったことだった。

村人たちの男女比はそんなに変わらないけど、軍だと圧倒的に男性が多い。そのせいで男湯にしている時間の間に入れない人が出てしまったんだ。

山を下りようと決まってから勃発した小競り合いに、温泉を作ったのは失敗かと思ったほど。なんで余裕のある女性側に時間配分融通してもらうっていう基本的な話し合い精神がないんだか。

……………うん、あったら兵乱なんて起こしてないよね、ここの村人。

識字率が低いどころか一パーセントもないこういう村では、他人の主義思想に触れる機会なんてないんだ。だから解決方法も僕が簡単だと思うやり方を、そもそも知ることが今までの人生でなかった可能性もある。

「新しいものを認めて受け入れられる素直さはあるんだから、いいほうに変わってほしいな」

白い道の先にあった社はそのまま残し、拡張工事を行った。話し合いの場として集会場を作ったんだ。同じカルウ村になった両村の人たちが、白い道に隔てられることなく集まる場所にするため。

そうして僕は両村の統合を達成し、帝都を発ってから九カ月、村を後にすることになった。

「……………すっごい泣いてる」

カルウ村に統一された村人が、僕たちとの別れを惜しんでいるのはいい。けど、村を離れがたいと泣く兵士がいるのに驚かされた。

「骨を埋めるという戯言は、心底からの願いだったのでしょうね」

興味なさげにイクトが言うのは、温泉に興味がないからだろう。海人って水には強いけど、熱いのには弱いからね。ぬるいくらいなら平気らしいけど、露天風呂は外気で冷える前提で、温度設定高めでお湯入れてたし。

「しかもここから表向きは東行だ。こっちに残ったほうがましだと思う奴もいるだろうぜ」

「実際のところは違うので、全員将軍が怒鳴りつけて山を下りさせることになりましたが」

ヘルコフとウェアレルも、泣く兵士たちに苦笑いを浮かべている。僕としては早く平地に戻りたいくらいなんだけど。

比較的危険が少ないとは言え、小領主が復旧させた古道も険しいファナーン山脈。道のりはやっぱり子供体力じゃきつかった。もうこの往復をしなくていいのは嬉しい限りだ。

中腹の町に降りて、僕は脳裏に浮かんだ情景にカルウ村があるだろう方角を振り返る。

両村の人たちは総出で見送りに出てくれた。まだカルウ村と元ワービリ村の人同士でわかれてはいたけど、距離は確実に近くなっていたんだ。その上で、いつだったか見た獣人の子供二人が隣り合っている姿が目に入った。

もう村の境なんか気にせずにいるようだったし、二人は仲良さそうに言葉を交わしていたのを見たんだ。それを咎める人もいない様子が、カルウ村のこの先の平穏を感じさせてくれたように思う。

「さて、ここからは山の上ほどゆっくりできないね」

僕は気持ちを切り替えてロバから降りた。向かう先は領主館。山を下りることになってから、村に駐在する兵の半数は荷物運びを兼ねて町に置いていた。だからここでサイポール組の刺客が現われる危険はないほど、すでに固められた後だ。

「それじゃ、覚悟はいいね？」

僕は領主館で出迎えた小領主とその息子に手短に聞く。

「第一皇子殿下のご温情、重々理解しております。どうぞ、縄をおかけください」

もう山の上にいる時から覚悟を決めていた小領主は、素直に応じる。けど今日になって小領主の捕縛を聞いた館の人々は悲鳴染みた声を漏らした。中には小領主の息子に対して何か言っている人もいる。けど、息子のほうもこちらから持ちかけた減刑の要件だと知っているから、縄をかけられる小領主を助けることはしない。

その上で、僕たちはこれから軍の命令に従って東に向かう。だから暗殺者を放った小領主を野放しにはできない。捕縛して、しかるべき裁きを受けさせるため、判断が可能な行政機関連れて行く。

そういう建前で、動いているんだ。

カルウ村にいる時点で、脅されて協力を迫られていたことも、サイポール組から見張られていたことも聞き取って、正式書類を揃えてある。けど表向きは、東行の命令に従うためには、これ以上の調べは難しいということにした。

その上で、小領主は脅迫の上で協力させられていた疑いがあること、他に小領主を操って大変なことをしでかした存在がいると、これから行く先に伝えてある。

行く先は周辺で最も大きな領地ホーバート。中心となる都市も同じ名前で、そこを治める領主もホーバート領主と呼ばれて、同じ名前の街に居住していた。

つまり、サイポール組とずぶずぶ、その上小領主に圧力をかけていた大領主本人だ。

「よく考えつくもんだぜ。東へ向かうことを前提に、裏切り者を連れて来る。そう言われりゃ、ほいほい門も開くもんだ」

安全上の理由で僕と並んで走るワゲリス将軍が、そんなことを言う。僕を挟んで並走するヘルコフも、得物片手に応じた。

「補給だとか休憩だとか言っても、ここまでの大歓迎じゃなかっただろうぜ。罪人の受け渡し名目で、こっちが少数ってのも食いつきを良くした」

「僕もここまで上手くいくとは思ってなかったんだけどね」

ホーバートの街に着いた僕たちは、小領主の受け渡し直前に襲撃を受けている。相手は小領主もろともに僕を始末したいサイポール組だ。

僕たちは襲撃から逃げつつ、襲って来るサイポール組を蹴散らしている。ウェアレルも杖を持って、追いすがるサイポール組に強風を吹かせていた。そして何故かちらりと僕に心配そうな目を向ける。

「なんというか、この情景、以前にもあった気がしますね。勉強熱心で応用がお上手でいらっしゃるのはいいのですが、あまりこうしたことに使われるのはいかがなものかと」

この状況でお説教って、ウェアレルも慣れが出てる気がするよ。去年の夏に相手をしたのは帝都の犯罪者ギルドだったけど、街中を引きずり回して逃げるっていうやり方は確かに同じだ。

「それで言えば、あえて捕まえた暗殺者の一部を逃がし、事前にこちらが少数であることをリークするというやり方は何処で覚えられたのか」

横合いから出て来たサイポール組を切り伏せて、守りに戻るイクトがそんなことを言う。

「ワゲリス将軍曰く、移送中のごたごたで一部が逃げ出してしまったらしいから、僕は知らないなぁ」

「おい、こっちに押しつけるな。そうやってサイポール組を引きずり出せって指示したのは第一皇子だろうが」

確かに僕は指示をしたけど、そういう言い訳というか建前で押し通して、実行したのはワゲリス将軍だ。しかも、上手く誘導できた自信があったのか、けっこう悪い顔をして報告してきたよね。

「ったく、本当に第一皇子が仕組んだとおり、ホーバートの街中で襲ってきてくれるんだからよぉ」

ワゲリス将軍は、僕を守るために少数で固まる兵士たちに指揮する合間、そんなことを言って鼻を鳴らした。

小領主が利用されたことも、暗殺者がサイポール組であることも、依頼主がイーダンだということも、ホーバートの領主がサイポール組とずぶずぶであることも全部わかってる。

わかった上で小領主を捕まえて、その裁定をホーバート領主に任せ、暗殺者を逃がし、サイポール組に情報を流して、この町に少数でやって来た。

狙いなんて決まってる。相手に逃げ隠れされたり、こちらに見えない位置で動かれるよりも、正面から殴りかかられたほうがずっと対処がしやすいからだ。

周囲から聞こえる罵詈雑言は、もはやサイポール組に言い逃れを許さない。それだけ殺気立った相手を敵に回して逃げ果せているのは、こっちもただただ襲われに来たわけじゃないからだ。

「将軍！　七番隊合流！」

「右に横道が多い！　そっちにつけ！」

セリーヌの報せに、ワゲリス将軍も怒鳴る勢いで指示を返す。少数で合流してくるのは、先遣隊の兵士たち。道の確認、食料の調達、水場の探索など理由をつけて、小刻みに派遣していた。

先遣隊はそれらしく仕事をした後は、隊でばらばらにホーバートの街に潜伏。騒ぎを聞いて集まって来た順から、ワゲリス将軍の指揮下に入って守りを厚くし続けていた。

もちろん僕は、そんな能力ないから守りの真ん中で一生懸命足を動かしてる。代わりにウェアレル、ヘルコフ、イクトの三人と、不可視の知性体セフィラが頑張ってくれていた。セフィラが三人に、敵の居場所を教えたり、死角から狙う敵を見つけたりしているんだ。

「はぁ、とんでもない察知能力ですね」

風の魔法で敵や味方を見つけて対応するセリーヌが言う。屋内に隠れて上から狙って来たサイポール組へ、いち早くウェアレルが魔法を当てたからだろう。その実セフィラが指示しているので、ウェアレル自身は恐縮してしまう。それを見て、イクトが行く先に意識を向けるよう促した。

「他よりも屋根の高い家屋が見えますが？」

「あ、あれです！　あれがホーバート領主の館です！」

事前に街の情報を得ていたセリーヌが、目的地が目前であることを告げる。

「おっしゃ。だったらここからは周り置いてくつもりで走るぞ」

言うや、ヘルコフは僕を抱え上げた。うん、今年十一歳でまだ成長期来てない僕の手足の短さがハンデなのはわかる。わかるけど、ヘルコフ元気すぎない？

僕たちは足を止めないどころか早めつつ、ホーバート領主の館へと押し入った。門を力尽くで開いて、守衛らしい人も押し倒して進んだから、押し入りで間違いはない。

その上で僕はさらに奥に入り込むことを指示する。

「二階だよ！　階段上って右手！」

（で、良かったよね？　セフィラ）

（ホーバート領主の在所は変わっていません。室内にはホーバート領主他一名）

僕はセフィラの案内に従って、軍と一緒に館を走る。もちろん館の中は突然の乱入に大混乱。こっちは軍服を着た集団だから、下手に手を出す者もいない。

どころか振り返れば殺気立ったサイポール組がいるせいで、使用人たちは大慌てで正面玄関の扉を閉め始めていた。

館の中に襲ってくるような者はいないと見たワゲリス将軍は、僕の隣から離れて集団の先頭に立つ。目的地と思われる立派な扉を見つけると、蹴破る勢いで開け放った。

「ホーバート領主は怪我したくなきゃ大人しくしてろ！」

ワゲリス将軍の大喝に、執務机に向かっていたふくよかな男性が体を強張らせた。同時に、走り出したイクトが、もう一人の目つきの鋭い男を床に引き倒す。

ホーバート領主だろう壮年の男性とは対照的に、僕たちが入って来たのとは別の扉に手をかけていたようだ。そんな不審者を取り押さえたイクトは、セフィラの指示に応じて男の上着を乱暴に引く。上着の内側には、サイポール組を示す山羊のマークが刺繍されていた。

たぶんあれをちらつかせて、他人を脅すことをするんだろう。後はこの領主館での身分証代わり。領主の執務室という大切な場に足を運んでいる時点で、本当にホーバート領主はずぶずぶだということもわかった。

「なんなんだ、おま――いや、君たちはなんのつもりだ!?」

ホーバート領主は自室で優位を得ようと、頬肉を震わせるけど、こっちがほとんど軍服であることを見て言い直すくらいには状況が見えているらしい。ただ、そんなこと気にしない将軍が威圧的に執務机の前に立った。

「おうおう、軍と第一皇子が街に来てるってのに、出迎えもせずに自分の家でふんぞり返ってるとはいいご身分だな？」

挑発含みのワゲリス将軍には乗らず、ホーバート領主は室内に目を走らせる。軍服が押しかける中で目が行くのは、見るからに魔法使いのウェアレル、兵装の違うヘルコフ、そして軍とは別の制服に身を包んだイクト。最後に、この場に不釣り合いな子供の僕へと巡って来た。

「殿下……………？」

五体満足の僕に、確認するよう呟くホーバート領主。僕は答えずに愛想笑いを返した。

サイポール組との関係の深さは、イクトに押さえつけられた男からも確実。そうなると今日僕が襲われることを知らないわけがない。なんで無事でいるんだとでも言いたいんだろう。

ホーバート領主としては小領主から関与を疑われるだろう立ち位置で、暗殺者を捕まえられて報復に燃えるサイポール組を止めるだけ手間が増える。ホーバートの街で皇子暗殺なんて責任問題だけど、ずぶずぶだからこそやめろとは言えない。

結果、少しでも責任を軽くするため、自分はその現場に居合わせないようにした。そして別の責任者を送りだして、そちらの首を切ることで責任を果たしたように見せかけようというんだろう。

「まぁ、ワゲリス将軍。こちらにいらしたお蔭で、我々も逃げ込むことができたわけですから」

ウェアレルがあえてワゲリス将軍をホーバート領主から引き離す。その動きを僕が止めないと見て、ワゲリス将軍は一度引いた。すると空いたスペースに、赤い熊獣人のヘルコフが立ち塞がる。

「が、周りはもうサイポール組に囲まれてるぜ。このホーバートの領主である、お前の館がな」

「そうですね。これほどの騒ぎになっては、収拾するにもことですし、何よりこのようなことになった理由を明確にしなければなりませんね」

ウェアレルは柔らかい物腰を装って、知らぬ存ぜぬは通用しないことを突きつける。

「だいたい殿下がいらっしゃることは伝えていたはずだよなぁ？　それなのにこんな騒動に巻き込むとは、いったいこの街の治安はどうなってんだ？　あん？」

ヘルコフは猛獣顔をいかんなく発揮して、ホーバート領主の責任だと迫る。

厳しく追い詰める役をヘルコフと、懐柔するように当たるのがウェアレル。これは僕が指示した役割分担。

前世の刑事ドラマでも、事情聴取はそういう役割分担でやってるって話を見た覚えがあった。そして、僕は宮殿で何度か、事情聴取を受けさせられる側に回っている。だからやってみたんだよね、ストラテーグ侯爵に。

事情聴取に来た側に仕かけたのはちょっと変則的だったとは思うけど、ちょうどいい情報源だったし。あと口滑らせそうな雰囲気あった上で、逃げるように帰ったからたぶん効果はあったんだろう。

こうして大事な場面でウェアレルとヘルコフも採用するくらいだし。

「こっちが何も知らないとでも思ってんのか？　小領主やその小領主を脅す手紙、殿下を暗殺しようだとかした奴ももう押さえてあんだよ」

「サイポール組が執拗に狙っていたのはイーダンという方からの依頼だそうですね？　つまりあなた自身の判断ではないと、今なら言えるかもしれません」

ヘルコフとウェアレルは代わる代わる迫る。

刑事ドラマとかは言えないから、力押しと籠絡するたとえで北風と太陽の童話を例に出した。今ウェアレルとヘルコフがやってるのもそれで、北風として攻めるヘルコフに対して、太陽としておのずから動かそうとしているのがウェアレルだ。

僕の話をちゃんと理解して、こうして実践できるんだから本当にすごいと思う。ヘルコフは逃げられないと脅す横で、ウェアレルが人身御供にできる人がいるぞと囁いているんだ。

喋らないイクトも、サイポール組の男が口を挟めないよう、しっかり背中から胸を圧迫して声を出せないようにしている。苦しげな表情から、もしかしたら呼吸もままならないのかもしれない。

「外の荒くれ者どもはいったいどれくらい悩む時間をくれると思ってるんだ？　聞こえないのか？　外じゃすでにお祭り騒ぎだぜ。あれが雪崩れ込んでみろ。敵味方の区別なんてつけちゃくれねぇぞ？」

「まずは自分の身を守ってこそでしょう。それとも守ってもくれない相手に気を使う理由でも？　犯罪者を街から追うことは領主として当たり前のことです。称賛されこそすれ、非難される謂れはないんですよ？」

さらにヘルコフとウェアレルは方向性を変えた。サイポール組を野放しにするどころか組んでいたホーバート領主は、欲で動く。そう見極めて、自らの保身を促し始める。

それでも答えをはぐらかし、状況が好転する目がないかを探すホーバート領主の諦めの悪さに、短気な人が動いてしまった。ワゲリス将軍だ。

「てめぇは国の敵か、犯罪集団の敵かどっちだ⁉」

誤魔化しを許さない二択を突きつけ、ヘルコフの横から執務机に拳を叩きつける。その乱暴さがいっそ、耐えていたホーバート領主に口を滑らせた。

「く、国に歯向かうようなことはいたしませんとも！　もちろん…………」

「じゃあ、さっさと領主として兵を出せ！　敵はてめぇの館をすでに包囲してるんだ！」

ホーバート領主が床のサイポール組の男を窺おうとするのを阻んで、ワゲリス将軍は軍隊よろしく大声で命令をする。

さすがにサイポール組も、手を組む権力者の館に押し入るようなことはしていない。それでも僕らに脅しすかされたホーバート領主は、周囲が全て敵になったかのような精神的抑圧を受けている。最初の強がりは、完全になくなった様子が見て取れた。

ただ、そのサイポール組も今の状態がまずいことはわかるはず。どうにかホーバート領主を取り返そうと動くだろう。こちらもその前に、ホーバート領主を動かす必要がある。

僕はウェアレルとヘルコフに譲ってもらって、ホーバート領主に声をかけた。

「早くしないと僕たちと一緒に口封じされてしまうよ。どうせ向こうは次にこの館の主となる人間のあてくらいあるんでしょ。日暮れまでだ。それまでに街からサイポール組を全て追い出して門扉を閉めないと、あなたは夜を越えられないかもしれない」

正直、口封じの優先順位が高いのは、今までずぶずぶだったホーバート領主自身。僕の指摘に思い当たる節もあったようで、ホーバート領主の頬肉が痙攣するように揺れた。

「わ、私は知らぬことです！　全てサイポール組がやったこと、その極悪さはごぞんじでしょう⁉　今までは街を守るために仕方なくその存在にも目をつぶって――！」

「うんうん、そうだね。じゃあ、本当にサイポール組はこの街にいちゃいけない。何処にどれだけの構成員がいるか教えてくれたなら、国軍は手を貸すよ。もちろん悪いことをしたイーダンの身柄もしっかり押さえて、みんなにわかりやすいようにしなくちゃね？」

僕が笑いかけると、領主は面白いように首を縦に振る。これは普段権限なんてない僕が、今回だけは軍の将軍に並ぶ権限を与えられていることを知ってるのかな？

なんにしても危機感を煽ったことだし、ここは盛大に怯えてもらおう。その勢いでサイポール組との関係は、ホーバート領主から断ち切ってもらいたい。そうすればサイポール組の振るえる力を大きく削ぐことができる。

残るホーバート領主は秩序の側の存在だ。時間をかけて実権を剥ぐことをすれば脅威にはならない。そのためにもまずは、サイポール組掃討のために骨を折ってもらおう。

「すぐに騎士団の派遣、並びにサイポール組の掃討を行います！　ど、どうか国軍にもご助力を！」

掌を返したホーバート領主は、大急ぎでまずはお抱えの騎士団を動かし自分の身の安全を計る。その延長なんだろうけど、領主からの依頼という言質を取ったワゲリス将軍も動き出したのだった。

＊＊＊

「いやぁ、騎士もそうだけど、兵が集まるのも早かったね。まるで最初から用意していたみたいだ」

僕がそう話すのは、ホーバート領主の館の一室。もちろんセフィラが危険のないよう調べた後だ。

「実際、僕が殺された後の処理のために用意してたんだろうけど。大々的に動いて犯人探しでもするつもりだったのかな。——こっちの口を封じた後なら、そんな茶番が罷り通るんだ」

何か言いたげな顔をしていたワゲリス将軍に補足すると、別のことを聞かれた。

「宮殿ってのは、本当に伏魔殿なのかよ……」

「第一皇子殿下は、あまり命令し慣れていないというか、人を動かす機微というものを心得ておられないと思ったのですが」

何やらセリーヌまで解せないような顔をしてるのはなんでかな？　元庶民なんだからそんな王侯貴族の技能知らないよ。

「僕は雰囲気に合わせて適当に喋っただけだから。命令とか人を動かすってなると、ワゲリス将軍が街中に潜んだ兵を参集させたのがすごいと思ったよ」

ホーバート領主への駄目押しなんて、土台をウェアレルとヘルコフが作ってくれたから乗っただけだ。揺さぶられた後なんだから、ちょっとそれらしく言葉を選べばいい。

「ホーバートからのサイポール組追い出しも大事だけど、まだ目的は達成してないし。気を抜くには早いくらいは僕でもわかるけどね」

「あぁ、肝はこれからだ。ホーバート領主の号令で、周辺の町からも兵を呼び集めてる。そいつらが集まってからが本番だ」

今の時間はすでに夕方。けれど今日はいつもより早くホーバートの街の通行は止められた。盗賊や魔物もいるから、街の門を閉じると通行ができなくなる造りなんだ。

「ホーバートの騎士団と協力して、サイポール組の追い出しには成功した。さすがにずぶずぶだっただけあって、正確にサイポール組のアジト押さえてやがったぜ」

ワゲリス将軍が言うとおり、ホーバート領主は街を徹底的に洗ってサイポール組の追い出しを行った。こうなったら、自分の正義を喧伝して身を守るしかないから容赦なしだ。

その上で帝室に対する不遜な暗殺行為を行ったとまで暴露し、全ての罪をサイポール組に被せて批判する演説もした。教会に騎士を派遣して、イーダン捕縛も衆目の前でやるという徹底ぶりだ。

「なのにその裏で、ちゃっかり残されたサイポール組の資産を懐に入れようとしてたって言うんだから、肝が太いよね」

脅して頷かせたホーバート領主は、長年サイポール組という犯罪者集団と組んでいたんだ。自分の利益を増やす方法を常に考えて立ち回ることが身に染みてるんだろう。

領主館を調べる中で、セフィラの盗み聞きから発覚してる。さすがに呆れたけど、資金は無事回収して、サイポール組の被害を訴える人の支援にしか使えないって一筆を書いて領主に裁可させた。

緊急事態だからごり押しできただけなんだけど、その処理もワゲリス将軍とセリーヌからの評価に繋がっているようだ。

そこに外からノックが聞こえ、ヘルコフが確認して、不在にしていたイクトが戻る。

「サイポール組の構成員は逃がしました。これで向こうもホーバート領主が敵に回ったと理解することでしょう」

イクトは捕まえていた構成員をあえて逃がしたことを報告する。情報漏洩はホーバート領主の逃げ道を塞ぐ一手だ。

サイポール組の首領は地元では有名だったようで、集まった目撃情報から生きてホーバートの街を出ているのは確実。その上で向かった街道の方角から、長く姻戚関係を築いている領主の元へと逃げ込んだんだろうと推測されるそうだ。

これだけ徹底して追い出しておいても、ホーバート領主が抜け目ないことは資金着服未遂で確実。敵対を明確にさせて、後戻りができないようにさせてもらった。蝙蝠になられても困るからね。

「ホーバート領主には、今まで悪さをしてきた分、今度は悪との戦いで苦労してもらおう」

「命を狙われることが確定したからには、必死の抵抗を見せることでしょうね」

裏切りには絶対報復というのが犯罪者集団のセオリーだと、ウェアレルは言う。

「イーダンを黒幕として押し出すなら、手持ちの情報を出してきっちり追い落とすでしょ。サイポール組もその調子で追い詰めてほしいもんですよ」

ヘルコフが言うとおり、イーダンはすでに捕まえてあり、ホーバート領主からすれば大事な人身御供。帝都や教会関係から横やりを入れられても無罪放免なんてしないだろう。

そんなホーバート領主からの情報では、サイポール組の首領が向かった先の領主は、十中八九首領を匿うそうだ。ホーバート領主よりも深い結びつきがあるらしい。

徹底抵抗を想定して、ホーバート領主は兵を集めている。数が揃えば当事者ということで僕たちも参戦する予定だ。

これで冬の山に閉じ込められることは防げた。その上で東に向かわずに済む理由も手に入れた。

それでもサイポール組を潰すための手は打っておきたいので、ひと月はホーバート領主の援護のために街に残る。子供の僕は大してやることないんだけど、ワゲリス将軍が集まる兵力の配置や待機場所の整理なんかを部下に回して忙しく指示を出してた。

あと、周囲を抑圧するやり方はホーバート領主、手慣れてる気がする。皇子暗殺を小領主にやらせようとした一人だし、けっこうパワハラ系領主なんだろう。周辺の他の領主も集めて人目を多くするのは、ワンマンパワハラを抑制するのにちょうどいいかもしれない。

＊＊＊

「ホーバート領主の締め上げは効いてる？」

ホーバートの街に滞在してひと月。状況を聞くと、待機場所の天幕でセリーヌが応じた。

「はい、命の危険があることで手を尽しているように見えます。その結果、首領を匿う領主は周辺領地からの援助もなく、物流も止められた状態です」

今僕たちは、ホーバート領主の号令で集まった兵力と共に、サイポール組が潜む領地を囲む形で圧迫中。周辺領主たちも協力姿勢で、勝ち馬に乗ろうとしてると言ったのはワゲリス将軍だ。

勝てば官軍どころかそのまま国軍がいるんだし、有名な犯罪者集団側に加担するメリットはない。サイポール組は実質国賊として周辺に知られ、孤立無援だ。ホーバートの街で襲われてからひと月、封じ込めに成功していた。

「あとは包囲を維持し、時間をかけて干すだけ。…………さて、次だね」

「近衛の奴らはいつでも動かせる——と、将軍は仰せです」

セリーヌが伝言を教えてくれるけど、その人なんでここにいないで前に出てるんだろうね。ホーバート領主が集めた兵まで纏めて動かしてるから、僕のいる後方にいないなんて。

「まぁ、いいか。用意してくれてるなら予定どおりに行こう。…………ここからは、帝都に戻る理由づけに事実上無罪放免にされた近衛を使うよ」

「将軍曰く、殿下の宮中警護も使い脅しかけ、戦場に出されるという危機感を煽ったそうです。現実味を持たせるためにも、包囲の間も小競り合いが起こるようなさっています」

どうやらワゲリス将軍が前に出ている意義はあったようだ。

「殴り返さなきゃ済まねぇと思わせるように、相手を挑発して動かすやり方してるんでしょう。小競り合いでも捨て身で来る奴は本気で刺してきますからね」

元軍人のヘルコフが、実感の籠った声で言う。それなりに経験のある軍人だと知ってはいるけど、詳しいところは血腥《ちなまぐさ》いからと誤魔化されてるんだ。今の台詞も経験からの言葉なんだろうか。

「殿下のお許しがあるようでしたら、すぐに――」

「待って。こっちのごたごたはホーバート領主に見せたくない。今日のところは一旦退こう。で、明日ホーバート領主に僕たちが移動することを告げる。その後に近衛を動かして、帝都へ向かう」

前線送りにされるかもしれない、もしくは味方に後ろから刺されるかもしれないと近衛は思っているそうだ。刺してくる味方、きっとイクトを想定してるんだろうなぁ。

ともかく、そんな近衛には人手不足を理由に武器を持たせて並ぶだけはさせている。ただ信用がおけないと言い訳しつつ、本隊とは離れた場所に。事実上無罪放免とは言え、この先軍事行動を続けるなら、必ず前線で使い捨てにされる可能性はついて回る。

そのことを突きつけるひと押しをされれば、近衛はどうするか？　帝都に逃げ帰って保身に走るだろう。東に向かえば逃げることもままならなくなる。今この時が最後のチャンスだ。

「それにしても、足止めのために改悪された予算をこのようにお使いになるとは」

戦場近くということで、ウェアレルは杖を手にして僕に笑いかける。

「使えるものは使うしかないからね」

僕としても成り行きが上手くはまった状態には、笑うしかない。

村で小領主の兵とロムルーシの兵から買い取った武器、実はロムルーシのほうには即時の支払いをした代わりに、小領主のほうは次の予算降りてからってことで支払いを保留にしてたんだよね。

僕たちも大移動して来てるから、手元にまとまった現金は持ってなかった。しかもその時点だと小領主は敵側だったから、支払いの保留は継続。一筆書いた書面は渡してあったけど、小領主も暗殺者を送り込んでる手前、支払いを催促する厚顔さはなかったんだ。

結果、小領主への支払いは予算が一緒くたにされた後。そしてその現地調達した武器は近衛に回した。この状態で近衛が逃げ出した時、問題になるのは僕と軍と一緒くたにされた予算と予算にかかる装備品について。

「これから東へ戦いに向かえというのに、近衛が武器に馬、食糧さえ持ち逃げしたとなれば、軍として追うことにも理由づけはできます」

イクトが言うように、帝都に戻っても貴族からの妨害があるだろうから、そこは二段構えだ。命令遂行のためにも軍備の欠落は看過できない。また、予算が一緒にされたから近衛が持ち逃げした装備は近衛だけのものではないってね。

「貴族側が責めるとなれば、結果的にあの予算を推した者を締め上げることになる。僕たちとしては帝都にさえ戻れればそれでいい」

帝都が本拠地で、保身のために使える伝手があるのは近衛だけじゃない。僕は皇帝である父と組んで対抗するつもりでいる。

戦場だから大きく開かれた天幕の入り口。そこからは確かに冬の気配が迫ってきてる。これだと、帝都に戻れるのは年を越してからになりそうだった。

七章　悪あがきする者たち

帝都を発ってファナーン山脈にあるカルウ村とワービリ村に行くのにはふた月かかった。山を下りてからは、ホーバートの街からサイポール組を追い出して、包囲して、近衛を走らせて。

事前に移動のための手回しをすることができなかった分遅れたけど、それでも二カ月弱で帝都に戻れたのはすごいと思う。

「軍事の定石としてですね、戦意の高い軍の前に立つのは絶対やっちゃいけないことなんですよ。やるなら相手の出端を挫くことをしなくちゃならない」

元軍人のヘルコフは、世間話のようにそんなことを教えてくれる。僕の家庭教師になってから、実体験に基づいた話はよく聞くけど、これは初めての話だった。

「もう一つ、絶対に前に立っちゃいけない軍があるんです。それは、帰るために行軍してる軍ですよ。大多数は戦争なんざしたくないんです。そういう兵を纏めて敵に当てるのが将軍の手腕ってもんですが、逆に帰還途中となれば、兵は誰の指示も受けずに一丸となって同じ方向を向きます。そんなの止めようとするだけ飲まれるんですよ」

帰還を始めて二カ月。冬の中帝都に戻った僕が、ヘルコフとそんな話をしてるのには理由がある。

帝都の中に入ることはできたけど、軍としての帰還を成立させないという罠にはまってしまったためだ。近衛も狙いどおり帝都に走ってくれたのに、こんなやり方されるとは思わなかったよ。

ノックの音にノマリオラが扉を開いて確認すると、すぐに閉じてそのまま何も言わない。

「おい⁉　今俺の顔確認しただろうが！」

「勝手に入っていらっしゃる方にわざわざ開ける必要もないかと」

「閉める必要もないだろうが！」

やって来たのはワゲリス将軍で、珍しくノックするっていう入室許可を取ったようだ。慣れないことするからじゃないかな、なんて思ったけど言わないでおこう。

実際ワゲリス将軍はずかずか入って来る。その上で怒った様子で鼻を鳴らした。

「ったくふざけた奴らだ。今さら近衛が反乱起こそうとしたこと隠せるわけがねぇってのに。おら、軍のほうに来てた近衛の奴らの訴えだ」

ワゲリス将軍がテーブルに放り出すのは、それらしい書類。パラパラ捲って見ると、貴族家の名前を前面に押し出した言い訳。

「権威主義者相手には効きそうだね」

「実家に泣きついても変わらんわ」

僕の感想に、ワゲリス将軍はばっさり無駄な努力と否定する。ただこれ、一定の効力があるから僕たちは帝都に戻った今も同じ敷地内にいるんだ。

ここは帝都内にある軍の駐屯地《ちゆうとんち》。皇帝の名の元に出兵したから、皇帝である父に帰還報告してようやく軍務は解かれる。そういう形式を踏む必要があるっていうのに、僕たちは色々と理由やら言いがかりやらをつけられて、未だに宮殿に向かうことができないでいる。

ここで諦めて素直に帰してくれるなんてしないのが本当にらしい。僕を僻地に送り込んで、さらに僻地に転戦させようなんてする人は違うね。

「せめて宮殿前の軍施設に待機なら、陛下と連絡も取れるのにな」

「それを嫌ってここからの出入りも制限しているのでしょう」

僕から書類を受け取って、ウェアレルも斜め読みしながら応じる。要約すると、名家のうちに刃向かうのかっていう脅しがメインだから、読まなくてもいいと思う。後はワゲリス将軍が横暴だとか、僕が無能で死を覚悟するレベルだとか悪口が書かれてるだけだし。

さすがに帝都に反乱近衛を送り返してから半年。遅延にも限度があるし、だから転戦という無理な命令を通してうやむやにしようとした。けどそれも失敗した現状、もう持てる権威でもって脅すしかないという相手の悪あがきだ。

後から帰った近衛のほうも、先に送られた近衛の逃げ場のない状況を知って、実家に引き籠もっている。可哀想なのは帝都に戻ったからと放り出された従卒たち。反乱に加担したということで捕まってるそうだ。

もちろん家名を盾にした脅ししか来てないから、平民出身の従卒は見捨てるんだろう。

「こっちも報告は上げてるのに、この膠着状態だ。最初の近衛も片づいていない中で、さらに残った近衛が軍務放棄で逃げ帰って来たのは、よほど不測の事態だったんだろうね」

現状、僕たちは動けない以外に何もされてない。代わりにこっちは、反乱を計画した詳しい状況報告の他、お酒を盗んだり非戦闘員に怪我をさせたり、道中での態度の悪さや無銭飲食、キスを強要するという婦女暴行なども訴えてある。

後は上司である僕には一切の訴えも相談もなかったと、一筆入れた。近衛の処遇についてもワゲリス将軍との相談の元で下したことも。

「こうしている間も、アーシャ殿下は着実に手を打っておられるというのに」

「おい、今度は何したんだよ」

イクトの呟きにワゲリス将軍が反応する。

「別に何もできないよ。だって、護衛名目で宮殿から見張りが派遣されてるじゃないか」

「嘘くせぇ。いや、宮殿から派遣されてるあれは敵方か？」

「あ、そこから？　うん、あれは陛下からの護衛じゃないよ。っていうか、戻るようにおっしゃったんだから帰還の手続きをするために宮殿に呼びこそすれ、こんな所で足止めはさせない」

たぶんルカイオス公爵かユーラシオン公爵の手回しだろう。それもすでに遅いんだけど。

僕は帝都に帰りつく前に、伝声装置でウォルドと連絡を取った。必要な手を打ってもらうためだ。表向きは比較的監視が緩いセリーヌに、血縁者であるウォルドと接触してもらって動いてもらう形を偽装してるけどね。

本命の不可視の知性体セフィラは、宮殿内部の様子は調べた後だ。もうすでにウォルド伝いに陛下にはこちらの意図は伝えてある。

「見張りまでつけられて、あとやってることと言えば、財務を突いてるだけだろ。いったいそれがどう影響するっていうんだ？」

ワゲリス将軍も僕の指示で動いてる一人なんだけど、こっちには意図が通じてないようだ。目の前の状況に対して即断即決はできるんだけど、波及する影響とか目に見えない部分に疎い傾向がある。

「財務は二年前に陛下に睨まれて手を入れられてる。今もまだ派閥の力は強くない。そこを動かして、今回僕や軍、近衛の予算を一緒にするなんて暴挙がされてる。だったら、こっちも利用すればいい」

財務は洗えば誰が圧力をかけたかは見えやすい部署だ。その上で、軍を通じてワゲリス将軍には、財務に対して予算に対する不満を突きあげてもらっていた。

「僕としては、ワゲリス将軍が心当たりのあった権力志向な軍人が、ここで邪魔してくるかと思ってたんだけど？」

「はん、あいつもやりすぎだと他から睨まれるようになってんだよ。俺らが早く戻りすぎて、実績作りも何もあったもんじゃなかったからな」

さすがに今後も一緒に行動するだけの別部署と、予算を一本化されるなんてごめんだと、軍もワゲリス将軍の報告を受けて動いているようだ。

軍人の中にも貴族出身者もいるわけで、宮殿には軍関係者からの不満も届く。それも派閥に関係なく、多方面から。

「派閥は数が力だけど、逆にその数が仇《あだ》になることもあるよね」

「どういうことだ？」

「ワゲリス将軍、砂を袋に入れて振り回すと、攻撃としては痛いでしょ？　じゃあ、その砂を袋から出してばら撒《ま》いたら、取りこぼしなく袋に戻すことは難しいわけだ。派閥という袋を握る者からすれば、今は砂がまとまらない状態で、零さないよう意識を割かなきゃいけなくなってるんだよ」

権力者である公爵たちからすれば、他の貴族なんて砂粒程度。けど集まれば力になるし、まとめあげるのが派閥の長の役割でもある。そして砂のような貴族たちがバラバラに訴えて来るんだ。逃げ込んだ近衛、突きあげる軍、重要だけど力の弱まった財務、保身を叫ぶ貴族、抵抗する皇帝もいる。

割かなきゃいけない時間も手も膨大になるだろう。普段は味方をするはずの数の力が、翻って動きを鈍らせる枷になるんだ。

全てを納得させるなんてことは無理だし、調整する時間ももはやない。僕たちが帝都に戻ってしまった時点で悪あがきでしかなかった。

「そろそろ一石を投じようか。ノマリオラ、手紙を書く準備をして」

「ようやく皇帝陛下に直接訴えるのか？」

ワゲリス将軍に首を横に振ってみせると、ヘルコフも意外そうな顔をする。

「ここで、僕が近衛は悪くないってお手紙を出すよ」

「あん？」

「もう反乱のことは罪ありきで帝都に送った者たちがいる。その後は新たな命令を受けての行動だ」

ファナーン山脈に残った近衛は、東行の命令が出た時点で反乱未遂は事実上無罪放免にされている。今さらそっちを反乱云々で裁くのは難しい。だからこそ、命令違反、敵前逃亡なんていう新たな罪を負ってもらっている形だ。

「だから今回の近衛の動きは、全ては予算配分が変わったり、急な命令がきたり、作戦行動を途中から横やり入れられたせいだと教えてあげるんだ」

半年前に罪人として護送車で送り返された近衛は、判決こそ下ってないけど有罪確定の雰囲気。それでも傷を少なくしようと実家が抗っていたところに、今回の残りの近衛たちの独断専行。

先に送られた近衛に対する心象は悪化してるし、帝都にずっといた近衛も同じ扱いをされる。そのことで一緒にされるならと団結力を生み、派兵された近衛の実家の頑なさを後押ししていた。

「じゃあそこに、反乱の首謀者が罰されるなら、予算や無理な命令のせいで先走ってしまった近衛たちくらい許していいよって僕が言ったら？」

「ホーバート領主と同じく、すでに罪人扱いの仲間を人身御供に、己だけは助かろうと前言を翻す」

「今なら反乱は上からの強要があったと言い逃れもできるでしょう。逃げ場がなくなりそうなところでそれは、飛びつく姿が目に浮かぶようです」

ウェアレルとイクトが応じると、ヘルコフも大きく頷いた。

「つまりは、敵対勢力の分断と混乱。その上で一部を確かにこっちの味方にしようってことですか」

「派閥を宰領する側からすれば、頭の痛い内部分裂です。さすがご主人さま。保身に走る貴族もまた、予算を通した財務を攻撃の的にさせるのですね」

ノマリオラは僕の前に手紙を書くための道具を並べつつ、今日一の笑顔を浮かべる。

「で、軍内部にも攻撃の的がすでにいるわけか。よくやるもんだぜ。ま、あいつの場合は自業自得だな。文書偽造の騒ぎとかもあるから、軍の上層部も今回身内を庇うことはできやしねぇ」

ワゲリス将軍が言うとおり、偽造を暴露したことも僕たちには追い風になっている。一度他部署に内部の罪状を明らかにされたんだ。ここで自分たちできちんと対処したと見せなければ、軍部の面目が丸潰れになる。

「あとは大人たちにそれぞれ頑張ってもらおう」

閉じ込められたような状況でそんな話をした十日後、僕たちは皇帝の命令により宮殿に呼び出され、無事、帰還の挨拶ができたのだった。

＊＊＊

「なんでまた同じ手を食うかなー」

正直上手く帰還できたことに気が抜けたのはある。それに宮殿前で兵と共に並んだ時、父はもちろん、妃殿下やテリー、フェルとワーネル、そしてまだ一歳の妹まで出迎えてくれたんだ。

その上ワゲリス将軍が、僕を軍の代表として父から声をかけてもらえる位置に立たせてくれた。いの一番に家族にただいまを言えたあの時、ちょっと照れくさくて、けど確かに嬉しかったんだ。

だから、浮かれてた。今になって思うと恥ずかしい。

そんなだから大聖堂での暗殺未遂の時のように、隔離するため左翼棟にさっさと押し込まれるんだ。しかも今回は側近であるウェアレル、ヘルコフ、イクトまで左翼棟に滞在を強制されてる。

一緒に北へ行ったノマリオラが出入りを制限されないのは、ルカイオス公爵のスパイをしてるせいかな？　ウォルドは帝都で真面目に働いてただけだからだろう。

「部屋余ってるから困りはしないんだけど、そうやって僕を隔離していったい何をする気なのか。嫌な予感しかしないなぁ」

ぼやく僕に、一緒に錬金術道具の手入れをしてくれていたウェアレルが反応した。一年ぶりに帰って来たエメラルドの間は、ウォルドが毎日見ててくれたそうで、変わった様子はない。

「エデンバル家当主の件でも、警戒を強めたからでしょうね。あれは派手に動きすぎましたし。

……正直、あんなに走ったのは学生以来でした」

学生時代のウェアレルって、活発だったのかな？　肉体派のヘルコフと手の早いイクトがいるから、その活発さを発揮する機会がないだけなのかもしれない。

「警戒してるのは、僕たちが何かをすると思った上でのことだよね」

僕の言葉に、見張るように窓の外を見ていたヘルコフが室内を振り返った。ちなみに左翼棟の外にも見張りがいます。いったい何処の暇人なんだろうねぇ。

実際問題、一年前よりこれ見よがしに人を配置されたのは、やっぱり警戒と牽制。わざわざ相手がやってほしくないって言ってることならやりたいんだけどな。

「近衛について掻き回したんで、これ以上はってことでしょうね。あとはロックの奴との分断ってところですか」

「うーん、けどそこはもう陛下が絶対に引き下がらないだろうし」

「だからこそでしょう。アーシャ殿下が睨まれたとおり、近衛の内部で保身に走る者と切り捨てられるだろう側が慌てふためいていると」

壁際に立って、本来の仕事をしているイクトが……いや、ここにいるせいで宮中警護としての上司にも会えてなかったや。

ともかく、上手いこと近衛を内部から掻き回せたようだ。その上で宮殿貴族も近衛の関係者は浮足立ってる。そこを父が突いて、財務を掌中に収めるため動いているはずだ。

「犯罪者ギルドの時は公爵たちに空いた席を盗られたけど、今度は上手く手勢を入れてほしいな」

すでに宮殿内部はセフィラが色々と情報を拾ってきている。父は財務に、側近のおかっぱの親類を送り込むようだ。確か六男って言ってたし、兄か誰かかな。

この動きを、大派閥の長であるルカイオス公爵もユーラシオン公爵も止められないでいる。名家にはやっぱり近衛関係者がいるようで、派閥を纏めるだけで精いっぱいらしい。

「今は何を心配されてるんで？」

ヘルコフが大きな体の割に、物音を立てずに近づいて来た。

「財務のほうは、すでに一度やってるから時間の問題だったんだよ。今回早まったに過ぎない。けど、そこで満足して手を緩めた隙に、近衛に逃げられたらやだなって」

「あり得ます？　俺らと戻った側はともかく、先に送った奴らは反乱未遂での訴えですよ」

「たぶん最初に送り返した近衛たちはもう切られる。けど、まだ近衛の実家が家ごと反乱の汚名着せられるなんて受け入れないでしょ？」

実際やった近衛はともかく、血縁だからと一緒に連座させられる実家とその関係者は、なんとしても足掻く。そうじゃないと皇子相手の反乱未遂で皇帝もお怒りとなれば、一族郎党没落だ。

考えられることは、他の近衛たちが組った予算配分による混乱と行き違いに乗ろうとする。けどこれは反乱未遂の後だから無罪は無理。だったら減刑を狙ってまだ足掻くだろう。

「逆に、手早く処断するということも考えられるのでは？」

「そうですね、傷は小さい内に対処すべきです」

イクトとウェアレルが言うのは、反乱未遂で送り返された少数を手早く切り捨て、もう判決は出たと騒ぐ近衛関係者の鎮静化を図るやり方。つまり公爵たちの側から見た対処だ。

派閥を纏める側からすればそれが楽だろう。けど、派閥は数の力だ。助けてもくれない相手だと見られれば、求心力は減る。そう思われないためにも落としどころはすでに見据えているとしても、まだ手を切るには早すぎる。

手を尽したというポーズはしなくちゃね。まぁそれも、僕が近衛の内部を引っ掻き回したから、意見のとりまとめに時間を使う羽目になってるだろうけど。

「もし動けるとしたら、殿下は何をなさるつもりで？」

なんだかヘルコフが妙に探ってくる。僕、そんなに落ち着きなくなってるかな？　なくなってるかもしれない。今ならって考えちゃうんだよね。

僕が自分の逸りを認識した時、ノックの音がした。

「はい、どうもー。お手紙お持ちしましたよ」

現われたのは宮中警護のレーヴァン。手には一年前よりも多い手紙を持っていた。

「え、もしかして僕がいない間もディオラから？」

「そうですよ。こっちから他国の手紙を戦地まで送ることはできないって言っても、帰ってきたら読んでほしいって。健気なことで」

嫌みか本音かわからない様子で言ったレーヴァンは、次に責めるようにイクトを見る。

「で、こっちはトトスさんの家から預かってきた手紙なんですけど……。そちらはストラテーグ侯爵へのここ数日の業務を報告する書面とか用意は？」

「していない」

イクトは悪びれもせず応じる。そして受け取った手紙を僕へと回した。見れば送り主はハーティ。元からイクトにはハーティとの手紙の中継をしてもらってた。宮殿に手紙送りつけるなんてできなかったから。こっちは三カ月に一度くらいのペースで手紙をくれていたようだ。それをレーヴァンがイクトに頼まれて回収し、持ってきたということらしい。

「あれ、レーヴァンとはいつの間に連絡取っての？」

僕は金の間に移動してソファに座り、イクトに確認する。

「見張りに当てられた宮中警護経由でメモが回ってきました」

「そこにちゃんと報告するようにとも書いてたはずなんですけどねぇ」

レーヴァンは直接来るための調整をした上で動いたらしい。どうやらこの左翼棟の警戒は、幾つもの派閥が関わっている。ストラテーグ侯爵の一存で出入りできないみたいだ。

「犯罪者ギルドを壊滅に追い込んで、軍の不正も暴いたストラテーグ侯爵が憚る相手、ね」

「今さら予想するまでもない相手でしょう。いいから殿下はディオラ姫の手紙の確認してください」

わかりやすくレーヴァンが警戒してるのは、炙り出しが必要になった状況のせいだろう。つまりは僕のせいじゃなく、馬鹿な時間稼ぎをした軍の誰かのせいだ。

僕はレーヴァンが言うとおり、気にせずディオラの手紙に目を通す。すると暇になった側近たちがレーヴァンににじり寄り始めた。

「俺も堅苦しい場は得意じゃねぇが、派兵を成功させた功労者にあんまりにも露骨すぎやしねぇか？」

「凱旋されたことを誇らないアーシャさまの威徳に、あまりにも甘えすぎていると思うのですが、ストラテーグ侯爵としてはどのようにお考えで？」

「派兵を一年で終わらせたことは才覚のなせる業だが、相応に労を負われたからこそ。その働きの見返りがこれではあまりに甲斐がないだろう」

僕を閉じ込めるばかりの現状に、けっこう思うところがあったらしい。たぶん僕があんまり気にしてないから言わなかったのかな。そう言えば戻ってから口に出して不満らしいことを言ったのは、さっきが初めてかもしれない。

一人責められるレーヴァンは、一度は押されたものの、立て直すように言い返す。

「あのですね、初陣で領地得て凱旋とか、とんだ金星ですよ？　内情知らない奴はそりゃなんの成果だって笑うでしょうけど、少なくともこの宮殿の大貴族方は誰一人予想しえなかった大金星です」

珍しく僕を評価するような言葉に顔を上げると、レーヴァンは苦々しい顔で言ってた。

「もっと悪い結果望んでたお歴々が、この状況でまともに動けると思わないでください。こっちも人間なんですから、予想外の上に治めかけた問題再炎上させられて、火消しに追われるに決まってるじゃないですか」

もっともらしいこと言ってるけど、けっこう内容はひどい。言ってしまってからレーヴァンも、なんのフォローにもなっていないと気づいたらしく首を捻った。

「やっぱりどこもかしこも忙しいって話だよね。……………そうなると、逃げられない内に確実に手を打っておきたいところなんだけど」

「ちょっと、なんの話です？」

僕の呟きに、今度はレーヴァンが側近たちに詰め寄る。

「それをヘルコフどのが聞こうとされた時に…………」

「邪魔をしに来ておいて………」

ウェアレルとイクトにこれ見よがしに溜め息を吐かれ、レーヴァンは一度口を閉じる。すると、普段静かな左翼棟に似つかわしくない大声があるようだ。距離が遠く、怒っているような気配と人が動く足音だろう騒音がする。

「え、また誰か来た？　押しかけて来るって——ストラテーグ侯爵？」

「違います」

レーヴァンがすぐさま否定するけど、ちょっと考えるように横向くのは何かな？　手紙の内容はディオラが僕を心配するばかりで、まずい内容はなさそうだ。

「ねぇ、これって一通ずつ返すべき？　ディオラがせっかく書いてくれたのに一通だけで返すのも——やっぱり誰か来てるみたいだね」

遠くから聞こえていた物音が、バタバタと激しい足音と共に近づいてる。怒鳴り合うような声もさっきよりはっきり聞こえた。

見張りが増員されていない時でもこんなこと、そうあった訳じゃない。僕は心配を書き綴ったディオラの手紙を一度封筒に戻して、汚れないよう仕舞い込む。

「剣の音がしますから、武装している者がいるようです」

イクトは自分以外に帯剣しているレーヴァンに目を向ける。けど、レーヴァンは知らないということを示すために首を横に振った。どうやら宮中警護がいるっぽいけど、ストラテーグ侯爵の懐刀であるレーヴァンも与り知らない動きのようだ。

「イクト、様子を見て来てくれる？」

諍いが起きているなら、帯剣しているイクトが一番安全だろう。

すぐさま動き出すイクトは、同時にヘルコフへと目配せをした。それで通じたヘルコフは、金の間に動くイクトとは別に青の間へ。どちらも、騒音のする階段に通じる出入り口がある部屋だ。

「どうなってるか聞いてるんだろうが！　答えられねぇってんなら直接聞いてやる！」

どうやら同じ階に到達したらしく、ひときわ大きな怒声が聞こえた。途端に、青の間のほうへ行ったヘルコフが出たようだ。

「何処で騒いでんのかわかってんのか⁉」

階段ホールって声響くから、僕は動かなくてもヘルコフの怒声が聞こえた。そして大勢の足音が怯む様子も耳でわかる。

そんな中を抜け出すように足音が立ち、続く別人の声も聞き取れた。

「無礼を承知で失礼いたします！　緊急事態ですので！」

「こちらにも事情があるので一度弁明をさせていただければ！」

イクトが開けたらしい金の間のほうだ。最初の怒鳴り声で予想がついたから見に行くと、財務官の色黒エルフなウォルドに続いて、エルフの女性兵士のセリーヌが飛び込んで来ている。

そしてウォルドとセリーヌがイクトに謝り倒している後ろで、怒鳴り込んで来たのは別れて数日で、まだまだ聞き慣れた感のある声の主。

「おいこら！　どういうことか説明してもらうぞ！」

大柄なカピバラ獣人のワゲリス将軍だ。一応宮殿への参上に見合う正装の軍服を着てる。ただ後ろにはそのワゲリス将軍を止めようとしただろう見張りたちが詰めかけていた。

宮中警護もいれば衛士もいるし、近衛や門番らしき制服の人も。ともかく騒ぎに引かれてやって来た感じ。これは僕が収拾したほうが早そうだ。

そう思ったんだけど、僕より早く赤い熊さんが猛獣らしく野太い声を響かせた。

「殿下の住まいでいい度胸だな！　軍は解散してんだ。いつまでも対等だと思うなよ！」

派兵の時でも兵士を怯えさせた獣人同士の唸り合いに、宮殿勤めの面々が及び腰になる。半分ふりだなってわかる分、僕は平気だけど、空気読んだのか読まないのか、レーヴァンが確認して来た。

「ちょっと殿下？　将軍との不仲は聞こえてましたけど、怒鳴り込まれるほどのことしたんです？」

「別に仲悪くないよ。それより、レーヴァン。宮中警護は持ち場に返して。ウェアレルも僕が許可したって衛士たちに伝えてくれる？」

見張りを目的にしてる人たちはちょっと粘ったけど、結局僕の部屋に入れたらその後は手出しができず引き下がった。さすがに帝室の人間の私室に押し入るなんてことはできないからね。

「あとで怒られても僕は知らないよ、ワゲリス将軍」

追ってきた人たちがやることと言えば、上に報告して、そこから軍に文句を言うことくらい。そうなると今度は僕が権限を持っていないから本当にどうしようもない。

腕を組んで黙っていたワゲリス将軍は、不服を隠しもしない声で応じた。

「んなことはどうでもいい。なんで皇子が本当に軟禁されてんだよ」

「派兵前はもう少し放置だったし、それは僕も聞きたいなぁ？」

宮中警護を持ち場に戻して室内に戻って来たレーヴァンに目を向ける。壁際で様子見をしようとしていたレーヴァンが何か言う前に、ウェアレルが咳払いをして注意をした。

「将軍、軍内であればあなたは指揮官としてアーシャさまにも屈さぬ姿勢を見せる必要もあったでしょう。ですがここは宮殿です。相応の礼をもって言葉を発していただきたい」

「…………今さらだろう。こんな状態の皇子についてるなら、現状のおかしさわかってるはずだろうが。言葉飾って何か変わるのか」

「あの、俺を数に入れないでくれませんかね？」

控えめに主張するレーヴァンの言葉を受けて、ワゲリス将軍が説明を求めるように僕を見る。組んでた腕をほどいたのが、どう考えても摘まみ出す前振りにしか見えない。

「ほら、ストラテーグ侯爵側の人だから」

「あ！　もしかしてあの偽造がどうとか、あれも仕込みか⁉」

「違います！　同じ被害者かと思ったらそちらの殿下以上にとんでもない人なんですか⁉」

ワゲリス将軍にあらぬ疑いをかけられたレーヴァンが、精一杯否定する。その上で、身の危険は感じたらしく、壁に背中をぴったりくっつけて守りの体勢に入った。これで逃げないってことは、ストラテーグ侯爵側もワゲリス将軍の詳しい情報は持ってないのかな。

「ともかく、こんなことした理由から聞こうか」

僕が座り直して促した途端、ワゲリス将軍が憤懣《ふんまん》を露わにした。

「会うためのアポ取りさえできねぇわ、動いた途端邪魔が入るわ、軍からも貴族からも義父からも物言いがあるわでどうなってんだ！」

「こちらも正式な手順を踏もうとはしたのです。ですが埒が明かず、もはや第一皇子殿下と正攻法での面会は叶わないと悟り、親類であるウォルドに相談したところ、こうなりまして……」

ワゲリス将軍の雑な愚痴を、セリーヌが補足する。一応この強行には、段階と理由があったようだ。

僕を政治的に利用しようとする貴族を遠ざける、公爵たちの網に引っかかった形なんだろう。

ただ、ウォルド捕まえるようにして押し入ったのはどうかと思う。巻き込まれただけなのに、ウォルドは平身低頭謝ってるし。

「頭に血が上ってんじゃねぇか。それだけ止められてんだったら正面突破以外のやり方模索しろ」

ヘルコフのもっともな言葉に、メッセンジャーを請け負ったほうがまだ心安らかだっただろうウォルドが何度も頷いている。

「この財務官が正攻法でやっても無駄だっていうからこうして来たんだろうが」

「一応、この押し入りが正攻法じゃない自覚はあるんだね」

けどウォルドの忠告はそうじゃないんだろうね。邪魔されないよう、ばれない形で接触しろとかそういう意味だったんだと思うよ。結果的にその突破力でここまで来てるけどさ。

「こんな回りくどいことするくらいなら、悪知恵使って現状を改善しろ！」

僕のひと言に、ワゲリス将軍は懐からメモ紙を取り出して、僕の目の前のテーブルに放り投げる。中を見なくても、それが僕の書いた物であることは確かだ。

宮殿に戻る前に、近衛の反乱について詰められて、名目上の上司であった僕が身動き取れなくなる可能性くらいは考えてた。こんな単純に理由も告げられずに軟禁されるとは思わなかったけど。

で、その場合の対策として、ヘルコフに軍の駐屯地からモリーのところにお酒を買いに行ってもらったんだよ。僕のこのメモを持って。宮殿に戻って五日ヘルコフが現われなかったら、このメモを仕込んだディンク酒を、ワゲリス将軍に祝勝の贈答品に紛れさせて渡すようにって。

「僕、大人しく近衛の反乱を訴え続けるように書いたはずだけど？」

「おう、ディンク酒に添えてな。珍しく皇子らしいことしてやることが嫌みか！」

単に使える伝手ってだけだったんだけど。そう言えば偽物のディンク酒掴まされてたのを暴露したことがあった。どうやらそのことで嫌み扱いらしい。

「レーヴァン、仲悪いかも」

「こっちに振らないでください」

「いや、なんかこの邪推する感じがストラテーグ侯爵に似てるから」

「違います、絶対違います。お願いですから悪知恵働かせないで大人しくしておいてください」

「あぁん⁉　子供押し込めていい大人が恥ずかしくねぇのか⁉　軟弱者！」

「この皇子さまが動くと問題にされるんです！　俺はそれを止めたい側！　っていうか、さっきの怒鳴り込み実は何かの打ち合わせですか？　不仲そうに見えてめちゃくちゃ仲良しじゃないですか！」

仲良しという言葉に、ワゲリス将軍はもちろん、僕の側近たちも揃って眉間に皺を寄せる。セリーヌはフォローの言葉を探すようだけど何も出てこない。

「まぁ、それはいいや。そう言えば説明しろって言ってたけど何があったの？」

ワゲリス将軍の挨拶はいっそ慣れたし、絶対不意打ちはしてこないってわかったから、大声出してアピールしてくれるのは一種安心材料でもある。

「おう、そうだ！　これはどういうことだ！」

ワゲリス将軍は新たに紙をテーブルに出す。それはメモ紙と違ってきちんとした書体の報告書。

「あぁ、論功行賞の報告か。へぇ、ずいぶん高評価だね。盗賊の被害に遭った村の管轄からも報告挙げられて、ちゃんと評価に加えられてるんだ。けど一番はやっぱりサイポール組の追い出しか。失点もほぼない。これの何が問題なの？」

「ほとんどの功績俺じゃねぇか⁉　なんでこんなことになってんだ⁉　どう甘く見積もっても七対三で俺の功績になってる！　普通に見たら八対二！　第一皇子は何もしてないことになってんだぞ⁉」

どうやら僕をここに押し込めた一端には、軍の思惑もあったようだ。いや、その裏で僕の功績を極力減らしたい何処かの貴族の思惑かな。

「軍としても偽書を暴かれたなんて泥を塗られた状態から、これだけ功績を上げましたっていう汚名返上の機会にしたいから盛ることもするでしょ。それに、軍を動かして何かをすることに、確かに僕は関わってない」

「関わってないだぁ⁉　あれだけ、あれしろこれしろって言っておいてか？」

「口は出したけど、実際にサイポール組をホーバートから追い出す際に動いたのは軍だ。盗賊のことだって地元に報告を上げたのは軍だ。見る限り、評価として不正も不備もない」

僕が連れてた戦力なんて、側近以外は近衛でほぼ動かしてない。だから事実をそのとおり報告すれば、結果を導く行動をしたのは軍であり、それを指揮する将軍になる。

不正なんてあったらワゲリス将軍自体が、ここに来る前に軍で暴れてるだろうし。実際今、不服丸出しでも言い返すことができずに鼻を鳴らしてる。そんな様子にレーヴァンも察することがあったようで、首を横に振っていた。

「うわぁ、本当にこっちと同じじゃないですか。殿下の隠れ蓑にされて、大量の処理を押しつけられた上で注目の的として押し出される。――それで、実際のところ七年かかる問題をどうやって一年で解決したんです？」

「ストラテーグ侯爵なら、軍にどんな報告が上がって論功行賞がされたか知ってるんじゃない？　っていうか、今レーヴァンが来てるのも、そこ探るよう言われたからでしょ」

薄ら笑いを浮かべるレーヴァンは、否定か肯定かを迷った末に半端な表情になっている。その上で、両手を肩口に上げて降参のポーズを取った。

「殿下が山の上でやったことなんて、村の道の整備を将軍に言いつけて、後は錬金術のために小屋立てて籠って、ちょっと兵を慰安したとしか聞いてませんよ」

「間違ってはいないかな？」

「はぁ!?」

「なのに怒るってことは、ワゲリス将軍はどう報告したの？」

「南から吹く毒の風やら、白い道の毒やら、七年前の突然死の原因やらは言われたまま報告書にした。泉が争いの種になるってんで拡張したこともな。皇子が作った調理器具についても書いただろ、あの岩盤浴も原理はよくわかんなかったがそういうもん作ったとは書いたし――」

指折り数えるワゲリス将軍の様子から、把握してる分は全て僕の功績として報告したらしい。ただそれでは上手くいかなかったことをセリーヌが補足する。

「錬金術関連は全て第一皇子殿下の趣味でしかなく、効果のほども怪しいと評価されました。殿下の武官たちも抗議していましたが、上からの圧力で論功行賞の場から排除されてしまっています」

穏やかじゃないな。僕を押し込めている間に、やっぱり不利になるよう動いてたわけだ。

「正直、ある日を境に軍上層部の態度がとても頑なになり、我々の言い分を完全に受けつけなくなりました。そして、この結果が出されています」

セリーヌも裏に誰かいることは、わかっているようだ。僕の功績をあえて低く抑えるよう、政治工作がされたことを。

となると、僕の邪魔をする公爵たちは、派閥の取りまとめに、近衛の内部分裂、父の強硬姿勢への対処に加え、軍への政治工作もしてたわけだ。どれも決して小さな動きじゃない。しかも派閥内部が荒れてる時にそれだけ動いてるとなると、隙も多くなる。

「ワゲリス将軍、そのままちょっと軍部の目を引いてて。もちろん論功行賞に影響しそうなら退いていいから。あと、過小評価は想定内。今さら騒ぐほどのことじゃないよ。今回貧乏くじ押しつけられたようなものなんでしょ？　だったらその見返りだとでも思って受けておけばいいよ」

途端に、ワゲリス将軍が机に強く手を突いた。そして僕と視線の高さを合わせて睨む。

「舐めんなよ？　子供に気を使われるほど落ちぶれちゃいねぇ」

おっと、本気で怒らせてしまったようだ。別に侮辱したつもりはなかったんだけど。

「うーん……………そもそもね、僕が欲しかったのは功績じゃなくて、公に皇子として外に出る実績だ。僕としては書類上記録に残ればそれでいい。ここからようやく動ける足場を築いたようなものなんだ。逆に功績が多すぎても困るんだよ」

内情を言った上で、僕はワゲリス将軍に指を一本立ててみせる。

「僕としては、そんなことよりやらなきゃいけないことがある。だからワゲリス将軍には、僕を警戒するだろう人たちの目を逸らす的として目立ってほしいんだ」

「あん？」

うん、利用しますなんて言っても怒るよね。けど、僕が目立つとこうして身動き取れないようにされるから。これは今まで伝手とかほぼ作ってこなかった弊害だよなぁ。

僕がちょっと反省してると、ワゲリス将軍はテーブルから手をどけて身を引いた。その上で僕を上から見下ろす。

「やっぱり俺はそのやり方が気に食わねぇ。だがな、貴族のやり方も反吐が出る。俺にこの場所は向いてねぇし、そこで生き残ってきたやり方を否定するもんでもねぇ」

どう聞いても喧嘩を売ってるようにしか聞こえない言葉だから、レーヴァンもウォルドも戸惑ってる。ただこれ、派兵の時の言動からすれば、ワゲリス将軍的な譲歩だ。

「今回のことは借りといてやる。予算弄った馬鹿が席空けて、俺が座る流れになってるからな。そこ座って動けるようにしておく。だから兵が必要になった時は俺に言え。いいな、勝手に動くなよ」

「殿下のやり方があまりにも危うい上に、こちらで守ることもできませんでしたから。将軍なりに心配しているのです。どうか、動く際はお声かけを」

指を突きつけた後は、すぐに背を向けるワゲリス将軍。その後に続くようにセリーヌも言って、一礼してから部屋を出ようとした。

「兵が必要になることなんて——あ、だったらちょうどやってほしいことがあるんだけど」

「早ぇよ！」

結局文句を言うワゲリス将軍だけど、振り返って聞いてはくれる。これは僕としてやっておいたほうがいいと思うことだから、協力してくれる人手がほしいところだったんだ。

「この状態でいったい何するつもりだ？」

「予防かな？　またイーダンみたいなのが出てきても、ね？」

暗殺者を送り込んできた相手の名前に、レーヴァンも聞き覚えがあったようで緊張を高める。

「もちろん聞くならその分働いてもらうよ、レーヴァン」

「え、それは………聞いてから上司に持ち帰って相談を」

「だーめ」

僕は拒否すると、すぐさまヘルコフとイクトがレーヴァンの両隣に立って逃げ道を塞ぐ。そのまま先の予想と動きを説明すると、ワゲリス将軍とセリーヌは請け負って今度こそ部屋を出る。

レーヴァンは聞かなかったことにしたいなんて言って、ストラテーグ侯爵へ報告に戻って行った。

＊＊＊

今回の派兵は、公爵側から仕かけて来た策略だ。僕を宮殿から追い出して帰ってこられなくすることが狙いで、そのまま政治の場から遠ざけ、継承者としての名目を潰すつもりだったんだろう。

けどその思惑以上に、僕は大人しくし過ぎて、宮殿から出る機会さえ失くしていた状況があった。

外戚のルカイオス公爵が危惧するとおり、第一皇子がいつまでも宮殿にいるんじゃ、第二皇子であるテリーの邪魔にしかならない。テリーは嫡子とはいえ、この国は長子相続で、どう皇子として扱いに差をつけても長子である僕を利用しようという人間は出てくる。

公式行事へも参加は一度だけ、後見人の伯爵家は外され、有力貴族との伝手もない。こんな第一皇子、政治的に利用しない手はないんだよね。

その上なんの実績もないままだと、父が皇帝として領地を与えても、また独断専行だって貴族からの批判の的にされる可能性がある。それなのに今回、今まで皇子としての実績を積ませなかった周囲が、軍との関わりさえ容認して追い出しにかかった訳だ。利用しない手はない。

「正直、近衛の反乱は僕も予想外だったし、仕かけた側もそこまでやるとは思ってなかったんじゃないかな？」

僕は派兵の実情を、そう説明した。金の間にいる僕の前には、宮中警護の制服に身を包んだユグザールがいる。テリーの宮中警護で、この左翼棟で顔を合わせることの多かった相手だ。

先触れとしてやって来て、そのままテリーの指示により、僕の側からの派兵の様子を聞き取るように命じられたんだとか。カルウ村での錬金術の話は、温泉が何かって話が通じなかったから手間取ったけど、概ね通じたように思う。

「できればテリーには、あまり刺激の強い話はしてほしくないんだけど？」

「それは………お約束いたしかねます。テリー殿下が知っておくべきと判断なされたことを、私が左右することはできません」

「それもそうだね。テリーはこの一年で何か変わった？」

イクトを見ないようにしながら拒否したユグザールは、僕が退いたことで短く息を吐く。その後は勉強を頑張っているだとか、双子の弟にも皇子としての手本になってるとか、僕がいない間のテリーの頑張りを語ってくれた。

（いやぁ、何処かの効率重視な知性体とは違うなぁ。コミュニケーションってこういうことだよ）

（優先度の低い情報であると断定）

宮殿に戻れない間、政治情勢を探るようお使いに出したセフィラは、そう言ってテリーたちのことを教えてくれなかったんだけど、まだ言ってる。ちょっと悪意を感じるなぁ。前は様子見して報告してくれてたのに。

（現状、主人に不必要な情報です。すでに面会の段取りが進んでいます）

（本当に効率重視なんだから。もう少しコミュニケーション大事にしてもいいと思う）

（主人との対話を今行う優先順位は低く、錬金術を行える状況確保を優先すべきです）

確かに左翼棟に押し込められた今のままだと、僕が錬金術を後回しにするけどね。あれ、これってもしかして効率っていうか、セフィラが錬金術したいから急かしてる？

けどやっぱり危険は取り除いておきたいし、まだ錬金術に集中できない状態だ。

「それで、確認なんだけど。テリーが突然面会の打診をしてきたのは、やっぱり噂になってるから？」

「なんの――いえ、はい」

一度はぐらかそうとしたユグザールだけど、思い直した様子で応じる。

まだ冬だけど一年を跨いだから、大聖堂で襲われたのはもう一昨年の夏のこと。その時、教会騎士団に扮した暗殺者を事前に察知して報せた相手だ。なんの確証もなく言ってるわけじゃないとわかってるんだろう。

「ワゲリス将軍も論功行賞にずいぶん物申してるみたいだし、その上で僕のところに怒鳴り込む姿は多数が目撃してるからね」

「……………お耳汚しかもしれませんが。第一皇子殿下が論功行賞において不正を働いたのではないかと噂する不届き者もおります」

「ここに我々も含めて押し込んでおいてか？」

イクトの圧のある声に、ユグザールの肩が揺れる。僕は手を挙げてみせて、イクトに責めないよう指示を出した。

だってテリーにもそんな話が耳に入ってるって、婉曲に教えてくれたんだし。ユグザールとしては、こちらからテリーの不安を拭ってほしいっていう意思表示なんだろう。

もちろん兄として弟のためになることに否やなんてない。

「アーシャさま、近衛は皇帝陛下のお側に侍る者。弟君にも変化は目に見えるかと」

ウェアレルがそっと僕に耳打ちする。近衛が反乱未遂を犯して送り返されたことで公爵たちも驚き、今なお手を取られてる。そうなると、大人たちの動きが変わったこと、何が問題であるか、そうしたこともテリーたちには見えているかもしれない。

「そうだね、それじゃ近衛の件が未遂に終わったこともきちんと伝えよう」

「それがいいでしょう。宮殿にわかりやすく伝わるとも限らないですから」

元軍人のヘルコフから、テリーたちに近衛の反乱のあらぬ噂が届いている可能性を示唆される。

「なんだか、ワゲリス将軍のわかりやすさに慣れると、宮殿のやりとりって面倒に感じてしまうな」

先触れのユグザールが退室して、僕は思わずぼやく。するとテリーへのもてなしのために相談に来たノマリオラが、心底心配そうに僕に視線を合わせてきた。

「ご主人さま、大変悪い影響を受けていると言わざるを得ません」

「あ、大丈夫だよ。別にワゲリス将軍の真似したいわけじゃないから。えっと、今日も寒いし温かいもの用意してくれる？」

「かしこまりました」

すぐさま応じて準備に動くノマリオラだけど、部屋から出る時にまた心配そうな目を向けていた。

どれだけワゲリス将軍の評価低いんだろう？　やっぱり怒鳴るように喋るのが、女性からすると減点なのかな？

そんなことを考えてると、また来訪者がノックをする。けどこっちはユグザールと違って来訪を予告していた相手だ。

「ウォルド、ごめん。一時間後にテリーが来るから、ファナーン山脈で採集した素材の目録作りは明日に延期で」

「承りました。では一つご報告を。財務長官の更迭が正式に決定され、明日の朝発表となります。それに伴い人員の入れ替えがございますが、私は引き続き第一皇子殿下つきの財務官として担当させていただきます」

「あぁ、ようやく動き出したんだね」

少なくともこれで一つは解決だ。今回のおかしな予算を承認したことで、財務のほうが倒れた。

「ヘルコフ、ワゲリス将軍からの情報は？」

「軍のほうは駐屯地にいる間に揺さぶったお蔭で、もう切り捨てに動いてます。で、ロックが言ったとおりその後釜に座るのも内定してるみたいですよ」

ヘルコフは、モリー伝いにワゲリス将軍から軍内部の情報を流してもらっている。まさかヘルコフが酒乱だとかいう変な噂が、ここで使えるとは思わなかった。

側近も左翼棟から出さないようにされてるんだけど、ヘルコフが強行にお酒を買いに行くだけだと交渉した結果、見張りつきで出入りが許された。もちろん行く先は馴染みのモリヤム酒店。

以前から持ち込んでるお酒と同じだから、怪しまれてないんだよねぇ。

モリーのほうも、凱旋した将軍に取り入るっていう態で軍にお酒を運んでいるそうだ。ヘルコフ曰く、モリーにも探りがあったみたいだけどディンク酒の売り込みとして怪しまれなかったらしい。

また、ワゲリス将軍も部下への振る舞いに金銭を惜しむタイプじゃないそうで、高いお酒を部下に振る舞うために買うのも初めてのことではないそうだ。そういう目につく動きをしているお蔭で、他の商人たちも近づこうと動いており、モリーの動きも紛れてる。

「そうだ、殿下。陛下に呼ばれた際、近衛の処断についてどうなってるか聞いてきましたよ」

ヘルコフが思い出したように、父に呼び出された時のことを口にする。宮殿に戻ってすぐの慌ただしさなら父の目も眩ませるけど、さすがに数日経てばと左翼棟のこれ見よがしな状況に気づいたんだ。何よりワゲリス将軍が派手にやったしね。

だから父にも異常な状態はわかった。正面から公爵たちにぶつかるのではなく、皇帝個人が雇っている家庭教師という立場から、ウェアレルとヘルコフを呼び出して僕の状況を聞きだしたんだ。

「陛下はすぐに対処するとおっしゃいましたが、アーシャさまの指示どおりに、今は近衛や財務への対処を優先するよう申し上げました」

ウェアレルは僕がお願いしたまま説明してくれたらしい。僕への警戒に割いている分の手間は、きっと父の動きを助ける隙になると思うんだ。

「ここに押し込められてるのなんて今さらだし、大人しくしていれば害がないのは今までと変わらない。だったら、今手を打つべきことに集中してほしいからね」

僕の言葉を受けて、ヘルコフが反乱未遂の近衛について教えてくれる。

「財務もそうらしいですが、軍もやらかした奴はすでに切った。で、残るは近衛ですがこっちはまだ強硬姿勢ですね」

反乱のこともありこれ以上被害が広がることを恐れて、守りに入ってしまっているらしい。対応が遅くなってる上に、他所から口を挟まれるのも嫌がるという無駄なプライドで、外部からの声は突っぱねるんだとか。

同じ話を聞いただろうウェアレルが頷きつつ続ける。

「一度分裂の動きがあったために、近衛の上層はプライドを刺激されたのか抗う姿勢です。膠着しても時間がかかるばかりですので、減刑も視野に入れて処断を急ぐ方針だとか」

そうして反乱の主犯として、帝都に送り返した近衛を切り捨てるよう促すようだ。

「減刑の分、生家が多額の罰金を肩代わりするよう交渉するとのこと。家の存続を重視しているので、近衛個人を切らせて、皇子に反乱を企てて罰せられたという事実認定を優先するそうです」

前世の日本では家族が罪を犯したからと言って、血族まで罰されはしない。けれどこの世界、連座がある。そして連座で波及する姻戚の家まで一緒になって抵抗するから、貴族を罰するのは相当大変なことなんだ。

ただ今回権力や時間稼ぎでは逃れられない。だから当事者の罪は認めて、連座にならないよう減刑を願い、相応の償いを行う方向性を示して解決を早めるんだろう。

「近衛自体が弱体化しても皇帝の権力に影響するし、だからって痛い目見せないと陛下に従わない。だったらそれが妥当だろうね」

「……殿下はよろしいのですか？　その………………」

ウォルドが言い淀む。悔しくないかとか、貧乏くじじゃないかとか、そんなところかな。

「どんなに公明正大な裁きが行われたとしても、自分が望むほどの報いでなければ不満を抱えるのが人の情だとは思う。――でもその不満って、相手にかける感情が大きいからだと思うんだ」

それで言えば、僕に反乱未遂をした近衛のことなんてなんとも思ってない。正直どうでもいいし、二度と関わらないならこっちも存在を忘れる。

そんなことに頭を使うより、自分や家族の幸せのために努力するほうがずっと有意義だ。そのために使えるなら反乱した近衛だって使う。そしてもう使い道は決まっていた。

「反乱を企てた不埒者どもの使い道は決まっている。アーシャ殿下の采配どおりに動くなら良し。そうでなければ今少し反省するという人間性が残っていたという小差でしかない」

壁際で控えていたイクトが淡々とウォルドへ告げる。僕が考えてたことと同じ言葉を使われてちょっとドキッとしちゃった。

イクトって容赦ない感じだけど、実は僕もそうなのかな？　………うん、物心ついてから一緒にいるんだから影響されないはずないよね。あまり極端なことは、せめて口にしないようにしよう。

一年ぶりにテリーに会えるっていうのに、怖がらせるようなことは言えないよね。そう気持ちを切り替えて、僕は金の間にある控えの間でテリーを迎えた。

「この度の凱旋、まことに喜ばしく、また誇らしく思っておりました。ご挨拶が遅れてしまったことは幾重にもお詫びしますが、まずは兄上がご健勝であることを寿がせていただきたい。ただ、少々兄上を困らせる方がいると耳に入ったため、僭越ながら私でお力になれることはないかと思いお時間ちょうだいしました」

やって来たテリーは、何人もお付きを連れていた。中には見慣れた宮中警護のユグザールもいるけど、全然知らない人もいる。

そうして他人を従えて硬い物言いをするテリーは、一年経って九歳になっていた。成長はしてると思っていたけど、こんなに皇子らしい振る舞いを装っているとは思っていなかったよ。

弟のお手本になってるってこういうことか。だったら僕も合わせたほうがいいかな？

「義を見てせざるは勇なきなりという言葉を知っているかな？　ワゲリス将軍はそのとおりの人でね、時を置いて機を逸することを嫌う。どうやら僕の功績が不当に低いことを訴えたけれど、取り上げられなかったことを自ら報告に来てくれたんだ」

相当マイルドに、そして揚げ足を取られないように言葉を選んでみた。

だって、相変わらずこの宮殿では僕の悪評は積極的に流布する方針みたいだし。そこにテリーが巻き込まれるのも困る。僕が功績を過大報告して押し通そうとしたのを、ワゲリス将軍が怒ったなんて、そんなありもしないことで煩わせないでほしいよ。

それにこうしてわざわざ確かめに来てくれたんだ。その優しさは素直に嬉しい。

「私の勇み足でしたか。大変なお役目を果たされた兄上に、お疲れも取れぬところを申し訳ない。本当ならば今しばらく英気を養っていただくべきでしょうが」

「ありがとう。それでも僕は会いに来てくれたことが嬉しいよ」

言葉から察するに、テリーたちには表向き、僕は戦場から戻っての休養状態だと言ってあるんだろう。父と妃殿下なら実態わかってるだろうけど、下手に不安がらせるのもね。

何よりテリーの周囲のほとんどが、僕を警戒するように見てる。これはルカイオス公爵の息のかかった人たちと見ていいだろう。

皇子としての振る舞いは、皇帝になるためにも必要だとは思うけど。家族の間でくらい肩の力を抜くべきじゃないかな。うーん、妃殿下も止めてないならこれは必要な予行演習なのかも。

兄として練習につき合うべきか、それともやりすぎも良くないって指摘すべきか。悩むなぁ。

「………奥へ行こうか。手紙では話しきれないこともあったし。カルウ村はとても特殊な地形にある村だったんだ」

ともかくお付きを減らす言い訳で、声をかける。控えの間はその名のとおり本来は人手を控えさせるための部屋だ。奥に行けるのは招かれた客と限られた護衛か側近になる。

会えて嬉しいという言葉にどう答えようかもじもじしていたテリーは、僕の誘いに一瞬確かに残念そうな顔をした。

「大変魅力的なお誘いではありますが、今日はこの後の予定もありますので。また、皇帝陛下の名代として参っております」

本心から残念がってくれてるんだろうけど、他人行儀な物言いと、断られたという事実が胸に来る。せっかく久しぶりに会えたのに寂しいなぁ。

「こちらをご確認ください」

テリーが合図を出すと、お付きの一人がリボンの巻かれた巻紙をトレーに載せた状態で差し出す。封蝋は父である皇帝の印章。名代というのは本当らしい。見張りを掻い潜る名目かと思っていたよ。

中を確認すれば、そこには凱旋を祝す言葉。そして祝勝会と晩餐会に関する式次第が続いていた。

ただひと目で問題があることはわかる。祝勝会と言いながら、開かれるパーティーには僕の席がない。それと同時に皇帝主催の晩餐会はワゲリス将軍どころか僕たち家族しかいない。

これは何か政治的な綱引きがあった結果だろう。

「――詳しいことは陛下にお尋ねしてもいいのかな?」

聞いてもテリーはすぐに答えない。難しい顔をしてしまった僕を見ていた。

「…………それでは、陛下に兄上が面会を望まれる旨、お伝えいたしましょう」

「ありがとう、テリー。派兵中にもらった手紙にもずいぶん励まされたし助かったよ」

「そ、そう、ですか。お役に立てたのなら……良かった…………」

予想外だったのか、テリーは取り繕っていた愛想笑いが取れて照れる。本当ならこんなついでみたいに言うつもりはなかったんだけどなぁ。

僕がちょっと和んでる間に、テリーはまたきりっと皇子風を装ってしまった。

「兄上の対応の早さを思えば、私が動くよりも前に対策を準備しておられたのでしょう。私ももっと――。いや、長居してはお邪魔でしょう。兄上、今日はお時間いただきありがとうございました」

うーん、これは本当に応援すべきか迷うぞ？

テリーは役目を終えたら早々に帰るつもりのようだ。先触れのユグザールが話を聞いて行ったのも、こうする予定だったのはわかる。けどあまりにもこれは寂しいやりとりだ。

けど予定があると言われては、無理に引き留めるのも憚られる。となると、ここは久しぶりに父にかつてやっていたあの作戦でいこう。

「テリー、今日はありがとう。次は時間がある時に腰を落ち着けて話そう」

「はい、あ、お誘いありがとうございます。次は、是非」

反射的に嬉しそうに返事をしたテリーは、慌てて取り繕う。僕にペースを乱される様子に、お付きは不服そうだけど知ったことじゃない。次の約束は当人同士で結んだんだから、外野は黙っていてね。

結局ぞろぞろとお付きを引き連れたまま帰って行ったテリーに、対応はこれで良かったのか迷うところはある。それでも、次があるなら今は目の前の問題に向き合うべきだ。

「困ったことになったな」

僕はわざわざ用意された皇帝の晩餐会という格式高い祝勝の場に、思わずそう漏らしてしまう。

「――いや、これはなんの相談もなく動いてた僕のほうの都合だ。今はともかく、ワゲリス将軍と連絡を取ろう。ヘルコフ」

「はい、すぐにモリーの所に行ってきますわ」

「イクトはストラテーグ侯爵に晩餐会の予定聞き出して。レーヴァンから話は通ってるはずだ」

「承知しました」

「ウェアレルは晩餐会のしきたりとか形式とか、わかるだけ調べて、こうなった理由を窺えるならそうして」

「正式な書類もありますし、邪魔はされないでしょう」

側近たちは指示に従って動き出す。僕は晩餐会が今後どう影響してくるか、それを考え込んでいた。

＊＊＊

バランスのおかしな祝勝会のパーティーと晩餐会。その理由はやっぱり派閥争いだったようだ。

「凱旋の祝賀パーティーと銘打っておいて、挨拶だけで会場を追い出される主賓など、前代未聞ではないでしょうか？」

事情がわかった途端、一応貴族で権威側であるはずのイクトが毒を吐く。

「年齢と成人前って事実を理由にされると、大抵の公式行事から外されるからねぇ」

夜会や舞踏会、サロンや観劇など。基本的には大人の集まりで、子供は参加禁止だ。子供を参加させる場合は、別に措置を取らなければいけない。

ただ今回参加する子供は僕一人で、措置として飲酒禁止なんてしても文句しか出ない。だからと言ってワゲリス将軍と並ぶ位置に据えられてた皇子を、完全に無視するわけにもいかないわけで。

その結果が挨拶だけで、パーティー開始後に追い出される形になったそうだ。

「最初から成人前の皇子という地位のまま、派兵の指揮官相当に押し上げるなどという、無理を通した結果ではないですか」

ウェアレルとしても不満らしく、太い緑色の尻尾が横揺れしてる。そもそも軍事行動自体が成人前の子供が関わるべきじゃない。けど僕を成人扱いにしてしまうと、帝位の継承権に変動が起きる。だから父の権力を貸し与えるという形で無茶をしていた。

それを通した宮廷の貴族たちは、僕が戻って来るなんて思ってなかったんだよね。もちろん凱旋するとも考えてなかった。結果、祝勝会がわけのわからない前例を許容しなくちゃいけなくなってる。

「当初は陛下が主催としてやれてたそうですが、ルカイオス公爵が結局手を回したそうですよ。本当、殿下を警戒することだけはご立派なこって」

ヘルコフまで嫌みを言うのは、聞いた顛末が呆れる様相だからだろう。ルカイオス公爵の動きで、父が誰も想定していなかった祝勝会を大々的にやろうとしていると知ったのがユーラシオン公爵。慌てて横やりを入れてパーティー自体を縮小させようとしたらしい。

で、さらには失点を覆す名目が欲しい軍が口を挟み、いいとこなしの近衛がせめて祝勝会に参加しようとまた騒ぎ出しとなったようだ。

「正直、そんなギスギスするパーティーを逃げ出せるなら僕としては嬉しいんだけど」

本音を漏らすと、側近たちも否定できずに口を閉じる。

それに問題は父だ。僕が派兵と引き換えに手に入れたアドバンテージを使って、一年で皇帝派閥と呼べる体裁を整えた。まだ年季の入った大派閥には対抗できないけど、父の意思に沿って動く数がいる。

結果、パーティーよりも格式が上の晩餐会は、父の決定を通すことができたそうだ。それが、形式的には家族だけの食事になってる。

「僕としては晩餐会のほうが大事だよ。マナーに失敗しないようにしないと」

「ご一家で初めての正餐ですからね…………って、言ってて情けなくなるな」

ヘルコフが唸る横で、ウェアレルも頷きつつ難しい顔だ。

「アーシャさまがお喜びであることは事実ですが、やはり祝賀の主役が末席というのは」

皇帝の晩餐会なんだから、前例に沿った地位に相応しい席次というものが重要視されるのはしょうがない。逆にそこを覆すと晩餐会としての格式自体疑われる。

だから第一皇子だけど継承権順位と妃の子ではないという点で、父から最も遠い席というのは受け入れてる。皇帝一家として並ぶ限りは覆らないし、覆った途端に僕はテリーと争わなきゃならない立場にされるからね。

そんな話をしていた僕たちは、実は宮殿の本館にいる。余計な人目のない控えの間で待たされているのは、父から呼び出しがあったからだ。

(全員揃って呼び出されたことを思えば、やっぱり派手に動きすぎたかな？　それとも見落としが？)

(主人の過小評価を指摘。また派閥を形成したことで人手を左翼棟に入れていたと思われます)

セフィラ曰く、これ見よがしに増やされた左翼棟の見張りの中に、父も少数ながら手の者を紛れ込ませていたらしい。結果、晩餐会の準備を理由に慌ただしくしていた僕たちの動きを察知された。晩餐会の準備はあまり隠れ蓑にならなかったようだ。

(やっぱり会場の変更を模索しようとしたのが駄目だったかな?)

(派兵を受け入れるとの申し出を皇帝に行った時点で、主人が直接意見を上げる際には目論見があると学習した結果でしょう)

(学習って、けど確かに陛下もそういう考えで今日呼んだんだろうなぁ)

すでに一度ウェアレルとヘルコフのみならず、イクトも父に呼ばれて僕が何をしているか聞かれたそうだ。誤魔化してくれたけど、結果がこの呼び出し。つまり、誤魔化しきれてないからもう時間取るから教えろってことなんだろう。

……………なんだか緊張してしまうな。思えば一年でテリーもずいぶんと振る舞いを変えていたし、父も派閥を作ったことで変わっているかもしれない。

そうなると、どう対応すればいいんだろう? テリーも皇子として必要な振る舞いを頑張ってるんだろうし、父からすればもっと切実に必要な対応ってこともある。

いや、そもそも用意してくれた晩餐会に、僕が横やりを入れてるんだ。この呼び出しが、怒りからじゃないとも言えない。

「では、説明してもらおうか」

人払いをした室内で、皇帝である父に問われた。いるのは側近のおかっぱ一人。ほぼ僕が仕かけたことだから、今父が忙しいのはわかってる。なのに時間を取ってくれたのは正直申し訳ない。

「そう困った顔をするな、アーシャ。叱ろうというつもりはない。ただ今回の派兵は、エデンバル家当主をアーシャが捕まえさせたことで、ルカイオス公爵の危機感を煽ったことに端を発していてな」

時期的にそうだろうとは思っていた。ルカイオス公爵は完全に裏をかかれた形だったし。父が雇用する家庭教師たちがやったことだから、当主確保の功績は名目上皇帝である父に行く。けど実情を知る者からすれば、僕の存在は無視できないだろう。

「今回晩餐会の会場を、人数に見合った歴史的な食堂から、広間への変更を申し出たな？　なんの意図があるかを教えてもらえなければ、私も次の出方が予想できない。アーシャを庇えないんだ」

「いえ、陛下のお手を煩わせるようなことは――」

どうやら仕事を増やすみたいだ。これはやっぱり僕のほうでどうにかしたほうがいいんじゃないかな。叱る気はないと言ってるけど、仕事を邪魔されて不快になるのは想像できる。

前世の父はそういう人だったし。いや、今の父はそんな人じゃないとわかってるけど。

「そもそも、私も息子に功績を譲られる情けなさは自覚している。頼りないかもしれないが、話してはくれないか？」

「陛下はお気になさらずに………ご心配には及びません、ので」

言葉を選ぼうとして、上手く出てこない。あれ、一年前はどうやって会話してたっけ？

（ワゲリス将軍だったらこっちに合わせてって雑に言えたのに。皇帝相手に下手なこと言えないし、なんて言ったら角が立たないんだろう？　なんだか手紙で心配ないって伝えるだけで苦労した時みたいになってない？）

（主人は皇帝に対して皇妃よりも言葉を選んではいませんでした。悩む必要性に疑義あり）

冷静に突っ込んでくるセフィラの言葉に、ちょっと恥ずかしくなる。人間関係は疎いはずのセフィラが気づくくらい態度に出てたってことでしょ。

それって妃殿下に失礼じゃなかった？　弟たちに父親に甘える子供みたいに思われない？　あ、深く考えると余計に恥ずかしくなってきた。

僕が考えすぎて頬に熱を感じ始めると、ヘルコフが手を打つ。

「あぁ、これあれか。遠慮だ。いやぁ、確かに遠征で離れてた父親相手にそういう子供いたわ」

「そう言われてみれば、頼らないというよりも頼り方がわからないといったほうが適切ですね」

「アーシャ殿下も年相応でしたか。そういえば私も十を過ぎて独り立ちの準備を始めました」

「え、独り立ち？　早すぎないか。というかなんだ？　アーシャはどうしたんだ？」

側近たちが言葉を交わすと、父は焦ったように聞く。

「いや、エデンバル家当主捕まえる時にも、陛下にご相談してはどうかと言ったんですよ」

「しかしアーシャさまはそれをなさらなかったので、何か深い訳があるのかと思っていたのですが」

「忙しい父親に遠慮して甘えられないだけですから、陛下もそう情けない顔をしないでください」

ヘルコフが言うとおり、以前に相談すべきだと言われたけど、僕は時間が惜しいことを理由に独断で動いた。確かその時も何か相談しない理由があるんじゃないかとウェアレルは言っている。それを、イクトは甘えられない子供だと口にした。

父を見ると眉を下げて、確かに皇帝としては情けない顔だ。けど、これが僕のせいならやっぱり何か言わないと。

「…………陛下の、お邪魔をするつもりはありませんので、その」

「いやいや、待て。アーシャ、そんな途方に暮れたような顔をして言われても説得力はないぞ？」

父が手を突きだして止める。僕は自分の顔を触ってみるけど、そんな顔してるのかな？

「陛下、否定すべきはそこではありません。第一皇子殿下は自身の行いが陛下の邪魔になると思っている点です。何をするか聞きだす必要があります」

「邪魔？　今までだってそんなことはないぞ、ヴァオラス⁉」

「私ではなく、殿下にどうぞ」

おかっぱの指摘で、父は立ち上がって僕に近づいて来た。目線を合わせて床に膝を突くと、僕の肩をしっかり掴む。

「決してアーシャを邪魔だと思ったことはない。それどころか、アーシャが私を助けようと動いていることはわかっている。ただ、だからこそ私も同じ思いでアーシャを助けたいと思っているのだ」

「はい……ありがとう、ございます………」

勢いに押されてそう返すと、何故か父がじっと僕を見つめて来た。

「陛下？」

「いや、テリーに似ているなと思って。あまり似ていないと思っていたが、そうでもないらしい」

言いながら、父の顔は笑みに緩む。

（テリーに似てるって、もしかして僕今、相当もじもじしてる？　子供っぽい？）

（顔面の血流が活発になっていることを確認）

セフィラから冷静に指摘され、余計に恥ずかしくなってしまった。しかも父はにこにこして僕を撫で始める。なんだかこのままだと子供扱いがエスカレートして、抱き上げられそうな気がした。

同じ気配を察したのは、父の行状を知ってるおかっぱだ。

「話を戻しますと、何を想定して晩餐会の会場変更を？　陛下は見通しの良さ、出入り口がどの席であっても近いなどから、第一皇子の懸念が襲撃にあるのではないかとお考えです」

やっぱりわかりやすすぎたか。そこまで予想してるなら、呼び出して聞くしかないよね。

「実は、ワゲリス将軍から近衛、いや、差別化のために元近衛としましょうか。反乱を計画し護送車で都に送り返された者たちに動きがあると警告されております」

ウェアレルが気を利かせてそう誤魔化す。うん、実はワゲリス将軍にそうなるよう動いてほしいってお願いしたなんて言えないよね。

有罪待ちで減刑交渉に入ってる送り返した近衛は、刑が確定すれば近衛に所属し続けることはできない。だからもう元近衛と言っても過言ではないし、実際実家が保釈金払って牢から出した後は自宅で軟禁状態だ。

今までならその存在を忘れるほどにどうでもいい。けど、イーダンという前例を知ってしまった。近衛に所属し続けることで、社会的な目に晒される逃亡した近衛もまだいい。けど、もう近衛という組織体からも切り離される元近衛たちが、第二のイーダンにならないとは限らない。

だから、目の届かないところで動かれるよりも、今の内に逆恨みで突っ走ってもらおうと考えた。そうでなきゃ、次に狙われるのは父や弟たちかもしれないんだ。元近衛の逆恨みは、派兵を命じた皇帝とその子に向く可能性がある。

（元近衛を誘い出して一網打尽にする計画だったんだけど。絶対狙われるのは、当事者であり立場が弱い僕だと思ったのに）

（現状は余人を排しての面会。未だ失敗であると確定したわけではありません。主人は現状何が不満なのでしょう?)

セフィラとしては、父にばれたことは大した問題じゃないらしい。確かにそこは父に負担をかけたくないなんていう僕の都合だけどさ。

(これじゃ、皇帝一家勢揃いの晩餐会がいい的じゃないか。左翼棟なら近衛もいるから内通する者も一緒に捕まえられたかもしれないし、他の見張りたちに目撃させて言い逃れできないようにできたのに)

(現状でも、皇帝一家に刃向かうことの厳罰化が可能です。二度の過ちはもはや貴族出身者であっても言い逃れはできません)

(そうじゃないんだって。確かにタイミングを考えたらありだ。けど、僕はせっかく用意してくれた晩餐会を荒らしたいわけじゃないんだよ)

効率的で目的を見失わないセフィラにとっては、僕のこだわりは些事なのかもしれないけど。

「——なるほど、そういうことか」

父が元近衛の襲撃について聞き終えて呟きながら考え込む。そこにヘルコフが会場変更についての思惑も話す。

「陛下が睨んだとおり、最悪晩餐会で襲われてもご一家に害が及ばないよう、広い場所でっていう殿下の配慮ですよ」

「となると、本筋では晩餐会前に手を打つ方針だったんだな?」

父はさらに別の思惑を読み取ってしまった。ばれたことでイクトも僕の手の内を明かす。

「ワゲリス将軍の協力を取りつけてあること、それぞれの家に軟禁されながら連絡を取る手段があることを鑑み、最初に提案された古いほうの食堂に誘き出す予定でした」

「あぁ、そう言えば場所の変更の他に時間の変更も言っていたな」

当初の予定よりも後に時間をずらすようにも意見を上げていたんだよね。もうばらされたらそこまでわかるよね。実際の皇帝の動きを知れる近衛が、巻き込みを嫌って切れてるからこそできる情報操作だったんだけど。

なんか側近たちが率先して僕の手の内ばらしてない？

目を向けたら、なんだかどうぞどうぞと譲るようなジェスチャーをされる。いや、僕の考えてたことはもう言っちゃったじゃないか。

「アーシャさまの才能は、錬金術のみではなく、政治にも秀でておりますので」

「俺らに愚痴を零すよりも、殿下ご本人に相談されたほうがいいだろうとは思ってました」

「アーシャ殿下の視野は広いため、すでに今後の対策もお考えでしょう」

三人揃って僕を推すんだけど？　しかも見れば、父も乗り気で僕の言葉を待つ姿勢になってる。

(今回のことで、元近衛血縁者の立場のなさは補強されるため、主人の目論見が完全に外れることはありません。貴族派閥の動揺はなお続くと予想されます。今から先を見据えた対処を準備することに不利益はありません)

セフィラまで推してきた。これはもうしょうがない。確実性を取ろう。家族の安全には代えられないし。父も僕と同じ気持ちだと言うなら、無視するわけにもいかない。

「現状思いつく対処は二つ。強《つよ》い皇帝か、強《こわ》い皇帝です」

偉そうに言ってるけど、僕は生まれてこの方政治に参与したことはない。大人だった前世でも、選挙日に投票に行っただけだ。実際に政治を執った経験なんて皆無。だから僕が言えるのは、昔ながらに人の心を動かす寓話の改変。

これも一種の北風と太陽だ。

童話だと北風は相手を頑なにさせて失敗する。けど現状、頑なにもなれないように元近衛に罠を張るんだ。北風のように厳しく出ても効果はあると思う。

今はちょっと柔らかい、太陽のほうから説明しよう。

「まず強《つよ》い皇帝として、自ら全ての処罰の決定をします。そのためには陛下が手ずから元近衛を取り押さえて、他からの口出しを拒否できる状況が必要になるでしょう」

つまり主導権を確実に握る必要がある。

「その上で、元近衛の罪に連座となる者たちへ恩を着せて、減刑を陛下ご自身が決定するのです」

「それは、弱腰だと反発を食らう可能性がある」

「前提が違えばそうなるでしょう。ですが今回、元近衛は二度目の罪を犯すのです。それを裁く陛下を責める者は、元近衛と同じ不届き者。そう大勢の目のある中で指弾されれば良い。ルカイオス公爵もする手です。大勢の前に引き出して罪を明らかにした上で、あえて皇帝によって許されたという印象を植えつければいい」

「アーシャ、そのアレルギーのことは――すまない」

「陛下を責めているわけではありません。何ごとも経験は、自らに取り込んで使わなければ無駄だと思っているだけですから。陛下が僕のためにお心を砕いてくださっていることは承知しています」

結局あれで僕が弟を狙うという悪評が事実かのように印象づけられはしたけど。今は仲良くなれたから、他人の評価なんてどうでもいいんだ。

そうして開き直れる僕と違って、父は気にしてるらしい。ここは考え方を変えてもらおう。

「陛下、詐欺師に騙されない一番の方法を知っていますか？」

「警戒心を強くすることか？」

「いいえ、詐欺師の手口を知ることです。その言葉がどう作用するか、その行動が何処に帰結するのか。知っていれば、その言葉、その行動を理解して予防ができます。同時に自らもまたその手法を取り込んで相手に仕かけることができるんです」

僕の指摘に、父は考え込んで応じる。

「………つまり、ルカイオス公爵のやり方をやり返せと？」

「それもありますが、まずは学びましょう。少なくとも、エデンバル家という影響力の大きな人たちを排除して済ませた手管があるんですから、真似しない手はないでしょう」

「そうだな、今回その手管を私のほうでできなかったからな」

今回元近衛の家々が、罰を拒んで僕たちが戻るまでの半年粘っている。けれどエデンバル家を潰す際は、当主を確保した後はルカイオス公爵が一気に畳みかけて抵抗も許さなかった。

年季も地力が違うということはあるけど、それでも父は納得したようだ。

「近衛は私が許したという立場に立って上下を明確にする。それによって皇帝権威を強化することに利用しろというんだな。確かにあの家々を取り潰す労力よりも小なりとは言え実益か」

まだ派閥を形成したばかりの皇帝だ。敵を増やすよりもいいと思う。

ただ僕が思いついたやり方はもう一つある。

「そして、強《こわ》い皇帝としての対処です。陛下が懸念されるとおり、許されたということを盾に驕る者もいるでしょう。特に元近衛に責任を押しつけて逃れた者たち。ただこの近衛たちまでも罰するとなると、すでに追い詰められている近衛全体が不満を抱え込み、いずれ敵意に変わる恐れがあります」

「そうか。今はしくじった気持ちが大きい。だから私が上から言っても受け入れるしかないと思い込む。だが、時が経てばまた私を舐める、か」

「遺憾ながら。――ですので、ここで確実に全員を捕縛。生家にも累を及ぼし、強《こわ》い皇帝であることをお示しになるのも一つの選択です」

二度もやらかした武装勢力を許せば、皇帝権威が傷つく可能性もある。だから怨まれる覚悟で皇帝主導の下厳しく裁き、強情でも頑固でもともかく強気に押し通すことでその後の反感さえも強くはね退ける素地を作るんだ。

「近衛関連の家々が泣きつくことで、公爵たちからも横やりがあるでしょう。それでも折れないお覚悟が必要となります」

正直、近衛を出せるほどの家となればそれなりの家格だ。伯爵家の後ろ盾も伝手もない父には、負担が大きい。それでも家格が高い相手を敵に回して一歩も引かない姿勢というのは、今後皇帝として動く時に手強いという印象づけにもなる。

「けれど皇帝権威が傷つく恐れがあることが重要な点です。ルカイオス公爵もユーラシオン公爵も、それは望んでいません。それでも派閥の関係から必ず横やりを入れますが、いずれ退く姿勢を取るでしょう。故にそれさえ強くはねつけ、自らの強《こわ》さを喧伝する機会にしてください」

僕が挙げた対処は両極端だ。片や減刑して許すことで皇帝の主権を主張する。片や絶対に許さない姿勢を保つことで皇帝の権威を明確にする。

父は考え込む様子で黙り込んだ。僕はじっと選択を待つ。ほどなく、父は顔を上げた。

「…………よし」

父は僕から視線を動かし、室内にいるウェアレル、ヘルコフ、イクト、そしておかっぱへと目を向ける。そうして父と視線が合うと、誰からともなく困ったような笑いが漏れた。

「どちらも皇帝として必要な采配だ。ここは、その両方をやり果せようじゃないか」

「え、どうやってですか？　半端なことになってはどちらも立ち行かなくなりますよ」

「うん、そこまでわかってて言ってるんだなぁ。…………俺より皇帝に向いてるんじゃないか？」

「なりませんから」

皇帝が漏らしていい言葉じゃないよ。僕も即否定するのはちょっとどうかと思うけど、ここには顔見知りしかいないからいいか。

いや、駄目だよ。テリーが皇子らしくしてるんだから、お兄ちゃんの僕が気を抜いてちゃ弟のお手本にはなれない。思わぬところでワゲリス将軍の悪影響が出てるなんて思うのは言いすぎかな？

「陛下、僕には経験と知見が不足しています。両立が可能であるなら、どうかお教え願えませんか？」

「何、アーシャが道を示してくれたからこそできることだ。元近衛と生家には罰金刑では済まさない厳罰を、その他の近衛には許しを前提に従属を迫ることにしようと思ってな」

つまり、元近衛には厳しく北風。残る近衛には連座をちらつかせつつ許すという太陽をすると。

「公爵たちの動きはどうなるでしょう？　対応できますか？」

「向こうも対応に追われている上に、こちらも配る目は増えた。アーシャのお蔭でな」

父はそう言ってちょっと好戦的な笑みを浮かべた。

終章　英雄の名前

後日、元近衛となる者たちは、皇帝一家の晩餐を狙って宮殿に侵入。手引きした者たちもろとも、待ち受けていた皇帝とワゲリス将軍旗下の兵たちに捕らえられる。

そこに僕の側近であるウェアレル、ヘルコフ、イクトもいたのは、あまり大きな問題じゃない。

（事前連絡の不備により、将軍が家庭教師に掴みかかっておりました）

（あちゃー。陛下のほうにヘルコフ貸しっぱなしの状態だったせいかな）

どうやら皇帝がいると知らなかったワゲリス将軍は、元近衛の襲撃よりも驚いたらしい。僕は子供ってことで、最初に計画を暴露した時以外はウェアレルやイクトからの伝聞だったから、ちょっと当事者意識薄れてたんだよね。

お詫びにモリー経由で新しいカクテル回す？　ベジタリアンだしトマトがあったらいいんだけど、見たことない。モリーに頼めば見つけてくれるかな？　トマトジュースがあればカクテル作れる。

後は、スムージーが流行った時にあったヨーグルトとスムージーのカクテルとか。あ、市販の野菜ジュースで作れるレシピあったな。あれ、確かニンジンとリンゴのジュースが主原料だったはず。

「兄上、どうしたの？」

「何か面白いこと？」

僕はワーネルとフェルのヒソヒソ声で状況を思い出す。ここは離宮にある晩餐室の控えの間。セフィラが報せに来た元近衛の捕縛についての顛末は、先ほど宮殿で起きたことだ。

僕たちは呼ばれて初めて晩餐室に入るという決まりに沿って、控えの間に待機してる。本来ならここでも社交が行われるんだけど、いるのは僕ら皇子四人と室内に控える侍従たちだけ。

久しぶりに会えた双子は僕の姿にずいぶん騒いでいたけれど、テリーが叱ってからは大人しい。そのせいで、双子は僕の側にくっついており、テリーが一人になっているのは申し訳ない。

ワーネルとフェルが僕に囁きかけたのに気づいて、ちらちら視線を送ってきてるし。

「うーん、晩餐会では何を話そうかと考えていたから、今はまだ言えないね」

「今から話すこと考えるの？」

「お話ししないとわからないよ？」

「楽しい話はみんなに聞いてほしいからね。二人にもまだ秘密」

こっそり指を立ててみせると、ワーネルもフェルも笑顔を浮かべた次には、揃って口を閉じる。そして双子同士で人差し指を立てて合図を送り合った。

そんな様子を見て和んでいると、テリーと視線が合う。だから僕も指を立てて合図を送ると、テリーは周囲の目を気にしつつも返してくれた。

そんなやりとりがくすぐったいけど楽しくて、僕は元近衛なんて頭の隅に追いやる。どうせ今は歓談の時間だ。騒ぎ過ぎては駄目なだけで、お喋り自体は奨励される社交のための時。僕は双子と一緒にテリーの元へ足を向けた。

「テリー、一昨年の夏、僕も知らないことはあると言ったでしょ？　晩餐会について教えてほしいんだ」

身構えるようにしていたテリーは、一瞬ぽかんとする。けど次には頬を紅潮させて頷いた。

「もちろん、覚えてる――あ、覚えてます」

言い直さなくてもいいんだけど、テリーは僕を誘ってくれたお茶会の時の約束を守ってくれようと意気込む。そうして話すのは晩餐会の主目的。それは主催者と共に食卓を囲むことだ。

「同じテーブルを囲む者は同じ物を食す。これはわかち合うことで結束を保ち、与えられることで序列を明確にする行為でもある」

「難しいよ」

「わかんない」

教えてくれようとする意気込みはあるんだけど、テリーは教えられたとおりに話してしまっていて、幼い弟たちには反応がいまいちだ。話をする時の掴みって大事だよね。

身分制度のある世界だから、まず身分が違えば同じ場所で食事はできない。それに支配者側がやることだから、自分の優位を見せつけるために豪華な食事を用意する側面も確かにある。

だからテリーが言うことは正しいんだけど、どうしてもイメージが悪い気がした。

「美味しい物を一緒に食べて、仲良くしようねってことだよ。けど決まりごとは守っていい子でいなきゃいけないのは、普段の食事とは違うかな」

僕が噛み砕くと、双子は理解したからこそ嫌な顔をした。頬を膨らませて口をとがらせる表情は、まだ幼い顔つきの双子を可愛らしくみせる。

「テリーも晩餐会の重要性をわかってるね。しっかり勉強した成果なんだろうな」

上手くできなかったことで俯きがちになるテリーにもそう声をかけると、セフィラが近づく人物について警告して来た。と言っても、危険な人物じゃない。

「まぁ、なんのお話をしていたのかしら？」

控えの間にやって来たのは妃殿下。晩餐会の形式としては、本来主催者夫妻は客を出迎えることをする。けどいるのは僕たち主催者側の家族だし、父は宮殿で元近衛の対処をしていた。

「晩餐会の意義についてです」

たぶん妃殿下は元近衛の鎮圧を報告されたんだろう。それで晩餐会を進めようと現れた。

「皇子としてより良く励む姿勢を忘れないのは良いことね」

「えぇ？」

「こら、ワーネル」

褒める妃殿下に、ワーネルが不満を漏らす。途端にテリーがお兄さんらしく注意するんだけど、それでフェルは僕を盾にするようにテリーから隠れてしまった。

これだと双子は晩餐会や家族で集まることに苦手意識を持ってしまいそうだ。

「フェル、この後にある演芸については知ってる？」

「え、うん……………音楽聞いて、劇を見るんでしょう？」

晩餐会の重要な部分はもちろん食事だ。けど、その前に主催者に直接声をかけられる挨拶、招待客同士で交流を持つ歓談、そして歓迎と文化の度合いを見せる演芸の時間が存在する。

今は歓談の時間で、次は演芸。その演目は晩餐会の名目に合わせて用意される。

「テリーは演目を知っているかな？」

僕が話を振ると、テリーは意図に気づいてくれたらしく興味のない双子に演目を教えた。

「楽曲は祖王の凱旋、演目はイェーリリーの戦い第六幕アスギュロスの槍試合です」

「アスギュロス?」

「兄上?」

「そう、僕の名前の由来になった英雄のお話なんだ」

もちろん今日の晩餐会で凱旋の曲と僕の名前の演目を選んだのは、対外的にも祝勝の晩餐会だということを明示するため。皇帝の晩餐会だから、記録にはっきり書かれるんだ。

「まず祖王については習った? 帝国の礎を築かれた方で、この大陸中央で建国をされたお方だよ」

「習った? と思う」

「うん、たぶん、習った?」

あまりにも不安な返事に、僕は思わず笑う。

「そうだね、最初に習うし文芸方面以外だとその後出てこないからね」

前世の日本で言えば神武天皇かな。いや、実在は確定してるから推古天皇のほうが近い?

多くの英雄と呼ばれる臣下を登用して一大勢力を築き上げた伝説の王だ。そして祖王の臣下の一人に、僕の名前の由来になったアスギュロスという英雄がいる。

そんな僕に合わせたのか、弟たちの名前も祖王の臣下から取られていた。輝けるテリストラス、麗しのワーネルジュス、安地のフェルメス。華々しい活躍をして物語にされてる英雄だ。

「そう言えば、英雄アスギュロスに二つ名はあったかな?」

テリーは二つ名を持つ英雄が名前の由来である自覚から、そんなことを気にする。けど、妃殿下がちょっと視線を彷徨わせた。

「うん、あるよ。二つ名。ワイン壷のアスギュロス。絵画にされてる時は、だいたい壷持ってる人」

聞いたテリーが困るくらい、華々しい活躍のない英雄なんだよね。今回の演目にある槍試合の話も、一番槍やったっていう唯一目立つポジションに立った話だし。

「槍試合というものは、昔の戦における礼儀なのですよ」

あ、妃殿下が話を逸らしてくれた。ワイン壷を持ってる英雄の名前、嫌いではないんだけどね。

ドラゴン退治をした輝けるテリストラスや、美女との恋物語がある麗しのワーネルジュス、祖王の窮地を救う安地のフェルメスほど面白い展開がないだけでね。

「王の権威を預けられた勇士たちが、馬上で槍を振るい、神々に自身の正統性を訴える儀式でもあったのです。選ばれるには王からの信任と、神の前に立てる清廉な心を持つ者でなければならず、大変名誉なことでした」

さすがに今の戦でそんなことはしない。槍試合も今ではスポーツの側面が強い技術になってる。帝国傘下の何処かの国では、毎年競技大会を開いて槍試合をすると聞いたことがあった。

そんな話をしながら、僕たちは妃殿下の案内で部屋を移動し、楽団が待つ広間へと向かった。乗り気でなかった双子も、名前に紐づけたことで興味を持って大人しく席に着く。

「楽曲の元になった祖王の物語でも、凱旋の時英雄アスギュロスは登場するんだよ」

子供がいるということで短くまとめられた演奏は、それでも小一時間かかった。休憩を挟んで演劇が行われるのを待つ間、僕は集中力が切れた双子にさらに教える。

「どうして兄上の英雄はワイン壷なの？」

「お酒が好きだったの？　ずっと持ってたの？」

「確か、祖王にワインを捧げる場面があったような」

テリーは祖王の物語を読んだのかな？　それでも地味すぎて英雄アスギュロスが何をしたか覚えてないらしい。地味なのは間違いないから、テリーはそんなに悔しそうな顔しなくていいのに。

「昔は水の代わりにワインを飲んでいたんだ。だからワインの管理はとても重要で信頼のおける者でなければ任せられない職業だったんだよ。英雄アスギュロスは祖王が王となる前からつき従う一人であり、祖王の死を看取った一人でもあるんだ」

ちなみにこの祖王、死んで神格化してる。祖王の物語が演目にされる時、英雄アスギュロスはだいたい最初にちょこっと出て、最後に死ぬ直前祖王の側にいつの間にかいるような立ち位置だ。

「つまり、祖王にとってもっとも信頼できる者の一人。その証として二つ名がワイン壷。なるほど……私はまだ、勉強不足です」

「今聞くとちょっと不思議な響きの二つ名になるけどね。祖王の物語には多くの英雄が出てくるから、知らなくて当たり前だよ」

テリーが気にするのでそう言うと、ワーネルとフェルが僕を見ていた。

「兄上には信頼できる人になってほしかったのかな？」

「兄上には一番槍できる人になってほしかったのかな？」

「たぶん、長生きしてほしかったんだと思うよ。英雄アスギュロスは、祖王の死後国を離れて隠者になる。そして祖王に仕えた英雄の最後の一人になるまで生きるんだ」

つまり数いる英雄の中で、一番の長生きが英雄アスギュロス。そして僕にこの名をつけたのは、産後の肥立ちが悪かった僕の生母だ。

乳母であり母の妹であったハーティから英雄アスギュロスについて聞いた時、僕はすでに前世を思い出していた。前世の三十年は決して短くはないと思うけど、長生きでもない。それを思えば、僕の生きる一つの指針を示した名前でもある。

「名前に恥じないよう、隠者と呼ばれるくらいおじいさんになるまで長生きしようと思っているよ」

そのためにも、暗殺だとか犯罪者組織だとかにあまり関わりたくはない。けどその危険が降りかかるなら払うこともしなくてはいけない。

「僕ね、僕の名前、大切な人を守る名前って言われたの。だから、僕、強くなって守るんだ」

ワーネルは意気を上げての決意表明。恋物語の主人公的英雄ワーネルジュスを、そう教えただろう妃殿下は、頬に手を添えて困り顔をしていた。これはフェルのほうはどう教えているか気になる。

「フェルも由来になった英雄の見習いたいところはある？」

「えっとね、大切な人を助ける名前だからね、強くなくていいから、助けられるようになりたい」

誰かのためと言える双子は、お互いに顔を見合わせて頷き合う。双子だから似ているのは当たり前だけど、その丸い頬の横顔は、初めて会った時のテリーを思い出させた。何より、誰かのために頑張ると言える性格はよく似ていると思う。

「陛下に、テリーに似ていると言われたんだけど、ワーネルとフェルもテリーに似ているね」

「そう、かな？　私は、二人ほどの志は、ない。英雄テリストラスのようにドラゴン退治をする勇敢さはないし、強さもないし」

「似ているというのは、あなたの優しさと賢明さでしょう。テリー」

妃殿下は優しく微笑んで、考え込みすぎるテリーを諭す。そして僕を見た。

「今日の晩餐会の席次は、主賓席に陛下と私が座りそこが酒席となります」

「それは、つまり………」

本来なら主賓となるのは凱旋をした僕だ。けれどそれをさせられないから、こうして演芸で僕の凱旋を押した。そうしなければ目立たないし、僕は最初から晩餐会では末席だと知らされている。だから主賓席に座るのはテリーだと思ってたんだけど。

主賓席は横並びで三人。その他は縦長の机に向かい合わせ。つまり、ワーネルとフェルが向かい合って僕はボッチ。そうなることを覚悟していた。

「テリーが、飲酒の別でテーブルをわけるよう提案してくれたのです」

「いえ、それは、ワーネルとフェルが言い出したことで――」

「僕たち一緒がいいって言っただけだよ」

「一緒のほうが楽しいって言ったんだよ」

「つまり、実際に提案して採用される形を考えてくれたのはテリーなんだね。ありがとう、晩餐会がとても楽しみだ」

赤くなって緩みそうな口元に力を入れているテリー。我慢しなくてもいいのにと思うけど、父にテリーと似ていると言われた状況を思い出せば、ちょっと見栄を張りたい男の子の気持ちもわかる。

これは悩ましい。そんなことを考えていると、演劇を行う広間にやって来る人がいた。

「遅れてすまない。もう演劇まで終わっただろうか？」

「いいえ、陛下。これからでございますよ」

急いだらしく少し乱れた髪を自分で直す陛下に、妃殿下が礼を執って答える。完全に気を抜いていた僕たちも遅れて礼を執ると、そんな様子に陛下は破顔した。

「家族が揃っているのはいいな。なんの話をしていたんだ？」

僕らが話に夢中になっていた様子を手放しで喜び、話に加わってくる陛下。双子は顔を見合わせた後に僕を見た。

「「兄上は父さまに似てるよ」」

「確かに」

テリーまで納得してしまい、僕は目を瞠る。父を見れば驚いた後に嬉しそうに照れ笑いをしていた。その表情は、僕からすればテリーに似ている。

「親子、兄弟、なんにせよ家族ですもの。似ていることに不思議はありませんよ」

「そうかぁ、似ているか」

妃殿下にも肯定され、父は満足そうだ。そして僕と目が合えば小さく頷いて見せる。元近衛の件が問題なく終わったと伝えたいんだろう。

内容は物騒なんだけど、言葉にしなくても伝わるやり取りが少なからずうれしい。目に見えない繋がり、絆が確かにあると感じられる。

今回大人の策略に乗って動いたけど、結局僕はこうして家族といたいから動いたんだ。たとえ結果的に宮殿を離れるための準備だとしても、追い出されて何年も会うことが叶わなくなるなんてことがないように。こうして帰って来られるように。

食事マナーだとか喋る順番だとか、晩餐会のお固いルールに沿う食事でも、僕にとっては楽しい初めての家族の晩餐だと言えた。

あとがき

お手に取っていただきありがとうございます。うめーです。発売されている頃を思えば、あけましておめでとうございますと言うべきかもしれません。

これを書いている今は十一月なのですが、突然寒くなりました。来年はもう少しゆっくり季節の変化があってほしいです。

さて、『不遇皇子は天才錬金術師』も第三巻となり、今回は宮殿から飛び出す派兵のお話になります。今回の話は畳もうと思っていたwebの掲載続行のため、先の展開を考えつつ急いでプロットを立てて書いた部分になります。

読み直しても文字数が多いなと思っていたのですが、書き直しても文字数が増えてしまい、自らの悪癖を再確認しました。文字、書こうと思えばいくらでも書けるんです。ただそれで面白いかと言えばそうではないので、自制心の大切さを再確認しています。

さらに一年前の今頃は、ブックマークが一万を越えて、内心小躍りしていました。反面今まで見たことのない増え具合に震え上がってもいましたが。

そして以降、少々本文のネタバレを含むので、書籍本文もしくはweb掲載を見ていない方はご注意。

今回の内容で欠かせないのが、表紙にも挿絵にも登場する新キャラクターワゲリス将軍。キャラクターの作り方は一律ではありませんが、ワゲリス将軍の時には粗雑な軍人で、温泉に入って、掌を返すキャラクター性を決めた上で種族を決めました。

多種族の暮らす帝国が舞台であることから、立場的にどの種族でもいいキャラクターはダイスで決めます。ワゲリス将軍の時には性別も天に任せたところ、鼠の獣人男性になりました。これはもはや天啓かと、最大の鼠カピバラにしています。

ちなみに、そもそも温泉に入る動物自体が珍しいそうで、ニホンザルは自ら温泉に入ることでとても稀有な野生動物だとか。つまり日本では風物詩にもなってるお風呂に入るカピバラも、日本の動物園ならではの環境なのだそうです。

終わりに、この場を借りて刊行にあたり尽力してくださった皆さまにお礼を申し上げます。三巻でも素敵なイラストを描いてくださったかわくさま、関わってくださるTOブックスの方々、そしてコミカライズに関わる方々も、何度も戻してしまってすみません。ありがとうございます。書籍はもちろんwebでも読んで応援してくださる読者の方々にも感謝しております。

次巻は家族旅行ととある国の御一行の話になる予定です。鋭意執筆中ですので、今しばらくお待ちください。

家族旅行へ!
ただ君達の
笑顔が見たいから
コミカライズ
2024年、
連載開始予定
です!
不遇皇子は
天才錬金術師
4
~皇帝なんて
柄じゃないので
弟妹を
可愛がりたい~
Fugu oji ha tensai
renkinjutsushi
著 うめー
イラスト かわく